浙江文化名人传记精选修订丛书

原 主 编：万 斌

执行主编：卢敦基

曲中巨擘

洪昇传

王丽梅 著

浙江人民出版社

图书在版编目（CIP）数据

曲中巨擘 ：洪昇传 / 王丽梅著. -- 杭州 ：浙江人民出版社，2024. 12. -- ISBN 978-7-213-11521-9

Ⅰ. K825. 6

中国国家版本馆CIP数据核字第2024HJ8291号

曲中巨擘：洪昇传

QUZHONG JUBO HONG SHENG ZHUAN

王丽梅　著

出版发行	浙江人民出版社（杭州市环城北路177号　邮编　310006） 市场部电话：(0571)85061682　85176516
责任编辑	尚　婧
责任校对	王欢燕
责任印务	程　琳
封面设计	王　芸
电脑制版	杭州天一图文制作有限公司
印　　刷	杭州钱江彩色印务有限公司
开　　本	710毫米×1000毫米　1/16
印　　张	17
字　　数	256千字
插　　页	6
版　　次	2024年12月第1版
印　　次	2024年12月第1次印刷
书　　号	ISBN　978-7-213-11521-9
定　　价	68.00元

“浙江文化研究工程成果文库”总序

习近平

有人将文化比作一条来自老祖宗而又流向未来的河，这是说文化的传统，通过纵向传承和横向传递，生生不息地影响和引领着人们的生存与发展；有人说文化是人类的思想、智慧、信仰、情感和生活的载体、方式和方法，这是将文化作为人们代代相传的生活方式的整体。我们说，文化为群体生活提供规范、方式与环境，文化通过传承为社会进步发挥基础作用，文化会促进或制约经济乃至整个社会的发展。文化的力量，已经深深熔铸在民族的生命力、创造力和凝聚力之中。

在人类文化演化的进程中，各种文化都在其内部生成众多的元素、层次与类型，由此决定了文化的多样性与复杂性。

中国文化的博大精深，来源于其内部生成的多姿多彩；中国文化的历久弥新，取决于其变迁过程中各种元素、层次、类型在内容和结构上通过碰撞、解构、融合而产生的革故鼎新的强大动力。

中国土地广袤、疆域辽阔，不同区域间因自然环境、经济环境、社会环境等诸多方面的差异，建构了不同的区域文化。区域文化如同百川归海，共同汇聚成中国文化的大传统，这种大传统如同春风化雨，渗透于各种区域文化之中。在这个过程中，区域文化如同清溪山泉潺潺不息，在中国文化的共同价值取向下，以自己的独特个性支撑着、引领着本地经济社会的发展。

从区域文化入手，对一地文化的历史与现状展开全面、系统、扎实、有序的研究，一方面可以借此梳理和弘扬当地的历史传统和文化资源，繁荣和丰富当代的先进文化建设活动，规划和指导未来的文化发展蓝图，增强文化软实力，为全面建设小康社会、加快推进社会主义现代化提供思想保证、精神动力、智力支持和舆论力量；另一方面，这也是深入了解中国文化、研究中国文化、发展中国文化、创新中国文化的重要途径之一。如今，区域文化研究日益受到各地重视，成为我国文化研究走向深入的一个重要标志。我们今天实施浙江文化研究工程，其目的和意义也在于此。

千百年来，浙江人民积淀和传承了一个底蕴深厚的文化传统。这种文化传统的独特性，正在于它令人惊叹的富于创造力的智慧和力量。

浙江文化中富于创造力的基因，早早地出现在其历史的源头。在浙江新石器时代最为著名的跨湖桥、河姆渡、马家浜和良渚的考古文化中，浙江先民们都以不同凡响的作为，在中华民族的文明之源留下了创造和进步的印记。

浙江人民在与时俱进的历史轨迹上一路走来，秉承富于创造力的文化传统，这深深地融汇在一代代浙江人民的血液中，体现在浙江人民的行为上，也在浙江历史上众多杰出人物身上得到充分展示。从大禹的因势利导、敬业治水，到勾践的卧薪尝胆、励精图治；从钱氏的保境安民、纳土归宋，到胡则的为官一任、造福一方；从岳飞、于谦的精忠报国、清白一生，到方孝孺、张苍水的刚正不阿、以身殉国；从沈括的博学多识、精研深究，到竺可桢的科学救国、求是一生；无论是陈亮、叶适的经世致用，还是黄宗羲的工商皆本；无论是王充、王阳明的批判、自觉，还是龚自珍、蔡元培的开明、开放，等等，都展示了浙江深厚的文化底蕴，凝聚了浙江人民求真务实的创造精神。

代代相传的文化创造的作为和精神，从观念、态度、行为方式和价值取向上，孕育、形成和发展了渊源有自的浙江地域文化传统和与时俱进的浙江文化精神，她滋育着浙江的生命力、催生着浙江的凝聚力、激发着浙江的创造力、培植着浙江的竞争力，激励着浙江人民永不自满、永不停息，在各个不同的历史时期不断地超越自我、创业奋进。

悠久深厚、意韵丰富的浙江文化传统，是历史赐予我们的宝贵财富，也是我们开拓未来的丰富资源和不竭动力。党的十六大以来推进浙江新发展的实践，使我们越来越深刻地认识到，与国家实施改革开放大政方针相伴随的浙江经济社会持续快速健康发展的深层原因，就在于浙江深厚的文化底蕴和文化传统与当今时代精神的有机结合，就在于发展先进生产力与发展先进文化的有机结合。今后一个时期浙江能否在全面建设小康社会、加快社会主义现代化建设进程中继续走在前列，很大程度上取决于我们对文化力量的深刻认识、对发展先进文化的高度自觉和对加快建设文化大省的工作力度。我们应该看到，文化的力量最终可以转化为物质的力量，文化的软实力最终可以转化为经济的硬实力。文化要素是综合竞争力的核心要素，文化资源是经济社会发展的重要资源，文化素质是领导者和劳动者的首要素质。因此，研究浙江文化的历史与现状，增强文化软实力，为浙江的现代化建设服务，是浙江人民的共同事业，也是浙江各级党委、政府的重要使命和责任。

2005年7月召开的中共浙江省委十一届八次全会，作出《关于加快建设文化大省的决定》，提出要从增强先进文化凝聚力、解放和发展生产力、增强社会公共服务能力入手，大力实施文明素质工程、文化精品工程、文化研究工程、文化保护工程、文化产业促进工程、文化阵地工程、文化传播工程、文化人才工程等"八项工程"，实施科教兴国和人才强国战略，加快建设教育、科技、卫生、体育等"四个强省"。作为文化建设"八项工程"之一的文化研究工程，其任务就是系统研究浙江文化的历史成就和当代发展，深入挖掘浙江文化底蕴、研究浙江现象、总结浙江经验、指导浙江未来的发展。

浙江文化研究工程将重点研究"今、古、人、文"四个方面，即围绕浙江当代发展问题研究、浙江历史文化专题研究、浙江名人研究、浙江历史文献整理四大板块，开展系统研究，出版系列丛书。在研究内容上，深入挖掘浙江文化底蕴，系统梳理和分析浙江历史文化的内部结构、变化规律和地域特色，坚持和发展浙江精神；研究浙江文化与其他地域文化的异同，厘清浙江文化在中国文化中的地位和相互影响的关系；围绕浙江生动的当代实践，深入解读浙江现象，总结浙江经验，指导浙江发展。在研究力量上，通过课题组织、出版资助、重点研究基地建设、加强省内外大院名校合作、整合各地各部门力量等途径，形成上下联动、学界互动的整体合力。在成果运用上，注重研究成果的学术价值和应用价值，充分发挥其认识世界、传承文明、创新理论、咨政育人、服务社会的重要作用。

我们希望通过实施浙江文化研究工程，努力用浙江历史教育浙江人民、用浙江文化熏陶浙江人民、用浙江精神鼓舞浙江人民、用浙江经验引领浙江人民，进一步激发浙江人民的无穷智慧和伟大创造能力，推动浙江实现又快又好发展。

今天，我们踏着来自历史的河流，受着一方百姓的期许，理应负起使命，至诚奉献，让我们的文化绵延不绝，让我们的创造生生不息。

2006年5月30日于杭州

目录

引　言

洪昇是中国古代文学史上著名的文学家。他出身于“累叶清华”的仕宦之家，“少负英绝之才”。洪昇早擅文名，但命运多舛，在多灾多难的生命中，留下了颇为丰富的文学作品。

洪昇才华横溢，博涉多能，其诗词曲赋均有传世之作。他一生创作了千余首诗歌，在其诗歌结集时，因以流传久远为念而痛加删削，他的《啸月楼集》《稗畦集》《稗畦续集》共有500余首诗歌流传下来。洪昇的诗歌“高超闲淡，不落凡境”，自成一家，受到硕学宿儒的大力推崇。沈德潜称其诗“疏瀹成家”[①]，厉鹗称“《稗畦诗集》清整有大历间风格”[②]。洪昇的诗风雅淡，毛奇龄以“旧玉”目之，金埴《不下带编·杂缀兼诗话》云：“西河尝评昉思五字律，酷似唐人，其气韵神味，格意思旨，虽似极平，而唐人堌奥，自是如此。近好新者，率以庸淡目之；此犹观旧玉者，不以其神韵，而以其驳蚀，可乎?”[③]袁枚在比较《牡丹亭》和《长生》时指出洪昇的诗才远超汤显祖，“人但知其《长生》曲本，与《牡丹亭》并传，而不知其诗才在汤若士之上”[④]。洪昇虽长于作诗，但是他曲学成就的光芒太过于璀璨，掩盖了他的诗才，“世但艳称其曲子耳”。

---

①〔清〕沈德潜编：《清诗别裁集》卷十五《洪昇》，中华书局1975年版，第272页。

②〔清〕厉鹗著：《东城杂记》卷下《洪稗畦》，丛书集成本。

③〔清〕金埴撰：《不下带编　巾箱说》卷七，王湜华点校，中华书局1982年版，第126页。

④〔清〕袁枚著：《随园诗话》卷一，顾学颉校点，人民文学出版社1982年版，第28页。

洪昇具有较高的音乐修养，“以其余波填南北曲词，乐人争唱之”，《康熙钱塘县志》卷二十二《文苑·洪昇传》称其“尤工乐府。宫商五音，不差唇吻。旗亭画壁间，时闻双鬟讴颂之。以故儿童妇女莫不知有洪先生者”[①]。可惜的是，洪昇的词作并未有文集流传，多散见于各家词选及友人的文集之中。洪昇在词曲的创作上有非常全面的成就，“初为《西蜀吟》，既而为大晟乐府，又既而为金元间人曲子。自散套、杂剧以至于院本，每用之作长安往来歌咏酬赠之具”。洪昇以曲为文，一生创作了40多部戏曲作品，有目可考者约有10部，即《长生殿》《回文锦》《回龙记》《闹高唐》《长虹桥》《锦绣图》等传奇，《天涯泪》《青衫湿》《孝节坊》《四婵娟》等杂剧。目前，洪昇的戏曲作品现仅存《长生殿》传奇和《四婵娟》杂剧，其中《长生殿》是洪昇的代表性作品。

在中国戏曲史和中国文学史上，洪昇的《长生殿》和孔尚任的《桃花扇》并称，有“南洪北孔”之誉。《长生殿》精于声律，被曲家奉为曲律楷模，有“学作曲者，宜先读《长生殿》，次读元人百种、玉茗四梦……”[②]“但学《长生殿》尚无纰缪”[③]等说法。对于音律的精审，洪昇自言“予自惟文采不逮于临川，而恪守韵调，罔敢稍有逾越。盖姑苏徐灵昭氏为今之周郎，尝论撰《九宫新谱》，予与之审音协律，无一字不慎也”[④]，言语间是颇为自负的。洪昇“无一字不慎”的努力使得《长生殿》的音律“精严变化，有未易窥测者”[⑤]。《长生殿》不仅是曲文优美、音律谨严的案头曲本，在舞台演出上，它“集古今耐唱耐做之曲于一传中，不独生旦诸曲出出可听，即净丑过脉各小曲，亦丝丝入扣，恰如分际”[⑥]。李渔说“填词之设，专为登场”，戏曲毕竟都是要在舞台上搬演的，能够曲曲尽肖才是佳作，因此，从戏曲史的角度来说，言者均认为《长生殿》胜过《桃花扇》。吴梅“南洪北孔，名震一时，而律以词范，则稗畦

---

① 《康熙钱塘县志》卷二十二《文苑·洪昇传》，载《中国地方志集成·浙江府县志辑》第4册，上海书店出版社2011年版，第421页。

② 王季烈著：《螾庐曲谈》卷二，山西人民出版社2018年版，第96页。

③ 吴梅撰：《顾曲麈谈　中国戏曲概论·原曲》，上海古籍出版社2000年版，第8页。

④ 〔清〕洪昇著：《长生殿·例言》，徐朔方校注，人民文学出版社1997年版，第1页。

⑤ 〔清〕徐麟撰：《长生殿·序》，载《长生殿》，第259页。

⑥ 《顾曲麈谈　中国戏曲概论》，第187页。

能集大成，非东塘所及也”[①]的观点代表了学者和艺人的普遍看法。

《长生殿》传奇“荟萃唐人之说部中事，及李、杜、元、白、温、李数家词句，又取古今剧部中繁丽色段以润色之”[②]，成为中国戏曲史上的集大成之作，其精深的曲学成就前无古人，后无来者，洪昇亦因《长生殿》而流芳千古。

---

① 《顾曲麈谈 中国戏曲概论》卷下《清总论》，第176页。

② 〔清〕焦循著：《剧说》卷四，载《中国古典戏曲论著集成》（八），中国戏剧出版社1959年版，第154页。

第一章　累叶清华

杭州旧称钱塘，自古繁华，地居钱塘江下游北岸，当京杭大运河之终点，南倚吴山，西临西湖。南宋以降，杭州历经元、明、清前后700多年的修建，成为歌舞升平的“销金锅”，其地风俗侈靡相尚，“不论贫富，游玩琳宫梵宇，竟日不绝。家家饮宴，笑语喧哗”[①]，文人雅士巨贾名宦慕名来游者终年不绝。意大利旅行家马可·波罗称赞杭州“庄严和秀丽，堪称世界其他城市之冠”[②]。杭州之山水秀甲天下，三面云山一面城，一城山色半城湖，杭人之英俊，乃一方水土之孕育。西湖是杭州的一颗明珠，水波潋滟，游船点点，山色空蒙，青黛含翠，如诗如画的美景让人沉醉。和西湖并称的一处胜景是西溪。明朝张岱曾云“西湖真江南锦绣之地，入其中者，目餍绮丽，耳餍笙歌，欲寻深溪盘古，可以避世如桃源、菊水者，当以西溪为最”[③]。西溪在历史发展过程中形成了非常具有特色的隐逸文化，自古人文荟萃，至明清易代之际，这里最有名的家族是洪家。

洪家是历经宋元明数百年的文化望族，声势显赫，直至明清易代之际受到了较大的打击才骤然衰落。清顺治二年（1645）六月，西溪百年望族洪家此刻

---

① 〔宋〕吴自牧，〔宋〕周密撰：《梦粱录　武林旧事》，山东友谊出版社2000年版，第1页。

② 〔意〕马可·波罗著：《马可·波罗游记》，陈开俊等译，福建科学技术出版社1981年版，第175页。

③ 〔明〕张岱著：《陶庵梦忆·西湖梦寻》，夏咸淳、程维荣校注，上海古籍出版社2001年版，第269页。

正陷入慌乱。清兵已经渡过钱塘江，杭州往日羌管弄晴、菱歌泛夜的繁华景象被阵阵的铁蹄声踏破。清军略地攻城横行无忌，参差十万人家的杭州城一片混乱，市列的珠玑、户盈的罗绮顷刻之间就成了烟尘。烟柳画桥、风帘翠幕曾给予江南士子怎样美妙的感受，其三秋的桂子和十里的荷花引发了多少人的眷恋难舍啊，如今也被寒云惨雾和愁织了。

1644年，明崇祯十七年三月，李自成农民军攻入北京，肩负着大明王朝希望的崇祯皇帝在亲手杀掉自己的妻儿后自缢于万岁山（今北京景山）。时隔不到两个月，清军铁骑就在明朝山海关守将吴三桂的带领下，长驱直入进入大明朝的政治中心——北京。第二年亦即乙酉年，清兵深入江南之地。骁勇剽悍的八旗军队，从四月到六月间占领了江苏、浙江等地，其所过之处血肉横飞，廊庙成尘。四月间，清军铁骑占领扬州，进行了长达10日的屠城，死难人口“查簿载数共八十余万，其落井投河、闭门焚缢者不与焉”[①]。七月间，清兵对江阴、嘉定进行了灭绝全城的残酷屠杀。江阴、嘉定两个小县城，士人和义民斩木揭竿，明知以卵投石，却知其不可为而为之。清兵报以毒燎虐焰，两城平民惨遭屠戮，玉石俱焚，汉人死伤无数。顾炎武在他的《秋山》诗里记载了当时的景象，“一朝长平败，伏尸遍岗峦”“可怜壮者县，一旦生荆杞”。在这场改朝换代的灾难中，自古繁华的钱塘也未能幸免。

六月十四日，清兵攻陷杭州，这些清军将士率皆满洲勋旧，他们对待杭人“狰骄可畏”[②]，杭州城内“民畏兵如虎，纷纷保抱，携厥妇子，四乡逃避。或渡江而东，或藏匿外县之深山”[③]。洪氏一族也扶老携幼弃家逃入了附近的西溪荆山之中。山中漆黑一片，看不到月亮，只听到一阵阵猿猴的哀号声，山中蓬蒿萧艾与人等长，洪家主仆踉踉跄跄地在荒山野岭奔走，奔波风尘，颜面憔悴。洪夫人更是憔悴不堪，她肚中的胎儿即将分娩，然而清兵的破城而入使得洪家人不得不逃于山中避难。甲申之难的血流成河还让人们余悸未消，今日灾祸就又横在了眼前。不知道走了多久，也不知道摔了几个跟头，直到遇到一个费姓

---

①〔清〕杨秀楚撰：《扬州十日记》，载陈力主编：《中国野史集粹》，巴蜀书社2000年版，第763页。

②〔清〕吴农祥撰：《梧园文选·赠陈士琰序》，稿本。

③《康熙仁和县志》卷二十七《纪事》，载《中国地方志集成·浙江府县志辑》第5册，第533页。

田户，得其收留，洪家老少才暂时安顿下来。在这个缺门少床的费姓之家，洪夫人产下一子，即洪昇。

关于洪昇的出生时间，郑振铎《中国文学年表》中曾定为顺治十六年(1659)，后陈友琴、陈光汉、熊德基等人根据《武林坊巷志》“郭西小志”条[①]、陆繁弨《同生曲序》、洪昇《燕京客舍生日怀母作》等材料，断定洪昇出生于顺治二年，此论得到学术界的普遍认同。至此，洪昇的生年时间得以确证。虽刘辉有“顺治十四年”说，但不足为证。

在这个天崩地裂的时刻，洪昇的出生并没有给洪家带来多少快慰，也没有消释弥漫在洪家人心头的亡国之痛。在凄凄惶惶的乱世之中，夫妻两个望着眼前的这个小人儿，生出了无尽怜惜之情。若不是乱世，赫赫洪家的长子怎能在这种贫寒简陋的地方降生，豪门望族的奢华和眼前的破败刺激着洪氏夫妇。这段生活经历太刻骨铭心了，以至于多年以后，洪夫人还常常对儿子提起当年他出生时的惨痛情形，“一夜荒山几度奔，哀猿乱啼月未午。鬼火青青照大旗，溪风飒飒喧金鼓。费家田妇留我居，破屋覆茅少完堵。板扉作床席作门，赤日黄云梁上吐。是时生汝啼呱呱，欲衣无裳食无乳”[②]。洪昇人生最初的一个月是在溽暑炎热、无衣无食的困境中度过的，而后在他成长的过程中，母亲又一遍遍地向他重复那个苦不堪言的人生场景，洪昇那种乱世中凄惶无助的心态进一步得到了强化。洪昇满月后，洪家一家人返回城里，杭城内已经是满族人的天下，八旗士兵凶神恶煞地站在城门口，看见襁褓中的小洪昇试图抢走，小洪昇的母亲既惊且惧，紧紧地把儿子抱在怀里。洪昇虽然还没有能力体会母亲的惶恐，但母子连心的本能把母亲的不安与惊恐传递给他，这种凄凄惶惶的心态潜在地塑造了洪昇易感多愁的性格。遍观洪昇的诗集，哀鸣惨痛之情触目皆然，这种哀痛之情固然有人生经历的艰难之因素，而民众普遍的哀鸣之音也在小洪昇还没有认知能力的时候就在其心灵之中留下了痕迹。

---

① 清丁丙稿本《武林坊巷志》卷三十九“东里坊四”之“郭西小志”有“稗畦生于七月一日……康熙甲辰二十初度”语，潘一平、孙云清、颜依青整理、校点，浙江人民出版社1990年版，第594页。

② 〔清〕洪昇著：《啸月楼集·燕京客舍生日怀母作》，载刘辉校笺：《洪昇集》，浙江古籍出版社1992年版，第42页。

人情惶惑、每日数惊的易代氛围，使洪家长子的弥月庆典也不得不仓促草率了。在人生的历程中，每个人都要经历许多重要的礼仪，如诞生礼、成年礼、婚礼、寿礼与丧礼，其中满月是诞生礼中的一个重要仪式。一般说来，孩子生下一个月左右，家中都要为他举行满月仪式。满月在古时又称弥月。满月仪式是所有出生礼仪中最为重要的，届时本家成员以及亲朋好友都会前来祝贺，最为隆重的莫过于头生长子或中年得子。亲朋好友会以真挚的热情给婴儿送上食物、衣物、玩具和金钱等来为之祝福满月，主人则以酒饭相待。婴儿弥月之重要远胜于生日，民间有“穷生日，富满月”的俗语。对于一个世族大家来说，长子的弥月更是一项非常隆重的仪式，要摆酒席宴请宾朋，邀请戏班助兴，以此证明其家中长男的地位，其中还有一项重要的事情，即给这个孩子起名字。在中国人的观念中，定名即定命，一个人名字的好坏往往决定其终身的运数。因此，中国人非常重视个人的名字。姓名原本只是一种符号，与本人没有什么必然的联系，但是恰恰因为名字是本人的代号，人们往往会在名字当中赋予些特殊的含义，比如父母的祝福、家族的期望等。洪氏夫妇希望这个乱世中出生的儿子能够一生平安，摆脱出生之时的不吉利，他们给儿子取名昇。昇，日上也。夫妻俩希望以名字为儿子寄寓好运，以摆脱儿子乱世出生的厄运。但事与愿违，美好的名字也未能为其子艰难的人生增添一点幸运。也许这艰危的出生环境就注定了这个婴儿一生的多灾多难，洪昇的有生之年充满了艰辛与坎坷，即使曾经显赫的家世也未能改变他的人生历程。

洪昇的家族非常显赫，从南宋以来就历代为高官显宦，祖祖辈辈都是朝中的重臣，其先祖洪皓与洪钟尤为卓著。洪氏立姓渊源甚远，可上溯至“共工氏”[①]。洪家有籍可考者自唐而始，祖籍“徽州婺源之黄荆墩，唐末避乱，徙饶州乐平之东，曰岩前，曰洪源，七百余年，世业读书耕桑”[②]。到了洪士良时期，因他“志操不同，力教二孙立门户”[③]，立志于发家致富，使洪家由原来以

① 〔宋〕洪适撰：《宋丞相文惠公序》，载陈周棠校补：《洪氏宗谱》，浙江人民出版社1982年版，第5页。

② 《洪氏宗谱》卷首《瀹港隧记》，第6页。

③ 《洪氏宗谱》卷首《瀹港隧记》，第6页。

农耕为主发展到农商兼做。洪士良是洪家发展过程中一个非常关键的人物，他精于经商与交际，很快就实现了洪家由乐平向鄱阳滃港村的迁居。

宋代时鄱阳城是饶州府所在地，管辖鄱阳、乐平、余干、德兴、浮梁、安仁等六县，昌江、乐安河、潼津河、西河在此流过，水路十分通达，是当时的水运枢纽。鄱阳城里商贾云集，北宋吴孝宗称“江南为天下甲，而饶州又甲于江南，盖鄱阳湖滨壤肥物丰，家富户羡，即已跃于今江、皖、浙、闽诸省之首”[1]，有“长街十里，万家灯火”之称。当时苏、皖、浙、闽诸地商家均在鄱阳城里设立会馆，为各地商人提供方便，当时的鄱阳城是商人心向往之的地方。滃港村又叫滃潭村，是当时昌江的重要港口，距鄱阳城20公里，位置在昌江南岸的滃港山以北，方圆一里，滃港山呈弧形，昌江正好在这里拐了个弯。滃港村背山面江，坐落在这山环水抱之中。它离鄱阳城不远，水路也很方便，是一个既便于做生意又利于居家过日子的好地方。从洪士良迁居至此后，洪家的发展逐渐走向了三代而贵的轨道，果真实现了当初所预期的“子孙青紫不绝”[2]的初衷。

鄱阳人杰地灵，冠带诗书甲于江南，民风好学重教，“为父兄者，以其子与弟不文为咎；为母妻者，以其子与夫不学为辱”[3]。在这种风气影响下，当洪士良的家庭逐渐富裕起来之后，他便致力于培养子孙读书，试图建立自己家族的诗礼传家传统。经过几代人的努力，洪家逐渐形成了崇文尚礼的家风。到了洪士良的孙子洪彦升、洪彦暹时期，洪家已经俨然是一个书香门第了。洪彦升、洪彦暹从小苦读诗书，少有大志。为了求学方便，他们迁居到鄱阳城里。北宋元丰八年（1085），洪彦升中进士，官至给事中，洪彦暹授右通直郎大中大夫。到了洪彦升、洪彦暹儿子那一代，洪家在学而优则仕这条路上取得了重大的成就。洪彦暹的儿子洪皓是洪家发展史上最重要的一个人，他把洪家的声望和地位都推向了顶峰。

洪皓，字光弼，宋政和五年（1115）进士，他从小受到严格的家庭教育和

① 许怀林著：《江西史稿》，江西高校出版社1998年版，第2页。

② 《洪氏宗谱》卷首《忠宣公皓本传》，第7页。

③ 〔宋〕洪迈著：《容斋四笔》卷五《饶州风俗》，中国社会科学出版社2000年版，第1533页。

鄱阳文化的熏陶，“少有奇节，慷慨有经略四方志”[①]，因谏阻宋高宗迁都建康而被赏识，特擢徽猷阁待制，假礼部尚书，出使金国。宋金对峙之时，宋屡次遣使入金，但多有去无回，“凡宋使者如伦及宇文虚中、魏行可、顾纵、张邵等，皆留之不遣”[②]，因此当时使金是件非常危险的事情。果然，洪皓一至太原即被扣押，被拘押于金有将近一年的时间，第二年转至云中（今山西大同）。金人强迫其出仕刘豫伪政权，洪皓严词拒绝，“万里衔命不得奉两宫南归，恨力不能磔逆豫，忍事之邪？留亦死，不即豫亦死，不愿偷生鼠狗间，愿就鼎镬无悔”[③]。后因金国贵族感于洪皓的忠贞而为之求情，洪皓幸免一死，但被流放于遥远的冷山（今黑龙江五常境内）。洪皓在金十五年，艰苦备尝，却始终持节不变。绍兴十二年（1142）被释归宋，赢得“汉之苏武”的美誉，被授徽猷阁直学士，并封为魏国忠宣公，御赐府第钱塘葛岭之阳。葛岭是南宋高宗时的御花园之一，名集芳园，后改为“后乐园”。后乐园中“楼阁林泉，幽畅咸极，古木寿藤，多南渡以前所植者。积翠回抱，仰不见日，架廊叠磴，幽渺逶迤，隧地通道，抗以石梁，傍透湖滨，飞楼层台，凉亭燠馆，华邃精妙。前挹孤山，后据葛岭，两桥映带，一水横穿”[④]。因洪皓功勋卓著，宋高宗把这个景色清幽、位置绝佳的御花园赏赐给了洪家。后人就地建祠，祭祀洪皓且经年修缮。至清雍正年间，浙江巡抚李卫修缮洪皓祠，并书楹联“身窜冷山，万死竟回苏武节；魂依葛岭，千秋长傍鄂王坟”以赞颂洪皓。在洪皓烛照千古的名节影响下，“其子景伯、景严、景庐皆以名德相承”，洪家“遂为钱塘望族”[⑤]。

洪皓不仅是一位以忠贞事迹照耀千古的不朽人物，也是一名才子，著名文学家，所作有《鄱阳集》《松漠纪闻》《辅轩唱和集》等。从洪皓开始，洪家由农至商最后向文的过程基本完成，洪皓以及他的三个儿子奠定了洪家诗礼传家的文化基础。

---

①〔元〕脱脱等撰：《宋史》卷三七三《洪皓传》，中华书局1977年版，第11557页。

②《宋史》卷三七二《王伦传》，第11536页。

③《宋史》卷三七三《洪皓传》，第11558页。

④〔明〕田汝成辑撰：《西湖游览志》卷八，上海古籍出版社1985年版，第105页。

⑤〔明〕王守仁撰：《王阳明全集·谥襄惠两峰洪公墓志铭》，吴光等编校，上海古籍出版社1992年版，第937页。

洪皓的三个儿子洪适、洪遵与洪迈均甚为了得，不仅是南宋高官，而且还都是著名的文人。洪适是洪皓长子，官至尚书右仆射、同中书门下平章事（宰相）兼枢密院使，封魏国公。洪适不仅官位煊赫，而且是南宋著名的金石学家、诗人、词人，与弟洪遵、洪迈皆以文学负盛名，有“鄱阳英气钟三秀”之称，逝后赠谥号文惠。洪适诗文论著甚多，均四方传诵，尤以金石著作为最，他的《隶释》《隶续》是现存专门集录、考释石刻的碑帖考证汇编，被赞为“自有碑刻以来，推是书为最精博”[①]。

金石学是宋代的新兴学问，考证古代金石器皿、印证补充史书的记载。中国出土文物的挖掘从汉代就开始了。青铜器出土最早的记载为汉代，“元鼎元年夏五月，赦天下，大酺五日。得鼎汾水上”“四年，……夏，……六月，得宝鼎后土祠旁”[②]，汉朝君臣视之为祥瑞之兆，将其载入史册。汉和帝永元年间又有记载：“南单于于漠北遗宪古鼎，容五斗，其傍铭曰‘仲山甫鼎，其万年子子孙孙永保用’，宪乃上之。”[③]到了宋朝，青铜器物成为上自皇帝下至文人皆为之叹赏的艺术品。两宋时期重文轻武，嗜古器成风，青铜器的经济价值随着文人雅士的收藏日益高涨，价格可高达数十万钱，其铭文越多，价格亦越贵。宋徽宗赵佶不仅擅书画，且嗜金石，大观初年（1107），宣和殿收藏大小青铜器仅500多件；到了政和年间，皇宫里的收藏已达6000余件。[④]达官贵人、文人学士亦无不唯收藏是嗜，一代文人学士的风尚即在于金石的清赏与雅玩。据北宋《考古图》和南宋《续考古图》称，北宋有藏家40多家，南宋有30多家，而不见著录者则不可胜数。两宋时期是我国文人学士及达官贵人收藏和鉴赏青铜器的第一个高峰期，金石文字的考证之学成为学界一门博大精深的学问。王国维称赞宋代学者在金石研究上的成就为“凿空之功”，而清代研究铭文之学只是“奉为准则”而“不能出其范围”[⑤]。洪适与欧阳修、赵明诚并称宋代金石学三大家。

---

① 〔清〕纪昀总纂：《四库全书总目提要》，河北人民出版社2000年版，第2232页。
② 〔汉〕班固撰：《汉书・武帝纪》，中华书局1962年版，第182页。
③ 〔南朝宋〕范晔撰：《后汉书・窦宪传》，李贤等注，中华书局1965年版，第817页。
④ 宋路霞著：《百年收藏——20世纪中国民间收藏风云录》，复旦大学出版社1999年版，第68页。
⑤ 王国维著：《宋代金文著录表序》，载《观堂集林》卷六，中华书局1984年版，第296页。

他的金石著作，特别是《隶释》《隶续》，先依碑释文，著录全文，后附跋尾，具载论证，开金石学最善之体例，对后代有重大影响。

洪遵是洪皓的次子，他是南宋著名的医家、钱币学家。洪遵，字景严，其少时“端重如成人”，在老师的教授下，刻苦攻读诗书，“不以岁时寒暑辍”①。与兄洪适一起考中了博学宏词科。洪遵还中魁选，被赐进士，授以秘书省正字的官职，后累官至翰林学士承旨、同知枢密院事、端明殿学士、提举太平兴国宫，封信国公。洪遵所撰《洪氏集验方》六卷，于江淮间流传，为医家所接受。洪遵著有《泉志》，汇集历代钱币图形，分类甚详，为现存最早的钱币学专著。中国的钱币学源远流长，但古代钱币学专著多已亡佚，幸赖洪遵《泉志》保留不少上自南朝、下到北宋的钱学论说和见闻记录。《泉志》体例严谨，文字精练，考订审慎，是一部具有极高学术价值的钱币学经典之作，具有承前启后、继往开来的重要历史作用。

洪迈是洪皓的季子，著名的文学家、史学家，与洪适和洪遵均工文词，世称“三洪”。洪迈，字景庐，号容斋，中博学宏词科，历任两浙转运司干办公事、翰林学士、龙图阁学士、端明殿学士等职，封魏郡开国公。洪迈“幼读书日数千言，一过目辄不忘，博极载籍，虽稗官虞初，释老傍行，靡不涉猎”②。洪迈以文章取盛名，博览经史百家及医卜星算之书，在洪氏父子中“文学最高”，一生著述宏富，著有《容斋随笔》74卷，《夷坚志》320卷，选有《万首唐人绝句》100卷。《容斋随笔》为洪迈穷40余年之功编纂而成，其内容博大精深，广涉历代治乱兴衰、纵横韬略、处世为人、文坛趣事、历史珍闻等，补《资治通鉴》之不足，向为治国者所珍爱。《容斋随笔》考证翔实，是宋代笔记的代表作，自成书以来，很受目录学家重视，历代史志、公私书目均有著录。《夷坚志》是洪迈晚年遣兴之书，以“极鬼神事物之变”为标榜，取《列子·汤问》中“夷坚闻而志之”语而命名，书中广涉仙道医卜、鬼狐精怪、海外奇闻等轶事，存2700多则故事，是宋朝志怪笔记小说中篇幅最大的一部。中国志怪

---

① 《宋史》卷三七三《洪皓传》，第11565页。

② 《宋史》卷三七三《洪皓传》，第11570页。

小说，始乎《齐谐》，其后有吴均《续齐谐记》、干宝《搜神记》、张师正《括异志》、钱希白《洞微志》等。洪迈继承志怪传统，历50余年工夫而成《夷坚志》。《夷坚志》成书后广传于世，影响非常大，“《夷坚》初志成，士大夫或传之，今镂版于闽、于蜀、于婺、于临安，盖家有其书”[①]。洪迈《夷坚志》刊刻后，陆续出现了许多以“夷坚”为名的续书，如元好问的《续夷坚志》、无名氏的《湖海新闻夷坚续志》等。洪迈的《容斋随笔》与《夷坚志》至今仍为人所称颂。

洪皓父子以“宋朝父子公侯三宰相”的身份和地位奠定了洪家百年望族的政治基础，他们“兄弟鼎立，子孙森然，以著述吟咏自乐”[②]的人生追求塑造了洪家尚文的文化传统。在望族身份的笼罩下，洪家的文化传统历百世而不绝。

元代初年，蒙古族入主中原，实行重武轻文的政策，汉人地位很低，汉族文人地位更低，南方汉族文人的地位尤其低下。洪家这个以洪皓和“三洪”兄弟为代表的文化世家受到了极大的抑制和打击。洪家家道中落，为避祸而移家避于上虞。洪皓父子所累积的财富大多在战乱中遗失，洪家重新沦落为平民，然而，洪家经几代人努力所积淀下的人文传统却在上虞延续下来。上虞地处杭州湾南岸的宁绍平原，风景秀美，是一个具有深厚人文精神的地方，其地以古代大贤舜而著称。舜是儒家文化的表征，其崇礼重孝的精神成为中国人的行为准则。在舜的光环笼罩下，原本就崇尚儒家精神的洪家更加强化了对儒家思想的追求，兼济天下、以道自任的追求成了洪家隐忍的精神动力，洪家在上虞艰难谋生。上虞的山水、上虞的舜文化都滋养着洪家的后代，为洪家的再一次繁盛积蓄着力量。

从明代成化年间起，洪家在洪钟手上出现了复兴。洪家于元朝兴起时避乱于上虞后山，“迨皇朝建国，乃复还家钱塘”[③]，洪钟的祖父洪有恒把洪家迁居至西溪。洪有恒，原名武昌，因“忌者上书言其名犯年号，高皇帝亲录之”，答“以武昌盛天下”而获御赐“有恒”之名，且授国子监丞职，但洪有恒坚辞不

---

① 〔宋〕洪迈撰：《夷坚志·乙志序》，中华书局1981年版，第185页。

② 《宋史》卷三七三《洪皓传》，第11570页。

③ 《王阳明全集·谥襄惠两峰洪公墓志铭》，第937页。

就，“归隐西溪，潜心理学，人皆钦之”[①]，后人赞之曰“武昌预兆大明兴，御笔亲题改有恒。归处西溪风度异，荣登北阙露光承。儒修自励贤人隐，官职坚辞国子丞。五子其昌鸣凤卜，功名显赫付孙曾”[②]。西溪“地幽而旷，梅树缘径，秋水弥望，寒芦接云天，桃花满村舍”，风景十分清幽。西溪自古以“一曲溪流一曲烟”而闻名，有“虽无弱水三千里，不是仙人不到来”之说。西溪“梅桃拥村，芦苇障目，鸡犬相闻”，一派田园风光，“竹下映梅，深静幽彻，到此令人名利俱冷”，被文人视为人间净土、世外桃源，“几家烟火自朝昏，一派溪流出远村。分付渔舟休竞入，个中恐误桃花源”。洪钟的父亲洪薪，徽州府街口批验所大使，亦以学问名世。至洪钟时，洪家的家业重新达到顶峰，“自曾祖以下皆以公贵，赠太子太保、刑部尚书，妣皆赠一品夫人”[③]，洪氏家族形成了“明纪祖孙太保五尚书”的显赫局面。从洪皓到洪钟，洪家历16世，“太师初赐第于钱塘之葛岭，子孙家西溪，族指甚繁，代有名德”[④]，百年望族的洪家历经坎坷后在西溪又获得了新的生机。

洪钟，字宣之，号两峰居士，明成化十一年（1475）进士。洪钟熟习经史、工古文、精书法，历任刑部主事、安抚使、按察使、左都御史、刑部尚书、工部尚书，并受赐玉带，以军功授白金麟服，进太子太保衔，谥号襄惠。洪钟“勋业振于当时，声光被于远迩”[⑤]，功成身退，隐于西溪。嘉靖皇帝亲赐府邸，府邸绵延四五里。洪钟卒时，皇帝三次派使者前来吊祭，并赐葬于西溪之东穆坞，“松楸列植五里”[⑥]，其墓碑由理学大家、兵部尚书王阳明撰写，称其为人“桓桓襄惠，嶷然人杰”，武英殿大学士顾升成书碑，翰林学士、吏部尚书董玘为之篆额。这样的恩宠成为洪氏家族引以为傲的佳话，也成为时人艳羡不已的谈资，后人赞之曰：“白金麟服沐恩多，秋宪归营安乐窝。边备万屯擐甲胄，功成四省息干戈。小邱临水披苍竹，奇石含烟袅绿萝。五里松楸东穆坞，阳明墓

---

①② 〔清〕丁立中撰：《西溪怀洪有恒》，载《西溪怀古诗》，浙江古籍出版社2010年版，第20页。

③ 《王阳明全集·谥襄惠两峰洪公墓志铭》，第937页。

④ 〔清〕吴本泰撰：《西溪梵隐志·纪胜》，赵一新主编，杭州出版社2006年版，第13页。

⑤ 《王阳明全集·祭洪襄惠公文》，第960页。

⑥ 《西溪梵隐志·纪胜》，第18页。

表不刊磨。”[①]洪家的声望至洪钟达到了新的高峰。

洪钟为官数十年，一生清白，唯爱好藏书，位列高官亦手不释卷。洪家从洪皓起即有藏书的传统，“洪氏自宋忠宣公迁杭以来，青箱世守，代有科名”[②]。洪皓“书无所不读，虽食不释卷，稗官小说亦暗诵数千言”，每见中意之书，常常倾囊以购，所藏之书达万卷之多。即使被扣金国期间，仍“访求廛市之间，换易于酋渠之家”，所得甚多。洪皓三子也以读书、藏书、刻书为乐，形成一代家学。至明代，洪氏家族后人继承宋代家学传统，自成化至崇祯近180年中，洪家五代连续藏书，成为中国藏书史上的典范，其后代子孙自清初至咸丰犹代有人出，“世泽贻谋，罕有伦比”。洪家崇文重教的风气累世不绝，洪氏家长都以之作为家学根本。洪钟的父母不遗金于子孙，而教之以一经。洪钟受先祖遗教，秉承家学，一生以读书藏书为乐，每得当代名公文稿，必亲手录以为式。晚年辞官归家，在西湖东南之涌金门创建书院，教授子弟及贫困青年读书。因其面对南北高峰，故名“两峰书院”，洪钟自号“两峰居士”。

书院是中国古代的一种教育机构，具有培养人才、研究学术、传播文化等多种功能。书院之名始于盛唐，初为官方修书、藏书、校书之所。晚唐出现的私立书院，开始具有隐居读书、聚徒讲学的功能。至宋初，著名的学者纷纷创办书院，著名者有白鹿洞书院、应天府书院、岳麓书院、嵩阳书院四大书院，这四大书院成为天下学人向往的学术研究中心。书院是儒家文化的一种载体，“以诗书为堂奥，以性命为丕基，以礼义为门路，以道德为藩篱”，在传授知识的同时，尤其重视道德的教育。学院往往通过订立学规，用封建纲常伦理来约束规范士子的行为；通过祭祀先圣先贤，树立楷模，引导士子见贤思齐。通过各种制度的实施，书院培养出许多传承忠孝之道的伦理型人才。洪钟的两峰书院亦具有这样的双层作业，除去教授自家子弟外，还更多地吸纳贫苦学子入学，广传知识，在当时的地方文化建设中起到了巨大的作用。洪钟继承了洪氏先世的书香遗风，加上家教有方，所以他的两个儿子洪澄、洪涛，也都入仕为官。

---

① 〔清〕丁立中撰：《西溪山庄怀洪襄惠公》，载《西溪怀古诗》，第25页。

② 〔清〕丁申著：《武林藏书录》卷中《洪氏列代藏书》，古典文学出版社1957年版，第44页。

洪澄是正德五年（1510）举人，官至中书舍人、翰林院待制，洪涛授南京都察院都事。

在建立洪家丰富的文化遗产上，洪钟的孙子、洪昇的高祖洪楩，作出了极大的贡献，把洪家的文化积累推向了高峰。洪楩，字子美，因恩荫官詹事府主簿。洪楩“承先世之遗，缥缃积益”，在其祖父洪钟“两峰书院”的基础上，购书藏书，扩大规模，在故居西溪建立了藏书楼，以先祖书斋“三瑞堂”为名。

中国古代的藏书楼在保存和传播文化典籍方面一直起着独特的作用。中国藏书文化历史非常久远，据说在夏商周三代就已经有了“藏室”“册府”等藏书机构，而且出现了私人藏书家。私人藏书在达到了相当的数量以后，出现了便于庋藏和保管图书的处所，藏书的地方大多是用楼、斋、室、轩、堂、馆、庐之类的名称，统称为藏书楼。文献中记载的最早的私人藏书楼始于北魏，在此后的1500多年中，相继出现过几千座藏书楼，其中有一定影响的达1000多座。藏书楼是中华学子的精神家园，它们哺育一代代读书人，传播着博大精深的中华文化，同时对于古代典籍的收藏、保护，乃至古文献的研究、校勘、刊布发行等方面，也都作出了不可磨灭的贡献。藏书文化所具有的“涉天涯如近邻，逮远古如今日”的功能，为中华优秀文化世代相传搭起了桥梁。自晋至清末，浙江的藏书家约有400人，藏书楼多达188处，藏书地区遍及全省48个县，历史上著名的藏书楼“天一阁”即在浙江。洪楩建立藏书楼的举动不仅是洪家百年来文化代代相传的自然结晶，而且延续、发展了洪家热衷读书藏书的传统，使洪家的文化遗产更上了一个台阶。

除了藏书，洪楩还专事校刊，他在杭州城南的仁孝坊（俗称清平巷）构筑了“清平山堂”刻书坊，其校刊大多为宋元古籍，“既精且多”[①]，“清平山堂”成为明嘉靖年间杭州著名的书坊。洪楩还编著了《清平山堂话本》，收宋、元、明话本小说共60篇，故又称《六十家小说》。宋、元话本作为一种新兴的文学体裁——白话小说，在中国小说史上占有重要地位，对明清小说的繁荣和发展起了重要的奠基作用，并对后代的小说、戏曲具有深远影响。到了明中叶，宋、元话

① 《武林藏书录》卷中《洪氏列代藏书》，第44页。

本多数已经散佚，洪楩的《清平山堂话本》是现在所知保存宋、元话本最多的一部小说。《清平山堂话本》虽然只是一部不完备的辑佚书，但在中国小说史上占有相当重要的地位，为“话本”这种中国传统艺术形式的保存起到了很大的作用。

清平山堂刊刻图书非常“精于校刊”，重视书籍的刊刻质量，注重内容与形式的完美统一。洪楩所刊刻的《路史》《古文选》，当时的文学家田汝成作序称其“校雠精致，逾于他刻，且文雅有足称者”。洪楩“能绳祖武振家声”①，其所建的藏书楼和刻书坊在洪家的家学传统上写下了最富有魅力的一笔。此后的100多年中，洪家子孙世代有人出仕，赫赫扬扬，富贵流传。

在中国传统社会中，家庭是个人人生的起点。因而，中国古人特别注重人伦，强调“修齐治平”，具有强烈的家庭观念。同时，每个家庭又被组织到具有相同血缘的家族之内。以血缘为基础的宗法制是中国古代社会组织的基础，因而在社会中形成了具有鲜明家族性的社会集团，这些家族集团内部彼此联络有亲，互相影响，形成独具特色的家族文化，也使得家族中的人具有崇尚家世的自豪感。重人伦、崇家世的观念和中国自古以来所具有的崇文重教的文化本位观念结合在一起，逐渐形成了“忠厚传家远，诗书继世长”的家族观念，久而久之便形成了浓厚的家学传统。在同一家族之内，或父子相承，或叔侄相绍，或祖孙相继，将一个家族逐渐形成的学术优势保持并发扬光大，使得后人能够在较高的学术起点上继续发展，中国古代文化在世家的代代传承中得以延续和发展。这种家族文化具有相当强的传承性，是中国文化传承的重要途径，中国文化的命脉延绵不绝者，在于典籍，更在于家族文化的传承。中国的世家文化，造就了一个个辉煌灿烂的文化世家，如汉代的司马谈、司马迁父子，刘向、刘歆父子，班彪、班固、班昭一家，汉末三国时期的蔡邕、蔡琰父女，曹操、曹丕、曹植父子，东晋的阮瑀、阮籍父子，宋代的苏洵、苏轼、苏辙父子，李格非、李清照父女，等等。家学的兴盛，是文化世家生生不息、中华文化绵绵不断的重要原因。洪氏家学的传承，除了表现在读书藏书传统的继承与延伸外，

---

①〔清〕丁立中撰：《西溪怀洪美荫》，载《西溪怀古诗》，第26页。

还具有一种明显的文化指向，洪家的家学由自发扩展到文化自觉，建书院、设书坊等行为强化了洪家诗礼传家的传统，构建了洪家深厚的文化底蕴。

洪家的祖先经历了几代人的努力，不仅构筑了洪家强大的政治势力，成为“宋朝父子公侯三宰相，明纪祖孙太保五尚书”[①]的豪门，同时也使洪家成为诗礼簪缨之文化望族。这种书香门第的深厚家学，不仅使得洪家引以为自豪，也形成了洪家强烈的文化自觉。他们自觉担任文化的传承者，虽经历宋元易代、明清易代的乱世，洪家的文化传统都没有中断。洪昇的祖父、父亲的具体情况虽不可确知，但也都是“才绝时人，文倾流辈”[②]的饱学之士，洪家深厚的家学这一巨大的文化遗产对洪昇产生了深刻的影响。

洪昇的父亲名起鲛，字卫武或武卫，曾“以例受官”。关于洪昇父亲的材料，有洪昇业师陆繁弨和洪父好友张竞光及王嗣槐三人的记载。陆繁弨有《洪卫武双寿序》，张竞光有《为洪昉思尊人作》，王嗣槐有《洪氏寿宴序》。在这三条材料中，王嗣槐《洪氏寿宴序》有“吾友洪武卫……其子昉思，文才突出”之语，由此可确知洪昇的父亲为洪武卫。但陆繁弨《洪卫武双寿序》原注又有“名起鲛，字卫武”之语，陆、王二人之说虽有“卫武”和“武卫”之别，但可证为洪父无疑。

关于洪起鲛的人生经历和性情，陆繁弨、张竞光、王嗣槐等人的诗赋中均有所描绘。王嗣槐称洪起鲛“才绝时人，文倾流辈……以例受官，非其好也。优游梓里，偃息湖干。非有季鹰忆鲙之赋，自逐秋风；颇同陶令种秫之怀，长眠夏日。……不汲汲于名场，无营营于宦牒。抚琴书以自适，与花鸟而相亲”[③]。张竞光《为洪昉思尊人作》诗亦云：“腕彼青云器，闭门读我书。高谭自警众，细缊与人殊。束身结飞辔，顾眄骋良图。抚志凌霄上，仗剑游京都。矫迹聊捧檄，恬旷每有余。入室抚琴瑟，携手心相于。……稚子横文雅，况复

① 〔清〕梁章钜撰：《楹联丛话》之洪家家庙楹联，清道光刊本。

② 〔清〕陆繁弨著：《善卷堂四六》卷四《洪卫武双寿序》，载《四库全书存目丛书·集部·别集》第257册，齐鲁书社1997年影印本，第452页。

③ 〔清〕王嗣槐著：《桂山堂文选》卷八《洪氏寿宴序》，载《四库未收书辑刊》第7辑第27册，北京出版社2000年版，第510页。

砺璠玙。著书通大道，作赋比《子虚》。顾念高堂上，并坐常宴如。祗承朝与夕，为且效区区。”[①]由此可见，洪昇的父亲是一个健谈傲岸、才华横溢却又淡泊名利之人，父亲的这种个性对洪昇成人后的疏狂和归隐的人生取向可以说起到了一个直接的榜样作用。

从洪昇友人的诗文中，我们约略可知洪昇的父亲有两位夫人，一为钱氏，一为黄氏，钱氏系钱开宗之妹，黄氏为黄机之女。王嗣槐《洪氏寿宴序》云“时维八月，旬有五日，为吾友洪武卫及其原配钱夫人四秩初度，称双寿焉”，陆繁弨《洪卫武双寿序》亦云，“岁丙午，仆友洪子卫武四十初度，丁未八月又为贤配钱孺人诞辰”，可知钱氏为大夫人。洪昇为黄氏所生，黄氏生于书香世家，贤淑温婉，知书达理，具有很高的文学修养。黄家是一个“祖姑历三世科甲，享荣膴者数十年”的世族大家，黄机是顺治三年（1646）进士，授庶吉士，官至吏部尚书、文华殿大学士。黄彦博，字公路，号泰征，康熙三年（1664）三甲第八名进士，授庶吉士[②]。在洪昇的幼年时期，他的母亲承担着对儿子的教育，黄氏用自己对生命的体验和感悟开启了洪昇的心灵。

在人的一生中，家庭环境和家庭教育往往起着决定性的作用，尤其是人在成长期间所置身的环境和所接受的家庭教育更是塑造个人品性最重要的因素，人的一生也终将带着这个家庭的烙印行走，成为每个人挥之不去的潜意识。洪家世代书香的文化因子遗传给了洪昇，洪昇传承了洪氏家族的才华才情，成了一个早慧的儿童。

---

①〔清〕张竞光著：《宠寿堂诗集》卷十《为洪昉思尊人作》，载《四库全书存目丛书·集部·别集》第238册，第546页。

②〔清〕吴鼎雯辑：《馆选爵里谥法考》，载张爱芳、贾贵荣编：《历代名人谥号谥法文献辑刊》，北京图书馆出版社2004年版，第29页。

第二章　山水诗情

洪昇是一个著名的诗人、伟大的戏曲家，无论其诗词还是其戏曲都以才情、性灵著称，“疏澹成家”。“一方水土养一方人”说的是地域环境在塑造一个人独特生命中所起到的决定作用，不同的区域有不同的文化，这是不同区域的地理环境和人文背景使然。洪昇生活在山明水秀、人文荟萃的吴越之地，他的才思与性情都是在吴越之地的山山水水中孕育而成的。

越地有山有水，水绕山环，山清水秀，山有飞禽，水有游鱼，有田可耕，有水可灌，是中国传统耕读社会中人们无限向往的精神家园。远古以来的水患在逐渐被控制住后，“水”就逐渐成为当地人的审美对象。在玄言诗刺激下产生的对自然山水的感怀中，人们逐渐发现了“春水碧于天”的美丽，在“山水有清音”中体味生命的禅意，尤其是唐宋以后，人们越来越以欣赏的眼光看待“水光潋滟晴方好，山色空蒙雨亦奇”的山水之美。越地充满灵秀之气的山水，滋养着越地的景物，使之风姿绰约、妩媚动人，也涵养了越地的人民，使之聪颖睿智、风情万种。奇特的雁荡山、清净的普陀山、清凉的莫干山、险峻的天目山，或雄奇，或清幽，涵养着越人坚韧和忠贞、宽厚与仁义的性格特征。妩媚的西湖、澄澈的富春江、奔腾的钱塘江则塑造了越人空灵缠绵、含蓄细腻的情感世界，赋予了越地独特的水文化属性，水样江南成为具有独特意境的地域。洪昇从小就沉浸在“日出江花红胜火，春来江水绿如蓝”的自然美景中，如诗似梦的湖光山色成了他生命的底色，使他总是敏感于自然的风物。在洪昇一生南来北往的客游生涯中，故乡的山山水水总是他最深的牵挂。

钱塘不仅多水还多雨，且多缠缠绵绵的丝雨。逢着梅雨时分，那雨更下个不停，“黄梅时节家家雨”啊，无边无际、无尽无休、似有似无的梅雨正似人的愁情，无处躲避也挥之不去，因而梅子黄时雨与“一川烟草、满城风絮”都成了愁的象征。江南水乡如梦似诗、如歌似韵的诗意氛围，使浸染在那细如愁的无边丝雨中的越人相对于其他地方的人具有一种别样的情怀，水文明使得越地之人相对于土文明之人更多一分温柔和灵动。水样的江南滋养了洪昇的情感，西湖的妩媚、梅雨的幽怨使洪昇的心灵深处自小就含了一种幽怨与缠绵，心底总有些许的戚戚之意。

在细雨霏霏的越地山水滋养下，越地的语言也如水样的娇柔，这就是人们艳称不绝的吴语。吴语从以“三吴”（现苏州、湖州、绍兴）地区为中心的太湖流域、宁绍平原发展起来，因而俗称“吴语”。春秋战国时吴越虽是两个诸侯国，但它们同处长江下游，“接土邻境，壤交通属，习俗同，言语通”[①]“同音共律，上合星宿，下共一理”，其文化具有相同的区域特色，“吴歈”与“越吟”也就统称为“吴歌”。吴语由北方汉话融合土著的越族话而成，因其出音婉转动听，一唱三叹，余音袅袅，入耳则有软、糯、甜、媚之感，又被称为“吴侬软语”。以吴音演唱的古吴歌曲，旋律千娇百媚，以丰富的内涵、婉转而流畅的音韵著称于世。中国语言南北方差别很大，“南方水土和柔，其音清举而切诣，……北方山川深厚，其音沉浊而鈋钝”[②]“北辞情少而声情多，南声情少而辞情多”“北气易粗，南气易弱”[③]，吴越之地的潺潺流水使吴语如水样曲折婉转，成为一种具有音乐意味的语言。洪昇在戏曲艺术上所取得的伟大成就很大程度上得益于故乡吴语的浸淫。

钱塘四季变化非常鲜明，春天明媚娇嫩，夏天酷暑难熬，秋天寂寥凄清，冬天阴冷入骨。如此判然有别的四季轮回、花谢花飞，使得越地人悲春伤秋的

① 〔战国〕吕不韦著：《吕氏春秋》卷二三《直谏》，高诱注，上海古籍出版社1989年版，第205页。

② 〔北齐〕颜之推著：《颜氏家训·音辞》，易孟醇、夏光弘等译注，岳麓书社1999年版，第244页。

③ 〔明〕王骥德撰：《曲律》，载《中国古典戏曲论著集成》（四），第57页。

心理感受异常强烈。越人汲取着吴越之地山水风光的氤氲灵气，软语清吟充满了文化的柔情。吴越之地的温山软水打造出了具有绕梁之美的吴侬软语，也孕育出一代代充满诗书韵味的文化型子民。

“西湖春水绿于酒，西湖女儿娇似柳”激发了洪昇对美的感悟、对女性的体察。洪昇从小就感情细腻、敏感多情，无论是对人事还是对周围的环境，他都很易感。春秋代序所带来的时光飞逝之感则让洪昇很小的时候对生命就特别敏感。钱塘这一片永恒的温山软水中的诗情画意，眼如横波眉如黛的姣好面容，使得钱塘成了诗性文化的代表。洪昇自小生活在这种诗性文化的生态环境中，渐为之所化，终至成为一代著名诗人。

决定人类生活和命运的因素除去气候、食物、土壤、地形等自然因素外，长期性的文化基因传承和沉淀也极大地影响着人类文化的发展。

古越先民“处海垂之际，屏外蕃以居，而蛟龙又与我争焉，是以剪发文身，烂然成章”[①]，沿江临海的自然环境，“水行山处，以船为车，以楫为马”的生活方式，形成了勤劳、质朴、勇悍、刚烈的古越民风。越人多具好勇轻死、刚劲勇猛的地域性格，正如明人王震在《贷山书院记》中所云，“士生其间，往往多钟山海硕大之气”。对此，《汉书·地理志》有所记载：“吴越之君皆尚勇，故其民好用剑，轻死易发。”对越人勇猛贞刚的记载史不绝书，如“兼并好胜，挟持善斗，楚越之旧染”[②]“民朴而勤，勇决而尚气”[③]“民多刚劲而质直”[④]“民性质直而近古，好斗而易解”[⑤]“锐兵任死，越之常性也”[⑥]等等。至南宋王十朋《会稽风俗赋》尚曰“故其俗，至今能慷慨以复仇，隐忍以成事”。到了近代，越人刚毅好勇的个性还是十分鲜明，鲁迅于1912年在《越铎出世辞》中仍称越人“其民复存大禹卓苦勤劳之风，同勾践坚确慷慨之志”。“好勇”这种地域性格，作为一种文化传统，已被吴越地区的民众世代相传。

---

① 〔汉〕刘向撰：《说苑疏证·奉使篇》，赵善诒疏证，华东师范大学出版社1985年版，第335页。

② 〔元〕单庆修、徐硕纂：《至元嘉禾志》，载《宋元方志丛刊》，中华书局1990年版。

③ 《金华府志》，明万历六年何氏刊本。

④ 《嘉靖宁波府志》，明嘉靖三十九年刻本。

⑤ 《诸暨县志》，清乾隆三十八年刊本。

⑥ 〔汉〕袁康、吴平辑录：《越绝书》卷八，乐祖谋点校，上海古籍出版社1985年版，第58页。

这样的精神也表现在北方民族的艺术挟军事政治之势覆盖吴越地区之时，吴越之地对文化的坚守。江南地区传统的美学趣味受到北方杀伐之气的强烈压抑，连歌伎唱南歌也被视为犯禁之举，但吴越人民不肯屈服的性格使得他们并没有轻易地为一时的情势颠覆，即使被如同巨石般的强力所压迫，还是倔强地从石缝中生长壮大。洪昇在他日“交游宴集”时旁若无人的“指古摘今”[①]，在文化心理上与越人“好勇轻死”的性格是灵犀相通、一脉相承的。

随着晋室南渡和南宋驻跸，吴越之地的地域个性也发生了潜在的变化，移民对长江流域的学术文化发展起到了不可估量的作用。六朝名士的风流文采以及南宋王朝倡言文治的立朝基础把越地“尚勇”的价值取向引向了“崇文”，“尚勇”的吴越开始逐渐“好文”了，吴莱曰“自东都文献之余，天下士大夫之学日趋于南。或推皇帝王霸之略，或谈道德性命之理，彬彬然一时人才学术之盛，不可胜纪”。越人不再从剑拔弩张中寻找自尊，反而越来越沉浸在山水乐舞与学术诗文的优雅中，越人的刚强恃勇也变成了柔中带刚的温和蕴藉。

经历了两次北方人民的南迁后，越地根本性地摆脱了“荒服之地”的状态，文化积淀达到了顶峰。宋朝倡言文治，军事上虽不及北方辽金夏蒙元，每战辄北，文化事业却极为发达。宋朝皇帝大多具有较高的艺术修养，宋代文臣之盛也胜于前朝。随着宋室南渡，一大批文人官僚阶层驻留临安，文化事业发达，建书院、刻书籍等都极大地提高了文化普及率，“今吴、越、闽、蜀，家能著书，人知挟册”[②]，即使是偏僻乡村，“虽牧儿妇，亦能口诵古人语言”。陈寅恪先生即说：“华夏民族之文化，历数千载之演进，造极于赵宋之世。”[③]整个江南地区，人民不论男女老少，普遍具有较高的文化素养。

越地“儒风之盛，冠于东州”，还有一个特殊的传统——“养贤”。“养贤”就是给读书人以经济上的资助，鼓励其刻苦攻读，光宗耀祖。“养贤”起源于越

---

① 〔清〕徐麟撰：《长生殿·序》，载《长生殿》，第259页。

② 刘公纯、王孝鱼、李哲夫点校：《叶适集》卷九“汉阳军新修学记”条，中华书局1961年版，第140页。

③ 陈寅恪撰：《邓广铭宋史职官志考证序》，载《金明馆丛稿二编》，上海古籍出版社1980年版，第277页。

王勾践时代，越王勾践为复国报仇，“十年生聚、十年教训”，招贤礼达，使贤任能，“其达士，洁其居，美其服，饱其食，而摩厉之于义。四方之士来者，必庙礼之”[1]。东晋以后，随着大批北方儒士的南渡，越地的“养贤”之风更盛。《南史》载曰：贺之“馆中生徒常数百，弟子明经对策者至数十人”[2]。《湘山野录》载：江州陈氏，长幼七百余口，“不蓄仆妾，上下雍睦，……建家塾，聚书，延四方学者。……江南名士，皆肄业于其家”[3]。越地之人对读书具有非常强烈的渴望与向往，“有志者习举业，迟钝者亦求通句读”这种素亲耕读的社会风气使得越地才子遍天下，越地这种整体性的文化氛围为洪昇的成长提供了极为有利的文化滋养。

吴越丰腴而润泽的地质使其成为水道纵横、平畴无际的富饶之地，晋室南渡和两度为都，使杭州成为五音繁会、五色陆离之所。小说《梧桐影》第三回说：“奢淫又惟江南一路，最为多端。穷的奢不来，奢字尚不必禁，惟淫风太盛。苏松杭嘉湖一带地方，不减当年郑卫……”吴越之地自古就有擅歌舞、重倡优的传统，早在夏代《涂山女歌》“候人兮猗”的感叹就开始向世人展示其曼舞轻歌的舒缓柔媚。涂山歌为“南音之始”，南音史称之为“吴歈”“越吟”，“吴歈”和“越吟”深情旖旎、绵邈幽怨，入耳绕梁，深得人们的喜爱。《晋书·乐志》云：“吴歌杂曲，并出江南，东晋以来，稍有增广。”[4]西晋陆机有“楚妃切勿叹，齐娥且莫讴。四座并清听，听我歌吴趋”的描写，其歌之动人可见一斑。从南朝刘宋之际，钱塘的歌声舞节就已经非常繁盛了，“凡百户之乡，有市之邑，歌谣舞蹈，触处成群”。又说齐永明时，“都邑之盛，士女昌逸，歌声舞节，袨服华妆，桃花渌水之间，秋月春风之下，无往非适”[5]。吴歌“曼丽宛曲的情调，清辞俊语，连翩不绝，令人‘情灵摇荡’”的特点对中国戏曲的形成起到了非常大的作用，使吴越之地成为中国戏曲的源头。

---

① 〔春秋〕左丘明撰：《国语》卷二〇《越语上》，上海古籍出版社1988年版，第635页。
② 〔唐〕李延寿撰：《南史》卷六二《列传》五二《贺玚传》，中华书局1975年版，第1508页。
③ 〔宋〕文莹撰：《湘山野录》，郑世刚、杨立扬点校，中华书局1984年版，第16页。
④ 〔唐〕房玄龄等撰：《晋书·乐志》，中华书局1974年版，第716页。
⑤ 《南史》卷七〇《循吏传》，第1697页。

在世界戏剧史上，中国戏剧的诞生并不算早。古印度与古希腊戏剧比起中国戏剧要早1000多年。尽管就目前可见的文献而言，今人很难确知中国成熟的戏剧起源究竟是在何时何地，但是多数论者都同意，具有完整形态的中国戏剧发源于北宋末年或南宋初年。关于戏剧诞生的所有最早的记载，与长江中下游的江南一带都有着密切关系。除了整个宋代经济文化重心南移这个大背景以外，南宋偏隅临安（今杭州），对于江南一带的经济文化发展，更是一个非常重要的契机。这块曾经培育了吴越文化，又从秦始皇统一六国起备受中原文化影响而渐渐失却文化特色的土地，在南宋定都杭州之时起，又迸发出她的生机。这里的山水原本就具有浓厚的感性色彩，加之有一个倡言文治的朝廷，一批来自各地的文人，还有许多离乡背井的单身军士，共同造就了一股风靡一时的享乐风潮，使整个杭州城变成了中国最繁荣的经济、文化中心，显示出一派歌舞升平的景象。

“湖山歌舞，沉酣百年。”[①]南宋时期，勾栏瓦舍遍布钱塘城内城外，同时也遍布吴越之地的中小城市。北宋末年，吴越之地出现的南戏，因其能给观众提供包括轻歌曼舞、讲史传奇、杂技百戏在内全方位的艺术享受，很快就由只是偶尔为之的表演，开始盛行于各地，成为一种新颖且极受欢迎的表演艺术样式。元代，钱塘乃至整个江南地区虽然不再是中国的政治中心，却俨然还是当时全国娱乐和文化的中心。在元代，具有明显的北方文化风格的杂剧压倒南宋时期的南戏戏文，成为当时最有影响的戏剧样式，但是元杂剧的中心并非全在北方。钱塘也是当时杂剧最重要的创作中心之一，创作与演出的繁盛并不输于北方的大都。北方的元曲杂剧是因为宋亡之后大批南方乐工被强行征召到北方才得以兴盛的，尤其是从浙江的杭州被征招去北方的乐工和演员，多到无法计数；而杂剧也正因回流到了南方，尤其是回流到了江南一带才成了大气候，成就了“一代之文学”。北人大量来到江南地区加之江浙本地涌现的大批作家，使得南方地区的戏剧活动空前繁荣。到了明代出现了被誉为中国“百戏之祖”的昆曲，把中国戏曲艺术推向了巅峰。

---

① 〔元〕刘一清撰：《钱塘遗事》卷六“戏文诲淫”条，上海古籍出版社1985年版，第126页。

昆曲是中国戏曲史上的集大成者，是中国古典戏曲发展的最高峰。昆曲以声若游丝的曲笛为主要伴奏乐器，加上赠板的广泛使用，字分头、腹、尾的吐字方式，以及它本身受吴中民歌小调的影响而具有的“流丽悠远”的特色，使昆曲声腔以“婉丽妩媚、一唱三叹”著称，从而形成了缠绵婉转、柔曼悠远的风格特征。昆曲的演唱极其注重咬字行腔的抑扬顿挫与曲折婉转，声分平上去入，字分头腹尾音，要达到“气无烟火，启口轻圆，收音纯细”的境界才算臻于佳境。昆曲的伴奏以曲笛为主，辅以笙、箫、唢呐、三弦、琵琶等，曲笛音色柔美缠绵、哀怨婉转，和曲唱的轻柔细腻融为一体，有一种幽深艳异、缠绵深情之感。“昆山腔”以“流丽悠远，典雅绵邈”的风格深得文人们喜爱，但是它并没有立刻改变“止行于吴中”的境地，一直以清唱为主，梁辰鱼以昆山腔演绎《浣纱记》，才逐渐形成了与这个地方性的声腔相适应的剧本，昆曲得以在大江南北广为传唱。昆曲的剧本采用了非常文人化的语言，继承了古代诗词及元曲的优点和长处，采用长短句的文体，使得昆曲的文辞华丽典雅、含蓄委婉。昆曲借助文人谱写的华美歌词，文人的传奇作品依托昆曲的优美唱腔，二者兼美成为一种典雅的文人艺术精品——昆剧。昆剧以家庭戏班、职业戏班、优伶传唱、曲社、曲会等诸多演出方式在全国流行，成为明清两代文人最时尚的娱乐方式。在士大夫阶层的推波助澜下，明清时期的昆曲演出形成了“举国若狂”的局面。明代以后士风颓靡，诸多士大夫放诞不羁、纵情享受、沉溺声色，其中一个重要内容就是迷恋于昆曲，如明末东南著名文人张岱自称一生“好精舍，好美婢，好娈童，好骏马，好华灯，好烟火，好梨园，好鼓吹，好古董，好花鸟”①。明清文人还风行串戏，例如屠隆“每剧场，辄阑入群优中作伎”②，汤显祖“自掐檀痕教小伶”③。昆曲在苏州获得了极大发展的同时，也向外传播。明万历年间，与苏州毗邻的松江、常州、镇江地区和浙江的杭州、嘉兴、湖州

① 〔明〕张岱著：《琅嬛文集》卷五《自作墓志铭》，路伟、马涛点校，浙江古籍出版社2016年版，第369页。

② 〔清〕沈德符著：《顾曲杂言・昙花记》，载《中国古典戏曲论著集成》（四），第209页。

③ 〔明〕汤显祖著：《汤显祖诗文集》卷一八《七夕醉答君东二首》，徐朔方笺校，上海古籍出版社1982年版，第735页。

地区率先出现了“争尚苏州戏”的时尚。浙江作为（南）宋、元两代的戏剧中心和两大南戏声腔（海盐腔、余姚腔）的起源地，昆曲之盛并不亚于其发源地苏州。文人士大夫广蓄声伎、置办家班，痴迷昆曲演唱和研究。生活在这样一个载歌载舞的艺术氛围中，洪昇从小就对昆曲的旋律非常熟悉，从师后其师多重韵工曲，洪昇对昆曲就更加亲近。洪昇最终能够创作出被誉为“千百年来曲中巨擘”的《长生殿》，实在是得益于杭州这歌舞昌盛之乡。

也许沾染了西湖的灵气，钱塘山水多了些温软的女性特征，越人的刚硬和勇猛中更多地渗透出西湖水样的绕指柔情。钱塘不只是现实中养活了无数越人的鱼米之乡，更是一个诗词曲赋中的诗意梦境，存在于采莲女子和浣纱女子的眉眼之间，紫茎翠盖和素手罗裙使得荡舟采莲、临水浣纱都具有了一种诗意。杭州的秀山媚水、无边丝雨和四季飞花使其空气中都弥漫着浪漫的气息，这种浪漫成就了种种美丽的爱情，苏小小、梁祝、白娘子和三生石是其中传诵千古的绝唱。苏小小是南朝歌伎，与贵公子阮郁真心相恋，后被阮父拆散，伤情而终。她“妾乘油壁车，郎骑青骢马；何处结同心？西陵松柏下”的真情告白长久地被人们怀念和叹赏，“湖山此地曾埋玉，风月其人可铸金”是后人对苏小小的真诚赞颂。梁祝的故事是一个古老的传说，被誉为千古爱情绝唱。相传在我国西晋时期，青年学子梁山伯辞家攻读，途遇女扮男装的学子祝英台，两人一见如故，志趣相投，遂于草桥结拜为兄弟，后同到红罗山书院就读。在书院，两人朝夕相处，感情日深。三年后，英台返家，山伯十八里相送，两人依依惜别。山伯经师母指点，带上英台留下的蝴蝶玉扇坠到祝家求婚，但祝父已将英台许配给有权有势的马家。山伯回家后悲愤交加，一病不起，不治身亡。英台闻山伯为己而死，悲痛欲绝。不久，马家前来迎娶，英台被迫含愤上轿。行至山伯墓前，英台执意下轿，哭拜亡灵，突然坟墓裂开，英台纵身跳入，两人化作两只蝴蝶翩翩起舞。虽说关于“梁祝”的人物出生地和故事发源地也有众多说法，但是钱塘的人一直把梁祝故事的产权“据为己有”而长久地感动着。雷峰塔下的白娘子则演绎着对爱的执着追求。白娘子是千年白蛇，钟情人间才子许仙。烟雨蒙蒙中，与许仙在断桥上的邂逅演绎了白娘子终生不悔的爱情。幼年的洪昇生活在这个充满了爱情传说的空间里，他睁着懵懂的眼睛看着周围人脸上的泪痕，听着大人们一遍又一遍地讲着这些美丽的故事，听着园子里小戏们的幽怨哀吟，这些深情哀怨的爱情故事在洪昇的心灵中留下难以磨灭的印记，在他还不知道爱为何物的时候，“情”的因子已经不知不觉在他心灵当中萌发了。

钱塘真是一个奇怪的地方，一方面是烟柳繁华温柔富贵，一方面却对宣称苦修的佛教十分钟情。也许红尘太奢靡了，越人希图“山川脱俗骨，梵刹涤尘埃”吧，他们修建了足够多的寺庙，供养了无数的僧人，径山、灵隐、净慈、三竺等佛寺均名列佛教禅、教、律三宗“五山十刹”前列。《宋史・地理志》云（越人）“性柔慧，尚浮屠之教，俗奢靡而无积聚，厚于滋味，善进取，急图利，而奇技之巧出焉”[①]，越人在现世和来世之间很自如地出入。钱塘佛教历史非常漫长，始于两晋，盛于吴越国，吴越国寺塔之盛，为南方诸国之首，致有“佛都”之称。东晋咸和初，印度僧人慧理来杭，连建灵鹫、灵隐、下天竺翻经院等五刹，为钱塘建寺之始。至南北朝梁武帝赐田扩建灵隐寺，钱塘佛寺才粗具规模，建立了仪制。到了中唐时期，朝廷崇佛，钱塘的寺庙非常多，遍布湖山之间。五代时期，吴越建都杭城，四代钱王以“保境安民”“信佛顺天”为国策，扩建原有佛寺，在都城周围广建新寺，吴越寺庙，“倍于九国”。重文的宋朝也重视佛教，《天竺山志》记载“凿山增室，广聚学徒，教庠之盛，冠于两浙”，出现了“三百六十寺，幽寻遂穷年”[②]的奇景。

明清易代，明遗民多不仕而逃于佛，又促进了清朝时佛教的繁盛。佛教的发展，使西湖周围形成了以灵竺为中心的北山寺庙群和以南屏净慈为中心的南山寺庙群。净慈寺坐落在南屏山中峰慧日峰下，这里峰峦耸秀，怪石玲珑，松柏翠绿，山色空蒙，古刹名山相互映辉。净慈寺是西湖周围的第二大名刹，“湿红映地，飞翠侵霄”，与灵隐寺并称南北两山之最。净慈寺最早叫“慧日永明院”，是五代十国时期后周显德元年（954）吴越王钱镠为永明禅师所建。永明本姓王，名延寿，字冲元，自幼信佛。永明禅师佛学造诣很高，著作甚丰，主

---

① 〔南朝梁〕沈约撰：《宋史・地理志》，中华书局1974年版，第2177页。

② 〔宋〕苏轼著：《苏轼全集・怀西湖寄晁美叔同年》，傅成、穆俦标点，上海古籍出版社2000年版，第149页。

持杭州灵隐寺、六和塔的修建，并创建净慈寺，成为净慈寺的开山祖师。净慈寺在北宋时改名为寿宁禅院，南宋又名净慈报恩光孝禅寺，简称净慈寺或净慈禅寺。历史上几经兴毁，南宋嘉定十三年（1220）复建，历时5年，塑五百罗汉，供奉在罗汉堂内。净慈寺规模与灵隐寺相似，有殿宇10座，房舍500余间。苏东坡有“卧闻禅老入南山，净扫清风五百间”诗，净慈寺被列为禅宗五山之一。灵隐寺坐落在杭州西湖西北灵隐山麓，巍峨的殿宇深处于千峰竞秀、万壑争流的山间，是江南著名的古刹，其间群山并列，湖光山色，气象万千，相传为印度僧人慧理所建。晋成帝咸和元年（326），慧理来到灵鹫峰，说：“此天竺灵鹫山之小岭，不知何年飞来？佛在世日，多为仙灵所隐。”遂结庐而居，面山建寺，名山曰飞来峰，名寺曰灵隐寺。灵隐寺初创时，规模不大。五代吴越国时期，灵隐寺发展达到顶峰。当时，全寺建筑有9楼、18阁、72殿堂，房舍达1300多间，僧众逾3000人。至明清时期，净慈寺、灵隐寺仍是香火旺盛之地，终日里梵音回荡，香烟缭绕。幼小的洪昇虽然听不懂南山北山晨钟暮鼓弥漫的极乐召唤，但是这种极其富于韵律的佛音总是能让不安的他安静下来，也许长大成人的洪昇总愿意追随佛教大师的历程，从小时候聆听净慈寺和灵隐寺的钟声就开始了吧。

儿时的洪昇生活于这样一个山清水秀、崇文重教、充满了歌声与爱情的人文渊薮，这些文化因子潜移默化地塑造着洪昇，他的气质风度和人生取向都深深地受到了吴越大地的熏染。

第三章　早慧少年

洪昇出生于明清易代那个地裂天崩之秋，改朝换代的社会性创痛几乎伴随了洪昇的一生。洪昇的少年时代是一个多事之秋，甲申之难、乙酉之难、科场案、奏销案、哭庙案、明史案相继发生，给江南大地造成了极度的恐慌，痛苦哀号之声不绝于耳。从一出生起，洪昇就生活在哀痛惨怛的社会氛围中，洪昇终生的不幸从此开始了。

洪昇出生后，首先面对的是由清政府颁发的“剃发令”“易服令”而引起的大规模武装斗争。清朝的所谓“剃发”，即从额角两端引一条直线，依线剃去线外的头发，然后将所余的头发，在脑后交织成股，编成一条辫子，汉人称之“猪尾巴”。这原是女真族、满族独有的风俗，早在满洲建立政权时期，满洲统治者就强令投降的汉人效法满洲人的发式，把剃发作为归顺的标志，清军入关继续推行这个政策。顺治元年（1644）四月二十二日，清军打败李自成进入山海关的第一天就下令剃头，五月初一，摄政王多尔衮率领清军过通州，知州迎降，多尔衮“谕令剃发”。清朝进入北京后正式下达剃发和易衣冠的法令，要求“投诚官吏军民皆着剃发，衣冠悉遵本朝制度”①，但是这一政策遭到汉人的强烈反对，在朝汉族官员遵令剃发者为数寥寥，不少官员观望不出，甚至护发南逃，畿辅地区的百姓也常揭竿而起，多尔衮被迫宣布收回成命。顺治元年五月二十日谕旨中说：“予前因归顺之民无所分别，故令其剃发以别顺逆。今闻甚拂

① 《清世祖实录》卷五，载《清实录》（三），中华书局1985年版，第57页。

民愿，反非予以文教定民心之本心矣。自兹以后，天下臣民照旧束发，悉从其便。”[①]顺治二年六月初五，在接到攻占南京的捷报之时，多尔衮即遣使谕给在江南前线的总指挥豫亲王多铎，命令“各处文武军民尽令剃发，倘有不从，以军法从事”。十五日谕礼部道：“向来剃发之制，不即令画一，姑令自便者，欲俟天下大定始行此制耳。今中外一家，君犹父也，民犹子也；父子一体，岂可违异？若不画一，终属二心……”[②]要求礼部通告全国军民剃发，规定自布告之日起，京城内外限于10日内，各地方亦是在通令到达后的10日内“尽行剃发”，“遵依者为我国之民，迟疑者同逆命之寇，必置重罪；若规避惜发，巧辞争辩，决不轻贷”[③]。同年七月，又下令“衣冠皆宜遵本朝之制”[④]，同时要求地方官员严厉执行，更不许疏请维持束发旧制，否则“杀无赦”，这就是“留发不留头，留头不留发”的最后通牒。汉族男人从小蓄发，未成年的孩童头发覆颈披肩，成年后总发为髻。在深受儒家思想影响的汉人看来，身体发肤，受之父母，不敢损伤、妄动，否之视为不孝。清政府强行汉人剃发是对汉人传统文化的镇压，剃发被看作尊严的堕落，成了名节不保的象征，汉人为此感到莫大的耻辱。

伴随着“剃发令”的是“易服令”，清廷强迫汉人穿满族的衣服。清政府入关镇压汉人时有“十从十不从”之说，其中，即“男从女不从”“生从死不从”“阳从阴不从”“官从隶不从”“老从少不从”“儒从而释道不从”“娼从而优伶不从”“仕宦从婚姻不从”等八条都与易服问题有关。清政府用暴力手段剥夺了汉族男子穿民族服装的权利，汉服所承载的汉民族精神、汉民族认同感均被剥夺殆尽。

即使那些看惯了改朝换代的闹剧、受尽了大明残暴昏庸的折磨而对故明无所谓的人，他们亦认为“剃发令”“易服令”严重地伤害了每一个汉族人的尊严。当清朝统治者砍杀了一个个奋起反抗者后，在华夏大地上葬送的不仅仅是一袭衣冠。“士可杀不可辱”的祖训使得汉人尤其不能接受“剃发”“易服”，激起了汉人强烈的民族意识。

---

① 《清世祖实录》卷五，载《清实录》（三），第60页。

②③ 《清世祖实录》卷一七，载《清实录》（三），第151页。

④ 《清世祖实录》卷一九，载《清实录》（三），第168页。

清政府的“剃发令”遭到了汉人激烈的抗争，他们要发不要头，宁为发而死。根据时人陈确记载，“去秋新令：不剃发者以违制论斩。令发后，吏诇不剃发者至军门，朝至朝斩，夕至夕斩”[①]。因此，保存汉人文化，保全汉人名节，反抗清廷镇压的斗争随着“剃发令”“易服令”的颁布而越来越激烈起来。

江阴人民壮烈的据城抗清就是在清朝委派的知县宣布剃发之后，相率“拜且哭曰头可断，发不可剃”的情况下爆发的。从闰六月初一到八月中秋两个多月期间，清军对江阴屡攻不下，伤亡“三位王爷和十八员大将”，清军又调来西洋大炮轰城，八月二十一日，江阴城被清军攻破。清军攻进江阴后，十分痛恨江阴人的顽强抵抗，就下令屠城，“满城屠净，然后封刀”。全城人民“咸以先死为幸，无一人顺从者”[②]。清兵大砍大杀了三天，被杀者达17.2万人，未死的老小仅有53人。[③]嘉定三屠更惨烈，七月初四嘉定城破后，清军“家至户到，小街僻巷，无不穷搜，乱苇丛棘，必用枪乱搅。知无人，然后已”，市民“悬梁者，投井者，断肢者，血面者，被砍未死手足犹动者，骨肉狼藉弥望皆是”“自西关至葛隆镇，浮胔满河，舟行无下篙处，白骨浮于水面，岔起数分”，“数十里内，草木尽毁……民间炊烟断绝”“时城中无主，积尸成丘，惟三四僧人于被焚处，撤取屋木，聚尸焚之”[④]。当清统治者“如愿以偿”将“削发令已行”的旗幡插上城头的时候，满城已是白骨累累。清政府用刀与血得到一片片的土地，也用刀与血把仇恨和屈辱深植于汉人心中。越人对清廷的反抗最顽强，遭到的镇压和屠杀也极其惨烈，成千上万的吴越之人被杀被贬、褫革不断。北方已经屈服归顺时，越人还在坚守，朱彝尊赞曰“此地由来多烈士，千秋哀怨浙江东”。残酷的斗争，坚贞的节操观念使得南方汉人的民族意识分外强烈，反清复明的斗争一直延续了多年，直到洪昇39岁的时候，郑克塽降清，反清复明的斗争才宣告结束。

---

①〔清〕陈确撰：《陈确集》卷一三《告先府君文》，中华书局1979年版，第310页。

②《入关暴政》之一，载《清代野史丛书》，北京古籍出版社1999年版，第156页。

③〔清〕韩菼著：《江阴城守纪》卷下，载《台湾文献史料丛刊》第6辑第110册，台湾大通书局1987年版，第38页。

④〔清〕朱子素著：《嘉定屠城纪略》，载于浩辑：《明清史料丛书》第一册，北京图书馆出版社2005年版，第344页。

越人勇猛刚贞的性格虽然经过东晋与南宋的文而化之已经多了许多文雅柔弱，然而其骨子里勇悍、刚烈的个性并没有消失，在某些特定时期还是以一种不同的方式表现了出来。历史上“尚勇”“好文”的价值取向共同塑造了越人刚柔相济的个性。海宇承平之时，越人吟风弄月、香草美人，日月冥晦之候则勇烈刚毅、舍生取义。“剃发令”“易服令”在越地推行得很艰难，越人“好勇轻死”的性格和深受儒家文化精神浸染的人格追求，使得吴越之地的文人以“可杀不可辱”的原则坚守着自己人格的底线。

明清鼎革后，故明臣子面对国破家亡，有的奔走呼号战死沙场、为国捐躯；有的吟咏着“惭无半策匡时艰，唯有微躯报主恩”而殉国；有的坚守气节不仕新朝，以遗民的身份自居。洪家人虽未奔走沙场以武装斗争的形式抗清，但是其亡国之痛并不比那些以身殉国者少一分。故明的腐朽和残暴让人对其并无些许留恋，但华夷之辨和强烈的民族间矛盾让人对清廷特别痛恨，因此反清复明的实际意义对于洪家和一部分人来说更多的是对民族尊严和个人名节的坚守。每当洪家家祭的时候，小洪昇总是看到父亲和族人痛苦地跪在祖像面前，脸上泪水横流，嘴里喃喃着“上愧天，下愧地”“让祖宗蒙羞”“悔不死矣”等语，这个时候洪昇也常常流下泪来。虽然他不知道父母和族人为什么如此愧悔交加，以至于平日里也痛苦万分难有笑容，但是父母和族人屈辱愤恨的表情让洪昇终生难忘。洪昇出生时他的父亲还只有18岁，是一个“高谭自警众”的血气青年，国破家亡的现实让这个热血青年痛苦而无奈。清军的蛮横和残杀使其心怀不平，然而死亡的威胁又使其不能多言。洪昇的父亲把难言的感受压抑在心底，这些郁结的情绪加上他原本金刚怒目式的个性，使洪父的心态变得非常激愤。家庭的氛围和社会的整体情绪对少年洪昇的人生信念和追求造成了巨大的影响，不仅使他的心中充满了国破家亡的痛苦，也使他形成了敏感、自尊的个性心理，这种个性在他成年后因所遭遇的挫折而朝相反的方向转化了，他疏狂不羁，他直言无讳。

“文变染乎世情，兴废系乎时序”[①]，明亡之变使清初文坛相应发生了巨大

① 〔南朝梁〕刘勰著：《文心雕龙·时序》，范文澜注，人民文学出版社1998年版，第675页。

的变化，黄宗羲在《南雷文约》中亦说："逮夫厄运危时，天地闭塞，元气鼓荡而出，拥勇郁遏，坌愤激讦，而后至文生焉。"在这个舆图换稿的年代，戏剧舞台上表现兴亡悲剧的历史剧掀起了高潮，李玉的《千钟禄》尤其引人注目。《千钟禄》描写明初燕王（即后来的永乐帝）与建文帝争夺帝位、攻破南京后，建文帝化装成僧人逃亡的故事。此剧虽是写明初史事，却隐约带有明亡的影子。剧中写燕王为追索建文帝而大肆屠杀的情节，以及建文帝逃亡途中的凄惶情景，都表现了巨大的历史变动带给人们的失落感，具有强烈的悲剧气氛。《惨睹》一出中的一段唱词在当时流传很广，"收拾起大地山河一担装，四大皆空相。历经了渺渺程途，漠漠平林，累累高山，滚滚长江。但见那寒云惨雾和愁织，受不尽苦雨凄风带怨长。雄城壮，看江山无恙。谁识我，一瓢一笠到襄阳。"这段唱词其哀怨无奈、痛楚凄惶之音唱尽了遭遇亡国之人的心声，伴着昆曲哀怨的笛音，一下子成为流行于清初的著名曲词。每当洪昇的家人哼唱起《千钟禄》的曲词，总会泪流满面。小洪昇虽无法理解剧中到底讲了什么故事，但是家人的眼泪和哀怨的笛声让他久久不能释怀。这旋律太让人刻骨铭心了，洪昇终生都无法排解开它的影响，以至于他后来创作《长生殿》时亦唱出"不堤防余年值乱离，逼拶得岐路遭穷败。受奔波风尘颜面黑，叹衰残霜雪鬓须白"[①]之句。这段曲词与《千钟禄》中"收拾起大地山河一担装"，在当时流传非常广，有"家家收拾起，户户不提防"之称。

在战火纷飞、兵荒马乱的鼎革之际，江南的世家大族受到了极大的冲击，"崇祯间，松江风俗最豪奢。寒畯初举进士，即有田数十顷，宅数区，家僮数百指，饮食起处，动拟王侯。其宦成及世禄者勿论。三吴诸郡俱弗及也。乙酉以后，盗贼横行，大狱数起，亦惟松江为甚。二十余年，兵戈涂炭，赋役繁苛，向之贵室巨家，无不覆败，不忍言矣"[②]"华胄之子弟皆移志于耕商，故家大族，夷为野人"[③]"戎马之后，睚眦相贼杀。平日衣冠之族，胥豺虎噬也"[④]

① 〔清〕洪昇著：《长生殿·弹词》，载《长生殿》，第196页。

② 〔清〕张履祥著：《杨园先生全集》卷三八，陈祖武点校，中华书局2002年版，第1035页。

③ 〔明〕王夫之著：《船山全书》第一册，岳麓书社1988年版，第391页。

④ 《杨园先生全集》卷二一，第615页。

"予维丧乱以来，远近士大夫家，栋宇崇深，墉垣窅邃，昔为歌舞燕乐，夸耀里闾之观者，概已废为荒榛野砾，间有存者，姓已一易再易，子孙多不可问"①，"丧乱以来，民生日蹙，其细已甚。士大夫有忧色，无宽言，朝会广众之中，所道者不过委巷牙郎灶妇之语，觍然不以为异，而名士之风流、王孙之故态，两者不可复见矣"②。凡此种种，无不反映明清易代之际世家豪族的巨大变化。洪家承百年之业，在明代煊赫一时，入清以来也遭受了重创，"外虞兵燹，内急豪强，公私之费，不绝追呼，睚眦之仇，方当窃发"，洪家不得不离开御赐洪园，迁往庆春门居住③。庆春门始建于南宋绍兴二十八年（1158），为杭州古代东城门之一，原名东青门，因门外有菜市，又称菜市门。明初，因明将常遇春由此门陷杭，故称庆春门。从洪园迁出，洪家虽望族的身份还在，但是家庭的财产在战乱中受到了巨大的损失，洪家百年望族再一次沦为平民。

顺治二年（1645），浙江总督张存仁上疏顺治皇帝，为避免满汉对抗所致的劳民伤财，建议采用"不劳兵之法"使"读书者有出仕之望"④，而息其从逆之念，顺治皇帝采纳张存仁的建议，于顺治二年开科取士，洪昇的妻外祖父黄机于本年应乡试而中举人，顺治四年应会试而成进士并授庶吉士，这件事对黄家和洪家都产生了巨大的影响。

科举是一种朝廷开设科目、以考试来选拔官员的制度。科举制度创始于隋，确立于唐，完备于宋，而延续至元、明、清，前后经历了1300年之久。它在中国历史上起过重大的作用，有过广泛的影响。科举制度按种类划分，主要有贡举、制举、武举、童子举等。其中，贡举是定期举行的，因此被称作"常科"，取士数量最多，延续时间最长，社会影响也最大，"自唐以后，废选举之制，改用科目，历代相沿。而明则专取《四子书》及《易》《书》《诗》《春秋》《礼记》五经命题试士，谓之制义。有清一沿明制，二百余年，虽有以他途进者，终不

---

① 《杨园先生全集》卷一七，第521页。

② 〔清〕黄宗羲撰：《黄宗羲全集》第十册《黄复仲墓表》，浙江古籍出版社1993年版，第262页。

③ 〔清〕厉鹗著：《东城杂记》，载《武林坊巷志》"庆春门"条，第593页。

④ 《清世祖实录》卷一九，载《清实录》（三），第168页。

得与科第出身者相比”[1]。清代各府县儒学生员，俗称秀才，为科举制度上最基本的功名，有了秀才资格，才能参加省级的举人考试（乡试）。秀才考试又称小试或童子试，每三年举行两次。“乡试”三年一科，“顺治元年，定以子午卯酉年乡试，辰戌丑未年会试”[2]，乡试取中称为举人。通过了乡试的举人，才有资格参加次年二月在京师举行的会试。中会试者，称为“贡士”，贡士第一名为“会元”，贡士要经过保和殿复试，且列等，才有资格参加殿试。复试的等第，将来作为进士甲第的依据。殿试也叫廷试，经八位读卷官拟定前十名进呈御览，钦定名次，一甲共三名，依次为状元、榜眼、探花，其他七名列入二甲。新进士受职前，又须经过朝考，朝考分三等，一等第一名称“朝元”，之后核计复试、殿试、朝考三者的等第授职，优者授翰林院庶吉士或庶吉士，俗称“馆选”。庶吉士，亦称庶常，是明朝时翰林院内的短期职位，由科举进士中选择有潜质者担任，翰林院庶吉士经过一定年限学习后，举行甄别考试，称为散馆。进士经殿试后，除一甲三名分别授修撰及编修外，其余一部分选为庶吉士者都由特派的翰林任教习，通常在三年后考试优等者，二甲进士授编修、三甲进士授检讨，次者，改任各部主事或知县。明代重翰林，天顺后非翰林不入阁，庶吉士始进之时，已被目为储相。

清沿明制，庶吉士也就是高级官员的后备人选，因而被授庶吉士意味着黄机未来的政治生涯就一片光明了。果不其然，之后黄机在仕途上平步青云，一直做到了礼部尚书、吏部尚书、文华殿大学士，位高权重，成为一代首辅。黄机入选本是可喜可贺的一件大事，然而甲申、乙酉的哀号音犹在耳，祁彪佳投水、刘宗周绝食等义士以死殉国的惨烈还如在目前，反清复明的斗争正在如火如荼地进行着。顺治三年（1646）六月，多铎部将博洛自杭州直取绍兴，鲁王逃亡海上，张国维在东阳投水而死，山阴王思任、余煌殉节。鲁王的失利益发激励了英勇的越人，浙中义师继起，据守山寨以抗清兵。八月，清兵自浙入闽，隆武帝被俘遇害。明宗室桂王朱由榔即皇帝位于肇庆，以第二年为永历元年。

① 〔清〕赵尔巽等撰：《清史稿·选举志》，中华书局1977年版，第3099页。

② 《清史稿·选举志》，第3147页。

九月，清兵陷广州，永历帝出避梧州。十二月，农民起义军领袖张献忠抵抗清兵，阵亡于西充凤凰山。郑成功于十二月起兵海上，以图恢复。当反清复明的活动处于进行时，入仕清朝还是一件不那么光彩的事。

明亡后，汉人与清政府的对抗情绪十分强烈，即使没有殉国或者也没有参与抗清的武装斗争，还有非常大的一批人以自己的方式对抗着清政府。有的人弃家毁室，以船为家，只为不履清土，如江阴人陆苏“毁巾衫，焚笔砚，举家迁于舟，誓不登岸，冠昏皆在舟中”[①]，临终之时亦遗嘱后人“勿使游魂中土”。在陈鼎所撰的《留溪外传·隐逸》中记录着很多心怀故国的高士，如徐枋“终身不薙发，白衣冠，隐居灵岩山中，足迹不出者五十余年”，文可纪“国亡即挂冠归，闭户不出，惟以琴书自乐，不通一客”，叶大疑“崇祯甲申，即弃家野服，筑居水中，自署其门曰‘有天不戴逃方外，无地堪依住水中’”。江南的反清情绪尤为强烈，“浙东之学士大夫以至军民，尚惓惓故国，山寨四起，皆以恢复为辞”[②]。凡以名节自高之人，在出与处的问题上立场非常明确，“顺、康间，海内大师宿儒，以名节相高。或廷臣交章论荐，疆吏备礼敦促，坚卧不起”[③]。而构杀故国忠义之士则为人所不齿，其后人遇到故国忠义子弟“则深墨其色，曲躬自卑，不敢均茵，以示屈抑”[④]。在这样的情势下，黄机入选清翰林院庶吉士实在不能说是一件值得大肆庆贺的事。对“士可杀不可辱”的坚守是汉族文人士大夫的道德准则和人格底线，然而自己岳父黄机居然主动应试、自取其辱，这真让洪昇的父亲有些气恼。小洪昇虽不知其中的奥妙，但他发现自己一旦提起外公，父亲的脸上就会出现一种莫名其妙的表情。小洪昇不能理解父亲的心理活动，他还太小，他还不具备甄别现实、体察人心的能力。其实，黄家在黄机入选这件事上也表现出了非常矛盾的心态。一方面，黄机渴望入仕；另一方面，他又羞于为清朝遴选，特别是在有名节的士子惓惓故国以抗清的形势下，

---

① 〔清〕陈鼎著：《留溪外传》卷五隐逸部上，载《四库全书存目丛书·史部》第122卷，第505页。

② 〔清〕全祖望原著：《鲒埼亭文集选注集》卷一〇《华氏忠烈合状》，黄云眉选注，商务印书馆2018年版，第209—210页。

③ 《清史稿·选举志》，第3183页。

④ 《鲒埼亭文集选注集》卷一二《七贤传》，第274页。

他不得不用夫人劝慰其“以怡堂上”为自己找了一个不是理由的理由。他说：“予数困闱事，夫人常念王母年高，冀得荣禄以养，谓予曰：祖姑历三世科甲，享荣膴者数十年。今相继而作，家中微，寿益高，望诸孙有成。苟得通显以怡堂上，斯孝之至，又何论一身之厚为哉！予益自奋。丙子中副车，不得一第。方以才自负终不为人所弃，而王母悲痛，谓吾孙不患不显，患老人年齿衰，恐不得见耳。予闻之，与夫人俱泪下不自禁矣……”黄机以尽孝道而放弃了为国尽忠守节的表白中，其尴尬之情隐约可见。

无论黄机入仕是无奈之举还是原有功名富贵之心，他在清政府疯狂镇压汉人的情势下中举并选庶吉士就决定了他此后仕途必然会面临极大的艰险。清政府虽多方笼络汉人，但在朝廷之内，满族官员对汉人官员多有歧视和排挤的现象，而且清政府的政策对汉人也非常不公平。可以说，清初的朝廷之内，汉人官员是感觉非常屈辱的。一方面是满族对汉族的蔑视，一方面是汉族对贰臣的歧视，这都使得清初入仕的汉族官员大多以谨慎立身，清廉自守，不敢多言，亦不敢越雷池一步。黄机亦是如此，他如履薄冰地当着官，经济上常常陷入困境。后人无法理解为什么洪昇有一个位高权重的妇翁，自己却屡屡举家食粥，身陷困境，大概就在于他们并不理解清初汉族官员所处的尴尬情势。在满汉矛盾非常尖锐的情况下，黄机虽在其位，但也是泥菩萨过河自身难保，要时时担心来自满族官员的诋毁，哪里还分得出精力对洪昇假以扶持。

在反清复明风起云涌的岁月里，洪昇一天天长大了。虽然经历了改朝换代的惨痛，洪家仍没有忘记诗礼传家的祖训，深厚的家学使洪昇早早地就受到了诗词曲赋的熏陶。洪昇还在母亲怀里的时候，洪母便常常给他吟诗唱曲，洪昇能够写出《长生殿》那样文辞华美、严合曲律的杰作，当得益于这最初的韵律训练。洪昇稍大些的时候，洪母就开始教他认读《三字经》《百家姓》《千字文》《千家诗》等书，对他进行识字训练。《三字经》《百家姓》《千字文》《千家诗》，是流行于明清时期的对儿童进行启蒙的重要教材。

中国古代非常重视少儿教育，经过长期的积累，到清朝初期已经有了大量文质兼美的蒙学读物，“三百千千”和《弟子规》《增广贤文》等著述均为其中的杰出者。这些蒙学教材一方面包含着名物掌故，另一方面浓缩了儒家的伦理精华，体现了儒家的价值观和人生态度，具有识字广闻和孕育人格的双重功能，涵养人格更是其重心。中国古代少儿教育从人格的培养入手，引导人们具有知耻有节的人格操守，这种教育观念培养出的人即使不能成为社会的主流和精英，也具有比较高的道德水准，这种教育方式使得中国古代社会虽历千年的专制和集权，而其民尚具有别是非、求道义的价值取向和人格追求。

一般来说，小童的教育往往由乡校俚儒启蒙，但洪母文学修养较高，不必烦请他人，在洪昇十岁之前，其教育都是由母亲一手承担着。洪昇是一个读书的天才，无论母亲教给他什么，他都能够很快地接受。诗词曲赋的最初训练，塑造了他的性情与观念，也涵养了他的才华，使洪昇最终成为一代戏剧大师。洪母博学多才，对洪昇宠爱有加，和母亲相依相偎的童年时期，使洪昇对母亲产生了深深的依赖，洪昇远走他乡时也还常常回忆与母亲在一起的快乐时光。父母的宠爱和自己所受到的伦常教育都让洪昇以孝子自居，他一辈子最想做个孝子，但是就如同他对仕途的追求一样，他最终是事与愿违，不仅没有取得一官半职，更甚者，连一个孝子都没有做到。

洪昇三岁的时候，他的大弟弟仲昌出生，六岁的时候，小弟弟中令出生，两个弟弟的出生给洪昇的童年带来极大的快乐，洪昇感觉自己不再孤单。洪昇带着他们游戏，还把母亲教给他的功课也教给小弟弟们，看到弟弟们摇头晃脑地背诵“天地玄黄，宇宙洪荒”，洪昇感到了极大的快乐。洪家是个大家庭，亲朋故旧遍布钱塘，经常往来的有钱、黄、翁等家，他们家里也有和洪昇年纪相仿的表兄弟表姐妹。洪昇读书之余，常和这些表兄弟表姐妹们流连在钱塘的山水之间，和洪昇关系最亲密的儿时伙伴是洪昇母亲的侄女黄蕙。黄蕙与洪昇同年同月，但比洪昇晚一天出生，也就是七月初二。从中国传统历法上看，“一”为阳，“二”为阴，洪昇与黄蕙的生日正合阴阳之数，他们的生日完全可以看作同年同月同日。民间有“同日生者为夫妻”的说法，因此，对于与自己同年同月同日生的表妹黄蕙，洪昇多了几分亲近和关注，亲戚们也常常拿洪昇与黄蕙开玩笑，每当这个时候，黄蕙总是羞涩一笑，而洪昇的心里却高兴得不得了。和黄蕙等兄妹一起，洪昇度过了快乐的童年时光，“少小属弟兄，编荆日游憩。

素手始扶床，玄发未绾髻”[①]。他们最喜欢去的地方是虞氏水香居，多年以后，洪昇还深情地回忆起往日那欢乐的时光，“少日山亭畔，常时竹马嬉。琴尊偕弟妹，几仗奉尊慈”[②]“髫年竹马忆同嬉，握手今朝乐不支”[③]。

在洪昇逐渐长大的过程中，反清复明的惨烈斗争一直在时胜时败中发展，小洪昇从父母时而兴奋时而担忧时而沮丧时而痛苦的情绪中体会到国恨家仇。虽然社会在发生着“天崩地裂”的变化，但是幼小的洪昇在母亲的抚育下快快乐乐地成长着，外面世界的风雨飘摇、悲壮惨烈都被母亲挡在了身后。光阴似箭，洪昇很快10岁了，由母亲给洪昇的启蒙学习结束了，该正式读书了，该给洪昇正式请老师了。

洪家家世显贵、学养深厚，所交之人皆为鸿儒硕学，因此，洪昇不必到乡间学校就学，只需把老师请到家里来就行了。关于给洪昇请一个什么样的老师，洪父洪母还是颇费了一番踌躇的。望子成龙的愿望与建功立业的功名观念使得他们重视培养儿子经邦济世的才能，但是丧国毁家的仇恨又使得他们无法让儿子去做清政府之官吏。洪父洪母执着于“士志于道”的理念，他们看不起那些毫无气节的腐儒，在他们眼中道德比文章更重要。“不义而富且贵，富贵于我如浮云”的信念促使他们最终决定请钱塘著名文人陆繁弨为儿子的蒙师。

陆繁弨，字拒石，其父陆培“字鲲廷，崇祯庚辰进士，弘光时授行人。任侠，重然诺。清兵至杭，乃殉节死”[④]。陆培“博学、好奇字，为文多难识，以美言致誉”，至清兵入杭，陆培仗义不屈，遂志殒命，为一时之贤。父亲死时，陆繁弨刚刚10岁，其后，陆繁弨尽心侍奉母亲，晨昏问候，“编摩经史，为诗文。最工四六，有《善卷堂集》行世。……尤善谈论，长筵广座中，吐佳言如玉屑，风流文采，奕奕动人。同学诸人先后掇高第去，繁弨泊如也”[⑤]。在父母

---

① 〔清〕洪昇著：《啸月楼集・寄内三首》其一，载《洪昇集》，第18页。

② 〔清〕洪昇著：《稗畦续集・重过虞氏水香居示季弟》其二，载《洪昇集》，第451页。

③ 〔清〕洪昇著：《稗畦集・送翁康贻表弟擢第南归》，载《洪昇集》，第369页。

④ 温睿临著：《南疆绎史》卷一七《陆培传》，载《台湾文献史料丛刊》第5辑第89册，台湾大通书局2000年版，第232页。

⑤ 《康熙钱塘县志》卷二十五《隐逸・陆繁弨传》，载《中国地方志集成・浙江府县志辑》第4册，第449页。

双亲的影响下，陆繁弨对新朝充满了仇视和敌意，誓不求取清朝功名。陆繁弨以遗民的身份为人为学，其人品与诗品均称高妙，在当时有着较高的声誉。陆繁弨的遗民思想对人生观形成时期的洪昇产生了深刻影响，这其实也正是洪昇父母“为子计深远”的苦心。

遗民是中国历史上特有的现象，汉人深受儒家思想浸染，内心有着强烈的节操观念。每当朝代更迭之际，以“威武不能屈，贫贱不能移，富贵不能淫”为人格底线的文人士大夫大多都怀道抱德、不仕新朝，这种行为受到人们的普遍尊崇和赞美，而那些淫于富贵、屈于威武的贰臣则成为整个社会蔑视和嘲讽的对象。坚守人臣之忠贞是中国文人自觉追求的人格指向，他们往往以民族精神承继者的身份自居，在生死去就之际，以各自的方式坚守民族气节、士人气节，演绎着士大夫强烈的气节精神，成为彼时社会中遗世而独立的群落。明清易代之际，无论是缘于“忠君”之念还是坚持“夷夏”之辨，明遗民都无法接受满洲定鼎中原，他们深恨国家隳亡于乱贼之手，随着各地血战抗清相继失败，清军屠城、滥杀，面对无力回天的形势，有节的汉人怀着“故君已逝，故友已亡，吾将安归？敬附首阳”的心情效法耻不食周粟饿死首阳山的伯夷、叔齐，抱定终身不与清朝合作的决心。他们有的“窜身瑶岗，声影不出山林”，誓为僻乡的博学高隐之士；有的祝发为僧，“今日东林社，遗民半入禅”①；还有的人佯狂终身以著述明志。总之，明遗民以种种生活方式表达对故明的哀思和对新朝的敌视。历史上有明确记载的明遗民有2000余人，他们多为老学素望，在士林和民间具有极为深远的人格感召力和政治影响力。他们游离于社会之外，但却主导着社会的风气，成为一种体制外的存在。清初遗民以江南居多，陆繁弨即是其中那种栖身乡间坚守节操不仕新朝的明遗民。

陆繁弨工音韵、擅骈文，骈文特别讲究对称、用典、藻饰、平仄等修辞手法，尤其对音韵要求极其严格，“务谐音以成韵，必修辞以达远”，因骈文对音韵和用典等要求极高，写作骈体文者非胸有大才而不可得。洪昇在老师陆繁弨

---

① 〔清〕屈大均撰：《过吴不官草堂赋赠》，见于《翁山诗外》，载《四库禁毁书丛刊·集部》第121册，北京出版社1998年版，第181页。

的严格要求下，首先进行了音韵方面的学习。音韵是诗歌创作的基础，在音韵学习的过程中要不停地练习对韵。对韵是韵文体系中独有的修辞手法及音律艺术，也是将来进行诗词创作的基础。当时进行声律启蒙比较好的教材是李渔编写的《笠翁对韵》。李渔，字谪凡，号笠翁，他在中国文化史上是一个备受争议的人。李渔博能多涉，小说、戏曲、散文、园林、建筑样样精通，是一个才子式的人物，但因其又开办芥子园书铺、组织自己的小妾为家班而获讥。对李渔其人毁也好，誉也好，都无法抹杀他所编著的《闲情偶寄》和《笠翁对韵》的价值。《闲情偶寄》是中国戏曲理论集大成之作，《笠翁对韵》是训练儿童应对、掌握声韵格律的书，是声律启蒙的必读书。《笠翁对韵》从单字对到双字对，从三字对、五字对、七字对到十一字对，声韵协调，朗朗上口，儿童从中得到语音、词汇、修辞的训练。从单字到多字的层层属对，读起来如唱歌一般，较之其他全用三言、四言句式更见韵味。在陆繁弨严格的声韵训练下，洪昇不久就能出口成诵，13岁时其诗已“鸣钱塘”，洪昇成为一个远近闻名的少年才子。

洪昇尽管生于明清换代这个天崩地坼的乱离时世之中，但其童年、少年时仍受到了良好的教育，这段时间为洪昇的成长打下了文化基础。

陆繁弨对洪昇的要求十分严格。严格的声律训练给洪昇打下了坚实的音韵学基础，为将来写就“近代曲家第一”[①]的《长生殿》做了充分的学养准备。更重要的是，陆繁弨坚守节操的品行给洪昇以巨大影响，陆繁弨对故国的眷怀、对贰臣的不齿、对清政府残酷镇压的愤慨强化了洪昇对明清易代的感受，也潜在地塑造了洪昇的人格理想。

---

①〔清〕无名氏著：《研堂见闻杂记》，载《台湾文献史料丛刊》第5辑第98册，第38页。

第四章　弱冠狂吟

洪昇家里藏书甚富，誉满东南，号称“书海”[①]，这使洪昇具有得天独厚的读书优势，早擅作者之林，读书生活是洪昇一生中难得的快乐时光。洪昇的母亲黄氏对儿子照顾得非常周到，“丁宁不住加餐饭，未降寒霜早授衣”[②]。在母亲的细心照料下，在老师陆繁弨的严格要求下，洪昇刻苦攻读，学业大进。

母爱环绕的生活让洪昇尽享童年的快乐，然而这种不识人间愁滋味的日子很快就结束了。从洪昇13岁起，家族的灾难一个接一个地开始了。随着清政府统治的逐渐加强，对汉人的限制也越来越严格了，尤其是对江南文士的惩戒更加严厉。江南之地历来文气昌盛，人才辈出，清军入关后，江南便成为清统治者的心头之患，因此，清政府往往借题发挥，屡屡向江南文士发难，洪昇的表丈钱开宗就成为清廷镇压汉人的靶子。洪家风流富贵已历百年，亲眷故旧遍布钱塘，他们之间联络有亲，一荣俱荣，一损俱损。虽然经历了改朝换代，家世衰微，但是亲旧之间的关系依然十分亲近，每一家的境遇都会引起连锁反应。

顺治十四年（1657）发生了震惊天下的“科场案”。“科场案”指清代处理科场舞弊的案件，因岁在丁酉，又称“丁酉之狱”。这一年，清廷按照惯例开科取士，在这场考试中，江南闱的主考官是方猷，副主考官即为钱开宗，他们被人弹劾徇私舞弊和取士唯亲，顺治皇帝对此案处理非常严厉。此案扰攘三年，

---

① 〔清〕毛先舒著：《毛先舒集》第四册《鸾情集选・水调歌头・与洪昇》，金灿灿点校，浙江古籍出版社2023年版，第1363页。

② 〔清〕洪昇著：《啸月楼集・鲍家集大雪怀母》，载《洪昇集》，第37页。

影响巨大，前前后后连累了大小官吏朝官六七十人，其中两名主考和18名房官全部被处以死刑。他们的家产都被籍没入官，妻子有的入官，有的被流徙，甚至有些人的父母兄弟也被牵连，另有22名举人被革，98人被停一到二科会试。一直到康熙二十年（1681），卷入此狱的两位才子孙旸和吴兆骞被从流放之地赎还，此狱才勉强算是画上了句号。丁酉之狱的影响时间之久，远不止于顺、康两朝，直到百年以后人们还是谈虎色变。

清政府恢复科举取士制度后，科场积弊随之而来，“权要贿赂，相习成风，曳白滥觞，寒酸浩叹”[①]。为了杜绝弊端，选拔真才实贤，清统治者不仅制定了相当完备的科场条例，而且严厉惩办那些徇私舞弊的人员。整个清朝科场案次数之多、处理之严、打击面之广，为科举制建立以来所未有，其中顺治十四年（1657）、康熙五十年（1711）和咸丰八年（1858）的科场案是三大重要案件。顺治丁酉科场案涉及顺天、江南、河南、山东和山西五省，其中以江南闱最残酷，钱开宗就是这场科场案的牺牲者。

科场之弊由来已久，“明季即有以关节进者……至本朝而日益甚”“无不以关节得幸，于是阴躁者走北如骛，各入成均，若倾江南而去之矣”[②]。为了避免科考舞弊，丁酉科考前朝廷曾严令“考官阅卷有弊者，杀无赦”[③]，但是顺天闱考官李振邺、张我朴等仍然我行我素，收受关节，“爵高者必录，爵高而党羽少者乙之；财丰者必录，财丰而名不素布者又将乙之”，至发榜时，“人情大哗”[④]。是狱，考官李振邺、张我朴等七人被斩，家产籍没，父母兄弟妻子俱流徙尚阳堡。顺天闱中有25人分别被判立斩和立绞，但顺治帝因人数较多，人命至重，改判众人流徙尚阳堡。江南闱案紧接顺天闱案而起，工科给事中阴应节弹劾江南主考方猷和钱开宗等人在科考中连宗徇私，“弊窦多端”，奏文称“发榜后，士子忿其不公，哭文庙、殴帘官，物议沸腾”[⑤]。天下学子十年寒窗，唯

---

①〔清〕信天翁著：《丁酉北闱大狱记略》，载《中国野史集粹》，第593页。

②〔清〕无名氏著：《研堂见闻杂记》，载《台湾文献史料丛刊》第5辑第98册，第38页。

③④〔清〕信天翁著：《丁酉北闱大狱记略》，载《中国野史集粹》，第592页。

⑤〔清〕王先谦，〔清〕朱寿朋撰：《东华录　东华续录》卷八，上海古籍出版社2007年版，第124页。

此一搏，他们特别痛恨科场舞弊，因此方、钱二人舞弊一说传出，“众大哗，好事者为诗，为文，为杂剧、传奇，极其丑诋”[①]。无名氏创作《万金记》讽刺考场腐败，“方”去一点为“万”，“钱”去一半为“金”，以“万金”隐指两主考之姓，剧中极写“文籍虽满腹，不值一囊钱”的不合理现实，一时在社会上流传甚广，成了书肆的畅销书。此书一出，舆论哗然，士子以之为泄恨之具，长洲尤侗也作了一部《钧天乐》影射攻击此次科考。尤侗，字展成，号悔庵，才情敏捷，文名早著，但是在这次科考中他落榜了。尤侗落榜后，怀着愤懑心情，创作了传奇《钧天乐》。《钧天乐》描写博学多才的沈白等名落孙山，不学无术的贾斯文、程不识、魏无知等人依仗财势而高中，后来天界开科考试真才，沈白等才一展抱负，得志于仙宫。《钧天乐》讽刺科举考试“命意在题中，轻贫士，重富翁。诗云子曰全无用，切磋欠工，往来要通，其斯之谓方能中，告诸公，方人子贡，原是货殖家风”[②]，用语非常尖刻，此书一出，引起了满城风雨，因至于“上览震怒，遂有是狱”[③]。“丁酉之狱”由《钧天乐》引发虽只是传说[④]，但时人均愿意相信。戴璐《石鼓斋杂录》亦将此说收录其中，以之作为“丁酉之狱”的导火索。著名史学家孟森先生也持此论，认为丁酉科场案实际上“发难于尤侗之《钧天乐》”。无论“丁酉之狱”的导火索是什么，丁酉科考中的舞弊却是不争的事实。丁酉科场事发之后，顺治皇帝于顺治十五年（1658）三月复试了江南举人。复试时因江南举子业已回乡，因此上京复试路途更远，历尽艰辛，“师生牵连就逮，或就立械，或于数千里外锒铛提锁。家业化为灰尘，妻子流离，更波及二三大臣，皆居间者，血肉狼藉，长流万里”[⑤]。此次复试，顺治皇帝除让举子们作八股外，还试以古文诗赋。在这次科场案中，洪昇的表丈钱开宗被处以死刑。这次科场案不仅使方猷和钱开宗掉了脑袋，更牵连了许多无辜的才子。

丁酉科场案受到牵连之人中最有名气的是江南才子吴兆骞。吴兆骞被誉为

---

①⑤〔清〕无名氏著：《研堂见闻杂记》，载《台湾文献史料丛刊》第5辑第98册，第39页。

②〔清〕尤侗著：《钧天乐·黄莺儿》，载《西堂全集》，康熙刻本。

③〔清〕董含撰：《三冈识略》卷三《乡闱异变》，致之校点，辽宁教育出版社2000年版，第63页。

④〔清〕梁章钜著：《制艺丛话　试律丛话》，陈居渊校点，上海书店2001年版，第160页。

“江左三凤”之一，素有诗才，他被流徙是因为在复试的时候交了白卷。交白卷的原因，有人说吴兆骞恃才傲物，不屑于在刀棍之前为文，还有人说他在复试时“战栗不能握笔”。不管是什么原因所致，才子吴兆骞的确被流放到了宁古塔，在那个苦寒之地度过了20多年。关于吴兆骞还有一个有趣的故事。吴兆骞被流放后，他的朋友顾贞观为了救他，遍求满朝权贵，后来因得到徐乾学、宋德宜、明珠等大力相救而获释。顾贞观为吴兆骞写下的《金缕曲》情深意切，打动了许多人：“季子平安否？便归来，平生万事，那堪回首。行路悠悠谁慰藉，母老家贫子幼，记不起，从前杯酒。魑魅搏人应见惯，总输他覆雨翻云手。冰与雪，周旋久。泪痕莫滴牛衣透。数天涯，依然骨肉，几家能彀？比似红颜多薄命，更不如今还有。只绝塞，苦寒难受。廿载包胥承一诺，盼乌头马角终相救。置此札，君怀袖。”顾词用家常语乃至书信套语述说友谊、慨叹身世、坚定承诺，写得自然亲切、感人肺腑，一时洛阳纸贵，广为传诵，至有“千秋绝调”之誉。顾贞观的《金缕曲》感动了至情至性的纳兰性德：“容若见之，泣曰：‘河梁生别之诗，山阳死友之传，得此而三。’”在顾氏鼎力相助、明珠从中斡旋下，纳兰性德、徐乾学、徐元文、宋德宜等满汉士大夫共同倡议凑份子赎归吴氏，一时“应者云集，辇下名流，都以不与此事为憾”。吴兆骞受到如此重的处罚，也许因为吴兆骞代表的不只他个人，而是代表了所有的江南知识分子，那么清廷如此苛责当有着杀一儆百的意味了。才子吴梅村在《悲歌赠吴季子》中说“受患只从读书始，君不见，吴季子”，看来清廷的初衷是实现了的。

在这次科场案中，洪昇的师执丁澎也因徇私舞弊被流放。丁澎，字飞涛，号药园，仁和人，官礼部郎中，“少时为《白雁楼诗》，流传吴下，士女争相采摭，书之衫袖。居盐桥，与仲弟景鸿弋云、季弟萦素涵并有名，号盐桥三丁。……顺治丁酉，主试中州，为榜首数卷更易数字，庭议谪戍奉天”[①]。科举制度既是中国隋唐之后的一种最重要的文化考试制度，也是最主要的官员选拔制度。因其具有优则仕的功效，科举考试成为通向权力的一道门槛，天下学人

① 〔清〕吴颢辑，〔清〕吴振棫重编：《国朝杭郡诗辑》卷一，杭州图书馆整理，国家图书馆出版社2020年版，第88页。

均心向往之，期盼着金榜题名的荣耀。在这场权力追逐中，无论采取什么严刑峻法和周到细密的防范措施，都难以杜绝侥幸者的作奸犯禁，尤其是大多科场弊事本身就是权钱交易的结果。任何形式的科场弊事其实都是对国家政治的严重侵害，属于不折不扣的政治（权力）腐败。钱开宗也好，丁澎也好，都是在体制之内的使权犯奸之人，受到处罚当纯属咎由自取，但是这个处罚实在是太过严厉了些，孟森先生曾责为“草菅人命……罪有甚于大逆”[①]。对科场案的处罚虽历来比较严厉，但在明朝时期至多就是罢官、削籍、遣戍等，到了清代，科场案处罚的残酷性远远超越了前朝，动辄株连九族、举家流放，这种处罚的严厉程度远甚于大逆之罪。胡适先生曾谓，故有的东西，传统的东西，如文化、制度等，都有它历史的惰性。当你要扭转它时，必定要以超强的力度去纠正，正所谓矫枉过正，只有用超强的力度去纠正，加上原来传统的惰性，才能使落点定在你所期望的位置，因此严厉处置科场案的行为，从清政府的角度出发固然有猛药治沉疴之意，但是在人心未服的清初，在汉人心目中，此举成为满族有意为难汉人的具有象征意义的政治行为。

宁古塔和尚阳堡均为行者视作畏途的绝塞荒凉之地，是当时流放被谪文人最多的地方。把犯人遣送到边远地方服劳役的刑罚叫作流刑，此刑始于秦汉，隋定为五刑之一，沿至清朝。清代，共有三大“流放之所”，一是宁古塔，二是卜魁，三是尚阳堡，其中宁古塔和尚阳堡最著名。尚阳堡在辽宁开原县（现开原市）东40里，也作“上阳堡”，其地“去京三千里，犹有屋宇可居，至者尚得活”。宁古塔在尚阳堡以北更加僻远之所，其地“在辽东极北，去京七八千里，其地重冰积雪，非复世界”[②]，“是时宁古塔号荒徼，人迹罕到，出塞渡湍江，越穹岭，万木排立，仰不见天。乱石断冰，与老树根相蟠互，不受马蹄。朔风狂吹，雪花如掌，异鸟怪兽，丛哭林嗥，行者起踣其间，或僵马上不得下”[③]，流放者至宁古塔一般来说是有去无回。宁古塔是清代宁古塔将军治所和

① 孟森著：《心史丛刊 · 科场案》，中华书局2006年版，第34页。

② 〔清〕无名氏著：《研堂见闻杂记》，载《台湾文献史料丛刊》第5辑第98册，第43页。

③ 〔清〕长顺修，〔清〕李桂林纂：《吉林通志》卷一一五《寓贤 · 杨越传》，李澍田等点校，吉林文史出版社1986年版，第1689页。

驻地，是清政府设在盛京（沈阳）以北统辖黑龙江、吉林广大地区的军事、政治和经济中心。清太祖努尔哈赤1616年建立后金政权时在此驻扎军队。地名由来传说不一，据《宁古塔记略》载：相传兄弟六人，占据此地，满语称“六”为“宁古”，称“个”为“塔”，故名“宁古塔”。宁古塔辖界在顺治年间十分广大，盛京以北、以东皆归其统。从顺治年间开始，宁古塔成了清廷流放人员的接收地。在数十年的时间里，成千上万的文人士大夫、王公大臣被流放到尚阳堡和宁古塔，当时流放人数之多之广，有“南国佳人多塞北，中原名士半辽阳”之称。清朝流刑往往株连甚广，有时不仅全家流放，而且祸及九族，甚至远亲和邻里全都被一起流放，几十人上百人被枷锁千里，形容凄惨。宁古塔和尚阳堡在清初汉人心目中成为让人毛骨悚然的名字。

钱开宗和丁澎被斩被谪的消息传来，钱洪黄翁诸家皆大为震惊。钱家主仆200多口人，全部被押解进京，准备发卖给旗人为奴，钱家儿啼女号，主悲奴怨，十分凄惨。丁家也同样一幅生离死别图。这时洪昇已经13岁了，关于表丈和师执被处罚的惨痛程度，他还不能确切地理解，但是他们的家人被用长绳串起驱赶入京的景象让他非常震惊。洪昇和钱肇修兄弟、钱凤纶姐妹一向交往非常密切，他目睹钱家的变故，看着钱家被抄，看着钱家人从养尊处优的贵族变成阶下之囚。钱家巨大的家庭变故活生生地演绎了一场“陋室空堂，当年笏满床；衰草枯杨，曾为歌舞场”的人生悲剧。看着钱家空空荡荡的房子、大门上的封条，洪昇的心里产生了一种人生无常、人生如梦的感受，这种难以言传的人生感受结束了洪昇的童年，他感觉自己一下子就长大了。

“科场案”过去后不久，鉴于抗清斗争常于士人聚集时发难，清政府严令禁止自宋明以来汉族士人结社的风气。顺治十四年（1657），下谕内外大小各官“不许投拜门生”，以防“彼此图利，相扇成风”，借以“永绝朋党之根”。顺治十七年又下谕：“士习不端，结社订盟……深为可恶。著严行禁止。”文人结社在我国有悠久的历史传统，不仅有文人诗酒酬唱的风流，也是他们激扬文字、指点人生的重要方式。中国古代文人结社最著名的是晋永和九年（353）会稽内史王羲之与谢安等42人在山阴兰亭的聚会，他们“一觞一咏”“畅叙幽情”“仰观宇宙之大，俯察品类之盛”，王羲之为此所书的《兰亭序》则成了千古绝唱。

明末清初更是文人结社的高峰，到明朝末期，复社、几社等团体已经成为名士们砥砺名节、标榜风气之所，当时有气节而知名的士人都参与其中。甲申、乙酉之难后，这些团体从坚持个人气节引申为坚持民族气节，这些“出处患难，同时同志”的名士成为反清复明的主力。清政府严禁结社的禁令剥夺了汉人集会的自由，是清统治者在文化上对汉人的又一次压制。少年洪昇目睹社会动荡和人世浮沉，他心里涌动着一种倾诉的欲望，这种欲望随着他年龄的增大越来越强烈，他感觉有很多的话想要说出来，然而，他所生活的这个时代是无法自由发表言论，也不可以自由结社的，他的话只好借助诗歌表达出来。

亲历山河破碎和民族斗争，洪昇的思想逐渐成熟，诗歌创作也越发老成历练，乡里许多青年才俊常常来向他请教，在与人数数谈诗的过程中，洪昇名声日隆，吴越之地但称洪昇少年才子的盛名。洪昇“以舞象之年”，鸣笔为诗，至15岁时，已成为浙中诗坛的领袖人物之一了。“西泠十子”之一的柴绍炳对洪昇的评价非常高，“若使艺林课第，即此国颜子无疑也”[①]。一时士大夫高其行美其言，皆倾心纳交，宴游赠答无虚日。这段笔底风生、意兴飞扬的少年生活大大地改善了洪昇敏感羞涩的个性，他变得自信、健谈，展现出了少年才子风流倜傥的风采。

顺治十六年（1659），洪昇15岁，这是洪昇人生道路上非常重要的一年，这一年洪昇的父亲请来时称“浙中三毛，文中三豪”[②]之一的毛先舒先生充任洪家西席，教导洪昇，毛先舒的学养和人生观念使洪昇受益匪浅。毛先舒，原名骙，字稚黄，后改名先舒。毛先舒自幼聪慧过人，6岁能辨四声，8岁能咏诗，10岁能作文，18岁著《白榆堂诗》。毛先舒在浙江有着极高的名望，因词与沈谦、张祖望并称“南楼三子”，因诗与陆圻等称“西泠十子”，因音韵学与毛奇龄、毛际可并称“浙中三毛”。毛先舒的才华深得名士陈子龙的赏识，后又随学

---

① 〔清〕柴绍炳著：《柴省轩先生文钞》卷一〇《与洪昉思论诗书》，载《四库全书存目丛书·集部·别集》第210册，第406页。

② 王钟翰点校：《清史列传·毛先舒传》，中华书局1987年版，第5687页。

者刘宗周讲学。明亡后，毛先舒不求仕进，“日与名公卿贤豪长者相把臂”[①]，以遗民自居，其所结交者也多为死难殉国之士与托迹不仕之人。其诗歌音调浏亮、音律规整，有建安七子余风，且对音韵、训诂学有较深研究。毛先舒“上不泥古，下不拂俗，以却欲存理为学，以千古是非名教为准”[②]，以博学高才为里人推崇，“虽病卧，问字者屦恒满。其门下生李子延泽、沈子圣昭、胡子文漪、洪子昇、潘子秬、沈子丰桓、周子琮莹、聂子鼎元、洪子昌者皆尊师惟谨，一经指授，终生不忘”。洪昇与弟弟洪昌同时入塾，他们很快就与毛先舒的其他弟子熟识起来，许多人还成为洪昇终生的密友。毛先舒为人不苟言笑，对洪昇谆谆教导，多告诫而少赞誉，他在《潠书》中说“我与昉思，无大裨益，但不肯妄赞一语”[③]。毛先舒批评在风气险薄的末世中以笔舌专取刻挞自快且借之以名高的写作方式，告诫洪昇做人要以君子为念，为人为文都要以圣贤相敦勉，“君子与人则以式好无忧为乐，概物则以怀德舍怨为仁，抒文则以昭美含瑕为雅”[④]。毛先舒对洪昇耳提面命，还时常以书信的形式提醒洪昇要专心经籍，无务虚名，不要把时间都浪费在习作风花雪月之词上，“君子慎微细，虚薄是浮名。子家素号学海，书籍拥专城。不在风云月露，耽搁花笺彩笔，且问《十三经》。屋漏本幽暗，笃敬乃生明。百年事，千古业，几宵灯。莫愁风迅雨疾，鸡唱是前程。心欲小之又小，气欲敛之又敛，到候薄青冥。勿谓常谈耳，斯语可箴铭”[⑤]。虽先生谆谆教诲，却难以阻挡洪昇对词曲的喜爱。诗言志，词主情，诗庄词媚，正值青春期的洪昇，生理和心理的双重变化使他对以爱情描写为主的柔媚的词作尤感兴趣，风花雪月的词作中反复吟咏的男欢女爱开启了洪昇的情感世界，涵养了他对爱情的追求。洪昇最初填词“尚《花庵》《草堂》余

① 〔清〕李桓著：《国朝耆献类征》卷四七五，载林璐著：《草荐先生传》，台湾明文书局1985年版，第13282页。

② 《康熙钱塘县志》卷二二《毛先舒传》，载《中国地方志集成·浙江府县志辑》第4册，第419页。

③ 《毛先舒集》第2册《潠书》卷五《与洪昇书》，第529页。

④ 《毛先舒集》第1册《思古堂集》卷二《与洪昇书》，第172页。

⑤ 《毛先舒集》第4册《鸾情集选·水调歌头·与洪昇》，第1363页。

习”[1]，喜欢模仿那些语言华美表情婉约的词。《花庵》指南宋黄昇所编《花庵词选》，《草堂》指南宋何士信词选《草堂诗余》。《花庵词选》“搜罗颇广”，“去取亦特为谨严”[2]，《草堂诗余》“虽不及《花间》诸集之精善，然利钝互陈，瑕瑜不掩，名章俊句，亦错出其间”[3]。《花庵词选》和《草堂诗余》在明代极为流行，其影响一直蔓延到清初。两书均强调词的婉媚深情的词体特征，具有求雅求美的审美风格。洪昇填词最喜欢模仿这类能够体现真性情的词作，那婉柔缠绵的华词丽句总是深深地打动他，他效仿着填写了许多言情之作。词不仅是洪昇抒情言志的载体，并在他数游四方时“每用之作长安往来歌咏酬赠之具”[4]。

毛先舒对洪昇人生中最重要的影响不只是知识上、思想上的，更重要的是他给予洪昇另外一种教育。毛先舒名望极高、交游甚广，与柴绍炳、沈谦、丁澎、陆圻、陈廷会、孙治、张丹、吴百朋、虞黄昊等人合称“西泠十子”。为增长洪昇的见识，他把洪昇引荐给自己的密友，与这些饱学之士的交游，使洪昇处于“谈笑有鸿儒，往来无白丁”的环境，让其浸染在酹酒临风、凭吊千古的文化氛围中，使其能“取法其上”。正如毛先舒所料，这些饱学之士对洪昇的成长起到了非常重要的催化作用，在这样浓厚的文化氛围的熏陶下，洪昇迅速地成熟起来。

洪昇早年的交游以陆繁弨和毛先舒为中心，形成了一个师友型的圈子。在这个交游圈中，洪昇与“西泠十子”的关系最密切。“西泠十子”都是人格和学问俱佳之人，他们在洪昇的成长过程中起到了非常重要的作用。柴绍炳，字虎臣，号省轩，他是一个少年才子，知识渊博，工于诗文，千言立就，“在十子中

① 〔清〕徐逢吉撰：《秋林琴雅题辞》，载〔清〕厉鹗著：《秋林琴雅》，中国书店出版社2011年版，第1页。

② 《四库全书总目提要 · 花庵词选》，第5492页。

③ 《四库全书总目提要 · 草堂诗余》，第5493页。

④ 〔清〕毛奇龄撰：《长生殿院本序》，载《长生殿》，第264页。

文名最著”[1]。明亡后，柴绍炳“弃诸生”[2]，“隐居穷巷，履空衣敝，晏如也”，尤其精于音韵学。沈谦，字去矜，号东江，上自经史，下及诸子百家稗野之书，无不博览。天下大乱后，沈谦“遂自托迹方技，绝口不谈世务，日与知己者……登楼抒啸高吟”。沈谦为人谦和，对门下弟子，每多提携奖励。洪昇常得沈谦教诲，与沈谦的关系最为亲密，在他日流落四方时与沈谦多有诗歌往来酬唱。丁澎有隽才，嗜饮，一石不乱，其弟景鸿、景潆并能文，时有“三丁”之称。陆圻，字丽京，少与弟堦、培以文学、志行见重于时，号称“三陆”。陆圻为洪昇蒙师陆繁弨之伯父，性颖异，善思，喜读书。因明史祸被逮捕，经如实陈述才得脱干系，事后感叹道：“今幸得不死，奈何不以余年学道邪！”遂弃家远游，不知所终。张丹也于明亡后不复干时，佯狂抒愤，所作之诗多苍凉壮激之音，怀古吊今之情尤切。陈廷会、孙治、吴百朋、虞黄昊也都是才子型的遗民，他们才华横溢、笃友工诗，“西泠十子”在明清易代之际联络风声，互相推与，成为清初诗坛一个影响较大的流派，他们景行前哲、嘉惠后人的风范为时人所推崇。徐继恩和张竞光也是洪昇早年交游中比较重要的师友，徐继恩和张竞光与“西泠十子”的关系非常密切，他们文采卓著、胆识过人，人生取向与“西泠十子”相同，坚决做一个不仕新朝的遗民。徐继恩，字世臣，号逸亭居士。明末弘光年间，曾参与科举，因写文章嘲讽当朝权贵，触怒奸相马士英，因友人陆培周旋而幸免于难，“迨南都陷，遂弃诗书，断酒肉，有绝俗之意。历十年，父母皆殁，乃从洞宗愚公受具为僧”[3]，名净挺，号俍亭。徐继恩能诗文，与“西泠十子”多有酬唱。张竞光与柴绍炳比邻而居，与之交好，洪昇因与之相交。张竞光为望族之后，绝意仕进，其诗作“吊古怀今，思深寄远”。“西泠十子”、徐继恩、张竞光等人都是洪昇师执一辈的人，洪昇与他们一见之下，大有相见恨晚之意，遂与这些名士成莫逆之交。洪昇经常向他们请教，这些德高望重的忠厚长者诲人不倦，常给予洪昇教诲和鼓励，为洪昇的成长提供

---

① 《清史稿·柴绍炳列传》，第13354页。

② 《康熙钱塘县志》卷二一《儒林·柴绍炳传》，载《中国地方志集成·浙江府县志辑》第4册，第408页。

③ 《国朝杭郡诗辑》卷三二，第548页。

了不竭的精神资源。

“西泠十子”、徐继恩、张竞光等人与洪昇之间的忘年交具有亦师亦友的特征，他们指陈时事的扼腕慷慨、长泪叹息，给洪昇留下了终生无法磨灭的印象，深深陶冶了他年轻的心灵。洪昇早年与“西泠十子”、徐继恩、张竞光等人的交游对于他以后人格的形成有举足轻重的意义，在某种意义上说，他们可以说是洪昇的精神导师。他们的才华和胆识让洪昇钦羡，他们的人格理想让洪昇赞叹不已，在仰慕和崇敬中，洪昇的思想境界也潜移默化地得到了提升。在与这些精神导师的交往过程中，洪昇深深体会到了师执们的痛楚以及他们坚守节操的高尚。师执们击节悲歌，在他们聚会的西湖雅集、东江草堂雅集的诗词吟唱中弥漫着的亡国之痛、故国之思、黍离之悲如此强烈，这种影响比什么方式都来得直接深刻。他们还常常以奇文共欣赏的心情向洪昇推荐新作，尤其是诸如顾炎武、黄宗羲、屈大均等人那些具有强烈家国之思的诗作，“万古江山应有主，频年戈甲苦相寻。从教一掬新亭泪，江水平添十丈深”[①]“如何亡国恨，尽在大江东？”[②]“如何江山残照下，奈何心事菊花边。不须更觅登高处，只恐登高便泫然”[③]“故国山河徒梦寐，中华人物又销沉。龙蛇四海归无所，寒食年年怆客心”[④]。这样的氛围使洪昇的诗歌创作很快成熟起来，诗词曲赋均有佳作，达到了“吐论倾四座”的程度，这并非溢美之词。“不妄交一人”[⑤]更“不肯妄赞他人”的张竞光非常推崇洪昇，并赞之曰：“洪子方弱冠，著书不可算。染翰惊世人，卓荦凌霄汉。遥怀郿章句，泛览扩闻见。宁为贾生哭，岂伊长卿慢？豁达通妙理，辗转性所玩。哀此槛中猿，羡彼云中雁。怀思在万里，广路深遐眷。迢迢慕俦侣，朋来开极宴。吐论倾四座，往往夜将半。逝将遗物虑，通啬岂足

---

①〔清〕顾炎武著：《顾亭林诗文集・白下》，华忱之点校，中华书局1983年版，第347页。

②〔清〕屈大均撰：《秣陵》，载陈永正主编，吕永光、苏展鸿副主编：《屈大均诗词编年笺校》，中山大学出版社2000年版，第109页。

③〔清〕黄宗羲撰：《出北门，沿惜字庵至范文清东篱》，载吴光执行主编：《黄宗羲全集》第19册，浙江古籍出版社2012年版，第845页。

④〔清〕屈大均撰：《壬戌清明作》，载《屈大均诗词编年笺校》，第576页。

⑤《国朝杭郡诗辑》卷三，第255页。

眩。”[①]洪昇的诗词曲赋不仅文采斐然，而且其“覃思作者古今得失，具有考镜”，有着深沉的历史感。早年所作的《钱塘秋感六首》是这个时期洪昇思想的真实反映：

> 崚嶒塔势倚重霄，伍相灵旗望里遥。鸿雁叫云惊曙色，鼋鼍吹雨动秋潮。枫丹古驿寒霜落，草白荒原猎火烧。万古鸱夷空有恨，风尘满目老渔樵。
>
> 晓陟南屏独振衣，丹霞出海露初晞。几声老鹳盘空落，无数征鸿背日飞。秋水荒湾悲太子，寒云孤塔吊王妃。山川满目南朝恨，短褐长竿任钓矶。

“西泠十子”、徐继恩、张竞光等人是洪昇早年交游中最重要的精神源泉，他们以自己的人生观念、人格理想感染着洪昇，也提升着洪昇，在与他们的交往中，洪昇对人生、对社会的理解开始超出了风花雪月的小我之识，使他打开眼界，审视身外的世界，这些精神导师使洪昇的思想得到了超越。

在“西泠十子”中，沈谦与柴绍炳、毛先舒皆精韵学。柴绍炳作《古韵通》，毛先舒著《韵学通指》《南曲正韵》，沈谦有《词韵》，在陆繁弨、毛先舒、柴绍炳、沈谦等人的影响下，洪昇“性近韵学，往辄穷其原委”[②]，他的音韵学基础不仅扎实，而且对音韵学有着深入的研究。康熙三年（1664），洪昇的第一部著作《诗骚韵注》写成，其师毛先舒为之作序，序中称“余深望也”，对洪昇充满了期待之意。《诗骚韵注》其书今只存残本，我们难睹其全貌。洪昇的家人和师友均对此书赞美有加，“昉思新少年，笔札何纵横”“洪昉思之激浪崩雷……是皆光能照乘，翼拟垂天；并未邓林之一株，不止骊龙之片甲”[③]。在父

---

① 〔清〕张竞光著：《宠寿堂诗集》卷九《赠洪昉思》，载《四库全书存目丛书·集部·别集》第238册，第536页。

② 《毛先舒集》第2册《潠书·诗骚韵注序》，第363页。

③ 〔清〕陆繁弨著：《善卷堂四六》卷三《汪雯远诗余序》，载《四库全书存目丛书·集部·别集》第257册，第430页。

母及师友的教导下，洪昇诗词曲赋水平日渐提高。在诸多的文体中，洪昇“束发喜学为词”[①]，尤擅倚声填词，“宫商五音，不差唇吻”，水平之高，难有人望其项背，其友曾赞曰，“稗畦文近代词家第一”[②]，其词今虽少见，但从著录于《杭州府志》中仅存的《洪昉思词》二卷以及《四婵娟填词》一卷可见洪昇的词作之多。词虽为小道，但其对于洪昇获得巨大的名声大有裨益，“旗亭画壁间，时闻双鬟讴颂之。以故儿童妇女莫不知有洪先生者”[③]。洪昇本是一个极有才华的人，在与这些文学界优秀人物的交游中，洪昇的天赋得到了很好的发展。而那些精通词曲音律的师友如沈谦、毛先舒、袁于令等人，更使他在词曲音乐方面受到良好的指导，这都为他日后能够在戏曲创作上大显身手创造了条件。

洪昇从师而游的少年时代，正是满汉斗争非常激烈的时期。郑成功起兵抗清十多年，曾多次进行北伐和南征，其中以清顺治十六年（1659）的北伐声势最大。这年六月，郑成功率领17万水陆大军，由崇明而上，破清军滚江龙（横江锁链）、木浮营（置兵设炮的江上木栅），破瓜州，克镇江，进围南京。张煌言另率一支军队溯江而上，进驻上游门户芜湖，并分兵攻克太平、宁国等四府三州24县，南京清军几不可守。浙东义士反清复明、前仆后继的英勇故事，常常叩击少年洪昇无敌于天下的梦境。此役大大振奋了汉人反清复明的信心，因此抗清义军所到之处一呼百应，一时间东南大震。年轻的洪昇也被此役刺激得热血沸腾，尽可能地打探消息，与师执们分享着胜利的喜悦，吟诵着辛弃疾、岳飞、陆游等人壮怀激烈的诗词。然而，郑成功军因中清军缓兵之计，形势很快就急转直下，败退厦门。这大起大落的战争形势使洪昇以及他的师执们的心灵极不平静，他们以顾炎武“但有少康生，即是天心在”[④]诗句互相鼓励，期盼着抗清斗争的胜利。

---

① 〔清〕徐逢吉撰：《秋林琴雅题辞》，载《秋林琴雅》，第1页。

② 〔清〕徐材撰：《洪昇〈檃括兰亭序〉题辞》，载〔清〕杨友敬：《天籁集》跋，清康熙刻本。

③ 《康熙钱塘县志》卷二二《文苑·洪昇传》，载《中国地方志集成·浙江府县志辑》第4册，第421页。

④ 〔清〕顾炎武撰：《顾炎武全集》第21册《路舍人家见东武四先历》，华东师范大学古籍研究所整理，黄珅、严佐之、刘永翔主编，上海古籍出版社2011年版，第356页。

当此次北伐失败后，为了保存故明的星星之火，郑成功退守台湾。郑军在台湾驱逐了荷兰侵略者，建立反清复明根据地。郑成功收复台湾之后，立即以明朝的名义立府、县地方政权，整顿法纪，实行屯田垦荒，推广大陆先进的生产技术，发展贸易，加强民族团结，深受台湾人民的拥护，他们称郑成功为“开山圣王”。台湾人民衷心感念郑成功的功绩，在他死后为他修建庙宇，以金字匾额将其尊为“台湾之父”，后人赞之曰：“开万古未曾有之奇，洪荒留此山川，作遗民世界；极一生无可如何之遇，缺憾还诸天地，是创格完人。”[①]在汉人的心中，郑成功和台湾就是反清复明的希望，“犹看正朔存，未觉江山改”，只要延平王在，汉人的希望就在。

清初，东南抗清斗争此起彼伏，太湖地区及浙东抗清失败后，舟山及福建抗清武装有时仍进入内陆，杭嘉湖与郑成功所部海上贸易者亦不绝。为了彻底隔断沿海汉人与郑成功及其他反清力量的联系，清廷实行了“禁海令”和“迁界令”。顺治十三年（1656）宣布海禁，十八年下迁界令，在北起直隶、山东，南到广东的沿海各省实行了坚壁清野、制造无人区的迁海措施，将沿海一带的居民一律内迁数十里，“所有沿海船只悉行烧毁，寸板不许下海。凡溪河桩栅，货物不许越界，时刻瞭望，违者死无赦”[②]。强迫福建、广东、江苏、浙江等省滨海居民内迁50里，“以绝接济台湾之患”，立界石，寸板不许下海。沿海50里内，“弃赀携累，仓卒奔逃，野处露栖，死亡载道者，以数十万计”[③]。境内沿海村镇即使不在迁海范围之内的，亦设立边界，设兵戍守，界外禁止居住、捕捞与养殖。海上贸易更不能公开进行，粤、闽、江、浙的滨海地区一度成为荒凉村落。“禁海令”和“迁界令”剥夺了沿海人民一切赖以生存下去的资源，“迁移之民，尽失其业”。康熙元年（1662），郑成功全面收复台湾后，清廷颁布第二次“迁界令”，勒令广东24州县居民内迁50里，除澳门外的附近海岛洲港，皆遭封港毁船的厄运。清廷又谕令将界外地区房屋全部拆毁，田地不准耕种，不准出海捕鱼，出界者立斩。“禁海令”“迁界令”给东南沿海的汉人造成了极

① 郑成功庙沈葆桢所题楹联。

② 〔清〕江日昇撰：《台湾外纪》卷一二，台湾世界书局1979年版，第216页。

③ 〔清〕屈大均著：《广东新语·地语》，中华书局1985年版，第57页。

大的灾难，“父子夫妻相弃，痛哭分携，斗粟一儿，百钱一女……丁壮者去为兵，老弱者辗转沟壑，或合家饮毒，或尽孥投河……自有粤东以来，生灵之祸，莫惨于此”[①]。

顺、康之间，满汉对峙十分严重，清政府对汉人的镇压非常残酷。随着清政府在军事上的逐渐胜利，他们开始寻找种种借口，严惩怀明抗清的江南士绅。清顺治十八年（1661）四月，吴县县令任维初监守自盗，刑讯催逼钱粮，闹出人命，吴县士子100多名偕千余民众，到文庙孔子牌位前痛哭抗粮，并鸣钟击鼓，向苏州府衙进发。其时巡抚朱国治等人正在府衙祭奠顺治皇帝灵位，当即下令镇压，拟“罪大恶极”“不可逭者”之罪名三条，逮捕多人，是为江南“哭庙案”。六月二十日，圣旨下，18名士人被判“斩立决”。七月十三日，“哭庙案”的人犯，被斩于江宁（今南京）三山街，一时间“炮声一震，百二十人之头皆落，披甲奔驰，群官骇散，法场上惟有血腥触鼻，身首异处而已”[②]。在这18名被杀的苏州士子之中，有一代才人金圣叹。金圣叹，名采，字若采，明亡后改名人瑞，圣叹是他的别号。金圣叹的父祖皆布衣，但幼时家境尚可，10岁入私塾，于“稗官野史，无所不窥”，独不喜“四书五经”的枯燥乏味，尝自谓“自古至今，止我一人是大材”，其放诞不羁溢于言表，“一时学者，爱读圣叹书，几于家置一编”[③]。金圣叹因恃才傲物，讥讽考官，游戏科场，而多次被黜。明亡时他36岁，以文学批评开始了他后半生的生涯。金圣叹盛推《庄子》《离骚》《史记》《杜诗》《水浒》以及《西厢记》，以为天下才子必读书，并打算逐一评点，因突遭大祸，只完成了《水浒》与《西厢记》的评点。戏曲评点是一种包括序跋、凡例、题辞、眉批、夹批、总评、读法、圈点、集评甚至音释、笺注等形式在内的批评样式。随着中晚明传奇、杂剧创作的繁荣，戏曲评点也兴盛一时，凡有新的剧本问世，几乎立即就有评家为之评点。明末清初，戏曲评点蔚然成风，成为中国戏曲学和文学批评史的一种奇特现象。中国传统文化

① 《广东新语》，第58页。

② 〔清〕顾公燮撰：《丹午笔记　吴城日记　五石脂·哭庙异闻》，甘兰经等校点，江苏古籍出版社1999年版，第160页。

③ 〔清〕王应奎撰：《柳南随笔　续笔》卷三，王彬、严英俊点校，中华书局1983年版，第46页。

中一向视诗文等言志载道的文体为正宗，诗词曲赋均为小道而备受轻贱，金圣叹追随李贽，破除文体有尊卑的俗念，推《西厢记》为与《庄子》《离骚》《史记》《左传》《汉书》并称的六才子书。文体尊卑观念的突破极大地影响了士林舆论，一大批文人风随影从，形成了文人提倡、评点、议论俚野稗官的一时风气，其中最具代表性的有金圣叹评点《西厢记》，毛声山评点《琵琶记》，吴吴山评点《长生殿》，吴氏三妇合评《牡丹亭》，程琼评点《才子牡丹亭》等。《西厢记》经过金圣叹的精湛评点，传播更加广泛而久远。

“哭庙案”未久，“奏销案”继起。顺治十八年（1661），清廷将上年奏销有未完钱粮的江南苏州、松江、常州、镇江四府并溧阳一县的官绅士子全部黜革，史称“奏销案”。“奏销案者，辛丑江南奏销案也。苏、松、常、镇四属官绅士子，革黜至万数千人，并多刑责逮捕之事，案亦巨矣”①，经征之官皆以十分为考成，不足额者要被参罚。江南赋税一向很重，“江南赋役，百倍他省，而苏、松尤重”②，常是“旧赋未清，新饷已迫，积逋常数十万。时司农告匮，始十年并征，民力已竭，而逋欠如故”③，但是清政府为了裁抑缙绅特权和压服江南地主，便制造抗粮之名与江南人为难，制造了“奏销案”。朱国治为江宁巡抚后，将拖欠赋役的地主、绅士等，造册上报，册上“悉列江南绅衿一万三千余人，号曰抗粮。既而尽行褫革，发本处枷责，鞭扑纷纷，衣冠扫地。如某探花欠一钱，亦被黜，民间有‘探花不值一文钱’之谣”。清廷将欠粮者，“不问大僚，不分多寡，在籍绅衿，按名黜革，现在缙绅，概行降调”④，其中不少人被逮捕，械送刑部议处，一时间“仕籍、学校为之一空”⑤，“于是两江士绅得全者无几，有乡试中式而生员已革，且有中进士而举人已革”，吴伟业、徐乾学、徐元文、韩炎、汪琬等江南缙绅著名人物几乎全部罗织在内。这次打击比起此前的种种抑制，恐怕是毁灭性的。除去那些无意清廷功名的遗民不论，对于功名

---

① 《心史丛刊·奏销案》，第3页。

②③ 《三冈识略》，第81页。

④ 〔清〕叶梦珠撰：《阅世编》卷六，来新夏点校，上海古籍出版社1981年版，第136页。

⑤ 〔清〕曹溶撰：《条陈学政六事》，载罗振玉辑：《皇清奏议》卷一，张小也、苏亦工等点校，凤凰出版社2018年版，第2页。

之念很强的士子来说，功名是一生命运所系，褫革功名，这真是要了他们的命了。

在中国传统的文化体系中，士子具有非常高的社会地位，入庠序即为乡民所重，一旦登科甲，列名缙绅，则成为人所瞩目、人所敬重的人中龙凤，因此跻身士林往往是士子一生的梦想。及“奏销案”起，文人士大夫衣冠扫地，颜面尽失，受尽屈辱。经此变故，数年之间，江南文风一度中衰，风气不振，造成“苏松词林甚少”[①]的状况。当年冬天行岁试，与试者“每学多者不过六七十人，少者二三十人，如嘉定学不过数人而已”，所以，学臣胡在恪唱名时，不禁坠泪，“以为江南英俊，销铄殆尽也”[②]。以后，每逢县试，与试者不过二三百人，不及原先的十分之一。直到康熙八年（1669），松江知府张升衢因人才之淹抑，风气之不振而上书申呈亦有“一经题参，玉石不分，淹滞至今，几近数载。遂致怀才抱璞之士，沦落无光，家弦户诵之风，忽焉中辍，一方文运，顿觉索然。岂非文教之衰微，而守土之扼腕也哉”[③]之语。在这次“奏销案”中，洪昇的朋友宋宝颖亦以此褫革。这些事件让洪昇的思想受到了很大的触动，对于清廷的开科取士更多了一分顾虑，这也是他流连国子监20年一直不愿意参加科举考试的一个深层原因。

祸起无端的江南“奏销案”，从表面上看似乎只是国家税务部门行使其司法职权——追缴江南各省民间历年所欠之税粮，其真实用意则显然是“朝廷有意与世家有力者为难，以威胁江南人也”[④]，连续不断的“科场案”“禁社令”“哭庙案”和稍后的“明史案”等遥相呼应，都是清政府镇压江南而兴起的大狱，至此清兵入关已经18年，在清政府的血腥镇压下，全国绝大部分地区都已在其控制之下。

清廷高压而残酷的镇压，汉人持续而悲壮的抗清斗争，使得越地成了一个

---

① 〔清〕内阁大库旧藏：《〈多尔衮摄政日记〉〈司道职名册〉校释》“顺治二年（1645）闰六月二十一日”条，周莎校释，天津古籍出版社2018年版，第68页。

② 《阅世编》卷二，第26页。

③ 《阅世编》卷六，第141页。

④ 〔清〕无名氏著：《研堂见闻杂记》，载《台湾文献史料丛刊》第5辑第98册，第46页。

悲情的世界。在多灾多难的环境中，洪昇还算幸运，他有师友的教诲，有家人的呵护，有名声有才华。在师友的教诲下，洪昇审视着现实，反省着历史，也感慨着人生。“累叶清华”的显贵家庭、“三洪学士”的人文传统、“威武不屈”的遗民思想塑造了洪昇的人格理想，使得虽生于清朝的洪昇也具有浓厚的遗民思想。

第五章　闻名钱塘

洪昇的少年时代虽生活于改朝换代的血雨腥风中，但是，洪家绵延不断的家学传统，以及父亲有意培养儿子的努力，使得他青少年时期的文化生活非常丰富。洪昇一方面跟从自己的老师学习，与师执们保持着密切的联系，获得思想上的滋养；另一方面，他经常与钱家、黄家、翁家等诸亲戚之家的表兄妹们一起写诗填词，探讨学术问题，享受着诗情画意的青春时光。这个时期，洪昇以才华闻名于家乡。

洪昇的师执们因其卓著的声望而追随者甚多，这些弟子大多数也具有同洪昇一样的身份和地位，他们同是“光能照乘，翼拟垂天”的翩翩佳少年，同是“巷近乌衣，人皆玉树”[①]的钱塘士子。他们曾有过显赫的家世，他们的家庭在明朝灭亡的过程中都遭受到不同程度的冲击。这些士子在家庭文化的熏陶下大多早早开蒙，成为早慧的少年，与洪昇同声相应、同气相求，成了莫逆于心的朋友。洪昇非常重视友情，也十分热衷于与同好相交，他与这些世交同道的交往十分频繁，关系也非常密切，且与大多数人都保持着终生的友谊。洪昇与这些同窗好友“入林时把臂，行野必随肩。起舞呼清酒，成诗掷彩笺”[②]“笙歌粉

---

①〔清〕陆繁弨著：《善卷堂四六》卷三《汪雯远诗余序》，载《四库全书存目丛书·集部·别集》第257册，第431页。

②〔清〕洪昇著：《啸月楼集·喜汪雯远初授太史兼述近状，却寄三十二韵》，载《洪昇集》，第106页。

黛醉楼船”[①]，度过了非常诗意的青春时光。

在这些好友中，洪昇与同为毛先舒入室弟子的吴仪一的关系最为亲密，他们既有“通家”[②]之好，从幼年起又同窗共读，因此，两人具有兄弟般的深厚情谊，洪昇的女儿曾自言少时对吴仪一即“以叔视之”，称之为“吴山四叔”[③]。更为重要的是，洪昇与吴仪一的关系超越了普泛意义上的好友关系，吴仪一对戏曲有着非常深的研究，他们因为共同的爱好彼此引为知音。洪昇钟情词曲的创作，中年后更倾力于此道，吴仪一不仅成为洪昇戏曲创作的欣赏者，也担当了洪昇戏曲作品的研究者和评论者。在日后二人的交往中，创作传奇、评点传奇又成为他们交游中的一项重要内容。吴仪一非常了解洪昇，对洪昇所作的传奇多有评点，其中吴仪一对《长生殿》的评点最为洪昇首肯，称之为“全本得其论文，发予意所涵蕴者实多”[④]，而且吴仪一还为《长生殿》的流传作出了极大的贡献。吴仪一，字瑹符，号舒凫，又号吴山。他比洪昇小两岁，幼即聪颖，“经史子集，一览成诵”[⑤]，有神童之誉，但人生坎坷，未有更大的作为，但吴仪一的名字因评点《长生殿》而流传后世。在洪昇创作《长生殿》的过程中，吴仪一婚姻上的佳话曾给予洪昇极大的启发。

吴仪一初聘黄山女子陈同，尚未完婚，陈同便去世。陈同生前酷爱《牡丹亭》，一边看，还一边加以评点，“尤好观览书籍，终夜不寐，母忧其茶也，悉索箧书烧之”。幸好上卷放在枕头底下，才免于一炬。陈同死后，吴吴山看到了这卷幸存的《牡丹亭》，“密行细字，涂改略多，纸光冏冏，若有泪迹”。后来，吴仪一娶了清溪女子谈则，谈则“见同所评，爱玩不能释”，她补评下卷，“其杪芒微会，若出一手，弗辨谁同谁则”[⑥]。谈则体弱，在婚后三年，谈则评完《牡丹亭》竟也一病不起，离开了人间。吴仪一继娶古荡女子钱宜。钱宜看了几

---

① 〔清〕洪昇著：《稗畦集·赠柯翰周》，载《洪昇集》，第364页。

②③ 〔清〕洪之则：《吴吴山三妇合评牡丹亭还魂记》跋，载郭英德、李志远纂笺：《明清戏曲序跋纂笺》第2册，人民文学出版社2021年版，第850页。

④ 《长生殿·例言》，第2页。

⑤ 《杭州府志》卷九四。

⑥〔清〕吴仪一撰：《吴吴山三妇合评牡丹亭还魂记》序，载《明清戏曲序跋纂笺》第2册，第832页。

页陈、谈评注的《牡丹亭》就入了迷。她一边看，一边也在书页上注下了自己的感想。全书注完，她“典金钏为梨枣资”，到康熙三十三年（1694）间，三妇合评的《牡丹亭》终于刊刻行世了。吴仪一三妇合评的《牡丹亭》成为影响最大的评点本，吴仪一也因此而更加出名。吴仪一的这段情缘对洪昇的创作观念影响很大。在洪昇看来，《牡丹亭》中所赞颂的“情不知所起，一往而深。生者可以死，死可以生”的至情才是爱情的最高境界，这种情爱观深深地影响了洪昇的创作，《长生殿》就极力赞美了“今古情场，问谁个真心到底？但果有精诚不散，终成连理。万里何愁南共北，两心那论生和死”的爱情，这种对人间至情的赞颂与《牡丹亭》的观念是一脉相承的。在这一点上，时人是有共识的，洪昇自云，“棠村相国尝称予是剧乃一部闹热《牡丹亭》，世以为知言”①。

康熙元年（1662），16岁的吴仪一承父祖之荫远至京师入国子监肄业。这一年，顺治皇帝驾崩，年仅八岁的爱新觉罗玄烨登基。顺、康之交，国内政治形势发生了较大变化，由于清政府持续不断地残酷镇压反清力量以及抗清斗争的主要领导人物相继去世，反清复明的力量已大大削弱。四月永历帝父子在昆明被吴三桂绞死，五月郑成功在台湾病卒，六月李定国卒，十一月鲁王殂于台湾，这些事件让汉人不得不承认抗清斗争大势已去，清朝统治逐渐巩固。在这种形势下，新皇帝加强了对汉人的笼络，制定了许多让汉族文人怦然心动的策略，这些策略极大地抵消了汉人对清政权的敌视和对抗心理，除了像顾炎武、黄宗羲和王夫之这样坚定的明遗民外，原本持观望态度的名利之徒纷纷加入清政府的队伍中来，出现了“一队夷齐下首阳”的现象。那些生于甲申、乙酉之后的新一代人，因生在新朝、长在新朝，也比较认同清的统治，越来越多的人开始接受了清政府，官员子弟也多被荐举入国子监肄业，吴仪一因此得以入国子监学习。

洪昇是一个非常重情的人，与挚友的分别让他充满了伤感。京师远在3000里之外的北方，在江南人的眼中，那里是一个“北风杀野草，尘沙飞长途。层

① 《长生殿·例言》，第1页。

冰与积雪，严寒欲裂肤”[①]的苦寒之地，洪昇担心久习江南吹面不寒杨柳风的好友无法抵御那里的寒冷，他送了一份特殊的礼物给好友吴仪一，那是他托人辗转买到的一领狐狸裘皮大衣，希望以此为好友“护千金躯”[②]。吴仪一离开钱塘后，洪昇还留在家乡过着求师会友的生活。游西湖、登吴山，赋诗、度曲，过得其乐融融。在与师友交游的过程中，洪昇的朋友越来越多，名声也越来越大了，以至于有人慕名前来与之交游，胡大濚即其中之一。他是张昊的弟子，从毛先舒游处，从而结识了洪昇，在与洪昇的交往中，二人日益加深了解，成了要好的朋友。因老师陆繁弨的介绍，洪昇还认识了汪雯远。汪雯远，名鹤孙，“康熙乙酉科亚魁，癸丑会魁，翰林院庶吉士。少无宦情，虽早入词科，即请假南旋。性好游，神情飞动，识解过人”[③]。洪昇和汪雯远一见知心，相交甚欢，二人成为至交。汪雯远非常推崇洪昇，称之为“奇杰之君”。有这么多互相推重的师友相伴，洪昇过着“酒盏频呼”“金丸红袖嬉游”的生活，“与东苑、玉蕤、兰思、洗铅诸子，以词学相提唱，花坛月榭，比缓吟低讽，互相酬和，极一时之盛”[④]，在这个时期，洪昇写下了诸多华美的词曲乐章，创作达到了第一个高峰，成为他朋友圈子中的“骚坛之主”[⑤]，这并非好友的溢美之词，洪昇曾自言“予微名颇早”[⑥]亦可证此言之不虚。

在这段时间里，洪昇与二弟洪昌曾一度搬到南屏僧舍读书，这时他的小弟弟中令因已与父游燕而未能同来。南屏山绵延横陈于西湖南岸，山高百米，绵延千余米。山上怪石嶙峋，绿树郁郁葱葱。天气晴朗时，满山岚翠。逢雨遇雾，云烟缥缈，山峦空灵，山麓有净慈寺和兴教寺两座著名的寺庙。由于南屏山岩由多孔穴的石灰岩构成，加之山岩耸立犹如一道屏障，每当寺庙晚钟敲响，岩

① 〔清〕洪昇著：《啸月楼集·吴璨符北征赋此赠别》，载《洪昇集》，第25—26页。

② 〔清〕洪昇著：《啸月楼集·吴璨符北征赋此赠别》，载《洪昇集》，第26页。

③ 〔清〕汪鹤孙著：《延芬堂集》卷首薛颂唐所传小传，载《清代诗文集汇编》第162册，上海古籍出版社2010年版，第1页。

④ 〔清〕洪昇著：《漱石词序》，载《洪昇集》，第507页。

⑤ 〔清〕汪鹤孙撰：《汇香词·绮罗香·赠洪昉思》，载《丛睦汪氏遗书》卷下第7集，清光绪十二年本。

⑥ 《不下带编　巾箱说》卷一，第10页。

石、洞穴便随之产生共鸣，声音直达西湖彼岸，对面的葛岭也回音迭起。南屏僧舍环境清幽，胡大潆在《访洪昉思、殷仲读书南屏》中描写了僧舍的环境，“芳草迷深径，垂杨弄短丝。晃摇湖水绿，窗面石峰奇”，是一个非常适合读书的地方。晨钟暮鼓，梵贝佛号，使南屏僧舍成了一个澄澈静寂的玄妙之境，洪氏兄弟置身其间，心里格外宁静，他们在寺里潜心读书。读书之余，他们与净慈寺的主持豁堂禅师建立起了比较亲密的友谊。豁堂禅师，俗姓郭，国变后遁入空门，宗临济宗，法名止嵒，字豁堂，号菽庵。豁堂禅师与“西泠十子”关系非常好，因而也成为洪昇的师友。豁堂性喜山水，善诗，工画，其诗空灵通脱而有禅意，这样的诗风在洪昇的早期诗歌中留下了明显的痕迹：

浴罢入林坐，荷风吹葛衣。月翻河蚌出，星杂野萤飞。老竹新多实，高梧已十围。忽闻渔唱起，处处钓船归。（《夏晚》）

忘却人间事，青山百遍登。禽衔将落果，猿挂半枯藤。不雨春生雾，无风夜解冰。平生耽胜迹，阴洞昼携灯。（《游灵隐寺》）

林居堪避世，独酌酒微醺。石汙知将雨，山烟欲变云。飞流猿互饮，浅草鹿为群。有客忘言者，相过倦论文。（《林居俞嫩伯见过》）

洪昇非常敬重豁堂禅师，直到晚年回到故乡再次访游净慈寺时还一再追怀豁堂禅师，将之比作南朝高僧慧远。与豁堂禅师谈玄论道的过程中，洪昇的出世之念大增，曾引以为傲的才子之名也似乎有些失去了光环。深受佛理影响的洪昇此时心中充满了对自然的眷怀，他“愿言结茅茨，终身事耕凿”[①]，做一个与世无争的樵夫。他祈望在这清幽的南屏山上自由自在地生活，抛却那炫人眼目的浮名，因此给自己起了一个号，叫作“南屏樵者”。

渔翁和樵夫一直是中国传统隐逸文化的象征，他们恣情山水、旷达洒脱的飘然之姿展示着古代文人对山水之乐的向往。隐逸是中国文化史特有的现象，是那些深受老庄思想和佛理观念影响的文人士大夫理性实践的结果，亦是他们

① 〔清〕洪昇著：《啸月楼集・首春郊外》，载《洪昇集》，第14页。

寻求保持独立人格和自由风范所采取的独特方式。历朝历代的文人除了激流勇进、自强不息的世俗追求外，心底都保有一处适性逍遥的精神家园。他们希望过一种逍遥自在、无拘无束、悠闲自得的生活，与世无争的白发渔樵就充当了中国传统隐逸文化中的意象，当然这个意象绝不同于现实生活中以此为生的真正的渔翁与樵夫。白发渔樵更多的是一种文化符号，是文人士大夫坚守节操、退守自然的自由选择，具有文人士大夫飘然世外、超尘脱俗、看破红尘的文化意味，有着“白发渔樵江渚上，惯看秋月春风”的历史感。渔翁与樵夫以一种高人隐士的形象传达着中国文人羡隐乐逸的思想。身处艰危的现实环境以及深受佛理的影响，此时洪昇心底充满了对自由与逍遥的渴望，想要做一个与世无争的“南屏樵者”。当然，此刻他的人生定位还是在特定情境下被激发起来的短暂选择，当时过境迁后，洪昇的想法也就大不相同了。

洪昇业师陆繁弨的堂弟陆寅亦与洪氏兄弟一起在南屏僧舍读书，洪氏兄弟与陆寅每日里写诗论文，过得其乐无穷。陆寅，字冠周，是陆繁弨的伯父陆圻之子。陆寅“幼而颖悟，能诗。性孝友。年十六，圻罹无妄，家无少长被逮，寅亦见收就狱”。陆圻被释后遁迹远方，“寅哭谏之”，但是并没有阻挡住父亲的脚步。陆圻“三年不归，音问杳然。寅以一身上事老母，下抚弱弟妹，皆尽心力”。母亲死后，陆寅徒步访父，历尽艰辛，“凡荒崖绝壑，深林穷谷，靡所不至”，但终不得。后因“哀慕劳瘁，呕血而卒，年四十三”[①]。洪氏兄弟和陆寅在南屏僧舍读书期间，品评佳作、创制新词是他们读书生活中很重要的一项内容，与此同时，不时还有朋友造访。好友之间聚首攀谈，纵论时政，切磋学问，欣然忘食，“深谈未觉疲”。学而时习之，乐，有朋自远方来，亦乐，洪昇在南屏僧舍度过了一段非常惬意的时光。

关于洪昇在南屏僧舍读书的时间，章培恒先生定为洪昇婚后22岁时，其论证之处似不足据。《洪昇年谱》对洪昇寓居南屏僧舍时间所作的推论有自相矛盾之嫌，章先生云“甲辰、乙巳，昉思新婚燕尔，观其于黄兰次之归宁，尚且徙倚愁叹，自不至于离家独居古寺”，但章先生又恰恰把洪昇寓居南屏僧舍的时间

---

① 《康熙钱塘县志》卷二三《孝友》，载《中国地方志集成·浙江府县志辑》第4册，第431页。

列于康熙五年（1666）洪昇新婚后，无法说通。又言“丁未昉思父返杭。昉思于其父之出游，殊切怀思，《怀父游燕》之诗可证；既还，自当在家侍父，不宜屏居僧舍”，章培恒先生推断出洪昇于康熙甲辰、乙巳、丁未均不在南屏，故定于康熙五年丙午。其实，古人选择僧舍读书，多图其清静。选择什么时间去读书，并没有一个严格的限制，当由个人之便利。从洪昇诗作当中无法判定他到底何时寓居南屏读书，但因陆寅的参与而使其有了参照，我们完全可以依据陆寅参与南屏僧舍读书的时间来进行推断。根据《钱塘县志》载，“庄史案”发生时，陆寅年已十六，章先生言“‘庄史案’前，陆寅尚幼，似不至于离家寓居僧舍”的结论不确。“庄史案”发生的时候，陆寅16岁，遭兄丧父遁之家变，家庭重担骤然降落在陆寅的身上，他“以一身上事老母，下抚弱弟妹，皆尽心力”，并没有充裕的时间及安闲的心情与洪昇在南屏僧舍看湖面花开，看山头明月，听南屏晚钟，而且其母卒后，他又徒步寻父，绝无南屏僧舍读书的可能，因此，陆寅与洪氏兄弟一起读书这段闲适静谧的生活至迟当在“庄史案”发前。

“庄史案”亦称“明史案”，发生在康熙二年（1663），缘起于南浔富户庄廷鑨私刻《明史》事。在清统治日益巩固、抗清斗争逐渐衰微的形势下，多数汉人把抗清的方向转到了文化的坚守与传承上。许多文人士大夫致力于对前朝历史的整理和反思，希图在对前朝历史的梳理中寻找到故国灭亡的原因，他们也以这种方式寄托着自己的故国之思，这种心理状态导致了清朝初期的中国历史研究尤其是明史研究异常发达。明史的写作从明朝就开始了，明朝官方的修史工作比较薄弱，而私修当代史则十分盛行。顾炎武、黄宗羲等人都从明朝时即已搜集明史史料。到清朝初期，他们各自撰写了多种明史文献资料，并且以其文献之学勉励后进、传习子弟。谈迁的《国榷》、张岱的《石匮藏书》等，更是从明末已经着手撰写，至清初方脱稿成书。明灭亡后，当以武力复明的希望日渐渺茫，整理明代的历史文献、追叙明代史事便成为明朝遗民寄托“国恩家教，耿耿在怀”的一种方式。叶钤的《明纪编遗》、文秉的《甲乙事案》、李逊之的《三朝野记》等书，更直接题为某地遗民××辑。查继佐的《罪惟录》“桂主之后附以韩主、郑成功及台湾二传。又慨乎言之，则惓惓故国之心可见矣”[①]，社会上形成了普遍关注明史写作的思潮。

庄廷鑨双目皆盲，受到“左丘失明，厥有《国语》”的鼓励立志著史。他购得故明大学士、首辅朱国桢生前的部分明史稿后，又请人将明末崇祯一朝历史补上，并请人整理、润色、作序，命名为《明史辑略》，编纂完成后，庄廷鑨去世。其父庄允城为遂子遗愿，请闲居在家的原明礼部主事李令析作序后刊刻，于顺治十六年（1659）冬正式在书坊出售。《明史辑略》以美堂朱史氏的名义刊刻，除作序者外，其余罗列的参订者共18人。同年十二月，查继佐、范骧、陆圻三人因未参与编写工作，也未见过刊刻出售的书，却被庄氏列于参订者而不满，遂向学道胡尚衡提出控告，胡批示湖州府学查报。府学教授赵君宋从该书中摘出数十处“毁谤语”，在府学门前张贴通报。庄氏即以高价将已售出的40多部《明史辑略》赎回，对书中一些忌讳处加以修改，改动数十页后重新刻印。又疏通关节，通过前任守道、时任通政司使王永祚的关系，由湖州府将书分呈通政司、礼部和都察院三衙门备案。同时，庄氏重贿湖州知府陈永命，将书版吊出劈毁置库。前任归安县令吴之荣，因贪赃获罪，赦免后闲居在湖，得知此事后，在李廷枢的唆使下，向庄氏敲诈钱财，庄氏不理。吴即于顺治十八年七月向镇浙将军柯奎告发，柯将此事转告浙江巡抚朱昌祚，朱昌祚下文由湖州学道胡尚衡处理。庄氏闻讯后，一面向有关官员行贿，一面请松江提督梁化凤向柯奎说情，使事情暂告平息。吴之荣因触怒庄氏，被巡道派兵送出境。吴之荣诈财不成，又遭驱斥，恼羞成怒，于康熙元年（1662）初冬将初刻本直接上京至刑部，告发庄氏“私编明史，毁谤朝廷”，引起朝廷震怒，执掌大权的顾命四大臣随即指派刑部侍郎等满族大员赴杭办案，庄、朱等人被捕羁押。初，朱佑明和赵君宋关押在一起，朱遂求于赵，并许以家产一半相报。赵君宋在审问时即为朱佑明开脱，称朱与庄史无涉，有家藏《明史辑略》初刻本为证。致使，此案牵连的人员越来越多，以至于酿成清朝最大的“文字狱”。

《明史辑略》中的确颇有触犯清廷忌讳之处，比如沿用明朝年号，称清先祖

① 〔清〕查继佐著：《罪惟录》，浙江古籍出版社1986年版，第2897页。

和清兵为“贼”，指斥明将降清为叛逆等，这就构成“诋毁清朝”的“十恶不赦”大罪，因此凡是参加了庄氏《明史辑略》整理、润色、作序的人及其姻亲，全部被捕，与此书相关的写字、刻版、校对、印刷、装订之人，购书者、藏书者、读过此书者，莫不株连，其妻、妾、媳、女及15岁以下之子、侄、孙等没官为奴及徙边者无数。入狱者2000余人，审讯后定死刑70多人，其中18人被凌迟处死，一时人头落地，血肉横飞。庄氏“明史案”开了清代文字狱的先河，此后的雍正和乾隆时期，文字狱一代比一代残酷。

“明史案”以斧钺立威，力图震慑尚存家国之念的汉人。在这场文字狱中，洪昇的蒙师陆繁弨及好友陆寅亦被牵连入狱。陆繁弨的伯父陆圻，字丽京，号讲山。由于在当地颇有名气，在“庄史”出版时，未经本人同意，也被庄家父子列入“参阅者”名单，因此在“庄史”案中无辜被牵连入狱，全家170余口，都被发配塞外苦寒之地，陆繁弨和堂弟陆寅也在其中。后因陆圻等人检举在前乃获释。陆圻出狱后，愤而出家，不知所终。陆寅的哥哥经此变故，出狱后病卒。陆寅为了寻找父亲，徒步寻遍全国各名山大川，亦积劳呕血而死。经过“明史案”的打击，陆家家破人亡。洪昇同情陆家的遭遇，憎恨清廷残酷的暴行，但在那种恐怖的社会氛围中，他也只能三缄其口，把对清廷的憎恶深深地埋在心底，这种愤怒一直到洪昇写作《长生殿》时才通过雷海清的口抒发出来，“恨子恨泼腥膻莽将龙座淹，癞虾蟆妄想天鹅啖，生克擦直逼的个官家下殿走天南。你道恁胡行堪不堪？纵将他寝皮食肉也恨难劖。谁想那一班儿没掂三，歹心肠，贼狗男”[①]，骂得痛快淋漓，这股怨气在洪昇的心灵中已经郁积了太长的时间。明清易代之际，大明帝国灰飞烟灭带来的巨大震惊，郁积在汉人心头的惆怅和苦闷，使得他们以创作的方式寄托对故国的忧思和历史兴亡的慨叹，这些作品组成一支“哀以思”的“亡国之音”，《长生殿》是这支哀曲中最为深沉悲怆的音符。《长生殿》承续自唐以安史之乱为故实审视外族入主中原的抒情传统，以帝妃之间的缠绵情爱的覆灭为媒介，让人们在对爱情悲剧唏嘘感叹的同时引发人们对悲剧原因的思索，反复地抒发了山河破碎、家国沦陷的哀伤。

---

①〔清〕洪昇著：《长生殿·骂贼》【元和令】，载《长生殿》，第147—148页。

清政府通过残酷的军事镇压和高压的文化统治实现国家政权的交替，这种时代氛围对洪昇的政治倾向与人生选择产生了深远的影响。作为深受家庭影响的一代文人，他感念前朝，排斥清廷的野蛮统治，但是大兴牢狱的社会又让他不得不沉默。对清政府既敌视又畏惧的心态塑造了洪昇抗争与顺从的矛盾个性，他终生都没有走出这个心理阴影，痛苦至极之时只能效阮籍作穷途之哭或放诞旷达。

从洪昇所存的诗歌中推断，洪氏兄弟停留南屏僧舍的时间大约是从“明史案”发前一年即康熙元年（1662）的初春到暮秋，几近半年的时间。这个时期，洪昇的词曲创作已经很成熟，洪昇散曲中有年代可考最早者即为作于此时的《秋日南屏怀王丹麓》套曲：

［粉蝶儿］秋到南湖，净长空雨疏云淡。隔寒林一带烟岚。柳添黄，蘋损绿，红消菡萏。蓦地愁含，对西风独凭雕栏。

［醉春风］想着你渴病三年，悲秋仍万感。新来潘令好容姿，怕也减、减。尚几自午梦摊书，笔花摇梦，香迷灯暗。

［普天乐］演《连珠》、垂金鉴，《竹枝》歌韵、传遍江南。写神龙，惊心胆。白昼云雷把天关撼。选《文津》藏在石函。将遂生细览。要普天业忏，这心儿即是优昙。

［醉高歌］记相逢郊外停骖，挥玉麈临风对谈。正香尘满地桃花糁。早不觉砧声又惨。

［红绣鞋］近水寒生葭菼，晴峰远列松杉，数行白雁起三潭。坐南屏歌将咽，望北墅酒难酣。响当当一声钟真唬俺。

［墙头花］西湖如鉴，远近苍烟黯。只见那水底雷锋日倒衔。乱茸茸细草揉蓝，冷萧萧疏风坠绀。

［煞尾］蛩声不要听，秋光谁耐览。待驱车早暮还相探，怕只怕醉倒琼楼绣鸳毯。

王丹麓，名晫，号木庵，仁和人，亦是一个少年才子，12岁补诸生，后弃之，居湖墅，名望甚高，“四方士夫过武林者必造霞举堂，故座客常满”[①]，洪昇亦常为之座上客。洪昇逗留南屏日久，不禁怀念起霞举堂来了，于是写曲送给王丹麓。这套曲写后不久，洪昇与其弟即离开了南屏僧舍，返回了家中。

洪昇在与师友亲密接触的同时，与自己表亲家中那些情投意合的兄弟姐妹也保持了比较频繁的交往。洪昇的表亲甚多，黄家、钱家、康家、林家那些和洪昇年纪相仿的兄弟姐妹，加上洪昇自己以及两个弟弟、两个亲妹妹组成了颇为壮观的少年群体。关于洪昇的两个妹妹，史无明载，其名字亦一无所知，至于他们的性情和遭遇，也只能从洪昇的诗中略知一二。洪昇在其《寄妹》诗中曾云“霜管花生艳，云笺玉不如。自闻吟柳絮，畏作大雷书”，可知其妹是才比谢道韫的才女。他们虽年少于洪昇，但弃世都早于洪昇，洪昇晚年返乡后写作的《己卯冬日，代嗣子之益营葬仲弟昌及弟妇孙，事竣述哀四首》其三有“哭弟悲无已，重经两妹亡”诗句，可知。洪昇与弟弟妹妹的关系非常好，在他的诗集中屡见写给弟弟妹妹的诗作。不过，洪昇因自己一生坎坷，对弟弟妹妹少有帮助与呵护。作为长兄，洪昇深感愧疚，其诗中亦多含有深深的歉意。人生无常，很多事情都是人力难为，除了哀叹世事，洪昇也无力改变什么。

以洪家为中心的大家族中的少男少女毫不例外都承袭了深厚的家学传统，从小就受到良好的家庭教育，具有较高的文学修养和艺术修养，或擅诗或工书，或善曲或能文。如翁家表弟翁嵩年，字康贻，“年十三即通《六经》大义。长，于百家之言靡不探测，而尤精于《左传》，以文章名东南”[②]。如钱家表弟钱肇修，字石臣，号杏山，“文学渊博，工诗”[③]，且“善画，以枯瘦之笔，作林峦峰岫，极古淡之致”[④]，后官至监察御史。这些亲眷中，钱家的诗社尤其引人注目。钱家书香门第，儿子、女儿、儿媳均能诗。钱肇修的两个妹妹钱凤婉、钱凤纶也都是才华横溢的诗人。钱凤婉，字淑仪，是钱开宗和顾玉蕊夫妇的长女。钱凤纶，字云仪，为钱凤婉之妹，她们均有诗集传世。林家表妹林以宁，字亚

① 《国朝杭郡诗辑》卷六，第468页。

② 《杭州府志》卷九四《文苑·翁嵩年传》，清光绪二十四年（1898）修，民国11年铅印本。

③ 《康熙钱塘县志》卷一九《名臣》，载《中国地方志集成·浙江府县志辑》第4册，第388页。

④ 《国朝杭郡诗辑》卷五，第377页。

清，钱肇修之妻，她不仅工诗词，善绘画，还精通戏曲传奇的创作。钱开宗的妻子顾玉蕊精通诗文，工骈体，闻名于大江南北，是当时十分有影响的闺阁诗人，著有《亦政堂集》。她于闲暇时把自己的女儿钱凤婉、钱凤纶，儿媳林以宁，同好柴静仪及其儿媳朱柔则和女词人徐灿等人召集在一起联诗对句。在顾玉蕊的领导下，他们煞有介事地仿照男人组织成立了蕉园诗社，而且还发表了《蕉园诗社启》。蕉园诗社是中国古代第一个有启事、有组织的具有真正意义上文学流派性质的女性文学团体，这个诗社分为前后两个时期，前期称为“蕉园五子”，后期称为“蕉园七子”。关于“蕉园五子”的成员，说法不同，但差异不大。陈文述《西泠闺咏》卷十“亦政堂咏顾玉蕊”记载：“……招诸女作蕉园诗社，有《蕉园诗社启》。蕉园五子者，徐灿、柴静仪、林以宁及女云仪也。”《全浙诗话》卷五一《湖墅诗抄》载：“柴季娴工书画，与林以宁亚清、顾姒启姬、钱云仪、冯又令诸女士称为蕉园五子。”《国朝闺秀正始集》载：“与同里顾姒启姬、柴季娴静仪、冯又令娴、钱云仪凤纶、张槎云昊、毛安芳媞，倡蕉园七子之社。”[①]从上述记载中可以看出，除徐灿外，“蕉园五子”基本上都联络有亲，或母女或婆媳或姐妹或妯娌或姑嫂。徐灿，字湘苹，又字深明，一作明霞，晚号紫管，苏州人。少小时家住城外支硎山下的一个山庄内，风光十分优美。父亲徐子懋曾任明朝光禄寺丞，有很好的文学修养。徐灿从小受过良好教育，“幼颖悟，通书史，识大体”，很为父亲钟爱，许配给陈之遴为继室。徐家是海宁望族，在明朝兴旺发达了100多年，至崇祯年间，陈之遴科举高中一甲二名进士。徐灿和丈夫都是当时著名的诗人，在家中夫唱妇和，夫妻感情甚笃。徐灿一生诗词兼擅，在中国文学史上，“闺秀工为词者，前则李易安，后则徐湘苹”“可与李易安并峙千古”，著名诗人陈维崧说她“盖南宋以来，闺房之秀，一人而已”。陈之遴与顾玉蕊的丈夫钱开宗有通家之好，所以她受到顾玉蕊的邀请，参加了她们亲族组成的女性诗社。

钱家遭逢破家之难后，“蕉园诗社”随之解散，一直到钱家被放还后诗社才由林以宁再次发起。她们的诗社活动很大胆，在西湖、西溪一带乘船招摇，浅

① 〔清〕恽珠著：《国朝闺秀正始集》卷四“林以宁”条，清道光红香馆刻本。

斟高歌，穿林踏青，十分惹人瞩目，“是时，武林风俗繁侈，值春和景明，画船绣幕交映湖漘，争饰明珰翠羽、珠髾蝉縠以相夸炫。季娴独漾小艇，偕冯又令、钱云仪、林亚清、顾启姬诸大家，练裙椎髻，授管分笺。邻舟游女望见，辄俯首徘徊，自愧弗及”[①]。在诗社活动期间，姐妹们都给自己取了个雅致的别号，林以宁称“凤潇楼”，钱凤婉称“天香楼”，钱凤纶称“古香楼”，冯又令称“湘灵楼”，她们以雅号为名把自己的诗歌结集，成《天香楼集》《古香楼集》《凤潇楼集》《湘灵集》等诗集，蕉园诸子的诗文集今多不传，其活动往来的情况亦多不可详加考述，只能从零散的诗文窥其点滴。冯又令有《答同社诸夫人》书云：“兹辰青鸟飞来，知可以采胡麻儿餐玉屑，方慰调饥之望，又何忍言辞。奈何尘鞅所缚，自春迄秋，彤管未拈，胸中茅塞可知。重九喜晴，见篱菊舒黄，欲拟陶韵，至今尚未成句，益知江郎有才尽之讥，而况我辈乎！加以外赋远游，老姑卧恙，不能稍离左右。惟有遥企园亭，见五彩缤纷出，即是诸夫人口吐白凤之时，敬当扬袂举觞以酬珠玉也。”蕉园诸子的风流雅会可见一斑。蕉园闺秀结社联吟，蜚声西湖之滨，艺林传为美谈。

洪昇虽不是“蕉园七子”成员，但因与诗社成员关系密切，且诗才出众，姐妹们也经常邀他参加诗社活动，洪昇兴之所至，也乐于混迹其中。有趣的是，洪昇第一本诗集名为《啸月楼集》，这种命名不知道是受到了当年蕉园才女们风雅之事的启示，还是洪昇当年也效仿蕉园才女为自己起了一个名号，然后以诗集名字以记当年事。但是在洪昇的诸多记载中，均不见此号，洪昇与蕉园诗社的关系也只能凭借想象加以描绘了。

与蕉园才女们的接触给洪昇的心灵留下了深深的印记，让他更多地理解女人，尊重女人，以至于他在《长生殿》中说出“情深妒也真”这样具有颠覆性的名言。在中国古代社会，女人的嫉妒曾被当作“七出”的理由之一，而在《长生殿》里，李隆基看到杨玉环因为自己用情不专而伤心，他不仅没有以“嫉妒”为名治杨玉环的罪，反而感到了歉疚和惭愧，并把杨玉环的嫉妒释为“情深妒亦真”，这可把几千年来加在女人身上的罪名一下子就全部否定了，突破了

① 《国朝闺秀正始集》卷三〇。

束缚女人、禁锢女人的心灵枷锁，使世人从人性的角度重新对“嫉妒”这种人人皆有的心理进行理性评价，具有不可估量的文化意义。洪昇对女人能有如此深刻的理解，这与他早年与蕉园女子交往甚多有着密切的联系。

结社是汉族文人寻求同道的一种方式，由来已久。汉代和明代是中国古代社会文人结社的高峰，汉代结社多为“品核执政，裁量公卿”的政治结社，到了明代，文人结社更多，“明社既屋，士人憔悴失职，高蹈而能文者相率结为诗社，以抒写其旧国旧君之感，大江以南，无地无之”[①]。顺治十四年（1657）和十七年分别晓谕天下士子不可以任何理由聚会后，文人的结社受到了大大的限制，但这项禁令对于女子的限制却少得多，因而清初出现了女性结社的一个高潮，当然，这种雅集还主要集中在家庭内部之间。女性结社始于晚明，至清代形成风气，“清代妇人之集，超轶前代，数逾三千”[②]，数量之多，可谓空前，极一时之盛。明代末年女子结社较著名者当推叶绍袁之妻沈宜修及三女叶纨纨、叶小纨、叶小鸾等人，长幼内外，悉以歌咏酬唱为家庭乐，其作品统由叶绍袁汇刊入《午梦堂集》，广为流传。该蕉园诗社即属于这种家庭成员内部的结社，诗作多写景题赠之作、感时思夫之篇，诗格大都细腻清秀，因影响大，才被外人所知。

在这群少年才子中，洪昇与黄蕙、表弟钱杏山和表妹林亚清之间关系最为密切。洪昇与黄蕙同年同月同日生，钱杏山和林亚清也是同年同月同日生，这种罕见的奇缘使得它们之间的感情远远超出了其他的兄弟姐妹。其实，汉族比较忌讳男女双方同年出生，尤其忌同年同月出生，俗谚云“同岁不同月，同月子宫缺”，意为同年同月出生的人结婚会影响下代子孙的繁衍。虽有此说，但是同年同月同日生的人在现实生活中往往很难遇到，因此人们更多地给予了同生之人以惊奇艳羡等复杂的感情，甚至“不求同年同月同日生，但求同年同月同日死”一再成为誓言和承诺。同死可以选择，同生却难求，因而同生的奇缘往往会拉近人们的感情。洪昇与黄蕙、钱杏山与林亚清也许就因了这一特殊的缘分而终成眷属，夫妇恩笃。

---

① 〔清〕杨凤苞著：《秋室集》卷一《书南山草堂遗集后》，文渊阁影印四库全书本。

② 胡文楷编著：《历代妇女著作考 · 自序》，上海古籍出版社1985年版，第5页。

第六章　同生奇缘

洪昇在满汉此消彼长的斗争中一天天地长大，随着反清复明希望越来越渺茫，洪昇已到了20岁。按照中国传统的礼仪，20岁开始就算作成年人了，20岁生日那一天应当举行成人仪式——加冠礼。在人的一生中，从生到死有许多不同的礼仪，诞生礼、成年礼、婚仪礼等，人生的仪礼如影相随，陪伴着一个人从生命的起点走到终点，其中加冠礼最富有社会意义。我国古代的成年仪礼，主要是“冠礼”和“笄礼”。冠礼是男子的成年仪礼，笄礼指女子的成年仪礼，囿于男尊女卑的传统偏见，古人在言及成年仪礼时，一般只称“冠礼”。举行加冠礼不仅意味着一个人在生理上已发育成熟，更意味着他从此告别童年生活，长大成人，即将承担起社会和家庭的责任，因此冠礼成为社会与个人都非常重要的礼仪，素为儒者所重，也是每个家庭中非常隆重的仪式，“将责为人子、为人弟、为人臣、为人少者之礼行焉。将责四者之行于人，其礼可不重与”[①]。从周公制礼作乐，汉人都是在冠礼中成为社会人的。清军入关后，朝廷以强势的军事力量推行满族的文化习俗，力图以此覆盖汉人的习俗。在满族的习俗中，满族人不举行加冠礼，这对于汉人来说则是无法想象的。在满族强悍的政治、军事势力面前，即使在书中用前朝的习惯用语都算是忤逆之事，举行汉族传统的加冠礼当然也是犯禁之举。但是强烈的文化信仰使得汉人非常重视加冠礼所赋予的社会意义，他们认为不举行加冠礼就无法实现人从自然向社会的过渡，

① 《礼记·冠义》，胡平生、张萌译注，中华书局2017年版，第1180页。

为了达到保持文化传统同时又能够自我保护的目的，汉人对加冠礼的仪式进行了微调，往往把男子举行冠礼与婚礼放在一起进行。男大当婚，女大当嫁，婚姻是人生礼仪中又一个重要礼仪，把冠礼和婚礼同时举行，这样就可以达到既掩人耳目又隆而重之的目的，于是，在康熙三年（1664），洪昇20岁的加冠礼与婚礼同时举行。

洪昇的婚姻是典型的亲上加亲，妻子黄蕙是其舅父之女。中国古代社会非常讲究中表联姻，一直到晚清甚至民国时期，这种婚姻模式还广泛地流行于主流社会，被民间视为一种美满姻缘。洪氏家族也认同这样的婚姻模式，洪昇到了谈婚论嫁的年龄，父母首先考虑的就是在洪家众多的表亲中为洪昇择婚。在众多的表兄妹中，洪昇与表妹黄蕙因同日所生的缘故，感情比较别的中表亲要更亲近一些，青梅竹马的童年生活又加深了他们彼此之间的了解，二人感情逐渐加深，彼此心意相通。黄蕙容貌端丽，亦是一个才女，工诗词，善吟咏，妙解音律，有“柳絮椒花”[①]之称誉，深得洪母的喜爱，在洪昇及其家人的心目中，黄蕙顺理成章地是洪昇婚姻对象的首选。

洪昇与黄蕙两家虽说早已经熟知彼此的情况，但是纳采、问名、纳吉、纳征、请期等婚礼程序还是必不可少的。婚礼作为人生最隆重的程式有着繁杂的礼仪，周朝时制定了婚礼中纳采、问名、纳吉、纳征、请期和亲迎等“六礼”。“纳采”指男家委托媒妁以雁为礼物向女家求婚；“问名”即男家请媒妁求取女方姓名、生辰等情况向宗庙卜问婚配吉凶；“纳吉”即男家将卜问所得吉兆通告女方；“纳征”则是男家向女家送交聘财，正式订婚；“请期”即择取吉日请定婚期；“亲迎”即成婚之日，男方须亲自前往女家迎娶。“六礼”是几千年来汉人结婚时共同遵行的法则，虽因家庭经济状况的差异有着繁简的不同，但大多还是按照这样一个程序来举行婚礼。经过一系列烦琐的礼节，洪昇的婚姻大事终于提到日程上来。

康熙三年（1664）七月初一，正逢洪昇二十初度，洪家为其举行了隆重而

---

①〔清〕陆繁弨著：《善卷堂四六》卷五《同生曲序》，载《四库全书存目丛书·集部·别集》第257册，第468页。

不奢华的冠礼和婚礼。经历改朝换代的冲击，洪家的经济状况已陷入窘迫中，加之洪昇兄妹都还年幼，只有父亲那一点俸禄和家里的几亩薄田，操持一场豪奢的婚礼已不太可能。但是作为洪家长子的冠礼和婚礼，在仪式上却一点也马虎不得，洪家为洪昇举办了非常具有文人特色的婚礼仪式。中表联姻在人们的心中本来就是一段佳话，更何况二人又同年同月同日生，洪昇与黄蕙的婚姻在人们的眼中无异于天造地设的良缘，因而洪昇的婚姻也成了文坛上的佳话，引来时人诸多的赞美。

在洪昇大婚之日，洪昇的师友们纷纷作《同生曲》以资祝贺，既贺洪昇新婚之喜，也贺同生奇缘的难得，“一时和者甚众”[①]，因而结集以为纪念，洪昇的蒙师陆繁弨为之作序。陆繁弨在序中盛赞了洪黄两家的家世和新婚夫妇的卓著才华，“两家亲谊，旧本茑萝。二姓联姻，复称婚媾。婿即贤甥，仍从舅号。侄为新妇，并是姑称。而况门皆赐第，家有珥貂。三洪学士之世胄，累叶清华。春卿大夫之女孙，一时贵介。又乃芙蓉芍药，誉满士林。柳絮椒花，声标珠阁。衡山侯之遗内，不必倩人。顾家妇之答夫，岂烦代构？可谓逢年化玉，入掌成珠者矣。……是日也，大火初流，凉飙始振。辞人揽笔，忽珠露之胜光。贤女试妆，正秋蝉之鼓翼。而乃进衣初罢，昏定余闲。葡萄织锦，枝蔓相交。迷迭煎香，氤氲不散。玉镜新开，情自深于披扇。章台归去，事或甚于画眉。桂魄未升，陋姮娥之独处，银河虽浅，笑双星之不逢。是知春风初扇，不足拟其太和。秋水高谈，无以形其至乐。于是梁园佳客，共吮霜毫，邺下文人，争传彤管。花怜并蒂之名，乐奏同声之曲……”[②]。这么文人式的婚礼比之豪华婚礼的意义大得多，一时间，洪昇与黄蕙的才子佳人式的美满婚姻成为钱塘艺林的美谈。

关于洪昇与黄蕙缔结婚姻的时间，目前有两种说法，一则是章培恒先生据丁丙《武林坊巷志》载“稗畦生于七月一日，妻黄兰次，其中表妹也，迟生一

---

① 《武林坊巷志》第六册“庆春门”条引《郭西小志》，第594页。

② 〔清〕陆繁弨著：《善卷堂四六》卷五《同生曲序》，载《四库全书存目丛书·集部·别集》第257册，第468页。

日，康熙甲辰二十初度，友人为赋《同牛曲》，一时和者甚众”[①]，以及洪昉思友人张竞光、诸匡鼎等人所赋《同生曲》诸篇推断洪昇结婚当在20岁生日之时，《同生曲》既为祝寿之曲，亦为贺婚之曲。一则为刘辉先生校笺《洪昇集》所称“昉思与兰次于康熙十三年甲寅（1674）十八岁时结婚”[②]，所据为洪昇表妹林以宁《墨庄诗抄》卷一《寄表姊黄兰次燕都》诗，二者之间时间相差十年之久。刘辉认为洪昇的生年是顺治十四年（1657），因而云洪昇“康熙十三年十八岁”。关于洪昇的出生时间，章培恒先生在《洪昇年谱》中已经详论“顺治二年”说，其论为人所公认，且有洪昇《燕京客舍生日怀母作》诗为证，因此“顺治二年”说最为准确。刘辉引述黄蕙入京事为黄蕙最初随父入京时的情状，时为顺治十四年。黄蕙的父亲黄彦博于顺治十四年入仕，携女儿入京。黄蕙随父入京事可见于洪昇诗《寄内》，“……嗣后缔昏因，契阔逾年岁。十三从父游，行行入幽蓟。……北望愁我心，踯躅俟还辙”。另有洪昇师执在其婚礼上所写的诸多《同生曲》亦可为证。

洪昇师执张竞光《同生曲，为洪昉思作》云：“高门花烛夜，公子受绥期。里闬传光彩，宾阶吐妙词。仙郎重意气，静女整容仪。含思连枝树，定情合卺卮。扇摇扬比翼，衾锦织双丝。共饮一流水，相看并本芝。鸳鸯隐绣幕，鸾凤逐重帷。眷恋无穷已，绸缪有独知。永怀从此夕，初度竟何时。岁月无限后，芙蓉冒绿池。”[③]另有诸匡鼎《同生曲，为洪昉思赋》：“七夕争传巧，先期而俱降。同心把莲子，携手对兰缸。菡萏原相并，鸳鸯本自双。闺中行乐处，乌鹊近纱窗。”[④]以上诸诗都明确指出洪昇于二十初度缔婚，章培恒先生所引论资料言之凿凿，为今多数学者所从。

关于洪昇与黄蕙的新婚还有一个佳话，传说洞房花烛夜，善吟咏、解音律的新娘作诗谜一首要洪昇猜，“古月照水水长流，水伴古月度春秋，留得水光跃

---

① 《武林坊巷志》第六册“庆春门”条引姚礼《郭西小志》，第594页。

② 《洪昇集》，第19页。

③ 〔清〕张竞光著：《宠寿堂诗集》卷二十，载《四库全书存目丛书·集部·别集》第238册，第556页。

④ 〔清〕诸匡鼎著：《说诗堂集·橘苑诗抄》卷四《同生曲，为洪昉思赋》，载《四库全书存目丛书·集部·别集》第211册，第289页。

古月，碧波深处可泛舟”，洪昇听罢谜语，微微一笑，推开窗子，指了指远处。这则传说与苏小妹三难新郎有着异曲同工之妙，姑且不论此说的真与假，这也许是人们慕洪黄二人才子佳人的爱情而编的一件韵事吧。洪昇与黄蕙的婚姻虽说也是经过父母之命媒妁之言的，但他们的婚姻也是爱情的产物，“少小属兄弟，编荆日游憩”的两小无猜的童年生活早把爱情深植彼此心中了。洪昇这种拥有爱情的婚姻在中国传统社会中是不多见的，父母之命媒妁之言的限制早已把爱情这个因素排除在婚姻之外。父母为儿女缔结婚姻的出发点或基于政治联姻或顾虑经济、家世、门第、声望等外在的因素，往往并不考虑当事人的心理感受。洞房花烛夜往往是新郎新娘的初次见面，这种情况导致了先结婚后恋爱的婚姻模式。在这种婚姻关系中，幸运者最终能够两情相悦，但更多的人则终生也无法体会情为何物，婚姻不过是为了传宗接代而形成的家庭关系。虽说没有爱情的婚姻是不道德的，但这个观点在那时是被“不孝有三，无后为大”所覆盖的。置身于婚姻中的男男女女在现实层面做着柴米夫妻，爱情实在是一种可遇不可求的奢侈品。洪昇是爱情的幸运儿，有情人终成眷属在现实生活中真是非常难得。

洪昇婚后几天恰逢七夕佳节，这个具有爱情意味的日子给洪昇的婚姻增加了更多的浪漫和温馨。中国没有所谓的情人节，但是七夕所蕴含的爱情意味，使七夕成为中国人事实上的情人节。相传，每年农历七月初七的夜晚，是天上“织女”与“牛郎”相会之时。传说中牛郎父母早逝，又常受到哥嫂的虐待，只有一头老牛相伴。有一天，老牛给他出了计谋，要娶织女做妻子。到了那一天，美丽的仙女们果然到银河沐浴，并在水中嬉戏。这时藏在芦苇丛中的牛郎突然跑出来拿走了织女的衣裳。惊慌失措的仙女们急忙上岸，穿好衣裳飞走了，唯独剩下织女。在牛郎的恳求下，织女答应做他的妻子。婚后，牛郎织女男耕女织，相亲相爱，生活得十分幸福美满。织女还给牛郎生了一儿一女。后来，老牛要死去的时候，叮嘱牛郎把它的皮留下来，到急难时披上以求帮助。老牛死后，夫妻俩忍痛剥下牛皮，把牛埋在山坡上。织女和牛郎成亲的事被天庭的玉帝和王母娘娘知道后，他们勃然大怒，并命令天神下界抓回织女。天神趁牛郎不在家的时候，抓走了织女。牛郎回家不见织女，急忙披上牛皮，担了两个小孩追去。眼看就要追上，王母娘娘心中一急，拔下头上的金簪向银河一划，昔日清浅的银河一霎间变得浊浪滔天，牛郎再也过不去了。从此，牛郎织女只能泪眼盈盈，隔河相望。天长日久，玉皇大帝和王母娘娘也拗不过他们之间的真挚情感，准许他们每年七月初七相会一次。每逢七月初七，人间的喜鹊就要飞上天去，在银河为牛郎织女搭鹊桥相会。从此以后，七夕成为爱情的节日，人间无数的痴情人在这一天都要祈愿和祝福自己的爱情天长地久。秦观所写的《鹊桥仙》词更赋予七夕浪漫和柔情的意味，其词曰“纤云弄巧，飞星传恨，银汉迢迢暗度。金风玉露一相逢，便胜却人间无数。柔情似水，佳期如梦，忍顾鹊桥归路！两情若是久长时，又岂在朝朝暮暮”，七夕成了有情人终成眷属的时刻，成了爱情的象征。

洪昇新婚逢此佳期，可谓喜上加喜，意义非常。新婚燕尔的洪昇喜不自胜地写下“从今闺里长携手，翻笑双星惯别离”[①]之句，流露出对有情人终成眷属的喜不自胜之情。因为自己的婚姻与七夕在时间上和意义上都如此接近，七夕成了洪昇生命中一个特殊的时刻。每临七夕，洪昇都有诗作，或感喟或怀想，或陶醉或伤感，写下了《七夕闺中作四首》《七夕歌寄所思》《七夕怨思为陆冠周作》《客中七夕后一日》《七夕时新婚后》等诸多诗篇，尤其在创作千古绝唱《长生殿》传奇时，还专门以七夕为题材写作了一个关目，即第二十二出《密誓》。在洪昇的心目中，没有比七夕更适合表达夫妇缠绵深爱的了。在《长生殿·密誓》中，杨玉环与李隆基许下了“情重恩深，愿世世生生，共为夫妇，永不相离”“在天愿为比翼鸟，在地愿为连理枝”[②]的爱情诺言。这样的情景深蕴着洪昇夫妻恩爱的影子。对黄蕙的欣赏与爱慕，与黄蕙的两情相悦，使得爱情成了洪昇创作的主题，他写作了诸多爱情传奇。虽说“十部传奇九相思”，但洪昇所作绝不是庸俗的才子佳人俗套，而是充满了缠绵感人的真情。也正因为洪昇体会过爱情的幸福，他在《长生殿》中才把李隆基与杨玉环的爱情描写得那样细腻动人，对杨玉环的形象也给予了新的解释。

① 〔清〕洪昇著：《啸月楼集·七夕闺中作四首》其三，载《洪昇集》，第141页。

② 〔清〕洪昇著：《长生殿·密誓》，载《长生殿》，第120页。

洪昇因自己深谙爱情的三昧，对于现实生活中执着追求爱情的故事尤为赞赏。在洪昇的诗集中有一首比较特殊的诗歌《金镮曲》，这是一篇写实之作，事情是发生在嘉定的真实故事。嘉定女子王秀文年少丧父，自小与母相依为命，她与同邑的项准订有婚约，二人以金镮为信物。后来项家家道中落，项准又未能考取功名，想到女儿将嫁入寒门，既失体面又要受委屈，秀文母亲另将秀文许配他人，悔了婚约。秀文誓死不从，摘下金镮咽下寻死，以守婚约。七日里，几次昏厥，恰逢有人拿来奇药，家人撬开她的牙齿灌下后，金镮被吐出，秀文得救。秀文从兄感于其坚贞不渝，帮助她与项氏成就姻缘，有情人终成眷属。这件事在当时引起了极大的反响，很快就流传到各地，洪昇听到了这个故事后非常感动，有感于这女子的有情有义，洪昇专门赋《金镮曲》以歌颂秀文的行为："王家有女字秀文，少小绰约兰蕙芬。项郎名族学诗礼，金镮为聘结婚姻。十余年来人事变，富儿那必归贫贱。一朝别字豪贵家，三日悲啼泪如霰。手摘金镮自吞食，将死未死救不得。柔肠九曲断还续，卧地只存微气息。讵料国工赐灵药，吐出金镮定魂魄。至性由来动彼苍，一夜银河驾乌鹊。嗟哉此女贞且贤，项郎对之悲复怜。朝来笑倚镜台立，代系金镮云鬓边。"[①]对那个女子为了追求爱情和婚姻自由的至死不渝给予极大的赞赏。

洪昇从儿时起就对黄蕙一往情深，一旦"结义成大礼"就深深地陶醉在婚姻的幸福之中。洪昇与黄蕙烛下联吟，月下合弦，缔造了一个充满文学艺术气氛的美满家庭。沈谦与洪昇交情非常好，他曾调侃洪昇说："晓登第一峰，见越中诸山，俱为雪浪所拥，加以薄雾滃翳，仅露一眉。沙上驼畜人马及载流之舟，亦如镜中尘杯中芥耳。顷之旭日升空，大江借赤，浮金耀璧，不足喻之。气雾潜消，胸怀一爽。想足下此时，玉楼未启，尚托春酲，焉知耳目之外有如此气象耶？"[②]洪昇婚后生活的美满幸福可见一斑。洪昇与黄蕙"情缘两得，才貌并佳"的爱情给予了他终生的滋养，洪昇感谢上天赐给自己这美妙的爱情。在洪昇这一生中，只有爱情是他聊以自慰的财富，洪昇虽仕禄不达，但在爱情上是

---

① 〔清〕洪昇著：《稗畦集·金镮曲为项家妇作》，载《洪昇集》，第212页。

② 〔清〕沈谦著：《东江集钞》卷七《与洪昉思》，载《四库全书存目丛书·集部·别集》第195册，第247页。

最成功的。爱情成了洪昇的精神支柱，也使得他更理解女性，为他后来在《长生殿》中塑造全新的杨玉环形象奠定了心理基础。

为庆贺洪昇与黄蕙新婚，黄蕙的父亲黄彦博专门从北京赶回来参加二人的婚礼，并于七夕之夜在家中开宴，广筵宾朋，共度良宵。此时黄彦博已经举进士，选庶吉士。黄彦博选庶吉士和当年黄机的入选不可同日而语，新朝已成既定的事实，人们对待应试和入选的心态也大不相同了，能够举进士并入选庶吉士还是一件可喜可贺的事情。黄家双喜临门，亲友往来祝贺，气氛甚是欢愉。席间诸人以诗歌相酬唱，酒杯频把，啸歌长叹，良辰美景赏心乐事让洪昇诗兴大发，即席作《宴外舅黄泰征宅》，对自己的舅舅加老泰山大加赞赏，此诗“风体绝佳”[①]，得到众人的称赞。有趣的是，《宴外舅黄泰征宅》中“庭外长竿悬犊鼻”句引发了席间一场文质之争。“庭外长竿悬犊鼻”典出《世说新语·任诞》：“阮仲容步兵居道南，诸阮居道北。北阮皆富，南阮贫。七月七日，北阮盛晒衣，皆纱罗锦绮。仲容以竿挂大布犊鼻裈于中庭。人或怪之，答曰：‘未能免俗，聊复尔耳。’”洪昇本意是以南阮之故实赞黄彦博率性洒脱不拘礼法，但柴绍炳却不以为然。柴绍炳认为“诗文润色，必称质而施”“词家使事，虽取影略，亦应风类相近”，黄彦博身在台阁而以犊鼻为比绝非恰当，有着俗雅之分，不合于“华堂箫鼓，宾筵甚设”的气氛，批评洪昇诗句“以词害志”。洪昇以“诗缘情而绮靡”相辩驳，柴绍炳复驳以“绮靡非诗之极也……作者赋美，各视情韵”，他认为不能为文造情。文质之辩是中国文学史上一直比较重要的话题，从孔子“质胜文则野，文胜质则史。文质彬彬，然后君子”之论始，虽在实际创作中仍有着或趋于文或趋于质的差异，但是文质二者合则双美、离则两伤成为诗人创作的共识。洪昇心悦诚服地接受了柴绍炳的建议，在后来辑录诗文时就没有把这首略有缺憾的诗作收录其中。在一生的诗歌创作中，洪昇追求尽量文质彬彬的境界，使事用典恰如盐入水化而无痕，其诗“近体宗少陵，然求少陵一言半辞于其集中不得也；其古诗则高、岑，然求高、岑一言半辞不得也”[②]，深得时

①〔清〕柴绍炳著：《柴省轩先生文钞》卷十《与洪昉思论诗书》，载《四库全书存目丛书·集部·别集》第210册，第406页。

②〔清〕朱溶撰：《稗畦集·序》，载《洪昇集》，第388页。

人叹赏。华亭朱溶序《稗畦集》时云“余行天下三十余年，所见诗不为不多，要其实，与昉思匹敌者盖少”，对洪昇的诗歌评价非常高。洪昇在诗歌创作上取得比较高的成就，一方面在于个人的努力，另一方面也得益于当年师友们的砥砺。

在离开钱塘前的这段时间内，洪昇经常参与师友之间各种形式的家庭聚会，每次都有佳作。洪昇的蒙师陆繁弨母亲五十大寿，洪昇于席间写下了《为陆太师母五旬作二首》，抒写陈氏伤悼亡夫、眷念明室之情，深得蒙师好评。陆繁弨一家的遭遇非常惨烈，陆母是一个有气节的女子，当其夫陆培殉义后，陈氏“悲痛不欲生，坠楼不死。饿七日不死”[①]，后毛先舒偶过骆氏庄，“见夫人所栖危楼数椽，不蔽风雨，狐甡昼嗥，墟落惨淡，蓬蒿萧艾，与人等长”，而夫人“处之怡然，不稍动色”。这样的师太让洪昇非常景仰，他写道“化碧于今二十秋，朝朝含泪掩空楼。黄云城上悲风急，一夜霜乌尽白头”“回首横山落月孤，吴宫花草久荒芜，□□欲化千年石，不独伤心为望夫”，此为知言，因此这首诗得到了众人的赞赏。自从明朝覆灭以后，汉人即使没有加入武装抗清或者遗民的队伍中来，他们对故朝的怀念也时时萦绕在心头，每每同道相聚，往往有新亭之叹。在洪昇业师毛先舒父亲八十大寿的宴席上，洪昇作诗赞美了老先生坚守名节的遗民情思。毛先舒的父亲于明亡后闭门谢客，只读梵典，如老僧般20年，洪昇诗曰“晚年高卧此相宜，懒向沙头把钓丝。一自渭滨人去后，至今犹为白鸥疑”[②]。在这样的环境中，洪昇不仅诗歌的创作水平越来越高，其思想观念也深受故国情怀的感染，诗作中弥漫着浓重的兴亡之感。

洪昇和这些意气相投的诗友经常在一起聚会，在这些聚会中，与会者多是德高望重的宿儒，是洪昇师执辈的人，洪昇只是一个少年新秀。洪昇虽然青春年少，在聚会中却是以平等的身份与他人享有同样的待遇，无人因其年少而轻视他。这种雅集纯粹属于以文会友、以诗会友的性质，对后进亦宽厚有加，多勉励多提携，绝少出现所谓学霸以势压人的现象，具有非常平等的现代精神。

---

① 《国朝杭郡诗辑》卷六，第457页。

② 〔清〕洪昇著：《啸月楼集·为毛继斋太先生八旬作二首》其一，载《洪昇集》，第146页。

康熙六年（1667）十一月初七，张竞光召集友人在家一聚，宾主尽欢，张竞光有诗记其事“冬日起愁思，郁结殊未央。开馆延俊乂，佳会于斯堂。清醑竞广座，肴俎充圆方。明灯招缇幕，相与乐徜徉。错说更四陈，辩论来风凉。东琪吐妙词，素涵握兰芳。敬修皎以洁，迢递爱景光。翩翩我拒石，点翰兴文章。祖定允恬旷，延揽结中肠。敷文美无度，开秩坐含霜。昉思新少年，笔札何纵横。蔼蔼众君子，罄折同欢康。……”上举诸人的年龄均比洪昇大很多，且多有较高的社会声誉，置身其间，洪昇不卑不亢，以笔札纵横得到众人的赞赏。

古代文人之间的聚会是很多的，有事要聚，无事也要聚，为了聚会他们常常想出各种各样的名目，大大小小的时令都是他们雅集的最好时机。中国传统的风俗非常重视时令的转换，一年当中有非常多的时令是要有个小小的仪式来加以纪念的，比如春节、清明、端午、七夕、中秋、重阳、冬至等都是些全民性的时令，除此之外还有一些纯属文人性质的时令，伤春悲秋的情绪总要在诸如百花节、送春、送夏等时令中抒发出来。中国传统文人的生活是比较诗意的，他们有一颗诗意的心，力图以一种诗意的方式栖居世间，超越物欲横流，为精神指出一条内在的超越之路。这种诗意超越物质，通达的人也好，穷愁潦倒的人也好，风雅是一样的，一杯酒、一首诗即最好的庆祝方式。这种方式代代相传，几乎成了中国文化传承的另一种方式。置身其中，洪昇文人式的生活方式得到了逐步的确立。

婚后，洪昇个人的生活虽然很惬意，但是当时的社会还处于动荡之中，时不时有惊天动地的事件发生。洪昇结婚后还不到两个月，钱塘发生了一件非常重大的事件，就是抗清名将张煌言的被捕殉难。张煌言，字玄著，号苍水。南明弘光政权覆亡后，他与钱肃乐拥立鲁王监国，官至兵部尚书，据守浙江沿海。他率众坚持抗清达19年，奔波于海陆之间。张煌言与郑成功交谊甚睦，联合抗清多年，他们两人是汉人心目中抗清的象征。顺治十六年（1659），张煌言曾率义军与郑成功兵入长江，破京口（今镇江），沿江四府三州24县闻风归附。至康熙元年（1662），鲁王病逝金门，张煌言知复明无望，退居海上孤岛，结茅而居，誓不降清。康熙三年，因叛徒出卖被执，囚系杭州，“九月初七日，公赴市，遥望凤凰山一带，曰好山色，赋绝命词，挺立受刑”[①]。张煌言的牺牲标志着历时20年的抗清斗争以失败告终，汉人复国的希望完全破灭了，从张煌言以后，再无大规模的武装抗清斗争。张煌言受难之日成了汉人集体的忌日，“是日，骤雨昼晦，杭人知不知，皆恸哭”[②]。明末清初大规模的抗清斗争虽然最后失败，但民间的反清活动一直没有停止。满汉之间的矛盾一直是汉人耿耿于怀的心病，直到20世纪初的革命运动还是以“驱除鞑虏，恢复中华”为揭竿而起的口号。

在这一年，洪昇的忘年交净慈寺主持豁堂禅师因“朱光辅案”遭逮捕。朱光辅为故明皇室，明亡后潜往寺院以俟机会，事泄牵连众多僧众。豁堂禅师因名高而被累，其被逮之日“四众呼号，乞以身代”。洪昇与豁堂禅师相交日久，情谊愈深，他得知豁堂被捕已是事发之后，其实即使他事先得到消息，他也无能为力。他所结交的朋友无外乎体制外的遗民，对于清廷的有意刁难和残酷镇压，他们除了愤慨和仇恨什么也不能做。其实这种无奈的感觉伴随着洪昇的一生，他不仅无力救助他人，连自己也无力回护。豁堂禅师是一个得道高僧，他“在狱坦然，在宜说法，劝示方便。羁囚悍吏，无不感格。囹圄佛声浩浩，谓为地狱四方”。多灾多难的世道、动辄得咎的艰危环境让亡国之人失去了人生的方向，豁堂禅师的讲法稍稍抚慰了他们的心灵，当豁堂禅师归来时，“江湄祖饯与湖干慰迎者，香幢轮盖，千里不绝也”[③]。豁堂禅师回来后即了却尘缘，退隐普宁村院，从此不再问世事。豁堂禅师的遭际和此前遭“明史案”连累的诸人一样，都是政治的牺牲品。目睹这样惨烈的改朝换代，对清朝的统治，若说洪昇不具有丝毫的仇恨那是不可想象的。但是，洪昇毕竟还是新朝之人，不管他承不承认，不管他愿不愿意，他得在新朝的环境下生活下去，如何既能保证自己的人身安全又能保持自己的精神独立成为这个阶段洪昇不得不面对的问题。

---

① 〔清〕全祖望撰：《全祖望集汇校集注·张公神道碑铭》，朱铸禹汇校集注，上海古籍出版社2000年版，第194页。

② 〔清〕邵廷采著：《东南纪事》，载《台湾文献史料丛刊》第5辑第97册，第116页。

③ 〔清〕龚鼎孳撰：《豁堂禅师道行碑》，载〔清〕释际祥纂辑：《净慈寺志》卷十九，刘士华、袁令兰标点，杭州出版社2006年版，第423页。

洪昇婚后第二年，康熙四年（1665）的秋天，突然传来了黄彦博卒于北京的噩耗。消息传来，洪黄两家及众亲友悲痛万分，尤其黄蕙悲不自胜。黄彦博“英英髦才，才登鸳鹭之班。而冉冉流光，正值龙蛇之岁”①，正是前途似锦的壮年，刚刚“从官凤阙，问寝金门”，即不幸英年早夭，让人扼腕叹息、唏嘘流涕。洪昇真真切切地感受到了死亡的存在，他痛苦万分，长歌当哭，一气写下《遥哭黄泰征妇翁七首》悼念岳父大人，“旅榇荒原未得归，遥天酹酒泪沾衣。江南蓟北三千里，一夜寒霜雁不飞”“忆得河畔系缆时，孤云暮霭怨将离。早知一别难重见，旅食相随远不辞”。生离死别人生之大痛，黄蕙闻此噩耗，长泪不绝。黄蕙从小丧母，自幼孤苦，如今父亲也一病而卒。黄蕙哭自己父母双亡，也哭自己孤苦无依。黄蕙日夜啼哭，很明显地憔悴下来，洪昇自己也深陷在痛苦之中，面对爱妻的愁颜连一句安慰的话也说不出来，只能陪着妻子默默流泪，共同承受着丧失亲人之痛。失去了父母双亲的黄蕙，心理极敏感脆弱，对洪昇的依赖非常强烈。洪昇非常理解妻子的心情，洪昇对黄蕙的爱多了一份怜爱，他减少了交游的时间，更多地陪伴妻子。夫妻二人相亲相爱，相依相守，少年夫妻的缠绵中多了份亲情的体贴与关怀。

从师而游、交友雅集、著书立说，洪昇在家乡过着典型的文人式的生活，度过了他快意的少年时期。受家庭和师友的影响，洪昇在心里并不认同清廷，但是不管他愿不愿意，洪昇实实在在就是一个新朝之人，他的人生不得不面临着在新朝的走向。

---

①〔清〕陆繁弨著：《善卷堂四六》卷八《祭黄庶常文》，载《四库全书存目丛书·集部·别集》第257册，第534页。

第七章　国子监生

经过近20年的军事征服，清政府虽然还没有实现全国的统一，但是已把全国大部分的版图纳入自己的统治之下。至康熙亲政后，他极力调整民族政策，开始实行笼络汉人的怀柔政策，大力表彰故明忠臣，征召汉臣子弟入廷。洪昇亦因祖德荫功授国子监生资格。这种具有恩威并施的礼遇，即便是敷衍，洪昇也是不得不接受的。况且无论前途怎样，能够离开家乡去看看外面的世界也是一件不可多得的事情，因此，洪昇毅然踏上了征途。

康熙七年（1668）初春，24岁的洪昇“仗剑辞南郡，看花赴上林”[①]，去北京国子监就学。燕山越水相隔3000里，洪昇此去预计一年即归。洪昇此前从没有出过远门，不知道外面的世界到底有怎样的精彩，心里充满了渴望。洪昇临走的时候，亲友为他举行了隆重的饯行仪式，他的老师、诗友也连日开宴，为洪昇送行。席间饮酒赋诗，填词度曲，把离别的情绪渲染得非常浓烈。古代出行靠舟楫马匹，来往非常不方便，不仅耗时多，而且也常有危险，离别因此就有特殊的意义，“黯然销魂唯别而已矣”就成为千古绝唱，诗词曲赋中离情别绪特别浓烈。但是兰舟缓缓行于水上，马车闲闲地走在山间，也让人领略到无尽的诗意。

出发的时间很快就到了，洪昇与自己的好友毛玉斯“执手相看泪眼，无语

① 〔清〕张竞光著：《宠寿堂诗集》卷二四《送洪昉思北上》，载《四库全书存目丛书·集部·别集》第238册，第682页。

凝噎”，十分伤感，洪昇和他约定一年后返回。毛玉斯事多不可考，在洪昇《长生殿》自序中知毛玉斯亦擅词曲，曾对《长生殿》的初稿提出过“排场近熟”的意见。在洪昇的诗集中屡见赠毛玉斯的诗作，可知洪昇与之相交甚深。在洪昇诸多的交游中，毛玉斯与洪昇年纪相仿，二人感情非常好，以至于有“断袖”之讥。此时，著名遗民画家恽格正在杭州，听说洪昇即将远行，特意赶来送行。恽格，字寿平，又字正叔，别号南田，入清以后，以绘画为业，为“清初六家”之一，以花卉为最著名，所画花卉，很少勾勒，主要以水墨着色渲染，用笔含蓄，画法工整，简洁精确，赋色明丽，天机物趣。他又兼工诗书，题句清丽，诗格超逸，书法俊秀，画笔生动，时称“三绝”，名盛一时。由于他一洗前习，别开生面，海内学南田的人很多，对后世影响较大，有“常州派”之称。恽格的诗、字、画都是珍品，均甚为难求。恽格为人狂傲，更少有人能得到他的青睐，但他非常欣赏洪昇，得知洪昇即将入京，专程到码头为他送行。洪昇与恽格相交时间不可考，况且二人并非同乡，相交的机会也不会很多，大可推断两人之间的关系当属于一见倾心式的。恽格专门创制了扇面送给洪昇，并题诗“赠尔芙蓉剑匣霜，一声骊唱昼云黄。才翻乐府调宫羽，又戏金门和柏梁。白马沈秋歌瓠子，黑貂残雪度黎阳。遥知鼓箧初观礼，绵蕞诸生欲拜郎”[①]。这样的盛情让洪昇非常感动，尚在旅途中即专门写诗感谢恽格的盛情，“谢尔新图赠远游，黄云衰草遍芦沟。怀中一片青山色，还是江南八月秋”[②]。这把扇子成为洪昇漫漫旅途中思乡时的慰藉。小舟缓缓离开，孤帆远影渐行渐远，洪昇就这样开始了人生中的第一次远行。

初踏旅途，洪昇满心欢喜，就如同初离樊篱的鸟儿感到由衷的快乐，所经之处的草木繁花都让洪昇开怀、感慨。从杭州出发，顺京杭大运河北上，第一个比较重要的码头是镇江。镇江是古要塞，是江南的门户，历来既是兵家必争之地，又是九省通衢的枢纽。境内有著名的金山、焦山和北固山，金山因白娘子与法海斗法而闻名天下，北固山因刘备招亲而著名，焦山为自古文人雅集之

---

①〔清〕恽寿平著：《瓯香馆集》卷二《送洪昉思北游》，吕凤棠点校，西泠印社出版社2012年版，第48页。

②〔清〕洪昇著：《啸月楼集·寄恽正叔》，载《洪昇集》，第161页。

所，山上大片的碑刻吸引着众多的士子。船至镇江时，看到三山环绕，大江横流，洪昇不禁豪情顿发，惊叹“不睹江山奇，谁知天地大”[①]，抒发了一个青年初次接触新世界的激动。洪昇从镇江北渡，取道盱眙，至泗州渡淮，从灵璧、宿州入河南，过巨鹿经滹沱河抵京。初出茅庐，3000里风尘非但没有使洪昇感到劳顿，相反却增添了他的无限意兴。他沿途访胜探奇，凭吊先贤，饱览大好河山。他走到哪里，写到哪里，诗情和灵感总在心头欢唱跳动。他第一次看到天地是如此之大，人生的道路是那样宽广，洪昇心里充满了少年的豪情。他一路上走走停停，走了一个多月的时间才到北京。

北地春迟，洪昇离开杭州时江南已经是莺飞草长的初春时节，桃红柳绿，春风拂面，及至京师，还是“黄云衰草遍芦沟”的衰飒景象，这让洪昇心里感到不适，但是帝都的神圣地位大大冲淡了这种感受。虽然洪昇的心里对清政府没有什么好感，但是这里毕竟是天子之都，森严的皇宫高墙处处传达着帝都的尊贵。钱塘虽也曾为南宋都城，但与三朝帝都相比少了许多帝王之气。仰望着高大的皇宫，洪昇的心情特别激动。壮观而威严的紫禁城，让他的内心升起了一种难以名状的情绪。

紫禁城是明清两代的皇宫，位于北京南北中轴线的中心，紫禁城处于城墙包围之中，宫墙长约三公里，四隅角楼耸立，外有宽52米的护城河环绕，壁垒森严。从城南的永定门到皇帝居住的寝宫，要经过正阳门、箭楼、大清门、天安门、端门、午门、太和门、乾清门共九道门，这便是我国历史上最为严格的宫殿九门之制。中国古代认为紫微星座是天帝居住的地方，君权神授，皇宫就是地上的“紫微星座”，紫微星座中有15颗星，紫禁城中便有15个主要殿宇，并以“乾清”“坤宁”“日精”“月华”等为宫殿或大门命名，营造出一个人间的天上意象，以示皇权天授，天人合一。紫禁城按照前朝后寝而建，前朝部分的太和殿、中和殿、保和殿是皇帝上朝接受朝贺、接见群臣和举行大型典礼的地方。天安门是北京皇城南面的正门，于明永乐十八年（1420）建成，当时称为“承天门”，意为“受命于天”和“承天启运”，明末战火中被毁，清世祖于顺治

---

① 〔清〕洪昇著：《啸月楼集·晓渡扬子江》，载《洪昇集》，第21页。

八年（1651）重修，并取“天下太平”与“长治久安”之意将其更名为“天安门”，这里是清代颁发诏书仪式的地方，诏书在此宣读后颁行全国。洪昇站在天子脚下，由衷地感叹“未睹皇居壮，安知天子尊”。

明末以来，全国已乱了半个多世纪，“自变乱以来，军民荼苦，如在水火；披坚执锐，卒岁靡宁；行赍居送，千里相望；被兵之地，既罹于锋刃，供亿之众，复困于征输”①。洪昇一路走来，目睹沿途农业残破、百业萧条的凄凉景象，而一踏入都城，气象为之一新，他的心情也为之一振。清政府立国之初非常重视经济建设，“惟以海内富庶为心”②，不遗余力发展农业经济。经过清朝二十几年的恢复与发展，北京城内已经一幅国泰民安的承平之象，和越地此起彼伏的反清复明斗争相比，北京完全是新朝模样。强烈的对比让洪昇不得不承认新朝的措施得力，虽然汉族的文人遭受到了重创，但毕竟老百姓的日子好过多了。这无疑使洪昇开始以一种新的眼光打量清朝了。

洪昇首先来到国子监报到、注册。国子监设于京师崇仁里成贤街，隶礼部，是清朝的最高学府，也是当时朝廷掌管国学政令的最高官署。国子监东邻孔庙，依照“左庙右学”的礼制建筑。孔庙既是历代皇帝祭祀孔子、举行国家祭典的主要场所，也是太学的礼法之地，按规定，每月逢初一和十五，国子监全体师生都要前往孔庙举行祭祀孔子的典礼。明洪武时，太祖于南京建国子监，后成祖朱棣迁都北京，即仿建之，而规模有所缩减。时至清代，又在原有基础上有所增益。到了乾隆时期，高宗颇好风雅，标榜文治，曾大兴土木，使之焕然一新。洪昇到国子监的时候，国子监还不是非常漂亮，但门口竖立着的“官员人等，至此下马”的下马石仍传达出国子监与众不同的尊贵。更让洪昇激动的是孔庙前竖立着“进士题名碑”，碑上刻有历朝进士的人名、名次、籍贯，这些刺激得年轻的洪昇热血沸腾起来。

国子监正北有正房七间，名彝伦堂，是藏书的地方，两侧各有厢房33间，是授课讲书的所在，统称为六堂，六堂多作为考场之场所，月考、季考皆在此

① 《清圣祖实录》卷九九，载《清实录》（四），第1250页。

② 《清圣祖实录》卷二一一，载《清实录》（六），第140页。

举行。洪昇所居住的宿舍则位于国子监斜对门处，时称“南学”。洪昇办完入校手续安顿下来，很快就熟悉了学校的基本情况。国子监内的主官为祭酒，为正四品的官职，设满、汉各一人。另设监丞、博士、典簿、典籍等学官负责学校的行政管理工作，负责讲学的另有博士、助教、学录等人。祭酒原非官名，古代人宴会或祭祀时，推举年高望重的人先举杯子以祭，称祭酒，隋唐以后始称国子监的主管官为祭酒。国子监内的学习场所有率性、修道、诚心、正义、崇志、广业“六堂”。前三者为低级班，中二者为中级班，最后为高级班，洪昇初来乍到，进入了初级班。

国子监的学生来源非常复杂，但大体可分为贡生和监生两大类。贡生分为岁贡生、恩贡生、优贡生、例贡生四类，每年从州、府、县的廪生中挑选入监学习者称为岁贡生，每逢国家大庆，从州、府、县的廪生中挑选入监学习者称为恩贡生，学政任满后会同督抚从州、府、县的廪生中挑选入监学习者称为优贡生，纳捐入监学习者称为例贡生。监生则有恩监生、荫监生、优监生、例监生、举监生五类，皇帝特许的监生者称为恩监生，官员子弟凭祖、父功劳为监生者称为荫监生，由附生选入国子监学习者称为优监生，通过捐纳取得监生资格者称为例监生，以举人资格入监学习者称为举监生。洪昇属于荫监生，在诸多的学生中荫监生有着非常大的优越感，加之自己才华出众，更是以才子自居。然而，洪昇没有料到的是，那些凭借自己的勤奋和苦学的贡生却对这些贵族子弟有些轻蔑之意。洪昇年轻气盛加之心高气傲，也根本看不起他人。初入国子监内，洪昇与他们之间形成了比较大的隔阂。好在“国子监多江浙人”，洪昇来到国子监后很快与同乡张玉藻、洪云来等人熟识起来。身在他乡听到熟悉的乡音让洪昇非常欣慰，也让他在陌生的环境中有了些许的安全感和归属感，他们一起开始了国子监的生活。

国子监的教学以科举考试为中心，学生需要在监内练习作八股文，以应付以后的科举考试。除了课堂教学外，学生们的日常功课还有三样：一是练字，每天要临摹一幅字，写字最差的要挨竹板子；二是背书，三天一背，最少300字，背不出要打屁股；三是写作文，每月要完成六篇文章，如果按月不能交齐六篇，照样狠罚。练字不怕，可背诵那些枯燥的义理，还要据此作文，这可苦了洪昇。在家里的时候，他从师学习的主要内容集中在诗文写作上，洪昇喜欢有性情的文字，而不是那些条条框框的束缚。从汉代后，儒家经典就成为主要的教学内容，这些内容洪昇恰恰是最不喜欢学习的。但是国子监的升级是要依靠学业考核而论的，洪昇也不得不勉为其难。所幸，国子监的管理非常松散，那些条例也没有严格地加以执行，因此洪昇也没有感到太多痛苦，他的主要精力还是集中在诗词的创作上。

洪昇入国子监期间，太学不振，大多数有气节的硕学鸿儒均拒不入清廷任事，“顺、康间，海内大师宿儒以名节相高，或廷臣交章论荐，疆吏备礼敦促，坚卧不起，如孙奇逢、李颙、黄宗羲辈。天子知不可致，为叹息不置，仅命督抚抄录著书送京师。康熙九年（1670），孝康皇后升祔礼成，颁诏天下，命有司举才品优长、山林隐逸之士。自后历朝推恩之典，虽如例行，实应者寡”[①]。国子监内的祭酒、博士等人要么是洪昇看不起的人，要么是迫不得已出仕而心不在焉之人，在这种情况下，太学内不仅管理松散，实际上课业学习也非常不正规。没过多久，洪昇就厌倦了太学的生活，他把眼光投向国子监之外。

初到北京，洪昇生活非常不适应。虽然洪昇早已经从亲朋好友的叙述中多少了解到北京的自然环境和社会环境，心里已经做了充分的准备，但是现实中的北方与想象中的毕竟有着质的不同。24岁之前，洪昇一直生活在越地的文化氛围中，北地的狂风卷尘、满地黄沙比起杏花春雨的江南显得那么粗糙生硬，洪昇深感无法适应北方干燥的气候、粗砾的风沙，加上因风沙大，初春的北京到处都灰蒙蒙的，这更让洪昇非常想念家乡的明山媚水。饮食上的差异最让洪昇难以忍受，吃惯了江南的佳肴精馔，国子监里饭菜真是难以下咽。一口越地语音也大大限制了洪昇在京师与他人的交往，这些外部因素给洪昇的生活带来较多的烦恼。好在洪昇年轻，这些都没有让年轻的洪昇更多担忧，京城的气象着实让这个年轻人兴奋了一段时间。他到处跑，北京城内几乎被他逛了个遍。

北京的地势西北高，东南低，由西向东逐渐倾斜。西郊一带正处于西山山脉与平原的交接处，地多丘陵，地下水源十分充足。元明清时期，这一带多泉

---

① 《清史稿·选举四》，第3183页。

多溪，远衬苍翠西山，层峦叠嶂，碧水澄澈，青山秀丽，有似江南水乡，塞外绿洲，被人称为“塞北江南”。京城的文人墨客经常到此游玩唱和，留下了大量称述此地风光之美的诗文，著名书画家文徵明用“十里青山行画里，双飞白鸟似江南”的诗句来吟颂西郊山水。喜爱自然山水的洪昇很快就找到这块风水宝地，他最喜欢到西郊漫步。然而那里给他留下深刻印象的不仅仅是酷似江南的美景，踽踽独行的前朝遗老遗少也勾起了他心底强烈的兴亡之感，唤起了他对故国山河的记忆，这使得他写出了《王孙行》长诗：“王孙日日盛繁华，宝马金鞍油壁车。载酒春游梁孝苑，闻歌夜入富平家。闻歌载酒欢非一，五侯七贵经过密。遥遥彩幄柳边移，隐隐罗帷花外出。柳暗花明春满野，王孙游戏章台下。……须臾故国生荒草，琐第朱门宾客少。几度春光白首新，那堪秋色红颜老。渔樵满地听悲笳，回首孤城乱晚鸦。愁杀东风日暮起，杨花飞尽落谁家。”[①]这首诗在洪昇数量众多的诗歌中，是唯一一首对故明有明确哀悼意味的诗作。虽说洪昇是一个新朝人，可是他从小在吴越之地感受到的仇恨还是让他对清朝无法亲近，因而心中充满了对前朝的想象。枯燥的国子监生活，恶劣的气候很快使洪昇初到异地的新鲜感消失了。

日子在新鲜与平淡中一天天度过，一晃大半年已经过去了，转眼新年已至。新年元日是京城中的一个盛大的节日。元日又称为“端日”“元辰”“元朔”“朔日”“元旦”等，“元日”即我们今日所言春节。1911年辛亥革命后，全国改用公元纪年，为了与阳历元旦相区别，才将农历正月初一改称“春节”。元日是汉族最重要的节日，每到此时，皇宫要举行盛大的庆典，康熙亲政后恢复了这个传统。洪昇来到京师，正赶上清廷第一次举行这么隆重的仪式。皇帝于子正起床，叩拜祖宗牌位，向皇太后请安行礼，接受百官朝贺。在京大小官员均须入宫朝贺，国子监作为皇家学院也得于其中，洪昇也以太学生的身份参加了这次隆重的元日庆典。置身热烈而肃穆、庄严而壮观的氛围中，洪昇的心灵受到了非常大的撞击，一种治世的感觉油然而生，自己也恍若满朝文武中的一员。回到国子监，洪昇还仿佛置身梦境之中，那种自豪和快乐是那样的真实和强烈，

---

① 〔清〕洪昇著：《啸月楼集·王孙行》，载《洪昇集》，第32—33页。

他写下了《拟元日早朝应制》诗，表达自己对康熙皇帝的称颂，“万国车书会，千官拜舞同。青阳回玉历，紫气绕璇宫。凤阙开云际，龙旗出雾中。辇花沾宿雨，御柳变春风。日月瞻皇极，乾坤仰圣功。微臣沾惠泽，抽笔颂年丰”，壮怀激烈的豪情大大冲淡了他心底的兴亡感，至第二年康熙皇帝亲临太学举行临雍大典时，这种感觉就更加强烈了。

从清兵入关后，清政府一直忙于武力征伐，对汉族的儒家学说一直不太重视，至康熙八年（1669）四月，康熙皇帝力排众议，首次率礼部诸臣往国子监视学，并至孔庙释奠孔子，这种举动无疑向天下文人传达了一个意味深长的信息，昭示着绥靖与笼络之意。孔子原本布衣，祭祀孔子纯属于孔氏家族内部的个人行为，祭祀者以孔子后裔为主，但因皇家对儒家思想的倡导，皇家也参与到祭孔活动中来。孔丘一生倡导仁爱的治国之道，为实现“大同世界”的理想周游列国，但生逢崇尚霸道的乱世，备受冷遇，“斥乎齐，逐乎宋、卫，困于陈蔡之间”[①]，后整理《诗》《书》《礼》《易》《乐》《春秋》等“六经”，并以之教育学生。孔子以个人之力开创私学，打破了“学在官府”的文化垄断，使学术下移到民间，推动了思想文化的普及和繁荣，堪称万世之功，因之被后世尊为“万世师表”。孔子所倡导的儒家思想是中国文化最重要的基石，对儒家仁义道德的追求与实践使中华文明绵延了2000多年。孔子卒后被葬于鲁城北泗上，弟子及仰慕孔子的鲁人随之搬到墓边居住的多达100多家，当时人称之为“孔里”。后鲁哀公下令将孔子生前居住过的三间房改为祀庙，人们又将孔子使用过的衣冠、琴、车、书籍等收藏于内，以志纪念。每年四时，人们都会自发地到孔子墓前祭祀，儒生们则在墓侧讲论孔子倡导的乡饮酒礼、大射礼等。这一盛况，跨越战国，到司马迁时依然如此。司马迁对孔子十分崇敬，认为他是天下罕有其匹的“至圣”之人。司马迁用《诗经》“高山仰止，景行行之”的诗句形容自己“虽不能至，然心向往之”的心情。汉朝以后，除了曲阜孔庙继续祭祀孔子之外，人们开始在各郡县的学校祭祀孔子。《礼记·文王世子》云：“凡始立学者，必释奠于先圣、先师。”先圣是指周公，先师是指孔子，周、孔合祭的

① 〔汉〕司马迁著：《史记·孔子世家》，文天译注，中华书局2006年版，第321页。

做法，通行于汉魏。后唐太宗要求各地州学、县学都要建孔子庙，行祭孔之礼，以敦行儒学。这是我国州、县普遍建立孔庙的开始，祭孔的仪式随之推行到各地。释奠仪式有严格的规定，国子学释奠，以国子祭酒为初献，司业为亚献，国子博士为终献。州学，以刺史为初献，上佐为亚献，博士为终献。县学，以县令为初献，县丞为亚献，主簿及县尉等为终献。唐太宗这一国学遣官释奠、州县由守令主祭的规定，提高了释奠的规格，为后世所沿用。自唐玄宗封孔子为文宣王后，祭孔活动开始升格。到明代，对孔子的祭祀已达帝王规格。至清代，祭孔更至巅峰。康熙尊孔至于极点，在位期间每隔几年就有一次祭孔活动，或派官员去，或亲自去，行三跪九叩，或一跪三叩礼。康熙皇帝发了许多大力崇拜孔子的谕告。他表示自己尊孔要超过前朝任何皇帝，说孔子“至圣之道与天地并行，与日月同运，其高明广大无可指称。万世帝王咸所师法，逮公卿士庶罔不率由”①。

自汉以后，孔子已成为中国的“至圣”，具有独尊地位，是中华民族包括历代统治者共同尊奉的圣人。儒家学说被奉为封建统治的权威思想，为广大汉族文人所接受，受此影响，汉族文人一向提倡王道，因此康熙崇儒重道、以道至治的信息使汉族士大夫似乎重新看到了希望，与清廷的对抗也淡了很多。康熙皇帝从临太学开始一步步地实施他的怀柔政策，最终分化了遗民群体，把汉族中的文化精英逐渐笼络到清廷中。

康熙皇帝亲临太学，这样的威仪让整个国子监诚惶诚恐。康熙在大成殿下了銮舆，登上紫阶，殿里丹墀烛火通明，钟鼓齐鸣。皇帝一拜行礼，再拜焚香，三拜敬酒。宣读奠词、敬献牺牲、童子舞佾、联袂献诗，一切行礼如仪，仪式非常隆重。洪昇是一个普通生员，虽未能近睹天颜，但这种肃穆庄严神圣的气氛深深地感染了他，明君、治世之感强烈地震撼着他的心灵。仪式一结束，怀着激动的心情，洪昇写下了《恭遇皇上视学，释奠先圣，敬赋四十韵》称颂这场盛事：

---

①《康熙起居注·二十三年十一月十八日》，中华书局1984年版，第1254页。

圣主崇文日，皇家重道时。争传临太学，竞睹谒先师。观礼虞庠旧，明禋汉代垂。省耕春始遇，望幸夜忘疲。柳换薰风早，花沉满月迟。静闻银漏彻，遥见玉绳攲。排仗离三殿，飞尘净九逵。致斋停御乐，将敬撤銮仪。天上看隆准，云中识凤眉。衮衣开宿霭，芝盖动朝曦。竚见吾皇驾，前停至圣祠，阶铺红玛瑙，瓦映碧琉璃。夹道吴绫覆，当门蜀锦披。下舆登紫陛，徙步向彤墀。应敞丹绡幄，筵烧画烛枝。鼓钟和晓籁，柷敔杂凉飔。再拜焚金鼎，三陈进玉卮。上公来与祭，祝史代陈词。璧帛真无算，牲牢各有司。持干童舞佾，联袂士歌诗。松覆黄金殿，苔横石鼓碑。麒麟时隐见，凤鸟自参差。俄已辞文庙，行将过璧池。玉炉香自袅，金辇步平移。伐鼓龙皆腥，鸣銮鹿正疑。殿庭原峻整，廊庑转逶迤。仙杏依幽石，文芹漾碧漪。蒿宫霞彩映，槐市露华滋。御座开黄幔，天门启绛帷。群贤皆扈从，祭酒独荣施。宝轴兰台古，缃编石室遗。说《书》居左席，讲《易》拥皋笔。吾道将谁属，斯文总在兹。君心资启沃，国政寓箴规。盛世真多幸，儒生窃自思。凌云无彩笔，向日有丹葵。拜阙恩何极，环门乐不支。青袍时所重，素履古为期。扈跸擎宫扇，回銮拥羽旗。晴光摇孔雀，淑景转龙璃。释奠儒风振，成均圣德资。天颜多喜色，今日万人知。

洪昇不厌其烦地铺写释奠的场面，诗句中充满了真心的颂扬。在中国封建社会中，“普天之下，莫非王土；率土之滨，莫非王臣”的社会模式中，皇帝的威严覆盖了每一个人，尤其处于京师之地，更处处弥漫着这样的气氛。明君之望是文人士大夫心灵深处最深的渴望，在康熙力图创造出来崇文重道的氛围中，汉族文人包括游离于体制外的遗民都被唤起了一种明君与治世的期盼。在这样的氛围中，洪昇似乎变得特别容易激动，写了很多“颂圣”之诗，这些诗句并非仅仅是应景之作，实际上是洪昇此时真实心态的流露。《太和门早朝四首》中“儒生一何幸，得问圣躬劳”和《午门颁御赐恭纪三首》中“青袍能伏谒，一日即千春”这样的诗句也是一样，洪昇对于天子实实在在是有着受宠若惊、感激涕零之感，随之发生的事情更加彻底地改变了洪昇入京时想要敷衍了事的初衷。

康熙八年（1669）五月，康熙皇帝逮捕了当朝元老、四辅臣之一的鳌拜。

鳌拜，满洲镶黄旗人，姓瓜尔佳氏。他的叔父早年追随努尔哈赤起兵，是清朝的开国元勋。鳌拜本人随皇太极征讨各地，战功赫赫，不但是一员骁勇战将，而且也是皇太极忠心耿耿的心腹。顺治元年（1644），清兵入关后，多尔衮考核群臣功绩，鳌拜“以忠勤勠力，晋一等子”[①]。顺治驾崩后，遗命索尼、苏克萨哈、遏必隆、鳌拜四大臣辅政。但四大辅臣之间矛盾重重。他们的矛盾由来已久。皇太极死后，黄白旗为争立皇帝，关系紧张，以索尼为首的两黄旗大臣盟于大清门，带兵入宫，张弓挟矢，要和两白旗兵戎相见。后来幸而以妥协告终，但彼此成见甚深。多尔衮是正白旗之主，摄政时压制反对他的两黄旗。索尼、遏必隆、鳌拜均曾得罪多尔衮，或降职，或罢官。顺治亲政，朝局一变，黄旗抬头，白旗失势。苏克萨哈虽以白旗投靠黄旗，但索尼、遏必隆、鳌拜都瞧不起他。黄白旗之间的矛盾一直延续到康熙初年。清初圈地时，多尔衮当权，偏袒正白旗，将冀东肥沃之地圈给正白旗。康熙时，鳌拜提出圈地应按八旗排列顺序。冀东的土地按顺序应归黄旗所有。他要求和正白旗换地，如果土地不足，“别圈民地补之”[②]。圈地已过去20年，如果黄白旗换地，牵涉面太广，骚动过甚。当时户部尚书苏纳海、直隶总督朱昌祚、巡抚王登联都以“旗人安业已久，民地曾奉谕不许再圈”[③]为理由，加以反对。苏克萨哈属正白旗，也坚决反对。但索尼、遏必隆则支持鳌拜，四辅臣之间因利益冲突剑拔弩张。随着鳌拜广植党羽，他的势力越来越大，“索尼年老，遏必隆暗弱，苏克萨哈望浅，心非鳌拜所为而不能争。鳌拜横暴，又宿将多战功，叙名在末，而遇事专横，屡兴大狱，虽同列亦侧目焉”[④]。以鳌拜为首的四辅臣在治国方略上“率祖制，复旧章”[⑤]，凡事都要“遵照太祖太宗例行”[⑥]，在民族政策上施行严厉镇压的高压政策，顺治帝刚刚驾崩就制造了“奏销案”和“明史案”，对汉族知识分子进行残酷打击。康熙即位后，鳌拜以三朝元老自居，大权独揽，骄横日甚，皇帝没

① 《清史列传》第二册《鳌拜传》，第353页。

②④ 《清史稿·鳌拜传》，第9682页。

③ 《清史列传》第二册《鳌拜传》，第354页。

⑤ 《清史稿·索尼传》，第9675页。

⑥ 《清圣祖实录》卷二三，载《清实录》（四），第328页。

有任何权威，事事都要听命于鳌拜。鳌拜把持朝政、任意妄为的行为激起了康熙皇帝的强烈不满。康熙14岁亲政时，鳌拜仍把持朝政，康熙和鳌拜之间的矛盾越来越大，到了一触即发的程度。康熙有意培植了自己的势力，他重用年轻一代的满族贵族，召集了索额图、明珠、岳乐、杰书等青年才俊，并挑选一批有勇力的少年侍卫在宫中练习布库（即摔跤），鳌拜上朝也不回避。鳌拜误以为“帝弱好弄”“心益坦然”[①]。康熙八年五月，康熙皇帝将鳌拜的亲信派往各地，又派自己的亲信掌握了京师的卫戍权。在鳌拜单独入朝时，布库少年突然擒拿住鳌拜，宣布了他的30条罪状，随即将其下狱治罪，康熙夺回了政权。

白新良《康熙擒鳌拜时间考》利用有关满文档案，对康熙帝擒拿鳌拜的具体时间及相关问题进行了考证，从而论定了康熙帝擒拿鳌拜这一历史事件发生的时间是康熙八年五月初十[②]，但消息传出时，已经是五月十六日。这场夺权斗争经过周密策划，精心布置，不动声色，没有动用大军，没有经过恶战，在社会上未发生重大骚动。这件事影响非常深远，扭转了顺治朝“满汉畛域”的形势，给试图入仕的汉人留下了诸多希望。国子监内的太学生闻知此事后，心中都不同程度地受到了触动。康熙皇帝巡视太学、祭祀孔庙和智擒鳌拜这些大事件使洪昇对康熙产生了非常美好的印象，他认为康熙是一个少年有为的皇帝，由衷产生了生逢盛世的感觉。洪昇准备进入清廷的权力中心了。

此时，洪昇的外祖父黄机已经从户部尚书转为吏部尚书，黄机在康熙智擒鳌拜的过程中是否起了作用，虽不可知，但其在擒拿鳌拜前夕就职吏部尚书，我们可以推测黄机应当是深受康熙信任的。黄机任吏部尚书一职对于洪昇求取功名来说没有什么实质性的帮助，因为古代社会的选官制度是学而优则仕，士子多通过参加科举考试才能取得功名。清朝科举考试的内容仿明朝，取“四书”语命题作八股文。八股文是明朝形成的一种考试文体，由破题、承题、起讲、入手、起股、出题、中股、后股、束股、收结等部分组成。破题要说明题意，承题进一步说明题意和文章主旨，起讲是议论开始，入手是引入正题的话，起

① 〔清〕昭梿撰：《啸亭杂录》，何英芳点校，中华书局1980年版，第352页。
② 白新良：《康熙擒鳌拜时间考》，《满族研究》2005年第3期。

股是总论，出题是点出题目的散句，中股与后股发挥题意，至文章重心，束股说完意犹未尽的话，收结收束全文。起股、中股、后股、束股都有两股对偶句，因而称八股文。入清后虽有短暂的取消，但是经过黄机的建议，至康熙“七年，复初制，仍用八股文”[①]。作为监生，洪昇虽不必参加童生试，但得参加乡试，才可以一步步地走向仕途。作八股文实在不是洪昇的长项，他根本不愿参加科举考试，他只希望能够像好友吴仪一那样被人幕请。为此，洪昇满怀希望地逗留在北京。

在北京盘桓了三四个月后，洪昇还是没有任何出人头地的迹象，这令洪昇非常抑郁。寂寞的日子让洪昇感觉很漫长，以至于年纪轻轻就有了“壮心郁郁鬓将斑”[②]的衰老之感。不知不觉，洪昇25岁生日到了。北京的七月已经是一幅秋天的景象，秋风惨淡秋草黄，落叶飘零秋雨连绵，一片凄凉。在这个凄凉的秋夜，洪昇度过了一个孤独感伤的生日。没有朋友没有亲人，没有祝福没有欢宴，只有耿耿秋灯相伴。窗外秋雨淋沥，窗内洪昇借酒消愁、长吁短叹。回想当日在钱塘的风光，师友的推崇，家人的赞美，声名远扬交游无数，而今却一无所有，这种心理落差让洪昇怎么能忍受呢？洪昇想不明白，当日诗酒唱和的好友吴仪一以髫龄入太学即名满都下，而自己也是一个少年才子，怎么就没有得到预想的荣耀呢？这初次的失意对洪昇的打击非常大，他不仅怀疑起自己的才华，也禁不住有了读书无用的怪论，“男儿读书亦何补，皂帽羊裘困尘土。……潦倒谁承菽水欢，悔不当年学稼圃”。[③]是啊，对于“学成文武艺，售于帝王家”之论早已深入内心的士子来说，读书的目的就是有所作为，就是为了蓝袍换紫袍，无所作为、一介布衣是最痛苦、最难挨的事情。在这样的心态下，洪昇自怨自艾、自伤自怜，似乎苍天也在为他而流泪。在北京过完25岁的生日，洪昇深深感觉到前途无望，便开始打算返回家乡了。经过一个多月的准备，洪昇终于成行。

康熙八年（1669）深秋，洪昇带着满腹的不平与抑郁，偕学中好友洪云来

---

① 《清史稿·选举三》，第3149页。

② 〔清〕洪昇著：《啸月楼集·北归杂感四首》其二，载《洪昇集》，第119页。

③ 〔清〕洪昇著：《啸月楼集·燕京客舍生日怀母作》，载《洪昇集》，第42页。

一起踏上了南归的旅途。洪昇与洪云来既是老乡，又为本家，在学中关系比较密切，他们两个俱是沦落不偶的失意人。一叶孤舟顺水而南下，失意人对失意人相对无语，只有以酒浇愁，长歌当哭。一路上深秋衰飒与凄凉的景色，更增添了洪昇内心的烦忧，写出了“招贤自古称燕地，逐客今朝别帝乡”等怨艾之句。他自比为逐客，黄金台上的梦想、礼贤下士的风流都随远行的船留在了燕京这块带给他希望与失望的土地。洪昇恨不得快快离开让他失意的地方，归途中他失去了沿途游览的兴致，除了偶尔下船活动活动筋骨，就待在船上给自己的好友写信。经历在京师无友无朋的寂寞生活，他埋怨世态炎凉，“落拓何辞人共弃，佯狂一任客相嘲。平生畏向朱门谒，麋鹿深山访旧交”①。洪昇由衷地怀念起家乡的好友，他羡慕俞璬伯“幽居学隐沦”，惭愧自己“落魄走风尘”，决心要“拂衣归卧秦亭下，耻傍风尘学抱关”②。没有踏上归程的时候，洪昇归心似箭，恨不得一日到家，既已上路，却感到“近乡情更怯”，怕父母询问，怕朋友询问，让他不由得“伤哉行路难”③。

历经一个多月的漫长旅程，洪昇终于回到了久别的钱塘。洪昇落魄失意而归，家人并没有多加责备，人生功名无常，谁能拿得准穷与通呢，况且此行原本不过就是一次敷衍行为！听说洪昇游学归来，亲朋好友纷纷相邀接风，着实热闹了几天。在家乡所受到的知遇和在燕京的落寞形成了鲜明的对比，洪昇再也不想到京师去，他的生活又恢复到入京前的状态。回到钱塘，洪昇如鱼得水，又过起了从前诗酒交游的生活，在京师被激发起来的功名心也淡了许多。在师执沈谦那里，他还结交了许多新的朋友，沈绍姬、徐汾、吴钦、陆进、沈丰垣和张台柱等人均与其常常游处。这些人都是仁和、钱塘的诸生，均善诗文，与洪昇相友善，其中沈绍姬是一个比较有个性的人。沈绍姬，字香岩，是一个性情中人，洒脱而又率真，少有“吟痴”之称，遭家难而不以为意，“遭家难避于南屏，遇妓萧又殊，婢落花脱簪珥赠之，使他逸，乃游吴楚间。晚岁寓袁公浦，瓦盆土铫，与弥勒同龛，始末几三十年。……性坦率，客有谒之者，或蓬首徒

---

① 〔清〕洪昇著：《啸月楼集·北归杂感四首》其三，载《洪昇集》，第119页。

② 〔清〕洪昇著：《啸月楼集·北归杂感四首》其二，载《洪昇集》，第119页。

③ 〔清〕洪昇著：《啸月楼集·归舟作》，载《洪昇集》，第23页。

跣，自据上座，谈竟遽入卧内，久之亦不报。以是延誉者少”[①]。和这样一个特立独行的人交往，洪昇也变得不拘形迹了。沈绍姬与洪昇交往的时间较长，且和洪昇后人还保持着联系。50年后，沈绍姬读洪昇的《稗畦续集》曾感叹“一编词赋足千秋”[②]，对洪昇多有称颂和怀念之词。

家乡的朋友和欢会还没有抚平洪昇受伤的内心，自己敬爱的老师又先后辞世。康熙九年（1670）正月，柴绍炳亡故，至二月十三日沈谦讣告又至。洪昇与柴绍炳和沈谦的关系非常密切，两位师友先后亡故让他悲痛不已。事隔半年之后，洪昇与诸友前往沈谦的东江草堂祭拜，并以充满感情的诗篇来哀悼其师，“严冷千秋志，清癯五尺身。遗羹能锡类，灭灶耻因人。藏用功偏大，明心学愈醇。白杨荒草路，一恸晋遗民”[③]。柴绍炳和沈谦二位师长是引领洪昇前行的精神导师，他们给予了少年洪昇无尽的精神养料。他们的辞世使洪昇或多或少地失去了人生前行的方向。事实上，师长的相继辞世也标志着作为长者他们那一个时代即将结束，历史长河面临着新的历程。

人的心理状态往往离不开他置身的周围环境以及具体的生活境遇，师执们决绝的遗民立场从洪昇幼年开始就在他的心里扎下根来，让他心里也充满了对清朝的抵触，虽说北京之行让他曾用新朝人的眼光打量这个政府，并产生过短暂的强烈的用世之念，但是回到了故乡后，这种感情又渐渐地平复了。可是，反清复明的大势已去，清政府越来越展示其新朝的姿态，洪昇必须得面对这个现状，到底该如何选择自己的人生道路呢？

① 《国朝杭郡诗辑》卷一〇，第182页。

② 〔清〕沈绍姬著：《寒石诗钞》卷一〇《喜洪洊修过存，并读其尊人昉思〈稗畦续集〉有感，赋此以赠》，清康熙刻本。

③ 〔清〕洪昇著：《稗畦续集·拜柴虎臣先生墓》，载《洪昇集》，第446—447页。

第八章　天伦之难

洪昇从北京回来后广交朋友，新朋故旧唱和交游，比起在北京的寥落无为，洪昇过得很充实。然而随着年龄的增长，自己的朋友纷纷求学、入仕，大多离开了家乡。面对这样的情势，洪昇也不得不考虑起自己未来的何去何从了。是回到国子监伺机而动，还是自谋生路呢？洪昇非常不愿意回到北京去过那种枯燥而无望的日子，经过一番前思后想，洪昇选择了后者，他决定按照古人“读万卷书，行万里路”的人生模式去漫游天下，一方面寻找可用之机，另一方面也可以增加自己的阅历。

康熙九年（1670）深秋，洪昇离开钱塘，北游天雄，开始了他人生中的第一次漫游，此行大约用了一年的时间。洪昇过长江，穿淮河，越黄河，渡淇水，经过济宁向北一直到达张秋古镇。从秋到春，洪昇走过了恩县、大名、长垣，走过了滑县、淇县等地，这里有齐魏征战的古战场，有商朝的旧墟朝歌，有比干的庙宇，有关龙逄的故居。他登马陵，访朝歌，祭拜比干和龙逄。当年的齐魏之争是那样的壮烈，无论是魏将的英勇善战，还是齐国的气势汹汹，如今都只化作眼前的一堆白骨和一轮明月。比干与关龙逄等人虽惨死，却名垂青史。洪昇路过这些地方，产生了甚深的人生感慨和浓重的历史感。洪昇感到历朝历代何兴何衰都无法凭借个人来改变，即使忠如比干、龙逄还不是被人挖了心、掉了脑袋，抚今追昔，他只能发出“莫忆兴亡事，狂歌酒一杯”[①]的长叹了。酒

① 〔清〕洪昇著：《啸月楼集·魏州杂诗八首》其八，载《洪昇集》，第70页。

是一种奇妙的饮料，人在欢愉之时它能助兴，而在悲怨时酒却使人愁上加愁。在洪昇坎坷的一生中，欢愉少而愁苦多，酒就成了他生活中重要的角色，为他遣怀消愁。当然，洪昇一生穿梭于各种酒席欢宴，逢场做戏的酒、遭逢知己的酒，都没少喝，洪昇在酒席上体味着五色杂陈的人生百态。

穿梭在古今交错的时空隧道，时间过得很快，转眼已至岁末，洪昇还没有找到用武之地，“岁暮仍为客”[①]的处境让洪昇有浓重的途穷之感。但是，让他略感到欣慰的是，在他游历的过程中，洪昇收到家信，信中告诉了他一个好消息——洪昇做父亲了，洪昇的大女儿出生了。听到这个消息，洪昇高兴极了，为人父的感觉让他一下子成熟了起来。初为人父的喜悦冲淡了北游不遇的感伤，为了亲身体验一下做父亲的感觉，洪昇决定结束漫游返回家乡。

归程时，洪昇选择了与来时不同的路线，他经瓠子河而返。瓠子河是黄河支流，因汉武帝刘彻一首《瓠子歌》而为人所知。汉元光三年（前132），黄河决入瓠子河，东南由巨野泽通于淮、泗，梁、楚一带连岁被灾。至元封二年（前109），武帝在泰山封禅后，始发卒万人筑塞，亲自临祭，沉白马玉璧祭河伯，口占《瓠子歌》。洪昇渡瓠子河正值风雨大作，禁不住吟咏起这首祈祝之诗，“瓠子决兮将奈何，浩浩洋洋兮虑殚为河。殚为河兮地不得宁，功无已时兮吾山平”[②]。就这样一路上访古寻幽，直到康熙十年（1671）初秋，洪昇才回到了钱塘，这时洪昇的女儿已经长得粉粉嫩嫩，抱着这个小小的人儿，初为人父的洪昇心里充满了柔情。结婚这么多年才有孩子，长久的期待使得洪昇对女儿投入了非常大的热情，女儿给洪昇带来了极大的幸福感，但是同时也赋予了他更多的责任感，时不我待的紧迫感使得回到杭州不久的洪昇又开始了新的旅程。

第二次漫游洪昇选择了向南而行，他向南一路漫游，首先到了严州（今建德）。在严州，他没有找到什么任事的机会，不过，在那里他游览了著名的古迹严子陵钓鱼台。钓鱼台分东台、西台，尤以东台著称，相传东台即为严子陵隐居垂钓之地。严子陵，名光，浙江余姚人，曾与东汉光武帝刘秀同学。光武帝

---

① 〔清〕洪昇著：《啸月楼集・魏州杂诗八首》其七，载《洪昇集》，第70页。

② 〔宋〕郭茂倩撰：《乐府诗集》卷八四《杂歌谣辞二》，中华书局1979年版，第1187页。

即位后聘严子陵为谏议大夫，严子陵坚辞不仕，携妻子梅氏回富春山隐居，耕田钓鱼终老林泉。严子陵钓台即当年严光垂钓的台子，坐落在“清丽奇绝，锦峰秀岭”的富春山山腰，“钓台碧云中，邈与苍岭对”[①]，风景清幽。严子陵视富贵如浮云的气节，千百年来一直受到人们的敬仰。北宋名臣范仲淹仰慕严子陵高节，特意为他造了祠堂，并写了一篇传颂千古的《严先生祠记》，赞曰“云山苍苍，江水泱泱，先生之风，山高水长”，把严子陵的地位推向了顶峰。

在中国文化中一直有一种隐士情结，隐士是指那些栖身山水田园不入廊庙的士人。他们具有独立的人格和思想、自由的人生追求、不媚权势的道德操守。那些在朝拒绝媚俗、不愿同流合污但无法改变大局者，为了独善其身多选择隐逸，拒绝不义而富且贵者为了保持节操者也多选择隐逸，总之隐士在中国历史上是一个高风亮节的群体，是有识有节的士人自高自许的一种身份。人们对隐士多抱倾慕之情，隐士情结是历代文士心灵深处的归宿。当然，历史上也不乏隐以待时的暂时之隐或者以隐为仕宦捷径的虚假之隐，但是彻底的真正的隐士是那些悠然于山水田园之间，“与天地万物合一，侣鱼虾而友麋鹿”的士人，他们“行到水穷处，坐看云起时”，具有清雅恬淡的人生境界。无论是“小隐隐陵薮”，还是“大隐隐朝市”[②]，他们都具有与世无争、超然物外的心态。甘为隐士大约有“或隐居以求其志，或回避以全其道，或静己以镇其躁，或去危以图其安，或垢俗以动其概，或疵物以激其清”[③]等诸种原因，真正自觉拒绝富贵和权势、恬于山水渔樵的隐士就是严子陵了，因此可以说，严子陵是中国隐士第一人。从严子陵后，渔父的形象在中国文化中就成了智者和隐士的象征。隐逸既是中国历史上的一种文化现象，也是中国古代文人的一种生存方式。隐逸给历代文人墨客在功名利禄外提供了一个安放灵魂之所。

洪昇登临严子陵钓鱼台，置身于林木森然的肃穆之中，严子陵不慕富贵、

---

①〔唐〕李白著：《李白全集》卷一六《送王屋山人魏万还王屋》，鲍方校点，上海古籍出版社1996年版，第134页。

②〔晋〕王康琚撰：《反招隐诗》，载〔南朝梁〕萧统编：《文选》卷二二，〔唐〕李善注，上海古籍出版社1986年版，第1030页。

③《后汉书·逸民传》，第2755页。

不媚权势的人生追求强化了洪昇早年业已形成的出世之想。然而，经济上的困顿使得洪昇这个手不能提篮肩不能担担的一介书生连出世的理想都无法实现，只能徒然羡慕而已。事实上，春秋末期，当士人从贵族当中独立出来后，士人就面临着贫而不能自给的尴尬局面，这种形势使得士人的独立性受到了极大的限制，不臣天子不事王侯可以，安贫乐道也可以，但是当贫至极点连生存都无法保证的时候，怎么能奢谈隐逸、奢谈自由呢？在大多数情况下，山水田园是作为精神家园而存在的。在中国历史上，也许只有魏晋六朝那些具有自主自给的庄园经济作为保障的名士才是真正实现了人格独立、思想自由的士人。洪昇就处于这样的人生困境中。洪昇之长在于诗文曲赋，这些文人技能若不和功名、仕途结合起来，谋生是非常艰难的。

洪昇离开严州后没有直接返回钱塘，他又游历了越中（今绍兴）。越中是一个歌舞之乡，昆曲的演出历来非常繁盛，出了许多著名的戏曲理论家，徐渭和祁彪佳即其中的佼佼者。洪昇以为这样一个富于戏曲创作和研究的地方一定是最适合自己的，他满怀希望到了越中这个昆曲之乡，希望自己的才华能有人慧眼识珠。可惜的是，在那里洪昇仍没有得到延请，不过此行他结识了一位精于曲学的山阴诸生吴棠桢。吴棠桢，字伯憩，以骈体艳词擅名当世。洪昇与吴棠桢志趣相投，都长于填词，他们一见知心遂定交，白天填词度曲，晚上看戏串戏，洪昇在越中度过了一段愉快的时光。然而，精神上的愉悦并不能解决生活的艰难，空手而返的洪昇返家后随即又往游开封，不久仍两手空空返回。怀着略感沮丧的心情，洪昇回到家里，一场人生变故正等着他。

洪昇步履匆匆，一年之内到了这么多的地方，虽说没有得到任何起用的机会，但是他结交了很多朋友，他们一起吟诗喝酒唱曲，这是一段又苦又累但又快乐的时光。四方行役使洪昇广泛地接触了社会生活，凭吊古迹，欣赏胜景，不断地增强洪昇的人生感受，他的民族意识、亡国之思也得到了强化，与志同道合者的相交相知、切磋唱和，使他填词度曲的水平得到了较大的提高，可以说，洪昇此行虽没有得到仕途的发展，但是他的才学和识见在漫游中日渐历练，因此，这段生活也不能说一无所获，所感所学为他将来写作《长生殿》打下了基础。

从开封返家后，不知道是什么原因，洪昇与父母之间发生了严重的冲突，以至于父亲要“大杖之”。面对父母的盛怒，洪昇被迫“与父母别居”。洪昇家庭内部的这场天伦之变来得非常凶猛，因洪昇自己讳言此事，因而关于洪昇遭遇到的到底是什么样的家难，史料众说纷纭，至今没有定论。洪昇的老师王士禛曾云“遭家难，流寓困穷，备极坎壈”[①]，金埴亦云：“渔洋山人云：昉思遭天伦之变，怫郁坎壈缠其身。”[②]章培恒先生根据史料进行了细致的勾勒和合理的推测，他认为“埴与昉思交甚密，又尝从王士禛游，王士禛叙述昉思身世之语，自不致有所误解。此处所引渔洋山人云云，无论其指《香祖笔记》而言，抑或为埴平日闻于王士禛者，然必与《香祖笔记》之原意相符则可断言。故士禛之所谓‘家难’，当即埴所云‘天伦之变’”[③]。章培恒先生所言“天伦之变”为众多学者所从，但是对洪昇所遭遇到的“天伦之变”的具体情况和原因，则无法取得共识，人人所云均为猜测之言。洪昇旧友王蓍曾云：“昉思以《长生殿》传奇被劾，而才名愈著。予与昉思交差晚，读其旧稿《幽忧草》，乃知昉思不得于后母，罹家难，客游京师，哀思宛转，发而为诗，取古孝子以自勉。”[④]因此有学者据此认为洪昇之所以和父母反目，是因为“不得于后母”，还有学者言洪昇为大母所不容，被迫与父亲和生母长期分离，但是章培恒先生根据洪昇《客中望秋》《大梁客业绩舍弟殷仲》《燕京客舍生日怀母作》诸诗以及朱溶为《稗畦集》所作之序、毛先舒《潠书》卷六《与沈去矜书》等材料推测，洪昇并无后母，其所遭天伦之变“实为父母所恶，不仅不得于母氏而已”，且由魏坤《倚晴阁诗钞·赠洪昉思》诗中“足践清霜怨伯奇，十年惘惘去何之？黄金台外瞻云恨，泣补《南陔》束皙诗”所用“伯奇”的典故，章培恒先生判定洪昇是“无罪见斥”。而且章培恒先生根据洪昇诗歌“一岁四行役，栖栖何太劳。孱躯饱寒暑，薄命试风涛。江晚鸥群乱，秋清雁影高。冥冥避缴者，失侣又哀号”[⑤]

---

①〔清〕王士禛撰：《香祖笔记》卷九，谌之点校，上海古籍出版社1982年版，第185页。

②《不下带编　巾箱说》卷一，第10页。

③章培恒著：《洪昇年谱》，上海古籍出版社1979年版，第118页。

④〔清〕王蓍撰：《挽洪昉思·序》，载〔清〕阮元、杨秉初辑：《两浙輶轩录》卷四，夏勇等整理，浙江古籍出版社2012年版，第320页。

⑤〔清〕洪昇著：《啸月楼集·行役》，载《洪昇集》，第97页。

的语意推测，洪昇遭父母“无罪见斥”的原因或许是由于洪父的姬妾挑拨离间而至。到底是怎样的原因导致洪昇失欢于骨肉呢，从目前所见材料均无法得出定论。

通过洪昇此前的活动，我们不妨大胆地假设一下。洪昇“性耽吟咏”[①]，流连词曲之作，无意于科举，在近一年的漫游中，他结交优伶，没有得到差事，这些行为成为被人攻击的口实以至于罹祸。在传统文化中，历来首重经史，次及诗文，词曲小说不仅是“小道”“末技”，甚至是“邪宗”，一直受人轻贱。“词”为“诗之余”，“曲”为“词之余”，都是些“浪谑游戏”之作。宋元后兴盛的小说和戏剧更为人所不齿，“昔之于小说也，博弈视之，俳优视之，甚至鸩毒视之，妖孽视之，言不齿于缙绅，名不列于四部……”[②]。戏曲刚形成时更是为人所轻蔑，仅能在勾栏瓦肆进行表演，而且表演者的地位非常低下，“国初之制，伶人常戴绿头巾，腰系红褡膊，足穿布毛猪皮靴，不容街中走，止于道旁左右行。乐妇布皂冠，不许金银首饰。身穿皂背子，不许锦绣衣服”[③]。这种轻视诗赋以外文体的思想早在汉代就已经形成，大才子扬雄到了晚年，称自己写作赋是“雕虫小技，壮夫不为”[④]的小道，至元末钟嗣成为那些“门第卑微，职位不振，高才博识，俱有可录，岁月弥久，湮没无闻”[⑤]的戏曲家作传时名之曰《录鬼簿》，可见这种思想影响之深。至清代，这种传统观念依然根深蒂固，考据名家钱大昕对小说的偏见非常深，“古有儒释道三教，自明以来又多一教曰小说。小说演义之书，未尝自以为教也，而士大夫、农工、商贾无不习闻之，以至儿童、妇女、不识字者亦皆闻而如见之，是其教较之儒释道而更广也。释道犹劝人以善，小说专导人以恶，奸邪淫盗之事，儒释道书所不忍斥言者，彼必尽相穷形、津津乐道。以杀人为好汉，以渔色为风流，丧心病狂，无所忌惮。

① 〔清〕黄机撰：《啸月楼诗集·序》，载《洪昇集》，第171页。

② 黄人：《小说林》发刊词，《小说林》1907年第一期。

③ 〔明〕徐复祚著：《徐复祚集·三家村老委谈》，谭帆、张玄整理，华东师范大学出版社2022年版，第29页。

④ 〔汉〕扬雄撰：《法言注·吾子》，韩敬注，中华书局1992年版，第45页。

⑤ 〔元〕钟嗣成等著：《录鬼簿（外四种）》，上海古籍出版社1978年版，第2页。

子弟之逸居无教者多矣，又有此等书以诱之，曷怪其近于禽兽乎！”[①]“唐士大夫多浮薄轻佻，所作小说，无非奇诡妖艳之事，任意编造，诳惑后辈。……宋元以后，士之能自立者，皆耻而不为矣。而市井无赖，别有说书一家，演义盲词，日增月益，诲淫劝杀，为风俗人心之害，较之唐人小说，殆有甚焉。”[②]顾炎武对戏曲亦持十分激烈的批评态度，“今之词人，率同此病，淫词艳曲，传布国门，有如北齐阳俊之所作六言歌辞，名为阳五伴侣，写而卖之，在市不绝者，诱惑后生，伤败风化，宜与非圣之书同类而焚，庶可以正人心术”[③]。在这种文体尊卑观念的影响下，古代史著《文苑传》中并无戏曲家的一席之地，《艺文志》中也不载戏曲名目，直到乾隆朝编纂《四库全书》才收词曲于集部之末，但评价也非常低，称之为“厥品颇卑，作者弗贵”“其于文苑，同属附庸”。在这样的评价体系中，虽然可以倾心于戏曲的观赏与创作，但不可把它当作人生目标来追求。因此，洪昇不求举业，一味地“好词”和“尤工乐府”虽让他名扬天下，却终非正途，实在为这个社会所无法公开称颂。尤其是为了促进词曲的传唱，洪昇多与优伶接触，这就更触及了洪家这个世代诗礼传家的望族的忌讳。洪父虽自己不愿意仕于清，但是正如同顾炎武、黄宗羲等人并不以忠义绳武子弟的心理一样，他对自己儿子的出与处也颇费心思。面对反清复明大势已去、新朝渐稳的形势，洪昇的功业也只能在新朝建立了，因此让儿子专心读些圣贤之作、早为来日做准备是洪父最合理的打算。洪父并不后悔早年为儿子请了那些具有遗民思想的人为师，毕竟那种人格的培养是儿子一生信念的支撑。在这种大的社会环境中，若是洪昇父亲的姬妾向洪父奏上一本，望子成龙的洪昇父母得知自己儿子所作所为后的震惊、失望和愤怒的心情可想而知。洪父洪母怎么允许洪家的长子从事这种贱业呢？然而，洪昇却不以词曲为贱业，反而对之一往情深，倔强的洪昇无法与父母据理力争，只能听凭对他“爱之深，恨

---

① 陈文和主编：《嘉定钱大昕全集·潜研堂文集》卷一七“正俗”条，江苏古籍出版社1997年版，第282页。

② 〔清〕钱大昕著：《十驾斋养新录》卷一八“文人浮薄”条，上海书店1983年版，第435页。

③ 〔清〕顾炎武著：《日知录校注》卷一三“重厚”条，陈垣校注，安徽大学出版社2007年版，第745页。

之切”的父母对自己进行处罚。若不是“宦门子弟错立身”这个原因，我们很难想象是怎样的一个原因使得洪昇同时失欢于挚爱他的父母双亲。

我们虽无法确切知道导致这场天伦之变的具体原因，但我们可以通过洪昇师友诸多的论述了解这场家难的结果，诸多的说法中，洪昇离家出走的结论是一致的。洪昇秉承古孝子“小杖受大杖走”训导，面对父母的盛怒，不得不选择“大杖愁鸡肋，飘然跳此身”[①]，与妻子一起离开了家庭。在古代宗法制的家庭模式中，被逐出家门或者离家出走都是非常不得了的事件。被逐出家门意味着家庭与之断绝关系，父母不再承认其子。离家出走更严重，基本上就意味着背叛家庭、自绝于家庭了，离家出走之人就成为家庭的不孝之子，不见容于天下。不管出于怎样的原因，洪昇被父母“无罪见斥”，从此以后过着“负郭田畴无二顷，贫居妻子实三迁”[②]的困顿生活。经济上的困窘对于洪昇来说还能忍耐和克服，但是与家庭决裂的事实无法承受。“家难”事件给洪昇心灵的伤害非常重，家难带给他的委屈和痛苦让洪昇终生都无法从这个阴影中解脱出来。

在中国传统文化中，“孝”是最重要的伦理观念之一，具有“天之经也，地之义也，民之行也”[③]的重要地位，在封建社会2000多年的历史中形成了一套“孝文化”。“孝”的观念产生较早，东汉许慎解释说：“孝，善事父母者。从老省从子，子承老也。”清段玉裁注：“《礼记》‘孝者，畜也’。顺于道，不逆于伦，是之谓畜。”[④]《大戴礼记·曾子大孝》载：“夫孝者，天下之大经也。夫孝，置之而塞于天地，衡之而衡于四海。置犹立也，衡犹衡也。施诸后世，而无朝夕。”孟子对孔子仁孝思想作了进一步的发挥，他认为孝是仁的实质。因此，“事孰为大？事亲为大”。推己及人，把最初产生和存在于家庭中的孝悌观念推广到整个社会，是孟子孝道观的独到见解，故孟子说：“老吾老，以及人之老；幼吾幼，以及人之幼。”孔孟以后，宣扬孝道观的大儒不乏其人。北宋中

---

①〔清〕陈吁撰：《时用集·寄洪昉思都门四首》，载《四库全书存目丛书·集部·别集》第257册，第275页。

②〔清〕洪昇著：《啸月楼集·至日楼望答吴璨符》，载《洪昇集》，第130页。

③《孝经译注·三才章》，胡平生译注，中华书局1996年版，第12页。

④〔汉〕许慎撰，〔清〕段玉裁注：《说文解字注》，浙江古籍出版社1998年版，第398页。

期，理学领袖关中张载、洛阳二程都大力阐发孔孟儒学孝道观，从而使孝悌观念在民众中得以迅速传播，并打下深刻的烙印。中国传统社会形成了以孝治天下的政治模式与价值取向，治理国家以道德教化为基础，道德教化以孝行为根本，故孝道既行，天下自然垂拱而治。《孝经·孝治章》载："昔者明王之以孝治天下也，……天下和平，灾害不生，祸乱不作。故明王之以孝治天下也如此。"[①]只要推行孝悌，就会国泰民安，政治清明。《论语》中也反复强调"孝"，"其为人也孝悌，而好犯上者鲜矣。不好犯上而好作乱者，未之有也""孝为德之本""百善孝为先""入则孝，出则悌"等，这是中国人自古以来社会上奉为圭臬、人人所应遵守的道德规范。在孝道得到大力提倡的背景下，封建社会涌现出不少孝子孝女，于是有人为之树孝牌、建孝坊、筑孝坟、立孝传，颇有影响的书有《百孝图》《古孝子传》《孝子传》等，元朝郭居业撰辑《二十四孝》的影响为最。历代帝王深知提倡孝道孝行对于稳定其统治有着非常重要的作用，因此，对儒家孝道孝行推崇有加。汉代统治者为表示推崇孝道，西汉时提出了"以孝治天下"的统治政策，后为历代统治者所沿用，"求忠臣必于孝子之门"，将行孝与否作为选吏的依据，成为中国古代政治文化的特色之一。至清代，清政府出于掩盖政治矛盾的目的大力张扬儒家学说，对孝治推崇备至，使清朝的孝治与前朝相比有过之而无不及，"将孝治推向极致的时代"。康熙尤其重视"以孝道治天下"，他规定在乡的秀才或族长们，在每月的初一、十五，必须配合《圣谕广训》讲解诵读《孝经》，以规训子弟。通过全方位的努力，让上至官员，下至普通百姓，无不纳于孝治政策之下。钱穆先生把中国文化概括为"孝的文化"，可说是抓住了中国文化的本质特征。在全民崇孝的观念影响下，"不孝之子"的名声最让人抬不起头来，到处要遭到白眼，根本是无地自容的。在这样的社会环境下，洪昇离家出走承受了巨大的心理压力。洪昇一直以孝子自居，尽孝父母、奉养双亲是他的责任。他所交之人也都是至孝之人，老师陆繁

① 《孝经》，胡平生、陈美兰译注，中华书局2007年版，第244页。

弨“以孝义为乡里表率”[①]，好友陆寅也以“性孝友”[②]为人称道。如今不仅不能尽孝，反倒成为不孝之子，这让洪昇非常痛苦。

洪昇赞同李贽的“童心说”，李贽认为：“天下之至文，未有不出于童心焉者也。苟童心常存，则道理不行，闻见不立，无时不文，无人不文，无一样创制体格而非文者。诗何必古选？文何必先秦？降而为六朝，变而为近体，又变而为传奇，变而为院本，为杂剧，为《西厢曲》，为《水浒传》，为今之举子业。大贤言圣人之道，皆古今至文，不可得而时势先后论也。故吾因是而有感于童心者之自文也，更说甚么《六经》，更说甚么《语》《孟》乎？”[③]洪昇非常赞同这一说法，他认为从诗至词再到曲，越发感人至深，其因即为“渐近人情”。洪昇根本不认为填词度曲有什么可以羞耻的，他可以和同人论争，可以不顾他人批评自己我行我素，但是他没法接受父母的误解。他试图向父母解释，然而却引来父母更大的愤怒。经过千年的演变，中国传统“君敬臣忠，父慈子孝”的关系已经变成了“君要臣死，臣不能不死；父要子亡，子不能不亡”的极权，他不能批评父母的观念落后保守，因为“天下无不是的父母”啊。洪昇心里非常矛盾，他自认为自己所做并没有错，却无法与父母争辩，也无法对朋友明言，只能暗自饮泣而已，从他“多少伤心泪，吞声不敢言”[④]的诗中我们可以隐隐地感觉到他的委屈。虽如此，洪昇并不后悔自己的选择，在父母的压力下也没有“改邪归正”，反而在离开家庭后把更多的精力投入诗词曲赋的写作中，他更多地以词曲作为抒情的载体，把自己的喜怒哀乐都写入传奇中，“填词四十余种”[⑤]，也正因如此，洪昇终生也未得到父母的原谅。洪昇自从离家，后来虽屡次返杭省亲，但都无法回到自己的家，只能寄居朋友家里，洪昇深深地陷入有家不能回的尴尬和有亲不能养的痛苦中。一直到《长生殿》以深深的历史兴亡

---

① 《清史列传》卷七〇《陆圻传》，第5686页。

② 《康熙钱塘县志》卷二三《孝友·陆寅传》，载《中国地方志集成·浙江府县志辑》第4册，第431页。

③ 〔明〕李贽撰：《童心说》，载张建业主编：《李贽文集》卷一《焚书》，社会科学出版社2000年版，第92页。

④ 〔清〕洪昇著：《啸月楼集·送钱石臣北上，兼忆舍弟殷仲》，载《洪昇集》，第85页。

⑤ 〔清〕徐材撰：《洪昇〈檃括兰亭序〉题辞》，载《天籁集》跋，清康熙刻本。

之感获得人江南北传唱的时候，洪昇与父母的关系才有所缓和。背叛家庭的痛苦如影随形，伴随着洪昇一生。在洪昇愁苦哀怨伤感不尽的诗歌中，家难是一个重要的内容，“三载无家抛骨肉，一身多难远庭闱”[①]；“小人空有母，何处可遗羹”[②]；“却悔辞亲日，飘飘逐路尘。江湖双泪眼，天地一穷人。云树空愁远，冰霜不见春。梦中家暂到，头白话酸辛”[③]。远离父母，洪昇成了“天地一穷人”，一生哀叹不尽。

洪昇自遭遇家难后，就带着妻子与父母分开居住。洪昇除了擅长写诗填词度曲，根本没有任何谋生的手段，一旦脱离家庭的庇荫，经济上一下子就陷入到了拮据窘迫之中，以至于家里出现了断炊的情况。为了谋生，洪昇不得不再一次离家远行，希望此行有所收获。这一次远行与前次漫游不同，前一次游历，洪昇还是怀着无可无不可的心情，几乎凭吊了所经之处的所有古迹胜景，但这一次情况不同了，洪昇的心情不再像上一次那么轻松，不仅有着与父母抗争的痛苦与无奈，更有柴米油盐的重压，他顾不上游山玩水，心中只是盘算着如何能一举成功。在这个时期洪昇赠答友人的诗中，他反复抒写自己“饥来驱出门”[④]的苦衷。怀着弃家的悲痛，洪昇踏上北上大梁的行程。大梁是战国时魏国的都城，是“战国四公子”之一信陵君的封地，自古有着礼贤下士的传统。信陵君才兼文武，礼贤下士，门下的食客有3000人之多。洪昇对信陵君的故地充满了美好遐想，希望此行能够得到礼遇。

洪昇从钱塘出发经由当涂而北上。当涂山水秀丽，左天门、右牛渚，大江涛翻，雄关屏立，其险自古甲于东南，有所谓“吴头楚尾”“南北津渡”之称。当涂是涂山边一个美丽而神奇的千年古镇，因大禹会诸侯娶涂山女而著称。大禹是中华民族最主要的始祖之一，他是治水的英雄，足迹遍布越地，“忧民救水，到大越、上茅山、大会计”，而后“九州涤原，九泽既陂”[⑤]，经过大禹的

---

①〔清〕清昇著：《啸月楼集·客中秋望》，载《洪昇集》，第127页。

②〔清〕清昇著：《啸月楼集·颍考叔庙》，载《洪昇集》，第90页。

③〔清〕洪昇著：《稗畦续集·述感》其一，载《洪昇集》，第408页。

④〔清〕洪昇著：《啸月楼集·答朱人远见送游梁》，载《洪昇集》，第80页。

⑤〔东汉〕袁康、吴平辑录：《越绝书》卷八，乐祖谋点校，上海古籍出版社1985年版，第58页。

“竭力以劳”，越地百姓摆脱滔滔洪水之灾，有了良田可种。他“教民鸟田”和“畴粪桑麻，播种五谷”，使越地人民安居乐业，越地文明得以传承。在越地，大禹的传说无处不在，其中最富于浪漫色彩的就是涂山之女与大禹的传说了。这么浪漫的爱情故事对洪昇没有什么吸引力，他最感兴趣的还是李白在当涂的故事。传说李白在当涂时因于长江乘舟游玩时酒兴大发，想把水中月亮捞起来，结果不慎落水溺死。洪昇登上采石矶，体味李白当年捞月亮的感受，慨叹着李白“朝为田舍郎，暮登天子堂”那得遇明君的幸运。洪昇自诩甚高，原以为所至之处会公卿倒屣，却没有想到屡屡碰壁。站在采石矶上，李白的人生触动了洪昇内心的隐忧，这段无法明言的心事成了洪昇后来写《沉香亭》的缘起。也许是对李白的钦羡太深刻了，洪昇的死亡方式居然与李白有几分相似，他也效仿李白在酒酣耳热之际到水里捉月亮去了。

洪昇深深地被此地山水和遗迹所吸引，在当涂流连了很久，一直到第二年春天才开始北上到达芜湖。在芜湖，洪昇遇到了久别的表弟钱肇修和江谕封、李美含诸人，他乡遇故知的激动使得他们“狂呼击汰乘中流”[①]，洪昇非常开心，心头一扫往日阴霾。兄弟几人他乡相遇却不能久留，欢聚几日即各奔东西，江谕封赴淮上、粤东，钱肇修赴燕，洪昇也将随之离开芜湖赴大梁。此时洪昇的弟弟洪昌在燕京，钱肇修此去燕京之行又勾起了洪昇的心事，他对钱肇修含含糊糊地把离家出走之事大致叙述了一遍，但是出于为尊者讳的传统，他不敢埋怨父母，只是谆谆叮嘱钱肇修切不可对弟弟为自己“话烦冤”[②]，以免弟弟担心。

家变的痛楚在时间与空间的作用下渐渐地淡化，到了康熙十一年（1672）夏秋之交，洪昇进入河南境内时，他心情好多了，已经可以时时“停鞭览物华”了，“天伦之变”作为隐痛深深地埋在心底。进入河南境内，洪昇经过了颍考叔庙和伯俞庙，那些孝子的故事把洪昇心头的隐痛又勾了起来。颍考叔为颍谷封人，对母亲至孝，郑庄公赐食，颍考叔舍肉不食，“公问之。对曰：‘小人有母，

---

①〔清〕钱肇修撰：《赠沈方舟、溯原两表侄，皆御泠先生从孙》，载《逸莪集》卷一，清康熙刻本。

②〔清〕洪昇著：《啸月楼集·送钱石臣北上，兼忆舍弟殷仲》，载《洪昇集》，第85页。

皆尝小人之食矣。未尝君之羹，请以遗之’”。颍考叔以自己的孝心感动了郑庄公，使其和母亲黄泉相见、重归于好。伯俞，姓韩，汉代梁州人。生性孝顺，能先意承志，所以深得母亲欢心。“尝有过，母笞之，泣。母曰：‘从前数杖汝弗泣；今泣，何也?’俞对曰：‘往者杖尝痛，知母康健；今杖不痛，知母力衰，是以悲泣。’”面对至孝的颍考叔和伯俞之庙，洪昇心里充满了愧疚与自责。羔羊尚且知道跪乳，乌鸦尚且知道反哺，而自己从小受父母深恩、以孝子自居的人不仅无力回报父母的养育之恩，反而使家庭蒙羞，洪昇非常难过，“一拜先贤庙，凄然泪满缨”[①]“拜罢荒墀暮，瞻云泪似泉”[②]，自问“小人空有母，何处可遗羹”，心里真是痛苦万分。

洪昇初入大梁时，因“此地由来传好客”，还存有“不妨四海暂为家”[③]的念头。然而几个月过去了，洪昇的境况并没有好转，还是一个“寂寞梁园客”[④]，过着“依人甘陋巷，客食厌荒城”[⑤]的无奈生活。康熙十一年（1672）冬天，绝望的洪昇返回钱塘，回到家乡已然是岁末。在这一年中，洪昇四处奔波劳碌，经受了很多磨难和艰辛，“一年四行役，栖栖何太劳”[⑥]，他深感疲惫。经济上的困顿、亲人的疏离、人生的坎坷都让洪昇觉得心灰意懒，况且家徒四壁，洪昇也无力再出游了，他要好好地休息一下。

在随后差不多一年的时间，洪昇哪里都没有去，他待在家乡，过着会友吟诗的生活，写作了很多错彩镂金、儿女情长的小词，如“听得管弦声，阵阵春风出画屏。残睡梦腾梳洗懒，多情，暗里娇波转不停。别后隔重城，夜夜红窗一点灯。待握彩云飞又去，无成，错被人呼薄幸名”[⑦]；“记绿桑深处，烟袅云拖。含翠黛，转娇波。微行莺罢舞，不语燕停歌。花旖旎，柳婆娑，奈愁何？归来书阁，月淡风和。春太少，夜偏多。梦魂空着我，名姓失询他。追怨杀，

---

① 〔清〕洪昇著：《啸月楼集·颍考叔庙》，载《洪昇集》，第90页。

② 〔清〕洪昇著：《啸月楼集·伯俞庙》，载《洪昇集》，第89页。

③ 〔清〕洪昇著：《啸月楼集·汴梁客夜》，载《洪昇集》，第128页。

④⑤ 〔清〕洪昇著：《啸月楼集·客夜书感》，载《洪昇集》，第92页。

⑥ 〔清〕洪昇著：《啸月楼集·行役》，载《洪昇集》，第97页。

⑦ 〔清〕洪昇著：《南乡子·薄幸》，载《西陵词选》卷三，清康熙刻本。

那一晌，更痴么”[①]；等等。虽经济上的困顿仍没有缓解，还要依靠朋友的接济过日子，但洪昇的心情没有先前那么焦虑了，“知其不可奈何而安之若素”吧。

在洪昇停留家乡的这段时间里，洪昇的小女儿之则出生。洪之则的出生没有让洪昇感觉到太多的快乐，多了一张嘴，家庭的经济负担更重了。看着嗷嗷待哺的一双小女，洪昇心如刀绞，每天都要为柴米油盐而发愁，一箪食、一瓢饮都没有，完全失去了安贫乐道的基础。堂堂男子汉居然无法养活一家人，洪昇深深感到了“百无一用是书生”的悲哀。穷困潦倒的洪昇在与朋友相聚的时候，心情也无法轻松。这种沉重的人生感受使他特别盼望有点差事做，哪怕是一个小吏也好啊，这样的心理成为洪昇创作《沉香亭》的直接动因。

洪昇与好友严曾榘谈起近年来游历之行的所见所闻所思所感，他把自己感触最深的当涂之行对朋友进行了渲染，特别谈到李白醉酒溺水而亡之事，二人感慨唏嘘不已。人生在世真是万事皆由命，半点不由人啊。自古以来博学深谋者，不遇者多矣！“夫遇不遇者，时也；贤不肖者，材也”，洪昇不可谓无才，却是生不逢时。人的成功总是时也运也命也，这个“时运命”到底是什么呢？洪昇说不清楚。洪昇感到人生很无奈，生无法选择，死也无法选择。生在什么样的家庭，什么时候出生，以怎样的方式死亡，什么时候死亡，这些都身不由己，自己无法做主。别说这种人生最终极的困境无法超越，就是在眼前的无衣无食之困也无法解决。活着是多么艰难的一件事情啊。号称钱塘才子，连妻女都无法养活，而那些远不如自己的人却要功名有功名要利禄有利禄，这种人生困境使洪昇心里充满了宿命感。经济上的困顿、久游不遇的辛苦更加深了洪昇对人生的悲剧感受。两人“谈及开元、天宝间事，偶感李白之遇”，洪昇充满了艳羡和无奈的感觉。洪昇一向自视甚高，怀才不遇的经历让洪昇非常羡慕李白，他多么盼望像李白一样“仰天大笑出门去”啊，李白后期的不遇又让洪昇深为同情，但因自己的困窘，使他把注意力集中在李白早年殊遇玄宗之幸上，洪昇充满渴望和艳羡地创作了他第一部传奇《沉香亭》。

《沉香亭》今已不存，主要内容无从得见，但从《长生殿·例言》中看，毛

---

① 〔清〕洪昇著：《三奠子·偶见》，载《西陵词选》卷五。

玉斯称之为“排场近熟”，其内容当和此前写李白的传奇《彩毫记》《清平调》基本相似，主要描写李白以布衣上达天听的故事。屠隆的《彩毫记》共42出，写李白应召入长安，作《清平调》三章，高力士替他脱靴，杨贵妃为他捧砚，极写李白春风得意。李白终因不甘闲职挂冠而去，后因永王李璘牵连被贬夜郎。经郭子仪解救，与妻子团聚。李白从此无意功名，慕道修行，与妻子同升蓬莱仙界。尤侗的《清平调》又名《李白登科记》，写唐玄宗将天下举人试卷交给杨贵妃批阅，李白以《清平调》三章为压卷，被定为状元，杜甫、孟浩然亦同时及第。唐玄宗赐宴曲江，李白插宫花走马游街。路遇安禄山气焰嚣张，李白以靴击之，安禄山负痛而逃。《沉香亭》对《彩毫记》和《清平调》并没有什么突破，对李白春风得意的人生一瞬进行了淋漓尽致的渲染，洪昇把自己潦倒失意愤慨难平之情都化作了对李白的羡慕。

关于此剧写作的时间，吴梅先生认为此剧成于康熙十六年（1677），章培恒先生根据洪昇的行踪和《长生殿》例言判定《沉香亭》传奇作于康熙十二年，江兴祐先生则定为康熙十四年。吴梅先生之论所据无考。章培恒先生认为“《长生殿》成于康熙二十七年戊辰，而《例言》云‘盖经十余年三易稿而始成’，故《沉香亭》之作必在康熙七年戊申以后，所云‘寻客燕台’必非指戊申春初客燕台之事；且昉思于乙卯后所作诗，言及漂泊异乡及寓居燕京之时间者，皆自癸丑起算。则此所云‘寻客燕台’当指本年仲冬再赴北京事；而作《沉香亭》传奇自不迟于本年”[①]。江兴祐先生认为“《自序》提到的杨玉环‘陨身’、‘情悔’、‘政仙’以及‘广寒听曲’、‘游仙上升’、‘双星作合’等剧情，在《长生殿》中都得到表现，而《例言》中所说的‘李泌辅肃宗中兴’这样重要的事件，却未被《自序》提及，这绝不是作者的疏忽。其次，……《舞霓裳》的曲文在《长生殿》中保留既少，则《长生殿》剧情难以沿用《舞霓裳》。再次，……《舞霓裳》的创作时间上距《沉香亭》（1673）为七年，与《例言》所说的‘寻客燕台’相矛盾。从而可见，《自序》应为《长生殿》所作，而不是为《舞霓裳》所写”[②]。因此，

① 《洪昇年谱》，第131页。

② 江兴祐：《〈长生殿〉“三易稿”创作时间考》，《浙江社会科学》2002年第4期。

江先生判定《长生殿》至迟到康熙十八年已经着手创作。江先生所言洪昇至迟到康熙十八年开始创作《长生殿》的结论除其提供的一条赵执信的材料加以证明外，另有一条更确凿的证据可以证明至迟在康熙二十一年，《长生殿》的初稿已经形成。"时称为文章巨手"[①]的张贞在《渠丘耳梦录》乙集中有《洪昉思赠曲》的记载，其云"钱塘洪昉思昇，独赠乐府四阕。字句流丽，似不在其所作《四婵娟》《长生殿》诸曲之下"[②]。张贞是张志和的后裔，"尝游愚山之门，……荐举以母忧不赴，后史馆缺员，以翰林待诏用，亦不就"[③]。张贞后于庚申南游，苏州顾云臣为他"写了一浮家泛宅小照，用吾家烟波钓徒故事"[④]，这个题目被"一时题咏，几遍作者"[⑤]，洪昇亦作《锦缠道》赠之。《渔洋山人续集》卷一五壬戌稿有《题张杞园浮家泛宅卷三首》，知其入京时间为康熙二十一年壬戌。张贞非常推崇《锦缠道》套曲，认为"不在其所作《四婵娟》《长生殿》之下"，可知康熙二十一年《长生殿》已完成，证江先生对《长生殿》成书时间的判断大体可信。但江先生进一步推断《沉香亭》作于康熙十四年的结论还是大有可商榷的地方。江先生指出，《长生殿·例言》中所指的《沉香亭》到《长生殿》"盖经十余年"特指15年以内，因而对《沉香亭》的创作时间确指为康熙十四年。事实上，文言文中的时间概念是比较宽泛的，不像今天我们这样精确，"十余年"并非特指15年之内，"十余年"应该是20年以内都可计算进去的。康熙十四年，洪昇返乡后完成《啸月楼集》的誊抄工作，当时编撰一本书并非易事。没有电脑，没有打印机，完全要靠自己一个字一个字地抄写而成，即使一字不错地誊录，那也需要大量的时间和精力，若是哪一页有了笔误，那就得重新抄写这页，这样反反复复，若是没有大段的时间和大量的精力，是不可能完成的。在时间这样紧张的情况下，当无可能再写作《沉香亭》传奇。从洪昇的人生经历和行踪路线以及家庭变故等原因综述，章培恒先生所说的《沉香亭》创作于康熙十二年的结论确为最合理的解释。

《沉香亭》写完不久，因家里的生计已经到了揭不开锅的程度，洪昇不得不

---

①〔清〕李集著：《鹤征录》卷三《未试丁忧》，载《四库全书未收书辑刊》第2辑23册，第597页。

②③④⑤〔清〕张贞撰：《渠丘耳梦录》乙集《洪昉思赠曲》，齐鲁书社2004年版，第231页。

为了减少一张吃饭的嘴而北上回到北京国子监，好歹那里每年还有八两银子的待遇。洪昇估计凭着自己的小技糊口不成问题，国子监的助学金就可以省下来补贴家用了。盘算好了，洪昇立即启程，虽然已经临近新年，但洪昇一天也不愿意等了，早走一日就有早点解决家里生计问题的可能。再说，节日都是给有钱人过的，对于那些食不果腹、衣不蔽体的穷困之人来说，节日只能让人更难堪、更无奈、更凄凉而已。不过，除夕毕竟是中国人心目中最重要的节日，即使远在千里之外都要赶回家去，而洪昇自己却在本应家人团聚的时刻离乡远行，此情此景，人何以堪！洪昇一生中，很多个除夕都是一个人飘零在外，因此每到除夕，洪昇都备感伤情，写下了很多除夕感怀的诗句：

一岁已除夕，孤灯四壁间。到家翻是客，有妇却如鳏。柏叶谁能醉，荆花不可攀。梦魂寻觅处，大雪满燕关。（《啸月楼集·壬子除夕》）

客里逢除夕，凄然百感并。惊风穿四壁，大雪冻孤城。骨肉皆分散，形容半死生。家家传柏酒，箫鼓达天明。（《啸月楼集·癸丑除夕》）

昨岁逢除夕，他乡忘苦辛。斑衣同弱弟，柏酒奉严亲。一送南天棹，孤羁北地尘。今宵家万里，灯下信伤神。（《稗畦集·丙辰除夕》）

牢落仍如故，年华忽一新。一家歧路哭，六载异乡人。腊尽难留夜，星移渐入春。灯前对儿女，脉脉转思亲。（《稗畦集·戊午除夕》）

江城腊雪换春风，旅鬓偏惊岁又终。涕泪两行孤烛暗，梦魂三处一宵通。白头堂上思游子，黄口天涯忆病翁。底事飘零久离别，每当除夕恨无穷。（《稗畦集·丁卯除日客舍作》）

客舍度除夕成了洪昇多年漂泊生活的写照，年复一年，洪昇坎壈不尽“新年入旧愁”[①]。

康熙十二年（1673）深冬，靠着朋友的资助，洪昇买舟北上。这次入京与当年循例入京截然不同，那时洪昇还怀着对太学的憧憬、对用世的期盼，如今

① 〔清〕洪昇著：《稗畦集·除夕泊舟北郭》，载《洪昇集》，第260页。

洪昇被生计折磨得“骨肉皆分散，形容半死生”。自从离开国子监，洪昇客游已历三载，“年少日，客中多”①，这三年中他过着“去住踪无定”②的漂泊生活。三年来的颠沛流离让洪昇感觉到“万国皆穷路”③，穷途末路的人生让洪昇看不到一丝希望。为了谋生，洪昇不得不压抑自己的个性、收敛自己的锋芒，“艰危频削迹”④让他痛苦不堪。即使如此，单靠辞赋，洪昇仍然无法谋生。坐在北上的船上，洪昇的心情非常沉重。骨肉分离不说，此行到底能否谋个差事还是个未知数，洪昇深深地感到了人生“离别苦，路途难”的艰危。

为稻粱谋计，洪昇一生漂泊不已，一直都处在“旅食转依人”⑤的境地，客游之频繁以至于“饥寒行役惯”⑥“舟居已似家”⑦，客游成了洪昇前半生的常态。

---

①〔清〕洪昇著：《更漏子·重过瓜州用前韵》，载《西陵词选》卷二。

②〔清〕洪昇著：《啸月楼集·喜汪雯远初授太史兼述近状，却寄三十二韵》，载《洪昇集》，第106页。

③④〔清〕洪昇著：《啸月楼集·远征》，载《洪昇集》，第83页。

⑤〔清〕陈讦著：《时用集·寄洪昉思都门四首》，载《四库全书存目丛书·集部·别集》第257册，第275页。

⑥〔清〕洪昇著：《稗畦集·天涯》，载《洪昇集》，第262页。

⑦〔清〕洪昇著：《稗畦续集·夜泊》，载《洪昇集》，第72页。

第九章　诗鸣长安

洪昇行色匆匆，从南到北漫无目的地行役，“三年行万里”，却一直没有得到被延请的机会，这种经历使颇为自许的洪昇备受打击，也使得他试图寻找科举之外的人生道路的努力落空。洪昇虽说出身名门，但祖上的荣耀毕竟太久远了，祖上的荫庇和福泽到了洪昇这里可以说是微乎其微了，况且还经历了这种改朝换代的大动荡，洪昇更无法倚仗祖上的荣功，他必须以一个新朝的后生小子重新开始自己的人生。出于为稻粱谋计，虽说是百般不情愿，洪昇还是不得不回到北京国子监继续太学生的生活。洪昇怀着惶恐不安的心情第二次来到北京，依然在国子监住下，又开始了他最厌倦的枯燥的太学生活。古代的学制虽然也有“七年小成，九年大成”之说，但实际上没有严格的学习年限。官学的主要目标就是“学而优则仕”，做了官才算完成了学业，否则可以一直保留学生身份直到老年，洪昇尚未入仕，因此得以继续待在国子监就学。

也许是否极泰来，历经不遇的洪昇这次入京得到了幸运之神的眷顾，他遇到了改变他人生窘境的知音李天馥。李天馥，字湘北，号容斋，安徽合肥人，他从小聪颖异常，被称为神童。清顺治十四年（1657）中举，次年中进士，入选庶吉士。入馆后，遍览四库全书，授检讨，“博闻约取，究心经世之学，名籍甚”[①]。洪昇回到国子监时，李天馥正任国子监司业，掌儒学训导之政。虽掌儒学训导，李天馥更钟情诗词文章，“始在翰林，名籍甚雅，以文章为己任，诸号

① 《清史稿・李天馥传》，第9962页。

为文家率先后倡和……每朝罢谯游，或阖户吟赏，如林下人”。太学中有这样一位老师，洪昇不再感觉郁闷，他主动靠近李天馥，把自己所写的诗歌拿给李天馥，李天馥一看之下大为叹赏。李天馥认为洪昇具有与众不同的才情，他把洪昇请到自己家里待之为上宾，“出则后车载，食则四簋具”①，对洪昇非常尊敬。康熙初年，清廷中有名望的汉族官僚多喜奖掖后进，虽有结党营私之意，但客观上却形成了以之为中心的文人沙龙，出现了彬彬之盛的文坛佳话。徐乾学、李天馥、王士禛等人均为当时能领袖群伦之人，因接纳后进而为士流归附。他们以风雅诏举后进，待新知故旧不以贵贱异视，倾心以延之，因而“士趋之如水之赴壑”，对当时的文坛影响甚巨。

洪昇以诗才为李天馥所赏识，李天馥认为洪昇的诗名可以自足千秋，劝慰他大可不必斤斤于世俗之荣，也不要为了谋生而被生活埋没。李天馥的一番话说到了洪昇的心里，这几年洪昇疲于奔命，为生活所累，“艰危频削迹”的处境消磨了洪昇的才情，柴米油盐的现实生活让洪昇感觉不到自我的存在了，这种苦楚无人能了解，人前还得强作无谓之态。洪昇深深感觉知音难寻，“音实难知，知实难逢，逢其知音，千载其一乎”，李天馥的解人之语让洪昇感激涕零，他把李天馥引为知音。经过了几年落魄风尘的生活，洪昇对自己的信心降到了极点，李天馥的赏识与器重使洪昇重新恢复了自信，这种绝处逢生的遭际让洪昇对李天馥的知遇之恩终生都心存感激。

关于洪昇在李天馥家到底以什么身份住馆这个问题，史料并无明言，学者也多未论及，我们不可确知，但是通过相关材料我们可以稍做些大胆的推测。从史料当中，我们知道洪昇入馆李天馥家时，李天馥儿子李孚青的业师是何石云，“何石云，字岱霈，号艮斋，钱塘人。……初游京师，合肥李文定公天馥奇其才，命子孚青受业焉”②，何石云为李孚青业师的时间正是洪昇入馆的时间，可知洪昇到李家并非做塾师。

清朝初期，昆曲依然弥漫菊坛。昆曲是古典戏曲之中的“美人”，它像江南

① 〔清〕洪昇著：《稗畦集·旅次述呈学士李容斋先生》，载《洪昇集》，第198页。

② 《国朝杭郡诗辑》卷五，第419页。

的美女一样，柔曼纤巧，令人心醉神迷，向之往之，征歌度曲成为文士们日常生活的主要内容，昆曲已经深深融入了他们的生命。昆曲虽然在江南十分繁盛，但早在明代就传播到北京，“京师所尚戏曲，一以昆腔为贵”[①]。在北京，除了玉熙宫演出昆曲外，达官贵人、豪绅富商也蓄养了昆曲家班，每逢聚会、宴集，必唱昆曲。至康熙间“养优班者极多，每班约二十余人，曲多自谱，谱成则演之”[②]。在这些家班中，有些家班主人谙晓音律，能唱会演，还精通乐器，能够“亲掐檀板教小伶”。李天馥家中也有一部昆班家乐，名“金斗班”，因李氏家乡的施水又名金斗河而得名。李氏死后，金斗班出为职业戏班，以演唱《桃花扇》名噪都下，红遍京城，以至“每王公借演此班，伶人得缠头甚巨”。李天馥对他的家班非常看重，为之投入了很大的精力。洪昇精音律，擅昆腔，其词曲造诣还在诗才之上，李天馥因之请洪昇作为“金斗班”的教习应当是说得通的。

家庭戏班是由私人置办购买的家乐，专为私人家庭演出。明清以来由于昆曲的流行，家班基本上演唱昆曲。明代中期家庭戏班发展较快，至明末空前兴盛。达官豪绅纷纷购买家乐，兴办家庭戏班。特别在江南，家班几乎普及士大夫家，成为上层社会的时尚。明代大多数的家班均由女性童伎组成，故家班又被称为“女乐”。在戏曲史上它是既区别于公众性、商业性的勾栏庙台，又不同于宫廷剧场而存在的戏曲演出类型。但大多数的家班主人虽雅好昆曲，却无力担当教习一职，只能请精通音律之人担当教习，李天馥的“金斗班”即是此类。在家班担任教习之人往往都自吴越之地而来，苏州是昆剧发展的中心，苏州地区昆曲的普及程度也高，因而组建家班一般都要到苏州购买男女优童加以训练，吴地的戏班占尽歌台舞场，吴门曲师、伶人才艺精妙卓绝，家班主人“不惜千里，重资致之以教其伶伎”[③]。洪昇自吴越之地而来，又妙解音律，加上他入京后“凄惶靡所依”的处境，他愿意担任“金斗班”教习则在情理之中。打谱度

---

① 〔明〕史玄，〔清〕夏仁虎，〔清〕阙名著：《旧京遗事　旧京琐记　燕京杂记》，北京古籍出版社1986年版，第25页。

② 〔清〕缪荃孙著：《云自在龛随笔》卷一《掌故》，孙安邦点校，山西古籍出版社1996年版，第10页。

③ 〔明〕徐树丕著：《识小录》卷四《梁姬传》，载王云五主编：《涵芬楼秘笈》，1916年上海商务印书馆影印本。

曲是洪昇的兴致所在，能够在李天馥家担任家班教习，也算是得其所哉了。

当然这不过是一种假设，很有可能洪昇根本就是以类似清客的身份住在李天馥家里。“清客”是指那些在富贵场中帮闲凑趣的士人，他们或因世风浇漓，或因命运多舛，为稻粱谋为妻孥计，就只好依附豪门，以闲情逸趣取悦公卿之门。但洪昇的处境又与一般的清客不同，因李天馥与他有知音之遇，他们之间的关系似师生似朋友，“往往坐宵分，篝灯论词赋”，这种殷勤让洪昇有了宾至如归的感觉，因此他并不趋奉，为了保持自己人格的尊严，他反而表现出了特别的狂妄。不管洪昇是以清客的身份还是家班教习的身份住在李天馥家，以洪昇的曲学造诣，对“金斗班”至少也应尽指导之谊以回报李天馥的知遇之恩。当然，洪昇究竟在李天馥家是个什么角色，这里还只是个猜测，因缺少更多的资料来证明而无法得出让人信服的结论，这只能待以后找到新的材料再加以考证了。李天馥对洪昇“恩遇日以深”，使得洪昇“漂蓬忘流寓”[①]，暂时忘记了漂泊无依的感觉，洪昇的人生终于峰回路转，走向了平坦。

李天馥门生很多，翰林学士史夔有诗云“郎君馆阁称前辈，弟子门墙半列卿”，且多为显要，王士禛“其壬戌诸门生，已多通显”[②]。李天馥经常在家里招客宴饮，每次筵席上，李天馥都极力向大家推介洪昇，想把洪昇引入他的社交圈子当中。洪昇每作一歌，容斋都“嗟叹称擅场”[③]。李天馥的殷勤款待和诚恳礼遇虽让洪昇感到了柳暗花明般的畅快，但长期的潦倒和不断的寄人篱下所产生的自卑心理时时作怪，导致他并未如李天馥所想早日交到贵友。李天馥的朋友中多数为已有功名的南方名士，洪昇一介布衣置身于其中，心情非常复杂。洪昇幼时诗名已著，长成后才华横溢，但长期潦倒不遇，变得非常敏感，强烈的自尊心和不服输的个性使得他常常做出很多惊人之举，比如酒酣耳热之际洪昇感慨万千，禁不住浩然长啸，惹得“四座惊怪”。“啸”不始于魏晋，却在魏晋名士那里发扬光大，魏晋名士“动声于登高临远之际，发曲于抗首低遏之交”，其旁若无人的啸傲之态具有特立独行和对抗俗世权威的意味，“啸”成为

---

①〔清〕洪昇著：《啸月楼集·旅次述呈学士李容斋先生》，载《洪昇集》，第198页。

②③〔清〕王士禛著：《渔洋诗话》卷中，载〔明〕王夫之等撰：《清诗话》，丁福保辑，上海古籍出版社2015年版，第205页。

魏晋士人率情任性的表征。文士吟啸的习俗在唐代还有余绪，王维“独坐幽篁里，弹琴复长啸”，李白“天门一长啸，万里清风来”。唐宋以后，学者讲义理，士子重举业，长啸之风渐息，到了明清更罕有人以长啸之姿为荣。洪昇在这种场合这种不顾礼节地长啸，旁若无人的态度引起了众人的反感。洪昇的狂放不仅没有保护得了他的自尊心，他这种脱俗不羁的个性反而让自己人缘丧尽，受到众人的排斥，众人的排斥又激起了洪昇心理上更大的反抗，这种情绪时时困扰着洪昇。在强烈自卑和强烈自尊这两种心理的作用下，洪昇在人前往往展示出一种为世人所侧目的清高和狂傲，以此来保护自己那颗受伤的心。

从心理学上讲，长期的贫困和失意会导致自卑感与自尊心都很强的双重人格。人在穷困潦倒的状态下自尊心越强，已不如人的自卑心理也越强，同时，自我保护的自尊心又导致了以狂和傲为标志的外在反应。这种被压抑的心态一方面表现为叹苦嗟贫的伤感，一方面又表现为狂傲不羁的个性，洪昇把叹苦嗟贫的情绪投射在他的诗歌中，而在待人接物方面表现得特别狂傲不羁。这种由自卑激发出来的狂傲实际上是一把双刃剑，在伤人的同时也在伤害自己，他“卑己延三益，狂言骂五侯”[①]，以至于“常不满人，亦不满于人”[②]，他“交游宴集，每白眼踞坐，指古摘今，无不心折”[③]，却也常取憎于当时。自卑和自尊的相互作用使洪昇的人格越来越趋向分裂，一方面结交权贵，另一方面却又讥呵权贵，这使得他陷入备受排挤的困境。虽然李容斋理解洪昇狂放不羁的表象之下的困顿，对于洪昇有意的狂放和粗疏从不加指责，而且在人前还常为他开脱，试图让世俗的眼光也能理解和接受洪昇，但是洪昇就像一个满身是刺的刺猬，让人无法接近。好友虽常苦口劝他“勿多言”[④]，洪昇自己对此处境亦非常了解，但他又无法改变自我的个性，他陷入深深的苦恼中。当其友归隐田园

① 〔清〕吴雯著：《莲洋集》卷二《贻洪昉思》，载《四库全书存目丛书·补编》第5册，第424页。

② 〔清〕赵执信，〔清〕翁方纲著：《谈龙录　石洲诗话》，陈迩东校点，人民文学出版社1981年版，第17页。

③ 〔清〕徐麟撰：《长生殿·序》，载《长生殿》，第259页。

④ 〔清〕洪昇著：《稗畦集·赠别吴西泉归里》其四，载《洪昇集》，第256页。

时，他“恨不从君隐，河汾把钓竿”①，但是“多少尘劳事，谁能便息机”②，虽然“京洛了无趣”③，他也只能勉力支撑。

康熙十二年（1673），洪昇离开杭州前往北京的时候，吴三桂等人的“三藩之乱”业已发生，洪昇到达北京后不久这个消息就传到了北京。“三藩”指平西王吴三桂、平南王尚可喜、靖南王耿精忠。清廷入关之后，因为八旗兵力不足，为了对付抗清义军及南明政府的反抗，便依靠明朝的降官降将从事招抚工作及武力镇压。在明朝降将中，孔有德、耿仲明、尚可喜、吴三桂等四人替清朝出力最大，所以均受封为王。孔有德同农民军李定国作战，自杀于桂林，其子也为李定国所杀，无人袭封，仅有一女孔四贞嫁孙延龄，清廷即以孙延龄为将军带领其众，驻守桂林。吴三桂驻云南，尚可喜驻广东，耿精忠（耿仲明之孙）驻福建，这样便形成了三藩。他们所率领的军队成为八旗以外的重要武力，在入关后替清朝效尽犬马之劳。三藩各据一方，形成独立王国，严重威胁着清朝政权的统治，同时，三藩的存在，每年要消耗兵饷2000余万两，在经济上也成为清廷沉重的负担，撤藩之举是清廷迟早的事情。康熙十二年春，尚可喜首请归老辽东，而欲使其子尚之信继续留镇广东。康熙帝抓住这个机会，即命其父子率属下兵丁家小同撤藩署。吴三桂、耿精忠闻之，也奏请撤藩以试探清廷的态度。当时朝中大臣畏惧吴三桂的武力，多数人都不敢主张应允。康熙帝毅然决定令吴、耿二藩一齐全撤。撤藩之令既下，吴三桂于当年十一月杀云南巡抚朱国治反，自称“天下都招讨兵马大元帅”，蓄发，易衣冠，发布檄文，倡言“共举大明之文物，悉还华夏之乾坤”，以兴明讨虏为幌子收拢人心。面对先叛明后叛清的无义之人，很少有人真心相信吴三桂反清复明的举动是出于民族情感、故国之思。但是，借此机会向清政府发难是人心所向，因此三藩之乱又给了广大汉人新的反清复明希望，福建、江西、浙江等地民众趁着吴三桂发难引发的大乱纷纷起事，坚定的明遗民也积极参与到反清复明的斗争中来推波助澜，三藩之乱引发了大规模的反清浪潮。

---

① 〔清〕洪昇著：《稗畦集·赠别吴西泉归里》其五，载《洪昇集》，第256页。

② 〔清〕洪昇著：《稗畦集·奉陪王昊庐先生游盘山八首》其八，载《洪昇集》，第271—272页。

③ 〔清〕洪昇著：《稗畦集·送胡朏明先生南归》，载《洪昇集》，第250页。

吴三桂兵锋甚锐，一时响应者四起，靖南王耿精忠、广东总兵刘进忠、尚可喜之子尚之信、广西将军孙延龄、陕西提督王辅臣、湖北襄阳总兵杨来嘉、河南彰德总兵蔡禄先后响应吴三桂。据守台湾的郑经也于六七月间分取泉州、漳州、潮州。这些抗清的力量虽然目的各不相同，但是中国西南全部和东南沿海地区以及中原、西北一带，都骚动起来，战火弥漫十数省，浙江受害尤其严重。康熙十三年（1674）三月，耿精忠派兵攻略江西、浙江州县，给各地带来了巨大的灾难。仁和、钱塘二邑备受蹂躏，“师之所过，荆棘生焉，必有凶年，人其流离。……创巨痛深，哀鸣嗷嗷”[①]。清兵为抵抗三藩，遣兵入浙，“凡大兵往衢者，必取道于仁钱二邑，则仁钱其兵冲地也”。在战火纷飞的情况下，京师与越地消息阻塞。洪昇流寓北京，消息不通，多方托人打听也无法了解家人的情况，心里非常着急。对家人安危的焦虑使得洪昇日夜难寐，急切之下，他不顾战乱，于康熙十四年暮春踏上回乡之路。一路上，洪昇目睹“新鬼哭逾痛，老乌啼不休”[②]的惨状，越往南行，越发觉得满目疮痍，繁华的江南再一次成为战场。路上一队队兵勇开过，一座座军帐相连，沿江一带更是一日数惊。洪昇深怨战乱，他借怨妇来抒发自己思家的心境，“秦楚兵戈乱似麻，红颜清夜忆天涯。月明一片砧声起，泪满长安十万家”[③]。这种心境并非如章培恒先生所言洪昇是站在清廷立场上的。其实，三藩之乱并非什么正义之战，洪昇对之没有什么同情之意，他看到的只是因战争而妻离子散和流离失所的人间惨象。康熙十四年夏秋之交，洪昇回到杭州，看到家人安然无恙，他心里稍安。

回到杭州后，洪昇除与旧交相会宴游后，还做了一件大事。洪昇从15岁“鸣笔为诗”成就诗名，一直生活在赞美与推崇中，被家人寄予重望，如今三十而立，却一事无成，只留下了几百首诗歌，抚今追昔，洪昇心情非常沉重。看着眼前这几百首诗歌，洪昇似乎看到了自己人生的轨迹。30岁了，到了而立之年了，洪昇感觉应该给自己一个总结了。他把自己近年来所成诗歌逐一翻检，选择那些得意之作结为诗集，取名曰《啸月楼集》。读着历年来的诗作，洪昇似

---

① 《仁和县志》卷二七《纪事》，载《中国地方志集成·浙江府县志辑》第5册，第535页。

② 〔清〕洪昇著：《稗畦集·一夜》，载《洪昇集》，第265页。

③ 〔清〕洪昇著：《稗畦集·征妇怨》，载《洪昇集》，第382页。

乎看到了自己的前半生，欢乐的童年、得意的少年、失意的青年，求学、不遇、亡友、家难，往事历历如在目前，让洪昇不堪回首。洪昇把这些诗歌分为七卷，交由同学李式瑚、聂鼎元、汪鹤孙、柴震、沈士薰、张云锦、沈丰垣等人分别校阅，这些人是洪昇的知己，也都是才情卓越之人。他们帮助洪昇把这些诗歌按照时间编辑整理成册，有了这些挚友的帮助，《啸月楼集》很快编成了。诗集成册后，洪昇请赋闲在家的外祖父黄机为之作序。

黄机自顺治四年（1647）举进士，选庶吉士，授弘文院编修后，为人清简。后因上疏清世祖仿《贞观政要》《洪武宝训》诸书，辑太祖、太宗圣训，颁行天下，使后人“法开创之维艰，知守成之不易”，充任纂修官。累迁国史院侍读学士，擢礼部侍郎。康熙六年（1667），进尚书。康熙七年是黄机的多事之秋，先是“以疏通铨法、议降补官对品除用，为御史季振宜所劾。既而给事中王曰温劾故庶吉士王彦即机子黄彦博，欺妄，应罢黜。机以彦与彦博姓名不同，且彦博死已久，疏辨，得免议”。虽如此，朝中的议论纷纷让黄机非常难堪，只得“以迁葬乞假归”，一直到康熙十八年康熙帝特召还朝，黄机才返回北京。洪昇《啸月楼集》成书的时候，黄机刚好在家乡。在洪昇的亲属中数黄机的身份地位最高，因此请黄机题序是情理之中的事情。中国人著书立说向有请那些德高望重的人为序的惯例，力图借助名人效应为自己的著作增色。此举即使不能为该书增添更多的价值，但至少可以间接地表明作者的地位、人望等多样信息。黄机对洪昇及其所作的诗歌赞赏有加，赞为“少负英绝之材，性耽吟咏，于古近体靡不精究，悲凉感慨之中，有冠冕堂皇之气”①，并劝勉洪昇当于“海宇清晏”之时要“歌咏功德”。洪昇经过了几年的冷遇，早已看淡了功名，无复任事之心，对于歌功颂德之事已经失去了兴趣，但外祖父的赞赏还是让洪昇颇为自得。洪昇的《啸月楼集》一度在国内失传，后来在日本找到了抄本，我们今天才得以一睹洪昇诗歌的原貌。

诗集编成后，洪昇在杭州又停留了几个月，看到家人平安无事，洪昇放心地于初秋返回北京。洪昇回到北京时把编撰成册的《啸月楼集》带给李天馥，

---

① 〔清〕黄机撰：《啸月楼诗集·序》，载《洪昇集》，第171页。

李天馥看后又惊又喜，随即把诗集送给当朝大臣王士禛欣赏，王士禛亦对《啸月楼集》十分喜爱。王士禛，字贻上，号阮亭，别号渔洋山人，山东新城（今桓台）人。王士禛幼即颖慧，顺治十五年（1658）赴京参加殿试，居进士二甲。先后在户部、礼部、吏部、兵部、翰林院、国子监任职，并入值南书房，官至刑部尚书。“国朝称诗坛，渔洋起山左；主盟四十年，有似中流柁”[①]，王士禛被尊为诗坛领袖。后来虽名位日高，仍不改名士风流，朝野名流多出其门，“海内公卿大夫、文人学士，无远近贵贱，识公之面，闻公之名者，莫不尊之为泰山北斗。凡公所撰著与其所论定，家有其书，户诵其说，得一言之指奉为楷模，经一字之品题推为佳士。盖本朝以文治天下，风雅道兴，巨人接踵，而一代风气之所主，断归乎公，未有能易之者”[②]，著籍门下弟子者，亦“不下数千人”[③]，享有“绝代销魂王阮亭”[④]的美誉。

王士禛以神韵论诗，强调诗文创作的兴到神会和含蓄，以清、淡、闲、远的韵致作为诗歌的最高境界，主张诗歌“天然不可凑泊”，“洒脱自然，别有情致”而不落俗套。这种观念渊源于唐代司空图的“自然”“含蓄”和宋代严羽的“妙语”“兴趣”之说，以“不著一字，尽得风流”为作诗要诀。他精选《神韵集》《唐人万首绝句》等诗集，作为典型神韵作品，供人阅读。王士禛力主革除旧诗论复古僵化的流弊，开拓新的诗风，成为诗坛一代宗师，时与浙江秀水朱彝尊有“南朱北王”之称。洪昇的诗歌多山水流连、友朋赠答之作，其疏淡清新的诗风与王士禛所倡导的“神韵说”具有极大的相似性，因此洪昇的诗作得到了王士禛的极大赞赏，洪昇遂及门为弟子。洪昇常去拜谒王士禛，逐渐加入王士禛的交游集团中，成为宣南士子交游圈子中的一员。

宣南是指北京外城宣武门南，是明清两代天下文人聚集地，宣南因而形成以“士文化”为代表的“宣南文化”。1644年，清政府定都北京后，实行满汉分城而居。满族居内城（北城），汉族居外城（南城）。无论是参加科举，入博

---

① 〔清〕宋湘著：《红杏山房诗钞·燕台钩沉》，清道光六年刻本。

② 〔清〕王掞撰：《神道碑铭》，载孙言诚著：《王士禛年谱》，中华书局1992年版，第99页。

③ 同上，第103页。

④ 《随园诗话》卷三引宋琬语，第80页。

学鸿词科，还是客游访友的汉族鸿儒学士大多客居于此，这一政策使得汉族士大夫聚居于“宣南”的特殊人文景观逐渐形成。他们结社唱和，“倾囊橐以恤穷交，出气力以援知己”，形成一股学术氛围十分活跃的“宣南士乡”现象。文人交游本是中国传统士大夫世代相传的生活方式，而“宣南”的文人交游，又因京师特殊的中心地位，格外引人注目。文人士大夫在“宣南”雅集交游、诗酒唱和，常常以敝车羸马相过从，饮酒赋诗，唱和为乐。“宣南”成为京师汉族士大夫一种富于文化意蕴的自我认同，“士流题咏率署宣南”①。康熙年间，随着越来越多的汉族士人入京应试或做官，“宣南”的文人交游也日渐增多，特别是在三年一次的会试或其他恩科考试的时候，全国举子云集京师，更造成“宣南”士人频繁交往的盛况。王士禛以一代诗宗的身份成为康熙年间宣南士子的中心，他所住之处均为士子往来唱和之所，王士禛先寓慈仁寺、后寓保安寺，这里诗酒之会盛极一时。王士禛奖掖后学为他赢来了美誉，施闰章常说：“吾交游满天下，直谅多闻，惟王先生耳。”邵长蘅在《青门旅稿》小序云：“己未客都门，寓保安寺街，与阮亭衡宇相对，愚山（施闰章）相距数十武，冰修（陆嘉淑）仅隔一墙。其年（陈维崧）寓稍远，隔日辄相见。常月夜偕诸君叩阮亭门，坐梧桐下，茗碗清谈达曙。愚山赠行诗：踏月夜敲门，贻诗朝满扇。盖纪实也。”洪昇有幸受业于王士禛门下，以弟子身份常为座上客。王士禛对洪昇这个弟子非常器重，每言及必标明“予之门人”。聚集在王士禛周围的这些名士多为东南俊杰，他们同声相应同气相求，形成了一个南人集团。洪昇喜欢广交海内文人，置身于“宣南士乡”这个士子云集、日日宴饮的环境中，洪昇如鱼得水，他常常参与各处雅集。在李天馥和王士禛的鼎力推介下，洪昇在北京的交游圈子迅速地扩大，洪昇的生活出现了极大的转机，他的生活状态一改从前的孤寂无闻，在北京文人圈当中已经小有名气。

因与李、王二人的交往，洪昇结识了声名显赫的徐乾学和高士奇两人，他们成为影响洪昇人生历程的重要人物。徐乾学，字原一，号健庵，江苏昆山人，顾炎武的外甥，书香世家出身，生性爱书，官至刑部尚书。万斯同《传是楼藏

① 《旧京遗事　旧京琐记　燕京杂记》卷八，第89页。

书歌》云："东海先生性爱书，胸中已贮万卷余。更向人间搜遗籍，直穷四库盈其庐。"徐乾学与他的两个弟弟徐秉义、徐元文三人都是一甲进士、朝廷贵官，号称"昆山三徐"，康熙年间，海内无不知有"三徐"。"三徐"之中，声势最炬赫的是徐乾学，他是康熙九年（1670）的探花，与圣祖所宠信的"文学侍从之臣"高士奇结为亲家，"呼风唤雨，神通广大"。高士奇，字澹人，号瓶庐，又号江村，钱塘人。高士奇学识渊博，工诗文，善书法，精考证，擅鉴赏，凡法书名绘彝鼎之属，一经拂拭，声价十倍，收藏书画甚多，以书法名冠于世，其家"甚贫窭，鬻字为活，纳兰太傅明珠爱其才，荐入内廷。仁皇喜其才便捷，亦爱之。凡遇巡狩出猎，皆命江村同禁御羽林诸将校并马扈从。故江村诗曰'身随翡翠丛中列，队入鹅黄带里行'盖纪实也。江村性趫巧，遇事先意承旨，皆惬圣怀"[①]，高士奇以才华绝人、心思机巧而备受康熙帝宠信。高士奇以诸生供奉内廷，为清圣祖赏识，任"南书房行走"大臣，官詹事府詹事。南书房本是皇帝的一个顾问机构，后来常代皇帝撰拟诏令、谕旨，参与机务。因接近皇帝，对于皇帝的决策，特别是大臣的升黜有一定影响力。因此，入值者位虽不显而备受敬重。徐乾学、高士奇二人在康熙朝植党营私，势焰很盛，二人为官又以贪黩著称，因此有"五方宝物归东海，万国金珠贡澹人"的谣谚。东海是徐氏的郡望，澹人为高士奇的别号。

徐乾学在士林中有很高的声望，加之他热衷奖掖后进，许多文人都是其宅"碧山堂"上的座上客，日日旗亭诗酒征逐，"自顺治中禁社盟，士流遂无敢言文社者。然士流必有所主，而弘奖风流者尚焉。乾学尤能交通声气，士趋之如水之赴壑"。洪昇因为参与到了徐乾学的交游中，也结识了他的富贵同乡高士奇。徐乾学和高士奇都是才子，相交洪昇既是源于才子们的惺惺相惜，也是徐、高结党营私的行为。洪昇以自己的才华与他们成为知己，与徐乾学和高士奇的交往日深。与徐乾学和高士奇的交往既是洪昇的幸运，也是他的不幸。因为徐高等人的奖掖，洪昇成为名满都下的才子，又因为与他们的亲密关系而被卷入康熙朝的党争中，最终成为党争的牺牲品。

---

① 〔清〕昭梿著：《啸亭杂录》，何英芳点校，中华书局1980年版，第254页。

也许，厄运就从来不愿意远离洪昇，当洪昇日渐摆脱了孤苦无告的窘境时，灾难又一次降临在他的头上。康熙十四年（1675）深秋，洪昇的父亲突然因事获罪，自远道被械解入京，寓居萧寺。遽然间得到这个消息，洪昇大惊失色。洪昇不知道父亲因何事而获罪，罪至何等程度，会得到怎样的惩罚，这些情况洪昇均无处得知，他只是匆匆赶到萧寺拜谒父亲。洪起鲛千里辗转而来，看起来非常憔悴，“面目黧且瘦，鬑鬑增白须”[①]，衰迈不堪。大难临头，洪昇愁绪万端，他一心盘算着找朋友帮助自己的父亲摆脱困境。此时，洪昇的外祖父黄机还在老家赋闲没有还朝，朝中议论犹未已，根本无力为女婿周旋，洪昇只得自己请在京结识的朋友多方打点，力图为父亲脱罪。此时，洪昇虽然与李天馥、王士禛、徐乾学、高士奇等人结缘，但是关系还不密切，向他们求援，未必能够起到作用。为了父亲，洪昇还是硬着头皮向那些端居高位的朋友求助，但是他们或者是无能为力或者害怕受到牵连，都没能帮上忙。后来还是与黄机有同年之谊的文华殿大学士冯溥出面周旋，才使得事情平息。

冯溥，字孔博，山东益都人。顺治三年（1646）进士，选庶吉士，授编修，和洪昇的外祖父黄机有同年之谊。冯溥品行端敏练达、勤劳素著，深得皇帝的信任。其人“性爱才，闻贤能，辄大书姓名于座隅，备荐擢。一时士论归之”[②]，其居所万柳堂也是“宣南士乡”的中心，是诸名士觞咏的佳处。在冯溥的帮助下，经过近一年的时间，到了第二年的秋天，洪昇的父亲得以平安返乡，弟弟洪昌侍奉父亲南返。侍父归乡是一件大事，洪昇此时在京并无重大的事情脱不开身，洪昇缘何不与父亲同归，只能由弟弟洪昌陪同呢？有人猜测洪昇父亲对其离家出走仍耿耿于怀，虽于大难之中，也还是心存芥蒂，因此离京时由洪昌陪同。事实上，事情本没有那么复杂，洪昇前一年刚刚回过家乡，而洪昇的二弟洪昌于康熙九年（1670）游燕，一直流连京城“聊寄迹”[③]，因此由洪昌陪同父亲回乡也算是慰藉他的思乡之情了。

洪昇的父亲到底犯了什么样的罪，史无记载，洪昇其诗也没有提到，因此

① 〔清〕洪昇著：《稗畦集·送父》其三，载《洪昇集》，第188页。

② 《清史稿·冯溥传》，第9693页。

③ 〔清〕洪昇著：《啸月楼集·大梁客夜寄舍弟殷仲》，载《洪昇集》，第129页。

洪父蒙难的缘由和时间、地点等细节均无从得知。章培恒先生《洪昇年谱》推断说："此数年适值三藩之乱，昉思父又或自战乱之地，辗转来京，岂即以三藩事牵累欤?"章先生之言虽纯属推测，但言之有理。三藩之乱爆发后，中国西南全部和东南沿海地区以及中原、西北一带都燃起战火，大半个中国被卷入其中。洪昇的父亲"间关触热来"[①]，分明从战乱之地而来。洪昇父亲的任职地点没有明确的记载，但是我们从洪昇三弟中令的行迹可稍作推断。康熙四年（1665），中令随父入燕，从张竞光作于康熙五年的诗中我们即可知，洪起鲛入京后即"矫迹聊捧檄"[②]。张竞光的诗中虽然没有明确指出洪起鲛捧檄出仕是仕于清还是仕于明，但是清兵下杭州时，他还只有十八九岁，明亡前尚不能出仕，因此，可以断定他当出仕清廷。清廷规定随父入仕的子弟要在16岁以下，中令恰好16岁，因此随父"行行入幽燕"[③]。洪起鲛是一个恬旷之人，对于做官他是没有什么兴致的，他"不汲汲于名场，无营营于宦牒。安抚书以自适，与花鸟而相亲"[④]，因此我们可以推断洪起鲛此次入京确为"以例受官"。此时反清复明的斗争还很激烈，洪起鲛根本无意仕途，在这种情况下被授以官职，对于洪家来说并非可喜可贺的事情，因此在洪昇写给弟弟中令的赠别诗中充满了凄楚之意，"季也年十六，意气殊浩然。今将从父游，行行入幽燕。念当别阿母，欲去仍迁延。拜罢辞家门，班马亦悲酸。朔风结严霜，孤雁飞云间。兄弟牵裳衣，踟蹰不能前。咫尺且不离，何况隔山川。朝夕且不违，何况逾年岁。征车未及行，数问何时旋。执手一相视，泪下如流泉"[⑤]，诗中没有任何欣喜之意，可见出发前洪家就已经知道洪起鲛此去是不情愿地入仕清廷。到了第二年，不知道什么原因，洪起鲛返回家乡，这以后洪起鲛的行踪在洪昇的诗文中没有明确的记载，一直至康熙七年洪昇北上京师，其诗文中也未提到与父亲和弟弟的相聚，其父与其弟在京抑或在杭都不得而知。但到了康熙十一年，中令二十初度兼新婚之

---

①〔清〕洪昇著：《稗畦集·送父》其三，载《洪昇集》，第188页。

②〔清〕张竞光著：《宠寿堂诗集》卷一〇《为洪昉思尊人作》，载《四库全书存目丛书·集部·别集》第238册，第546页。

③⑤〔清〕洪昇著：《啸月楼集·别弟》，载《洪昇集》，第19页。

④〔清〕王槐嗣著：《桂山堂文选》卷八，清康熙年间青筠阁刻本。

时，洪昇有诗相贺，可见至迟康熙十一年，洪昇与其父其弟还保持着联系。三藩之乱爆发后，南北交通阻塞。耿精忠的叛乱前后持续了三年，其间音讯断绝，直到康熙十五年十月耿精忠降清，北京与福建的交通才得以恢复。从康熙十二年到十五年，洪昇失去了弟弟的消息，一直到康熙十六年，洪昇才从来自闽地的友人那里得知弟弟已经"驱驰到七闽"[①]，而洪起鲛是"间关触热来"，因此洪起鲛很有可能一直与中令在一起，于闽地任职。耿精忠据有福建，联系台湾郑经反清，其势甚猛，浙江和江西亦卷入其中，三藩之乱几乎使清廷失去了半壁江山，影响非常大。洪昇的父亲因三藩之乱而罹祸，其罪大约不外乎居官渎职和勾结三藩两种，无论哪一种罪都当死罪，但是从洪昇的诗文看起来，洪起鲛似乎是遭"馋间之口"而"被诬"，这层意思在洪昇的诗歌中表现得极其含蓄。如果洪起鲛蒙难确属冤情，完全可以大胆辩白，但洪昇在诗中绝口不谈这件事，只是自怨自艾地说"皇天无私恶，伤哉自作慝"[②]，隐约透露出些未尽之意，似乎牵扯到极大的隐情。清廷正忙于平乱，无暇对此存疑之案多加勘问，加之洪昇的多方周旋，这件存疑之案就暂时被搁置起来，洪起鲛也获得了保释。

康熙十五年（1676）的秋天，洪昌侍奉父亲踏上返乡的征途。洪昇送别父亲，悲从中来，涕泗横流，"举头瞻亲颜，欲言泪纵横"[③]"欲言意凄恻""沾臆泪不止"，一直送到了60多里外的河浒，犹未尽意。这场家庭变故虽然有惊无险，但是一年来的提心吊胆、担惊受怕让洪昇的精神受到了很大的折磨，回来的路上他还陷在这种情绪当中，"洒泪遍行路"。洪昇送走了父亲，心里的石头才落了地。虽未能光耀门庭，但危急时刻能拯救出父亲，这让具有强烈负罪感的洪昇稍稍有些宽慰。经过了这一番折腾，洪昇生了一场大病，客中染疾，无人探问也无人照料，洪昇感到非常脆弱。既愁且穷的窘境、虚弱的病体使洪昇的漂泊之感尤其强烈。高才不见用，有家却难回，不得不为一餐而辗转依人，这样的日子不知何时才是一个尽头。一个接一个的灾祸总是围绕着人

① 〔清〕洪昇著：《稗畦集·得中令弟消息》，载《洪昇集》，第264页。

② 〔清〕洪昇著：《稗畦集·送父》其二，载《洪昇集》，第188页。

③ 〔清〕洪昇著：《稗畦集·送父》其五，载《洪昇集》，第189页。

到中年的洪昇，如影随形，躲也躲不开。人到中年是人一生中最艰难的岁月，尤其是像洪昇这样功业无成、经济困顿的人。现实中的颠沛流离和失意潦倒使洪昇充满了辛酸之感，向前看看不到未来，回首过去只有过往辛酸历历在目。

第十章　流寓武康

康熙十五年（1676）十月，耿精忠兵败降清，清廷对那些在抗击耿精忠叛乱过程中的有功之人进行了奖赏，其中建宁通判山阳人何源濬因功授绍兴知府。何源濬在耿精忠叛乱时，家属尽陷闽中，只身赴浙江请兵，随军进讨，大败耿精忠，洪昇因其事作了《回龙记》传奇，似有歌功颂德之意。章培恒先生引证《见山楼丛录》所述的《回龙记》本事考证出洪昇《回龙记》基本上属于写实之作。《回龙记》剧情写山阳韩原濬，家贫能文，被荐举为建宁别驾，携妻子李氏赴任。此时，闽中都督虞自雄，倚仗兵权，残害忠良，其参军贾多智横行不法。韩原濬拜谒八闽节度张丕文，丕文告以欲裁减兵饷，自雄遂反。李氏闻之大惊，寄书其夫。韩原濬行至回龙村，接到李氏书信。乃潜出浦城请兵。韩原濬子敬敷其时已中省试，闻变后入闽寻父被虞自雄抓住，虞自雄让其规劝其母以降其父，韩敬敷趁机举家逃走。韩原濬请兵至，大败虞自雄，夫妇父子团聚，后韩氏父子皆显达。《回龙记》的剧情与现实中的绍兴知府何源濬的经历非常相似，但是其中似乎更多地有着洪昇父亲的影子，《见山楼丛录》即云“洪氏或别有所指耳”。洪昇一生创作的传奇与杂剧多不涉时局，基本上都是个人人生遭际和思想情感的抒发，因此《回龙记》这样一部非常写实的剧本到底是在歌功颂德还是借何源濬事暗喻家事，借以为父亲开罪，我们是不得而知的。《回龙记》今已不存，我们难以睹其真面目，至于这个剧本是否真的是对其父谜一样经历的影射，我们也只能靠猜测了。

父亲蒙难事件不仅让洪昇精神上备受折磨，也严重地损害了他的身体。父亲走后他大病了一场，缠绵病榻时间非常久，一直到转过年来，身体还非常虚弱。这期间他的同乡兼好友沈宜民病卒。沈宜民，字亮臣，仁和人。善医术，在长安卖药为生。沈宜民为人非常仗义，洪昇第二次入京，凄惶无依的时候常常在沈宜民的家里寄食。沈宜民诗文俱佳，与洪昇很投缘，对洪昇也很敬重，因而二人感情颇好。听到沈宜民的死讯，洪昇有兔死狐悲之痛。沈宜民灵柩南归时，洪昇一直送到潞河畔，痛哭流涕哽咽难言。他长歌当哭，既有痛失好友的悲伤，也有从此失去依靠的无助。

一波未平一波又起，好友卒后不久，洪昇遭到了更重的打击——长女在贫病交加中死去了。女儿之死给了洪昇重重一击，让他好久都缓不过气来。自从与父母别居以来，洪昇常年漂泊在外，过着旅食的生活，自己尚且谋生无路，住在朋友家顶多混口饭吃，偶有外快寄回家里也不过是杯水车薪，难以解决家中每日都要面对的实际困难。洪昇的父母家因了社会动乱的冲击，“旧巢已半圮”[①]，已变成了一个百姓之家，不复百年望族的势力，在经济上难以资助洪昇一家。即使洪家还有实力，对于一个离家出走的不孝之子，家中也不会提供帮助。洪昇的外祖父黄机虽曾位居刑部、吏部尚书，但因为人清守，亦无多余款项可以支援洪昇。即使能有偶尔的接济，也不过是解一饥难解百饱。洪昇的妻子虽苦苦支撑，但家里还是时常断炊，这样的生活更禁不起一丝风吹草动，一旦谁生个病，不是倾家荡产就是自绝而亡。“甑尘疑禁火，衣敝怯经霜”[②]的艰难困苦终于让家中长女于饥寒交迫中悲惨地死去。上不能奉养父母，下不能养育子女，为人子为人父的责任都没有尽到，洪昇感觉自己的人生非常失败，他无法面对家人，更无法面对自己。这个女儿曾给了洪昇人生最快慰的时光，让他体味到了初为人父的温暖，回想往日小女“爱拈爷笔墨，闲学母裁缝”[③]的场景，让他痛不欲生，身染重病的洪昇精神几乎崩溃了。

这场悲剧给洪昇的心灵留下了深深的烙印，直到老年，洪昇还伤悼不已。洪昇自从入京后，境遇一直不佳，长时间的落拓不遇以及频频家难让他感觉精

① 〔清〕洪昇著：《啸月楼集·送父》其四，载《洪昇集》，第189页。

② 〔清〕洪昇著：《稗畦集·遥哭亡女四首》其二，载《洪昇集》，第230页。

③ 〔清〕洪昇著：《稗畦集·遥哭亡女四首》其三，载《洪昇集》，第231页。

神上非常疲惫，功名之心慢慢地淡了下来，心里早就有了归隐之念，诗词中大量出现了诸如“问津吾已倦，愿学耦而耕”[①]“绿蓑衣，随身挂。青箬笠，笼头大。何须要象简乌纱，休提起御酒宫花。纶竿自拿。只凭着笔床茶灶生涯”[②]等慕隐之语。但是“山中尚少三间屋”的现实使他“待归休转又踌躇”“只落得穷途恸哭”[③]。丧女之痛让洪昇归隐之念更加强烈，他下决心归隐田园，尽快结束漂泊生活。他不想再停留在北京寻找什么机会，他要回到亲人身边，生死与共，同舟共济，绝不能再发生这样的悲剧。经过痛苦的抉择，康熙十六年（1677）冬天，大病初愈的洪昇告别初相识的师友，离开热闹的宣南，踏上了返乡之路。

考虑到城里的生活消费实在太昂贵，洪昇选择到离杭州最近的德清武康避地谋居。德清是典型的江南小镇，小桥流水，桑园鱼塘，洪昇所居的武康更是一个“孤城只似村”[④]的小小山乡。武康“东至德清县二十六里，南至杭州府余杭县百十里”[⑤]，地僻人少，“缘溪三里远，附郭百家存”[⑥]，但其地山水极其秀美，以溪水众多而闻名，县因溪而尚其清，溪亦因人而增其美，故号德清，有阮公溪、前溪、沙溪、湘溪、新溪、长安溪、沙村溪、蔡公溪等多条溪水，其中最著名者为前溪。前溪是流经武康的英溪的别称，其间碧桃繁盛染红溪水，风景非常美丽。武康的前溪不仅景色秀丽，而且是历史上一个非常著名的文化之乡。在魏晋南北朝时期，前溪是“六代繁华地”[⑦]的歌舞之乡，以“池上舞前溪”而著名。前溪歌舞“舞情缠绵舞态柔婉，具有江南民间歌舞特色”[⑧]，盛行大江南北，自西晋流传梁、陈以至唐代。从魏晋直到唐代，江南歌伎多自此出”。许多艺人慕名来到武康前溪学习歌舞，当时的武康几乎就是一个歌舞艺术的培训中心，其中卓卓者或入宫廷或入家班。前溪繁盛的歌舞得益于武康人沈

---

① 〔清〕洪昇著：《稗畦续集·早春同宋劬庵郊行》，载《洪昇集》，第454页。

② 〔清〕洪昇著：《题浮家泛宅图》【锦缠道·普天乐】，载《洪昇集》，第535页。

③ 〔清〕洪昇著：《枫江渔父图题词》【北中吕·耍孩儿】，载《洪昇集》，第534页。

④⑥ 〔清〕洪昇著：《稗畦集·武康有感》，载《洪昇集》，第245页。

⑤ 〔清〕顾祖禹撰：《读史方舆纪要·浙江三·湖州府》卷九一，贺次君、施和金点校，中华书局2005年版，第4167页。

⑦ 〔清〕洪昇著：《稗畦集·前溪》，载《洪昇集》，第241页。

⑧ 《中国舞蹈词典》，文化艺术出版社1994年版，第316页。

充。沈姓是武康的大姓，“天下沈氏出武康”，著名的文学家沈约亦是武康人。沈充是晋朝的车骑大将军，少年时熟读兵书，以性格雄豪闻名乡里。沈充还妙解音律，曾广蓄歌伎，习歌学艺，笙箫夜夜，歌舞升平，沈充作了七首《前溪曲》，供家乐演唱：

忧思出门倚，逢郎前溪渡。莫作流水心，引新都舍故。
为家不凿井，担瓶下前溪。开窗乱漫下，但闻林鸟啼。
逍遥独桑头，北望东武亭。黄瓜被山侧，春风感郎情。
黄葛生烂漫，谁能断葛根。宁断娇儿乳，不断郎殷情。
黄葛结蒙茏，生在洛溪边。花落逐水去，何当顺流还，还亦不复鲜。
逍遥独桑头，东北无广亲。黄瓜是小草，春风何足叹，忆汝涕交零。
前溪沧浪映，通波澄渌清。声弘传不绝，千载寄汝名，永与天地并。

六朝战乱频繁，生离死别是最常见的人生场景，黯然销魂唯别而已矣。这组《前溪曲》由女子独唱，抒发男女离别之情，舞者随之手之舞之足之蹈之。魏晋南北朝时期是一个动荡的时代，但又是中国历史上思想自由、艺术兴盛的时代，书法、绘画、音乐、舞蹈……无不呈现勃勃生机的景象。舞蹈艺术本身得到了很快的发展，再加上官府的倡导，“前溪歌舞”在武康前溪兴起并繁盛起来。“沈氏南朝盛事齐，殷勤七曲唱前溪”，这一盛事代代流传，“舞爱前溪妙，歌恋子夜长”。洪昇来到前溪的时候，前溪虽已不复南朝的繁华，但是“前溪歌舞在，父老习遗风”，歌舞之风还是很盛，“村巫纷屡舞，渔夫自成歌”[①]。钟情音韵曲律的洪昇早年即慕前溪之名，此番前来定居深感得其所哉，尤其是前溪“近山松鼠窜，当午竹鸡啼”[②]的田园风光打动了洪昇。洪昇这些年饱受漂泊之苦，此时别无他求，只希望安安稳稳地过日子，“一枝倘安稳，吾愿耦长沮”[③]。靠着离京时师友的馈赠和自己微薄的积蓄，洪昇带领自己家人及弟弟洪昌一家

① 〔清〕洪昇著：《稗畦集·前溪》，载《洪昇集》，第241页。
② 〔清〕洪昇著：《稗畦集·访陈兴公题赠》其一，载《洪昇集》，第239页。
③ 〔清〕洪昇著：《稗畦集·访陈兴公题赠》其三，载《洪昇集》，第239页。

在武康的前溪定居下来。

武康“地僻风犹俭”[①]，有着僻乡特有的安宁，民风淳朴，人重亲情，对于久经漂泊的洪昇，这里真是一个理想的家园。洪昇在给武康县令的诗中对这种宁静的生活给予了极大的褒扬，“前溪出深谷，委曲贯山城。一派涵空碧，千秋见底清。漾云寒有色，流月静无声。为政心如此，游鱼也不惊”[②]，其中虽有对父母官的溢美，但对前溪宁静生活的喜爱也是真实不虚的。

洪昇性格虽然有狂狷的一面，但是在他没有感受到外界以势迫人的威压感时，他为人还是很爽直、很随和的，加之才情过人，喜欢交朋友，所以无论到哪里，洪昇都有很多的朋友。初到武康时虽人地两生，但他很快就交到了许多朋友，上至县令下至比邻而居的普通农户，从方外之人到大儒隐士，都与洪昇交情较好。这些朋友对洪昇非常友善，不仅给了洪昇精神上极大的安慰，还给了洪昇许多物质上的重要帮助。洪昇的邻居徐时望“有时饷林笋，隔日送山泉”[③]，郑广文“种得嘉蔬熟，盈筐屡见投”[④]，这些淳朴山民的真诚与豁达和旅居京城那些达官贵族的尔虞我诈、循规蹈矩相比真有天壤之别，尤其是这些乡居之人没有那些繁文缛节和官样虚套，他们率直坦诚，这让洪昇感觉十分放松。也许是出于对大城市里来的贵族子弟才子名士的文化仰望，这些武康人给了洪昇极大的宽容和接纳。“丘壑容疏放”[⑤]的宽松环境让洪昇那备受压抑的心灵获得了前所未有的解放，他不必再为自我保护而故作疏狂，也不必为取悦名流而如履薄冰。

前溪的春天非常美丽，一到二三月间，“几日东风暖，溪山遍作花”[⑥]，洪昇便与那些新结交的朋友“日日约寻花”[⑦]，笑指青山，斜穿竹林，欣赏老僧烧笋，留意少女焙茶。到了夏天，武康的景色又不相同，有着乡村特有的田园风

---

① 〔清〕洪昇著：《稗畦集·武康有感》，载《洪昇集》，第245页。
② 〔清〕洪昇著：《稗畦集·赠武康令》，载《洪昇集》，第236页。
③ 〔清〕洪昇著：《稗畦集·寄徐时望》，载《洪昇集》，第253页。
④ 〔清〕洪昇著：《稗畦集·郑广文惠菜》，载《洪昇集》，第243页。
⑤ 〔清〕洪昇著：《稗畦集·暮春有感》，载《洪昇集》，第244页。
⑥ 〔清〕洪昇著：《稗畦集·看花》，载《洪昇集》，第243页。
⑦ 〔清〕洪昇著：《稗畦集·寄郑尚游》，载《洪昇集》，第255页。

光，“和风吹首夏，新绿满林园。桑野朝如市，蚕家昼不喧。当门黄犊卧，向水白鸥翻。一棹沿流去，桃花自有源”[①]，洪昇陶醉在武康的山水中，踏花远行，载酒溪游，足迹遍布武康的山山水水。在山水田园中，洪昇“兴随流水远，心与野鸥闲”[②]，大有陶渊明“登东皋以舒啸，临清流而赋诗”的飘逸洒脱，他的心情少有地安闲与轻快。

在山清水秀的前溪，洪昇还充分地享受到了家庭生活的快乐。结婚后，洪昇一直四方行役，与家人聚少离多，过着“有妇却如鳏”[③]的生活，饱受离别相思之苦。在前溪，洪昇一家虽然生活还是很清苦，但家人团聚，朝夕相守，夫妇恩笃，小女初长，朋友友善，加之手有余钱，不必四处寄食，这一切都让洪昇心情非常轻松愉快。他“种竹乘新雨，看山趁晓晴”[④]，颇得幽居之乐。历经流离漂泊的洪昇在武康山水的滋养和家人的关爱下，渐渐恢复了生气。

闲暇之余，洪昇把自己的旧稿《沉香亭》拿出来修改。经过了这么多年的磨难，洪昇已经不再奢望能像李白那样得遇明主了，因而在修改的过程中，洪昇“去李白，入李泌辅肃宗中兴”[⑤]事，突出了唐明皇与杨贵妃之间的故事，并将之更名为《舞霓裳》。李隆基世称唐明皇，即位初期尚能励精图治，整肃政治，使得大唐帝国呈现了“开元之治”的太平盛世。杨玉环，即大多数人都非常熟悉的杨贵妃，蒲州永乐人，早年丧父丧母，被寄养在叔父杨玄珪家中，16岁被封为寿王李瑁的妃子，三年后，唐明皇所宠爱的武惠妃病逝，明皇深感寂寞，后见杨玉环美貌异常，居然夺自己儿子所爱，赐杨玉环贵妃，日日夜夜沉溺于与杨玉环的男欢女爱中不可自拔。自从拥有了杨玉环，唐明皇“春宵苦短日高起，从此君王不早朝”，并最终导致了“安史之乱”。关于李、杨的爱情故事，自中唐以后，文人墨客多兴致盎然，费了许多笔墨。诗词歌赋、野史笔记、戏曲小说常常以此为题材进行渲染，比较著名的有唐代白居易的《长恨歌》和

① 〔清〕洪昇著:《稗畦集・初夏村中》，载《洪昇集》，第247页。

② 〔清〕洪昇著:《稗畦集・湖上山》，载《洪昇集》，第246页。

③ 〔清〕洪昇著:《啸月楼集・壬子除夕》，载《洪昇集》，第78页。

④ 〔清〕洪昇著:《稗畦续集・幽居》，载《洪昇集》，第408页。

⑤《长生殿・例言》，第1页。

陈鸿的《长恨歌传》,《长恨歌》和《长恨歌传》以及宋初的《杨太真外传》等诗文笔记小说为后来的戏曲创作提供了足够多的素材。到了元明时期，以李、杨的爱情为题材的诗文戏曲更多，关汉卿的《唐明皇启瘗哭香囊》杂剧、白朴的《唐明皇秋夜梧桐雨》（简称《梧桐雨》）杂剧和《唐明皇游月宫》杂剧，屠隆的《彩毫记》传奇、吴世美的《惊鸿记》传奇等均属其中较为优秀者。至清代，在《长生殿》问世前，尤侗的杂剧《清平调》和孙郁的传奇《天宝曲史》比较出色。在所有描写李、杨故事的作品中，对于李、杨之间关系的评述大约有两种基调，一是净化李、杨形象为生死相许的有情人，一类是视其为误国误民的昏君和祸水。无论如何为李、杨定位，其中难免涉及秽迹。即使其中最优秀者，如《长恨歌》和《梧桐雨》，也难免此憾。在阅读有关李、杨故事的诸多诗文曲赋时，洪昇“览白乐天《长恨歌》及元人《秋雨梧桐》剧，辄作数日恶。南曲《惊鸿》一记，未免涉秽”[①]。在洪昇看来，“从来传奇家非言情之文，不能擅场”[②]，这实际上也是当时曲家创作的指导思想，因此出现了“十部传奇九相思”的现象。洪昇在这种观念的指导下，在创作《舞霓裳》“念情之所钟，在帝王家罕有，……专写钗合情缘，……只按白居易《长恨歌》、陈鸿《长恨歌传》为之”[③]，且“尽删太真秽事”[④]，按照“当日多情属帝家”[⑤]的思想来进行创作，对李、杨之间的爱情进行了突出的描写。洪昇继承《长恨歌》和《梧桐雨》的传统，既赞美李、杨忠贞不渝的爱情，又以爱情寓兴亡，但同时洪昇对“史家秽语，概削不书”[⑥]，淡化了李隆基荒淫的一面，忽略了杨玉环原为寿王妃的事实，以一种文学净化的手法将李、杨塑造成一对“古今情场真心到底”的有情人，使《舞霓裳》成为一出单纯的才子佳人戏，突破了《长恨歌》和《梧桐雨》的局限。这种修改得到了时人的赞赏，“爱其深得风人之旨”[⑦]。

对《沉香亭》的修改耗费了一年左右的时间，到康熙十八年（1679）的中秋，《舞霓裳》基本完成。《舞霓裳》完成后，洪昇把剧本交给戏班演唱，“优伶

---

①②⑥ 《长生殿·自序》，第1页。

③ 《长生殿·例言》，第1页。

④⑦ 〔清〕徐麟撰：《长生殿·序》，载《长生殿》，第259页。

⑤ 〔清〕洪昇著：《稗畦集·玉钩斜》，载《洪昇集》，第329—330页。

皆久习之”[1]，一直到《长生殿》取代《舞霓裳》之前，《舞霓裳》在舞台上流行了大约10年。

日子虽然过得轻松了，但洪昇心中老大无成的隐忧和远离父母的感伤总是挥之不去，这种伤感深深地隐藏在他心底，是那么难以驱除。外界的一点点变化都能唤起他内心的隐忧，特别是时序变迁时，这种感觉尤其强烈。他一向认为“人生富贵须少年”，暮春三月、风雨催花让洪昇的内心充满了时不我待的焦虑。面对风雨，洪昇感觉无力抵挡“蹉跎三月暮，憔悴百年身”[2]的现实。更让洪昇心绪难平的是德清这个以孝著名的乡村中那种无处不在的对孝的褒扬。德清是苦吟诗人孟郊的故乡，他歌咏母爱的《游子吟》流传千古，德清人以此为傲，形成了此乡浓厚的孝文化氛围。虽然洪昇一直以孝子自居，但是离家出走却是无法开脱的大不孝。置身于这样的氛围中，洪昇心中常常有刺痛之感。为了排遣心中的烦闷，洪昇到德清当地的乌回山寺、竹隐寺等寺庙访僧问道，试图寻求人生的解脱。在禅寺中，他向息心上人“问法三更寂”[3]，寻求空的真谛。洪昇与佛的渊源很深，少年时期与其深交的僧人俍亭与豁堂禅师不仅影响了洪昇的诗风，也把佛家空幻虚无解脱超越之念深植于洪昇的心灵之中。在洪昇的一生中，他的生活一遇到什么风波，就会向佛理寻求解脱和超越。即便如此，武康幽居的日子还是洪昇近年来比较闲适安逸的时光。不知不觉，一年的时间很快过去了，到康熙十七年（1678）的夏天，洪昇听到了清政府要征召博学鸿儒科的消息，他的人生又面临着新的抉择。

“博学鸿儒科”原创于唐玄宗开元年间，称作“博学宏词”，宋亦沿袭此制，被录取者均为才冠当世的博学硕儒，它是在进士之上的最高级的科目，要求极高，录取极难。唐宋两代，登入此科者，未有几人。清初科举一仍明制，以进士科为主，在康熙十七年（1678）以前，还没开博学鸿儒科。康熙九年，清廷曾发出呼吁，颁诏全国，敦请隐居而不出仕的大儒应诏，为清朝效力。清廷命中央及地方官各举所知，向朝廷推荐。结果，应诏者寥寥。事实是，隐逸之士、

① 《长生殿·例言》，第1页。

② 〔清〕洪昇著：《稗畦集·暮春有感》，载《洪昇集》，第244页。

③ 〔清〕洪昇著：《稗畦集·暝投息心上人禅院宿》，载《洪昇集》，第238页。

博学大儒囿于传统的固有观念，心怀故国，不愿同清廷合作。如顾炎武、黄宗羲等一批仁人志士，虽腹有经天纬地之才，亦不为清朝所用。康熙皇帝深知人才难得，得之为清朝所用，大有利于治国。更重要的是，笼络住这些有影响的人物，也就争取了汉人之心，可博得他们对清政权的拥护。所以，他以延揽这些人为对象，特设“博学鸿儒科”。他把唐时所定“宏词”改为“鸿儒”，意义与内涵都不同。前者强调辞章方面的才能，而后者则给予本人以“鸿儒”的美誉，表示他对“鸿儒”的渴求和尊崇。

康熙十七年（1678）正月，开设“博学鸿儒科”，诏谕“凡有学行兼优，文词卓越之人，不论已未仕，著在京三品以上及科道官员，在外督、抚、布（政使）、按（察使），各举所知，朕将亲试录用。其余内外各官，果有真知灼见，在内开送吏部，在外开报督抚，代为题荐。务令虚公延访，期得真才，以副朕求贤右文之意。尔部即通行传谕遵行”[①]。此次征召对荐举对象几无限制，现任的官员、未出仕的人、平民百姓、被罢退之士，只要“绩学能文”，均准荐举。各省接到此令，都遵旨积极物色本地名儒，向朝廷推荐。这个消息到达武康时已经到了夏天，洪昇在清廷征召博学鸿儒科的消息中读出了清廷对汉人加以笼络的信息。这个消息扰乱了洪昇刚刚平静的内心，在避地前溪的这段时光，生活安静得让洪昇心慌。远离主流社会让他不安，有被抛弃的感觉，他无法忍受这种寂寂无闻的生活。他不愿就这样归隐田园，远离主流社会。征召博学鸿儒科特科的谕令适时而至，而且洪昇凭借自己的才华得到了武康当地官吏的赏识，从而被举荐为博学鸿儒科特科的候选人，这让洪昇非常兴奋。关于洪昇被推荐的消息，《长生殿》卷首周鼎题词“征君才调胜伶玄”和李孚青“金马门前奉朝请，慈仁寺外望归云”[②]，“待诏犹耽酒，先生自织帘。阴铿有佳句，此际韵应拈”[③]等诗句均可证。另有乾隆《武康县志》为证，《武康县志》中收洪昇《封

---

① 〔清〕李集著：《鹤征录》，载《四库未收书辑刊》第2辑第23册，第563页。

② 〔清〕李孚青著：《野香亭集》庚午《招洪稗村》，载《四库全书存目丛书·补编》第50册，第515页。

③ 〔清〕李孚青著：《野香亭集》戊辰《对雨怀昉思》，载《四库全书存目丛书·补编》第50册，第494页。

公洞》《下渚湖》《舞阳侯祠》等诗时均署名为“国朝荐举洪昇昉思”。此次入京很可能成为洪昇人生中的重要转机，改变他的人生方向，洪昇到底该何去何从，他经过一段激烈的心理斗争，决定入京待诏。

被博学鸿儒科的消息鼓动着，归隐田园不到一年时间的洪昇又匆匆忙忙地启程到京师待选。洪昇自视很高，况且他在京城还有那么多的显贵友人，自认为必有遴选之望。因此，他用手中仅余不多的钱作为盘缠，带着一家八口人踏上了北上的旅程。洪昇此次携妻女入京，大有必成之心。

两年前洪昇义无反顾地离开京师，根本没有想到有可能再回来。谁知时过境迁，凭空出现了这么一个转机。重返故地，洪昇的心情既兴奋又惴惴不安。京畿之地，人事变幻不定，洪昇不知道那里发生了怎样的变化，想必物是人非吧，确如洪昇所料，其友人多天涯分飞，“两年不上长安道，冠盖交游已半非。地下故人多寂寞，天涯逐客各分飞”[①]。好在洪昇曾在北京待过较长的时间，京师中到底还是有些故人，他很快又融入了“宣南士乡”的生活中。因博学鸿儒特科的缘故，许多著名士人汇集北京。他们有的结交权贵以图举荐，有的彼此联络、互通消息，宣南异常热闹，整日交游、宴饮不断，宣南的交游之风愈演愈烈。洪昇也积极参与文人集会，结纳显贵，虽有“飘零自分儒生贱，干谒方知长吏尊”[②]之叹，却不得不为之。“长安薪米等珠桂”[③]的城市生活使得许多入京待考的士人经济上都很困难，洪昇的生活更是如此。入京的盘缠已经花光了他的积蓄，一家八口虽能朝夕相守，但日子过得十分窘迫。为了一家八口生计，洪昇不得不“贫日常挥谀墓文”[④]。洪昇写作碑文那是非常简单容易的事

---

①〔清〕洪昇著：《稗畦集·将入都门途中忆房慎庵佥宪、王黄眉都谏、吴志伊检讨、颜修来考功相次沦没，乔石林侍读、颜澹园、钱庸饽二编修、庞雪崖、张云子、徐电发、毛允大四检讨、汪季甪主事俱谪调归里，怆然感怀》，载《洪昇集》，第324页。

②〔清〕洪昇著：《稗畦集·衢州杂感》其九，载《洪昇集》，第288—289页。

③〔清〕吴雯著：《莲洋诗抄》卷二《贻洪昉思》，载《四库全书存目丛书·补编》第5册，第421页。

④〔清〕李孚青著：《野香亭集》庚午《招洪稗村》，载《四库全书存目丛书·补编》第50册，第515页。

情，但是“朱门难索作碑钱”[①]则让洪昇气恼而沮丧。为他人写作碑文本就是一件让饱读诗书的文人感觉非常羞耻的事，若遇到他人赖账，为了保全文人最后的自尊，他也无法开口向人讨债，只能暗自叹息。在这种衣食难以为继的时候，洪昇的长子洪之震出世。洪之震的出生让洪昇喜忧参半，长子的出生虽让洪昇感觉到精神上的快慰，但多了一张嘴，家里的经济负担也相应地增加了，这种状况把本已艰难的生活推向了“八口命如丝”[②]的绝境。前途未卜、衣食无着的人生困境让洪昇心情焦躁而辛酸，但洪昇心里对征召的那线希望还苦苦地支撑着他。

从康熙十七年（1678）正月发出博学鸿儒科谕旨，至第二年一共征集了名儒硕彦143人，经过皇帝亲自点定最后录取了其中50人，一等彭孙遹等20名，二等李来泰等30名。未被录取者已仕者“仍归原任”，候补者“仍令候补”，未仕者“俱著回籍”，对其中年老者俱赐以内阁中书衔，“以示恩荣”[③]，一时之间，天下人才荟萃于清廷。这些名士，或征于博学鸿儒，或赴殿试，皆中榜首，成为一代名臣。遗憾的是，洪昇最终没能入选。陆次云在《皇清诗选》所收的洪昇《黄大司农御前作字歌》诗下评曰“此真清庙明堂之作。有才如此，良足以黻黼盛时，而当右文之际，未膺荐举，可胜沧海遗珠之叹”[④]。洪昇之所以未被荐举不是因为他没有才华，也不是因为他没有名望，而是有着更重要的原因。

明清易代以来，虽有许多士人在满清政府高压和怀柔的双重压力下归于清廷，但仍有一个特立独行的遗民阶层坚守着民族大义、士人气节，拒不肯出仕新朝。自顺治二年（1645）开始，清廷即恢复科举试图延揽人心，大师宿儒坚卧不起。康熙帝亲政以来特别注重调整遗民政策，“御极以来，恒念山林薮泽，必有隐伏沉沦之士，屡诏征求，多方甄录用，期朝野无遗佚，庶惬爱育人才之意”[⑤]。康熙八年（1669），重开明史馆招徕遗民硕学，康熙十二年再次谕令

①〔清〕胡会恩著：《清芬堂存稿》卷一《赠洪昉思》，载《四库全书存目丛书·集部》第247册，第598页。

②〔清〕洪昇著：《稗畦续集·己未元日》，载《洪昇集》，第415页。

③《清圣祖实录》卷八〇，载《清实录》（四），第1016页。

④〔清〕陆次云辑：《皇清诗选》卷五，清康熙刻本。

⑤《圣祖仁皇帝御制文集三集》卷三〇，四库本。

“凡山林隐逸，有志进取者，一体收录仕用”[①]。随着南明政权的覆亡、地方上反清复明武装斗争的式微，大规模的抗清运动已经结束，但是族群矛盾还是十分激烈，民心未服，明遗民也还在体制外游离。康熙十二年吴三桂以“共举大明之文物，悉还华夏之乾坤”为旗号发动叛乱，吴三桂虽先叛明后叛清为人不齿，但这个“复明”的号召还是激励了汉人，以至于多省兵民以此为契机相率叛清，重新掀起了大规模的抗清活动。经过了30余年，清廷也没有得到汉族文人的精英阶层——遗民群体的认同。三藩之乱中，汉人一呼而起，这种人心向背深深地震撼了清政府，也让康熙皇帝备受打击，认识到“此皆德泽未孚洽”“皆朕德之薄，不能绥抚之故也”，收揽人心以立国成为当务之急。明遗民的士望身份和地位使得博学鸿儒科的征选对象集中在遗民，“与其选者，山林隐逸之数，多于缙绅”[②]。对入试的遗民与名士取之甚宽，严绳孙仅作一诗，并未完卷，竟取之；彭孙遹卷中有“意圆语滞”之病，亦被录取；朱彝尊诗中有不佳之句，康熙认为“斯人固老名士，姑略之”，令其通过。与顺治朝“科场案”“奏销案”等威慑江南文士的事件不同，康熙皇帝以非同寻常的考试形式，对天下名士展开了微妙的心理攻势，“正以此网罗遗贤，与天下共天位，消海内汉视新朝之意，取士民之秀杰者作兴之”[③]。这次博学鸿儒科对于笼络文士和稳定社会具有非常重要的意义，“四民以士为领导，士以科举为依归。其尤秀杰者，至科举亦不乐就，而其才名已为士林指目，苟不得其输心，则寻常科目，或有不足牢笼之人物，天下之耳目犹未归于一也。圣祖于三藩未平，大势已不虑蔓延而日就收束，即急急以制科震动一世，巽词优礼以求之，就范者固已不少。即一二倔强彻底之流，纵不俯受衔勒，其心固不以夷虏绝之矣。时天下名士推亭林、黎洲。黎洲虽不赴，犹遣子代应史馆之聘。洁身事外者独有亭林，要其著书立说，守先待后，亦无复仇视新朝之见矣。最不逊者傅青主……居然不强入试而遣归，即属望外之幸。所受之职，虽不以夸示于人，要亦不能决绝于代兴

① 〔清〕王应奎撰：《柳南随笔　续笔》卷二《诸生就试》，王彬、严英俊点校，中华书局1983年版，第165页。

② 《清史稿·选举四》，第3178页。

③ 孟森著：《明清史论著集刊》下，中华书局1984年版，第517页。

之世”[①]。朝廷内大小官员对于清廷招揽人心的意图了然于心，因此，洪昇既非遗民，也非游离于清廷之外的不仕名士，虽汲汲于仕禄，却非清廷曲为罗致的目标，洪昇此番遭际应当是在意料之中的。

博学鸿儒科所取之人分别被授以翰林、编修、检讨等职，入馆修《明史》。从清兵入关的第二年即顺治二年（1645），朝廷就准备开始修《明史》，意在昭示新朝的建立，同时，亦欲以修史来吸引原明朝的士大夫来参与其事，以示笼络。但在当时，清兵与南明诸政权的战争还在激烈进行，修史没有得到士人的支持，“实录”不全，献书者极少。康熙四年（1665），在筹备重修《明史》的过程中，因三藩之乱而又暂时搁置起来。到康熙十七年征选“博学鸿儒”，再次开局修《明史》，清廷获得了预想的效果。这一方面是由于反清复明大势已去，新朝已成事实；另一方面在于文人士大夫心中普遍具有存史以报故国的心理。因此修《明史》的举动博得了故明士大夫的拥护。

中国人素来重视修史，具有“国可灭，史不可灭”的史学传统。黄宗羲曾编《明文海》400多卷，并著有《明史案》240卷；顾炎武也辑存有关明朝史料一两千卷。重修明史具有特殊的意味，在朝则以示改朝换代，在野则为汉族文人士大夫和明遗民存史以报故国的心理提供了出路，正如梁启超所说：“清兴首开鸿博，以网罗知名士；不足则更征山林隐逸，以礼相招；不足则复大开明史馆，使夫怀故国之思者，或将集焉。上下四方，皆入其网矣。”[②]汉族文人士大夫历40余年之功，到清圣祖去世前，已完成全部书稿，后经雍正朝再修订，于乾隆初年定稿、刊行。纂修《明史》使文人怀念故国的情绪有所寄托，并将私人编史活动纳入了官方学术的整体框架之中，甚至吸引了顾炎武、黄宗羲等著名遗民人士以间接方式予以关注。黄宗羲本人虽不入馆，但同意将其所著之书提供给史馆，且令其弟子万斯同和其子黄百家共赴京师参修《明史》，并谆谆教导“一代是非，能定自吾辈之手，勿使混淆，白衣从事，亦所以报故国”[③]。万斯同精通明史，海内闻名，被推荐为博学鸿儒的人选，没有赴京应试，但他应

① 《明清史论著集刊》下，第517页。

② 〔清〕梁启超著：《论中国学术思想变迁之大势》，上海古籍出版社2001年版，第117—118页。

③ 黄嗣艾编著：《南雷学案》卷七《万石园先生》，台湾明文书局1985年影印本。

诏参加纂修《明史》，且不入史馆，不署衔，不受俸，以“布衣”身份参与修史，这种意味深长的举动显示了对修史的重视。无论出于何种目的，明遗民和清廷实现了第一次合作。

在博学鸿儒科大开入仕之门之际，洪昇“未膺荐举”[①]，他深受打击。洪昇满怀希望回到京师却“牢落仍如故”[②]，他感觉政治弄人，不想入仕的人朝廷拼命网罗，想要入仕的人却被拒之千里之外。虽未能入试博学鸿儒科，洪昇因之却也广交时贤。与其交往者如徐乾学、高士奇、施闰章、朱彝尊、毛奇龄、陈维崧、查慎行、梅庚、孙枝蔚、吴雯、冯廷魁、王泽弘、宋荦等或为身居高位之大臣，或为声名籍籍的俊彦之士。在这些人中间，除前已定交者，洪昇与朱彝尊、陈维崧、毛奇龄的关系较好。朱彝尊，字锡鬯，号竹垞，浙江秀水人。少聪慧绝人，过目成诵，博通群籍，能诗词古文，浙西词派创始者。在康熙己未博学鸿儒试中，朱彝尊与李因笃等四人因以布衣授翰林院检讨而著称于时。当时，王士禛工诗而疏于文，汪琬工文而疏于诗，阎若璩、毛奇龄等工考据而诗文稍弱，唯有朱彝尊于诗、文、考据堪称兼善。朱彝尊与王士禛齐名，称“南朱北王”。朱彝尊和洪昇的交往非常密切，在其《曝书亭集》中《酬洪昇》《题洪上舍传奇》等诗，朱彝尊非常赞赏洪昇的诗词，称之为“海内诗家洪玉父，禁中乐府柳屯田”[③]。陈维崧，字其年，号迦陵，江苏宜兴人。幼时过目能诵，10岁代祖父作《杨忠烈像赞》，博得亲友赞赏。陈维崧善诗文，尤擅长词和骈文。其词效法苏轼、辛弃疾，雄浑奔放，他前后共填词1600多首，堪称清初词坛第一人，为阳羡词派领袖。毛奇龄，字大可，号初晴，又以郡望称西河，治经史与音韵学，能文善诗词通音律，并从事诗词评论，撰有《西河诗话》《词话》《竟山乐录》等书。著作颇多，后人编为《西河合集》。明亡祝发为僧，读书土室中。为人好讥议，品目严峻，一时士流多忌之，在这次博学鸿儒科中被授翰林院编修，预修《明史》。因洪昇与毛奇龄是同乡，他们的关系就比他人更亲密些，后为洪昇《长生殿》作序。洪昇与这些当朝名士保持了非常亲密的关

---

① 〔清〕陆次云著：《皇清诗选》卷五，清康熙刻本。

② 〔清〕洪昇著：《稗畦集·戊午除夕》，载《洪昇集》，第249页。

③ 〔清〕朱彝尊著：《曝书亭集》卷二〇《酬洪昇》，载《清代诗文集汇编》第116册，第189页。

系，在这些名士的推崇下，洪昇的名声因此得以遍传京师。

王士禛此时在翰林院中充《明史》纂修官，其所住的保安寺街，是宣南文人交游唱和的重要场所，在那里，洪昇结识了著名诗人施闰章，并拜施闰章为师。施闰章，字尚白，号愚山，安徽宣城人。清顺治六年（1649）进士，康熙十八年（1679）举博学鸿儒科进士。官至翰林院侍讲，纂修《明史》。与莱阳宋琬齐名，时称“南施北宋”[①]。施闰章与同邑高咏友善，据东南词坛数十年，号为“宣城体”。洪昇师从施闰章，深受施闰章诗风的影响。王士禛诗以神韵为宗，讲究“清远”的境界，而施闰章诗多温柔敦厚之语，讲究语言简净、句调整严，具有“清正”的特色。洪昇将施闰章、王士禛诗法差异归结为禅宗顿悟与渐悟的不同，认为两者各具所长，实为殊途同归。王士禛《渔洋诗话》载：“洪昇昉思问诗法于施愚山，先述余夙昔言诗大指。愚山曰：‘子师言诗，如华严楼阁，弹指即现，又如仙人五城十二楼，缥缈俱在天际。余即不然，譬作室者，瓴甓木石，一一须就平地筑起。’洪曰：‘此禅宗顿、渐二义也。’”[②]洪昇其诗兼具王士禛和施闰章二者之长，“尽精肆力，心得其意，而变化无方”，既有意境又具章法，艺术价值非常高。

在王士禛堂上，洪昇结识了王士禛的甥婿赵执信，尤喜赵执信的诗。赵执信，字伸符，号秋谷，晚号饴山老人，山东益都人。19岁登康熙十八年（1679）进士，入翰林。其时方开博学鸿儒科，四方名士，皆集辇下，赵与朱彝尊、陈维崧、毛奇龄等定为忘年之交，过谈欢宴，一座尽倾。赵执信性格桀然独立，目下无尘，负气自傲，有狂士之名。其为人峭峻褊狭，与王士禛由姻亲交好而反目，颇为人所议论。洪昇初识赵执信时，赵执信年仅18岁。赵执信中进士、入选庶吉士，少年得志，而洪昇年已35岁，以国子监生员的身份，久困京师，因而赵执信对洪昇颇不以为然，后所作《怀旧诗》对洪昇多有轻薄之辞，说洪昇“其诗引绳切墨，不顺时趋，虽及阮翁之门，而意见多不合，朝贵亦轻之，鲜与往还，才力本弱，篇幅窘狭，斤斤自喜而已。见余诗，大惊服，遂求

---

① 〔清〕王士禛著：《渔洋诗话》，载《清诗话》，第176页。

② 同上，第203页。

为友”[1]。事实上，洪昇诗以清新整饬见称于时，其七古不乏才情缛丽之作，五古则朴直沉郁，近体律绝多有清新飘逸之句，佳处并不在执信之下。陈维崧《箧衍集》中亦多录洪昇诗作，后沈德潜编纂《清诗别裁》，录洪昇诗歌20首，且在其小传中指出，洪昇在“渔洋及门中，在吴天章下，余子之上”[2]。洪昇好友陆次云极力称美洪昇的诗作，“诗是君家事，君穷诗愈工。绝非凡近响，宛有古人风。锦席夸重夺，箪瓢得屡空。时时出金石，声彻碧云中”[3]，此诗篇末有汤西崖评语“此云士为洪子昉思作也，称美中绝无标榜习气”。这些人都是当朝名士，所言绝非虚言。即使友人有溢美之词，但绝不可能众口一词。由此可见，赵执信对洪昇的评价实属一己之见。赵执信与洪昇交往并不密切，但后因国丧观演洪昇的《长生殿》被褫官，而与洪昇成为患难朋友。

在诗歌理论上，赵执信不赞成王士禛的“神韵说”，他认为“神韵说”过于玄虚缥缈、眼界太狭，“诗中无人”。赵执信《谈龙录》首章记载洪昇与赵执信之间关于诗歌创作的一次讨论：“钱塘洪昉思，久于新城之门矣，与余友。一日，并在司寇宅论诗。昉思嫉时俗之无章也，曰：‘诗如龙然，首尾爪角鳞鬣，一不具，非龙也。’司寇哂之，曰‘诗如神龙，见其首不见其尾，或云中露一爪一鳞而已，安得全体，是雕塑绘画者耳。’余曰：‘神龙者屈信变化，固无定体，恍忽望见者，第指其一鳞一爪，而龙之首尾完好，故宛然在也。若拘于所见，以为龙在，是雕绘者反有辞矣。’昉思乃服。此事颇传于时。司寇以告后生而遗余语，闻者遂以洪语斥余，而仍侈司寇往说以相难。惜哉！今出余指，彼将知龙？”[4]赵执信所言大有自我标榜的意思，洪昇不过是他批评的一个靶子。在这场论争中，双方均以龙喻诗，洪昇强调作诗之章法严整，赵执信看重诗之言外之意，二人立足点不同，原无可争之处，赵执信尊己抑他之举，并未得到他人的认同。不过，赵执信一向反对“神韵说”，此论一出，遂成清代诗坛一大公案，后人或拥赵贬王，或拥王贬赵，纷争不休。洪昇与赵执信之间的争论正是

---

① 〔清〕赵执信著：《饴山诗集》卷一八《怀旧集》，载《清代诗文集汇编》第210册，第317页。
② 《清诗别裁集》卷一五《洪昇小传》，第272页。
③ 〔清〕陆次云著：《澄江集·与友》，载《四库全书存目丛书·集部·别集》第237册，第249页。
④ 《谈龙录　石洲诗话》，第5页。

清初诗坛上“神韵说”受到诟病的反映。

在“神韵说”的原则下，王士禛的诗作追求言外之意，具有冲淡清远、空灵缥缈的风格，这种诗风是在改朝换代已成既定事实的时代背景下产生的。清统治者用刀和血建立的新朝遭到了汉人激烈的反抗，易代之际整个社会弥漫着激烈的民族情绪，这种情感一方面以武力抗争进行发泄，另一方面用文学的方式加以抒发：“迩来世变沧桑，人多感怀。或抑郁幽忧，抒其禾黍铜驼之怨；或愤懑激烈，写其击壶弹铗之思；或月露风云，寄其饮醇近妇之情；或蛇神牛鬼，发其问天游仙之梦。”[①]王夫之于易代之际，写下《悲愤诗》一百韵，每一吟咏，涕泪满面，哽咽不止，此后，每个南明政权覆灭，他都依原韵续写一百韵。清统治者在武力镇压确立了稳固的地位后开始弘扬文治，力图营造太平盛世的氛围。王士禛的这种“神韵说”所传达出的平淡天然正契合了时代的需要，清丽淡远的诗境淡化了易代的悲怆，满足了清廷试图转变遗民诗风的需要，因此成为康熙钦点的盛世元音。陈维崧一语中的指出了这一点：“新城王阮亭先生，性情柔淡，被服典茂。其为诗歌也，温而能丽，娴雅而多则，览其义者冲融懿美，如在成周极盛之时焉。……阮亭先生既振兴诗教于上，而变风变雅之音渐以不作。读是集也，为我告采风者曰：劳苦诸父老，天下且太平，诗其先告我矣。”[②]在这样的时代氛围中，洪昇诗作也带上了清远的风格，但是由于个人人生经历的坎坷，清远中又有着嗟叹和愁苦的意味。

在这次博学鸿儒特科所取之士中，大多是洪昇的新知与旧交，看到他人平步青云，而自己却“二毛依旧一青毡”[③]，置身其中，洪昇的心情非常压抑，也非常矛盾。他鄙视功名利禄，认为“人生行乐无百岁，区区禄利何为乎”[④]“如何市朝子，扰扰争利名”[⑤]，但是他又无法放弃对功名的渴望和追求。洪昇对功名心存希冀，希望在仕途遇到像信陵君那样礼贤下士的人，“信陵如可作，刎颈

① 〔清〕邹式金著：《杂剧三集・小引》，载蔡毅编著：《中国古典戏曲序跋汇编》，齐鲁书社1989年版，第467页。

② 〔清〕陈维崧撰：《陈迦陵文集》卷一，四库丛刊本，第5页。

③ 〔清〕洪昇著：《稗畦集・奉寄少宰李公》，载《洪昇集》，第321页。

④ 〔清〕洪昇著：《稗畦集・为毛侯会明府题戴笠持竿图》，载《洪昇集》，第214页。

⑤ 〔清〕洪昇著：《稗畦集・晓起看山作》，载《洪昇集》，第210页。

亦酬恩”[①]。他希望功成身退，“游宦略成须止足，故乡归隐携妻孥”，但是他却屡屡失意。功不成，名不就。在多年的旅食生活中，洪昇“僶俛从时趋，面热中愤盈”[②]，看尽了世态炎凉、人情冷暖，“莫问侯门珠履事，残杯冷炙是怜才”[③]，“飘零自分儒生贱，干谒方知长吏尊”。洪昇“真悔谋身误，尘劳汩此生”[④]，艰难地走着自己的人生之路。

① 〔清〕洪昇著：《啸月楼集 · 夷门》，载《洪昇集》，第90—91页。

② 〔清〕释智朴著：《盘山志》卷四“清沟禅院”条，清康熙三十年刻本。

③ 〔清〕洪昇著：《稗畦集 · 与盛靖侯、朱近庵登君山》，载《洪昇集》，第292页。

④ 〔清〕洪昇著：《稗畦续集 · 初秋旅感》，载《洪昇集》，第430页。

第十一章　落拓京师

博学鸿儒科试前，三藩之乱已渐露败象，清廷逐渐取得了战争的主导权。康熙十七年（1678）八月，吴三桂在衡州称帝后不久病卒，其孙吴世璠即位。至康熙十八年，清兵连取岳州、长沙、湘阴、衡州诸地。康熙十九年，清兵夺取了大部分被吴三桂所占据的地方，成都、夔州、重庆、镇远、贵阳、贵州相继归于清廷。到了康熙二十年十月，清兵进围云南，吴世璠自杀，历时八年的三藩之乱结束了。经过三藩之乱，清廷的统治越来越巩固。尤其是博学鸿儒科取士的极大成功和重开明史馆，收拢人心得到了很大的成效。顾炎武虽以"刀绳具在，无速我死"拒绝博学鸿儒科，但是他并不反对甚至赞成修《明史》。从积极联络抗清到隐居治学，顾炎武的人生轨迹折射出遗民的普遍选择。黄宗羲的心态也发生了很大的变化，从顺治元年（1644）至康熙初年，他对清统治者怀着强烈的仇恨，不仅在行动上进行武装反抗，而且在《留书》《明夷待访录》等著作中还进行激烈的批判。到博学鸿儒科后修《明史》时，黄宗羲从"国可亡，史不可亡"的观点出发，支持万斯同"以布衣参史事"。修《明史》之举完成了顾炎武、黄宗羲等明遗民对清廷由抗争到默认的过程。明清易代的社会氛围有了极大的改变，新朝的气象一点点地展现出来。

作为新朝人，洪昇早年的故国之思虽仍偶有流露，但是那种情感已经纳入整个历史的进程之中，成为一种普遍的兴亡之感，不再针对明清的鼎革了。长期的落拓京华使得他在京师期间更关注于个体的生存状态。高才不偶的日子消磨了洪昇年轻时的豪情，他感觉国事天下事再怎么变化也改变不了他个人的穷愁潦倒。为了谋生，他和戏班合作写了很多剧本，这是身无长技的洪昇能够谋生的唯一手段了，他用这种无法登大雅之堂的方式养活了一家八口人。为了更多地吸引观众，洪昇这些剧本特别注重舞台性，具有很高的舞台艺术价值，令人遗憾的是这些剧本现今基本上都已经失传了。洪昇的剧作见于各家著录的传奇有《回文锦》《回龙记》《闹高唐》《长虹桥》等，杂剧有《天涯泪》和《孝节坊》，另有无法评定是传奇还是杂剧的《青衫湿》与《西蜀吟》，这和“稗畦填词四十种”的文献记载相差很多。古代书籍的流传是非常不容易的，纸质书籍在代代相处中面临着很大的风险，自然灾害、人为损害都有可能使之成为孤本或者绝本，那些曾经养活了洪昇的剧本就这样随着历史湮没了，有的留下了名字，有的甚至连名字都不再为后人所知了。

正当清廷势力日益巩固时，环绕北京城的地区发生了震惊全国的大地震。康熙十八年（1679）七月庚申，三河、平谷发生8级地震，震中强度为11级。康熙十八年七月二十八日，“庚申巳时，地动有声，从东方艮方起”[①]。片刻之间“飞沙扬尘，黑气障空，不见天日。人如坐波浪中，莫不倾跌。未几，四野声如霹雳，鸟兽惊窜”[②]。这场爆发力极强的地震给京师及周围的州县带来深重劫难。蓟州“地内声响如奔车，如急雷，天昏地暗，房屋倒塌无数，压死人畜甚多，地裂深沟，缝涌黑水甚臭，日夜之间频震，人不敢家居”[③]。宛平县“一响摧塌五城门，城中裂碎万间屋。万七千人屋下死，骨肉泥糊知是谁？……西门向北有劈面酸风乱滚之黄沙，东门至南有扑鼻膻水泛滥之黑沟”[④]。震中之一的三河县，县令对此次地震及其造成的骇人听闻的惨状留有详细记录：“四远有声，俨如数十万军马飒沓而至”，“有骑驴道中者，随裂而堕，了无形影”，“扶伤出抚循，茫然不得街巷故道，但见土砾成丘，尸骸枕藉，……号哭呻吟，耳

---

① 钦天监治理历法南怀仁等题本，康熙十八年七月二十八日，载贺树德撰：《北京地区地震史料》，紫禁城出版社1987年版，第171页。

② 《三冈识略》卷八《京师地震》，第162页。

③ 〔清〕周家楣、缪荃孙等编纂：《光绪顺天府志》卷六九《故事志》五“祥异”，北京古籍出版社1987年版，第2455页。

④ 〔清〕释大仙著：《离六堂集》卷一一，清康熙怀古楼刻本。

不忍闻，目不忍睹。”[①]突如其来的地震灾难使得京畿地区顿时陷入了生存危机，“城垣坍毁无数，自宫殿以及官廨、民居，十倒七八”[②]；“积尸如山，莫可能辨”[③]。七月二十八日初震后，“二十九日、三十日复大震，通州、良乡等城俱陷，裂地成渠，流出黄黑水及黑气蔽天。有总兵官眷经通州，宿于公馆，眷属八十七口压死，止存三口”[④]。八月初一、十三日、二十五日又大震动；九月初八、十二、十三复大震如初。地震所及范围“东至辽宁之沈阳，西至河南之安阳，凡数千里，而三河、平谷最惨”[⑤]。近京300里内，死伤人数无法计算。

这次北京大地震环绕帝都“连震一月，亘古未有之变，举朝震惊”[⑥]。在中国古代人的心目中，天、地、人三者是合一的，“天谴说”的观念非常深入人心。在他们看来，只有人事的失常才致使上天震怒，天谴灾害以示惩罚，“国家将兴，必有祯祥；国家将亡，必有妖孽”[⑦]。这种观念到西汉董仲舒时被进一步系统化、理论化，举凡自然灾异的发生必与人事相联系，“凡灾异之本，尽生于国家之失。国家之失乃始萌芽，而天出灾害以谴告之；谴告之而不知变，乃见怪异以惊骇之；惊骇之尚不知畏恐，其殆咎乃至。以此见天意之仁而不欲陷人也”[⑧]。历代正史中或有《五行志》或有《灾异志》《灵征志》，政书中也有《灾祥略》《物异考》，地方志中多有《祥异志》《灾祥志》《灾异志》的著录，等等，均以灾异天谴解释灾害。在这样的观念影响下，中国古人敬天畏地的意识非常浓厚，一旦天降大灾，必导致对政令的质疑。尤其这次地震因环都而震具有了更深的意味，在满汉两族人民心中都引发了无尽的猜想。

这次地震发生后，康熙皇帝立即发布“罪己诏”以安民心，“朕御极以来，孜孜求治，期于上合天心，下安黎庶……地忽大震，受出非常皆因朕功不德，

---

① 李善邦著：《中国地震》，地震出版社1981年版，第192页。

② 《阅世编》卷一《灾祥》，第176页。

③ 《三冈识略》卷八《京师地震》，第162页。

④ 《清圣祖实录》卷八三，载《清实录》（四），第1602页。

⑤ 《中国地震目录》，科学出版社1983年版，第105页。

⑥ 《三冈识略》卷八《京师地震》，第162页。

⑦ 《礼记·中庸》，第1029页。

⑧ 〔汉〕董仲舒著：《春秋繁露》卷八《必仁且知》，上海古籍出版社1989年版，第54页。

政治未协，大小臣工弗能恪共职业，以致阴阳不和，灾异示儆”[①]。而且，康熙皇帝下谕内阁九卿满汉各官，令他们“洗涤肺肠，分忠自矢，痛改前非，存心爱民为国”[②]。除此之外，康熙皇帝还遣官告祭天坛，并数次率诸王、文武官员谒天坛，亲行祈祷，并于当年大赦天下。虽如此，大地震导致的惶恐不安还是使得民心浮动，对清朝的统治多了诸多腹诽和猜疑，这场地震使时人的心里充满了某些强烈的不可明言的心理暗示。这场大地震中，北京城虽没有受到一丝一毫的破坏，但是大地震对当时社会形势的巨大影响和那些无法明言的推理悄然在京师传播。这场对社会形势造成了巨大影响的地震，洪昇不可能无动于衷，但是他的诗词中却没丝毫相关感情的流露，这不能不说是一种非常不正常的现象，也许这次事件在洪昇看来也是只可意会不可言传吧。

从康熙十年至康熙十八年（1671—1679），前后近10年的时间中，洪昇迭遭家难，“流寓困穷，备极坎壈”，日子过得艰辛而坎坷。康熙十八年冬，更大的灾祸降临到了洪昇的身上。洪昇父亲的案子被重新审理，洪起鲛被发配边疆戍边，家产籍没入官，洪昇的母亲也被株连同去戍边。洪起鲛从康熙十五年获假释后，此案一直未被定案，拖了四年左右，到康熙十八年“三藩之乱”基本平定前后，洪起鲛的案子才被重新进行了定案，结果洪起鲛被发配远流宁古塔。康熙十二三年间，正当康熙皇帝为笼络人心大开取士之门，试图最大限度地争取人心，洪起鲛的事情再次被提起，其案情的严重程度一定到了不可忽略的地步，倘非极大地触及了清廷的利益，不会如此处置。对于父亲的罹祸，洪昇诗中说是“被诬遣戍”[③]，此诗作于陪同父母北上的船上，对于父亲罹祸的原因洪昇应十分清楚无误，因此“被诬遣戍”说完全可以确证。在此前洪昇所作的《回龙记》传奇中，我们似乎可以从剧中人韩原濬的所作所为看出洪父的影子。但是在三藩闹得天下大乱之时，清廷宁可错杀也不姑息的政策使得洪起鲛即使被错杀也无力辩诬，况且其中尚有人有意诬陷，洪起鲛更是百口莫辩，即使有

---

① 《同治畿辅通志》卷一《帝制纪 · 诏谕一》，清光绪十一年刊本。

② 《康熙御制文集》卷九《敕谕》，武英殿刻本。

③〔清〕洪昇著：《稗畦集 · 除夕泊舟北郭》题下原注：时大人被诬遣戍，昇奔归奉侍北行。载《洪昇集》，第260页。

洪昇写作《回龙记》传奇影射，也无济于事。洪昇得此消息，心情十分沉重，原以为父亲的事情已经平息，谁想到现在旧事重提。洪昇自从赴京读书，十几年的时间内一直处于漂泊客游之中，功名未就，衣食无继，是一个典型的失意之人。然而屋漏偏逢连雨天，真是雪上加霜、加倍不幸。

得知父母双亲被遣戍的讯息后，洪昇立即在京师展开了“外交攻势”，他试图利用自己多年来苦心经营的人脉资源来拯救双亲。此时，洪昇的外祖父黄机已经被特召还朝，复任吏部尚书，但他面对自己的女儿女婿大祸临头却无力施以援手，可见洪起鲛其事确不可解。洪昇不愿轻易放弃对父母的营救，他“徒跣号泣，白于王公大人”①，向那些王公大人求情，希望他们能伸出援助之手。康熙七年（1668），洪昇入京，在10多年的时间内，他广交海内名士，所交之人多为朝廷显贵，康熙十二年父亲的罹祸就因之而释，这样庞大而显贵的人际网络给洪昇留下了一线希望。但是，面对洪起鲛被重新械捕，这些名士显宦或无力回天，或因事关重大而避之三舍。洪昇求告无门，在为父母奔走呼号没有任何成效的情况下，只好匆匆赶回家乡侍奉父母北上“充军”，以尽人子之心。

从京师至钱塘路途遥远，正常时间需要两个月左右才能到达，但洪昇心急如焚，他昼夜兼行，跨岱山渡黄河过长江，只“旬日余”就赶到了家。南归的路上，洪昇哀叹自己命运多舛，一身多难，并将之付于歌诗，“坎壈何时尽，飘零转自伤。一身还故国，八口寄他乡。疲马愁危坂，啼乌恋夕阳。徘徊荒野外，洒泣向穹苍”②。作为洪家长子，洪昇感觉“祸大疑天远，恩深觉命微”③，不知道自己是否会受到父亲之祸的牵连。一路上，洪昇忐忑不安，触景伤怀，看到寒风中“绕枝犹未定”的小鸟，他联想到自己“不知风雨后，能免覆巢无”④。这些年来康熙皇帝屡出笼络之策，且放宽了顺治朝和四辅臣时期那种残酷的连坐政策，这样的形势让洪昇心里还存有一丝侥幸。怀着这样既忧且惧的

① 〔清〕朱溶撰：《稗畦集·序》，载《洪昇集》，第388页。

② 〔清〕洪昇著：《稗畦集·感怀》，载《洪昇集》，第259页。

③ 〔清〕洪昇著：《稗畦集·南归》，载《洪昇集》，第257页。

④ 〔清〕洪昇著：《稗畦集·乌》，载《洪昇集》，第265页。

心理，洪昇“长途四千里，一步一沾衣”[①]地赶到了父母的身边，到家的时候人已经不成样子了，神形憔悴，面目黧黑，骨瘦如柴，凡所见之人都不禁“哀叹泣下”[②]。洪昇自康熙九年（1670）离家出走，差不多10年的时间一直在外漂泊，无时无刻不盼望着与父母团聚，洪昇幻想过许多次团聚的场面，但从来没有想到会是这样的情形，从未料到与父母的团聚居然是在家破人亡之时，这样悲惨的团聚没有让洪昇感到丝毫快乐。洪家从明清易代以来，屡受打击，这一次最惨重、最彻底。洪家仅有的家产被没收，家人籍没入官，父母被遣入苦寒之地，昔日的豪族成了连贫民都不如的罪人，百年望族就此覆灭。从洪昇以后，洪家后人虽小有功名，但无论是政治地位还是文化成就，再也未能重现宋明两朝的显赫，可以说洪昇是洪家最后一抹夕阳的余晖。

洪昇与父母在发配犯官的阴冷潮湿的遣送船上度过了康熙十九年（1680）的除夕。除夕就像洪昇一生中的特定情境，只有孤凄和愁苦，从来没有一个欢快的时刻。康熙十九年的除夕伴随着家难，除了让洪昇感受举家分离的孤凄与老大无成的惆怅外，心里更多地笼罩着家破人亡的恐惧。钱塘至宁古塔路途遥远，苦寒之地难以存身，洪昇的父母此时已经是五十几岁的人了，从锦绣江南到绝塞荒原，年迈的人如何能承受？此去宁古塔基本上就是有去无回的绝路了。在这种情势下，洪昇是彻底绝望了。作为流放的犯官，待遇非常差，差役的慢待与白眼、呵斥与辱骂让洪昇心中非常悲愤，但却无法对抗。虎落平阳被犬欺的现实就是那么无情，让人感叹却无奈。他只能把对酷吏的愤慨用笔来加以鞭挞，《长生殿》中“鞭乱抽，拳痛殴，打得你难捱”[③]虽说是描写进献荔枝使臣的凶恶，未始没有押解洪昇父母那些小差役的影子。前程无望的悲戚、家族覆灭的惨痛现实让洪昇万念俱灰，心情恶劣到了极点，“漫道从亲乐，承颜泪暗流。明灯双白发，寒雨一孤舟。故国仍羁客，新年入旧愁。鸡鸣催解缆，从此别杭州”[④]。面对年迈的父母双亲，洪昇只能强作欢颜，说些言不由衷的安慰之

① 〔清〕洪昇著：《稗畦集·南归》，载《洪昇集》，第257页。

② 〔清〕朱溶撰：《稗畦集·序》，载《洪昇集》，第389页。

③ 〔清〕洪昇著：《长生殿·进果》，载《长生殿》，第82页。

④ 〔清〕洪昇著：《稗畦集·除夕泊舟北郭》，载《洪昇集》，第260页。

语，可是这些语言实在太苍白无力了，根本无法安慰父母，也无法让自己超脱。大多时候，洪昇只能陪着父母默默地流泪。寒雨孤舟，羁人白发，凄凄惨惨的生死离别让洪昇黯然销魂。

也许是上天眷佑，太和殿一场奇异的火灾挽救了洪昇的父母。在京东大地震过去不到五个月的时间，太和殿发生了大火灾。太和殿是紫禁城的核心，象征着现实中的世界中心。太和殿是外朝的主殿，它是紫禁城内最高大的建筑，殿内设置金龙宝座，俗称金銮殿，象征尊贵无比的皇权，是皇帝举行登基、大婚等重大庆典的地方。康熙十八年（1679）腊月初三“寅时，太和殿灾。丑时，火自西御膳房起，延烧后右门、中右门、西斜廊，寅时至正殿，复及东斜廊、中左门，至巳时火熄”[①]。大火整整燃烧了六个小时，太和殿在火中化为灰烬。让人浮想联翩的大地震刚刚结束，代表皇权统治最权威建筑的太和殿又失于大火，这比起地震更具有象征作用。这场严重的火灾不仅被视为“上天示警”的象征，在大多数人的心中更是清廷国祚不祥的征兆。这让康熙皇帝又惊又怕，再次大赦天下，这次赦免的力度比起大地震那次要大得多，康熙十八年十二月己卯，“以太和殿灾，颁诏天下……诏内恩款一十三条”[②]，洪昇的父亲成为其中一个受惠者。洪昇与父母在流放的路上已走了一个多月的时间，他们在路上得到了大赦的消息。得知父母被赦免的消息，洪昇悲喜交加，他感谢苍天，感谢那场大火，让洪家九死一生。

经过这一场变故，洪家是彻底垮了。洪昇的父母虽被大赦，但是家中的房产却已荡然无存，洪昇父母的生活也没有了保障。本已生活拮据的洪昇因此不得不负担起赡养父母的责任，他在其后不到10年的时间内多次返乡探望父母，屡屡奔波于北京、杭州之间，陷入“多年遥负米，辛苦踏京尘”[③]的奔波劳碌中。飘零奔波的生活，使洪昇身心疲惫，他感受到难言的痛苦。在诗里，他反

---

① 中国第一历史档案馆整理：《康熙起居注》，中华书局1984年版，第470页。

② 《清圣祖实录》卷八七，载《清实录》（四），第1102页。

③ 〔清〕陈讦著：《时用集》己巳《寄洪昉思都门四首》，见《四库全书存目丛书·集部·别集》，第257册，第275页。

复写到自己的这一份悲哀："妻子长安亲旧国，年年北往复南征"[①]"北往南归两行泪，谁能分寄大江流"[②]。洪昇千里赴难归家的举动化解了横亘在家庭中的隔阂，洪昇与家庭之间的关系渐渐地好转。

康熙十九年（1680）秋天，洪昇的少年知己吴仪一从奉天来到北京，住在洪昇的家里。老友重逢，悲欣交集。面对少年知己，洪昇感慨万千，"多年遥负米，辛苦踏京尘"的艰辛，"卖文供赀酒，旅食转依人"[③]的窘迫，"逢时多屈曲，避患且盘桓"[④]的难堪全都涌上心头。吴仪一则向好友讲述了自己几任夫人均与《牡丹亭》结缘这一奇异的事件。这件事情让洪昇和吴仪一都叹为奇观，洪昇尤为感动，"叹异不已"[⑤]。对于《牡丹亭》，洪昇由衷地欣赏剧中的生死真情。对于作品的结构，洪昇认为"肯綮在生死之际，记中《惊梦》《寻梦》《诊祟》《写真》《悼殇》五折，自生而之死；《魂游》《幽媾》《欢挠》《冥誓》《回生》五折，自死而之生。其中搜抉灵根，掀翻情窟，能使赫为大块，麋为造化，不律为真宰，撰精魂而通变之"[⑥]。此论让吴仪一"大叫叹绝"[⑦]。此时洪昇正在修改《舞霓裳》传奇，吴仪一的来访使洪昇确定了《舞霓裳》的修改倾向，他要赞颂千古不灭的真情，这种思想最终落实于《长生殿》传奇之中。

洪昇赞美真挚的爱情，因此在《长生殿》中，他突出了杨玉环的形象，改变了历代"长恨歌"题材作品中对杨玉环形象单一化符号化的处理，把杨玉环还原为一个真实的人的形象。洪昇认为杨玉环首先是一个美女。无论在文人的笔下，还是在民间传说中，杨玉环都是一个非常美丽的女人，她"鬒发腻理，纤秾中度，举止闲冶"，"回眸一笑百媚生，六宫粉黛无颜色"。其浴后之姿更成为女人完美的象征，"既出水，体弱力微，若不任罗绮。光彩焕发，转动照人"[⑧]。

---

①〔清〕洪昇著：《稗畦集·感怀》，载《洪昇集》，第314页。

②〔清〕洪昇著：《稗畦集·扬州客舍夜雨》，载《洪昇集》，第334页。

③④〔清〕陈讦著：《时用集》己巳《寄洪昉思都门四首》，载《四库全书存目丛书·集部·别集》第257册，第275页。

⑤⑥⑦〔清〕洪之则撰：《吴吴山三妇合评牡丹亭还魂记》跋，载《明清戏曲序跋纂笺》第2册，第850页。

⑧〔唐〕陈鸿著：《长恨歌传》，载〔五代〕王仁裕撰：《开元天宝遗事十件》，丁如明辑校，上海古籍出版社1985年版，第125页。

洪昇依旧叙写了杨玉环的美貌，“庭花不及娇模样。轻偎低傍，这鬓影衣光，掩映出丰姿千状”[①]，杨玉环的美貌的确“常使君王带笑看”，但洪昇认为真正使得李隆基对杨玉环产生真挚的爱情还在于她的绝妙才情。洪昇突出塑造了杨玉环聪慧乖巧、多才多艺的才女形象。为了突出杨玉环的才华，洪昇把原为李隆基所创制的《霓裳羽衣曲》安排为杨玉环经过月宫仙子的启发而创制，而且杨玉环还对月中仙乐进行了反复推敲。经过杨玉环精雕细琢的《霓裳羽衣曲》“反胜天上”[②]。杨玉环所制之谱获得了深谙音律的唐玄宗的赞赏，“不要说你娉婷绝世，只这一点灵心，有谁及得你来”“恁聪明，也堪压倒上阳花”[③]，随后杨玉环于翠盘中舞蹈《霓裳羽衣曲》，其舞“逸态横生，浓姿百出。宛如翾风回雪，恍如飞燕游龙。真独擅千秋矣”[④]。李隆基是一个多才多艺的帝王，具有极高的艺术修养和艺术鉴赏能力，工诗词，长音律，擅丹青。正是基于此，既具有超群美貌，又能歌善舞的杨玉环，让李隆基大加赞赏。同时，洪昇认为在李、杨关系中，杨玉环不只是以色侍人的普通嫔妃，更是一个以艺动人、才色双绝的女人，是一个被情所困、为爱所伤的性情女子。

洪昇有意忽略了杨贵妃嫔妃的角色，让她以妻子身份自居。有了夫妻关系作为前提，杨玉环的嫉妒、娇嗔就具有了平等的意味。她也像普通坠入情网的女人一样因情人的二三其德而怨叹、而撒娇使性，也为争宠不择手段，她爱着恨着都为一个“情”字。但凡人爱得越深，就越怕失去这份爱，这是人之常情，即使贵为“一人独占三千宠，无人能与竞雌雄”的皇后娘娘也不例外，甚至其焦虑不安的心理也较常人更强烈，因为拥有后宫佳丽三千人的皇帝二三其德从来不是什么恶德，因此，担忧爱人“日久恩疏，不免白头之叹”成了杨玉环的心结。第二十二出《密誓》中深情的海誓山盟更把杨玉环为“情”所困的复杂心理细腻地描摹出来。“惟愿取，恩情美满，地久天长”成为杨玉环痴爱和怨艾的心理动因，也正因为如此，她才对唐玄宗宠幸她的妹妹和梅娘娘心生嫉妒。

① 〔清〕洪昇著：《长生殿·定情》【古轮台】，载《长生殿》，第6页。

② 〔清〕洪昇著：《长生殿·重圆》【沉醉东风】，载《长生殿》，第251页。

③ 〔清〕洪昇著：《长生殿·制谱》【渔灯映芙蓉】，载《长生殿》，第62页。

④ 〔清〕洪昇著：《长生殿·舞盘》【羽衣第二叠】，载《长生殿》，第87页。

“君心可托，百岁为欢”是杨玉环作为女人对爱情婚姻生活的要求，因此她绝不与人分享爱人。如果说，杨玉环排挤梅娘娘尚有后宫争宠倾轧的意味，那么自己的妹妹受到自己爱人的宠幸却也让她倍感受伤。杨玉环被遣回家心里悲叹自己命运不济也埋怨君王无情。

> 君恩如水付东流……只道君心可托，百岁为欢。谁想妾命不犹，一朝逢怒。遂致促驾宫车，放归私第。金门一出，如隔九天。（泪介）天那，禁中明月，永无照影之期；苑外飞花，已绝上枝之望。……我含娇带嗔，往常间他百样相依顺，不提防为着横枝，陡然把连理轻分。……未白头先使君恩尽。

这已经不是后宫争宠固权的一种手段，而是爱情心理中排他行为的一种自然流露了。这个誓言杨玉环是的的确确“生死守之”，马嵬驿缢死后还念念不忘与李隆基曾经拥有的欢情，“位纵神仙列，梦不离唐宫阙，千回万转情难灭”，一缕香魂终不忘至死不渝的情爱。马嵬之乱，为了自己心爱的人能够保全江山与性命，杨玉环不惜主动请死，其为情而死的深情让人唏嘘不已。洪昇设计了这些情节，把杨玉环还原为一个真实的女人，肯定了她对真情的执着追求。

中国古代的婚姻制度是“一夫多妻”制，普通的男人都可以娶多个妻子，贵为天子的封建帝王更拥有后宫三千佳丽，她们个个艳若天仙，杨玉环进入李隆基的视野中实属偶然，因此，即使拥有了杨玉环，也无法阻止李隆基去宠幸虢国夫人、梅妃。杨玉环以绝俗的才情超越了一般的嫔妃，获得了李隆基的赞赏和留恋，他们的情感才一步步地由性爱到情爱，得到了深化升华，李、杨之间的情感有了新的因子，具有永恒爱情的意义。洪昇这种认识可谓是惊天地泣鬼神了，为长期弥漫在男性心灵中以色伺人的女性形象注入了平等的因素。在创作《舞霓裳》《长生殿》的过程中，洪昇对情的认识越来越深刻了。

作为京师，北京吸引着全国各地的士子，或应试或漫游，北京成为士人宦游的中心。洪昇朋友众多，到北京来的人也不少，每次来访必与洪昇相聚。有朋自远方来，洪昇非常高兴。洪昇注重友情，他也深知主雅客来勤的道理，每次有朋友来访，洪昇都竭力安排。但是，洪昇没有一官半职，也没有什么稳定的经济来源，经济上非常拮据，诸多朋友的来访让洪昇欢喜也让他忧愁。

虽洪昇在京师没有一官半职，但他毕竟身处京畿，且所交之人多为朝中大员，因此在这个时期，洪昇得以参加了一场皇家送葬的大事，亲身感受到了皇家的奢华而壮观排场。康熙二十年（1681），洪昇跟随王泽弘送孝诚仁皇后、孝昭仁皇后灵柩到昌瑞皇陵。孝诚仁皇后是康熙帝的第一位皇后，赫舍里氏，生于顺治十年（1653）十月初七日，满洲正黄旗人，是辅政大臣索尼的孙女，其父为领侍卫内大臣噶布拉。康熙四年大婚，十三年因生皇六子，产后几个时辰就死于坤宁宫。其灵柩权厝都城北巩华城，康熙二十年二月十九日与孝昭仁皇后灵柩一起自巩华城沙河殡宫奉移至景陵，奉安于享殿。孝昭仁皇后是康熙的第二位皇后，钮祜禄氏，满洲镶黄旗人，辅政大臣一等公遏必隆之女。初入宫封为妃，康熙十六年八月二十二日册为皇后，康熙十七年二月二十六日巳时崩于坤宁宫，距第一位皇后之死还不足五年。安葬皇后灵柩是朝廷中非常重要的事件，皇家仪仗的威严，葬礼的肃穆，都让洪昇感觉到皇权的力量。他在《长生殿》中能把出场人物众多的《禊游》写得那么有条不紊，当得益于此次参与送葬时对皇家的豪奢和气派的直接体验。在送葬的途中，洪昇与王泽弘一起顺道到盘山赏游，在盘山，洪昇结识了当时著名的拙和尚智朴。

《顺天府志》记载，智朴“号拙庵，张姓，江南徐州人，……自幼颖异，年十五岁为僧，深禅机。三十五岁至盘山，结茅于青沟。其地间多虎豹，樵夫不敢入。自智朴开山结茅之后，恶兽潜踪，人咸异之。名遂大振”。盘谷寺初为青沟禅院，居盘山中部，“群山围绕，水汇于一”，康熙皇帝敕赐“盘谷寺”①。智朴和尚是清初非常有名的大师，民间关于他的传说非常多，流传广泛，并载之稗闻野史，有人说他是得道的高僧，有人说他是明末抗清久战沙场的元帅。乾隆十二年（1747），黄可润编撰的《说盘》载，“世传红杏青松图，特为拙庵大师写照耳”“谁知倚杏攀松者，曾是沙场百战身”。宣统年间，著名学者傅增湘

① 〔清〕蒋溥等，〔清〕梁诗正、沈德潜等撰：《盘山志　西湖志纂》，上海古籍出版社1993年版，第68页。

《访拙庵遗迹》有诗云："红杏青松万首诗，披图翻悔入山迟。枯僧大有沧桑感，说与时人恐未知。"傅增湘的密友周养庵，在《拙庵禅师》中则说"国破何能复有家，兜鍪脱却换袈裟。偶然诗翰惊朝贵，若得常临有翠华"。智朴精研佛法，著有《电光录》《存诚录》《谷响集》《云鹤集》《盘山志》等书。《盘山志》几经刊刻，直至今天，仍为研究盘山的重要史志资料，该书经朱彝尊和王士禛的校订，"记载精明，参考严密"，"疏略繁简，悉得其宜，文质褒嘉，各极其至"，是一部难得之方志，智朴因之被称为"释氏董狐"。同时，智朴还是一位诗僧，"能诗，时有佳句"[①]，交谊颇广，和朱彝尊、王士禛等人交情笃厚，多有诗书往还。洪昇久慕其名，因此盘山的初次相见二人即成莫逆，日后也保持着比较密切的关系。当他日洪昇罹祸之时，盘山以及智朴和尚就成了洪昇精神上的避难所。

迎来送往的日子过得非常快，转眼几年时间就过去了。从康熙十九年到康熙二十七年（1680—1688），为了谋生，洪昇多次到四方漫游，其中在开封、江阴、苏州等地停留的时间最久。所行之处多有他的旧交，那些朋友都比较了解洪昇的生活状况，总是能给他一些接济。虽洪昇所依之人大多是自己的朋友，但依人的卑微、生活上诸多的不便，还是让洪昇有着甚深的感慨，在劝慰他人的时候往往会不自觉地流露出戒慎之意。在这些年的漫游行役中，洪昇有一个意外的收获，他纳了一位能歌善舞的小妾，使他"从今度曲应无误，象管莺声细细听"[②]，洪昇从自己的小妾处获得了很大的帮助。

康熙二十二年（1683）二月，洪昇从杭州省亲顺路到苏州漫游。当时江宁的巡抚是余国柱，洪昇在京城与之相识，小有交往，洪昇到了苏州后就去拜见了余国柱。余国柱原本是山东兖州府推官，因为善于逢迎，被明珠一手提拔起来，由户科给事中升任左副都御史，不久出任江宁巡抚，后来升任左都御史，迁户部尚书，一直升到武英殿大学士。余国柱因与明珠结党营私，被时人称为"余秦桧"。康熙年间党争非常厉害，"索额图、明珠同柄朝政，互植私党"，以

---

① 《盘山志　西湖志纂》，第199页。

② 〔清〕方象瑛著：《健松斋集》卷一九《洪昉思纳姬四首》，载《四库全书存目丛书·集部·别集》第241册，第318页。

明珠和索额图为首形成了南、北党的对峙。他们把持朝政，收受贿赂，结党营私。明珠是康熙朝最重要的大臣之一，曾名噪一时，权倾朝野，人以“相国”称之。明珠为人聪明干练、善解人意，又通满、汉两种语言，能言善辩，遇人嘘寒问暖，善结人心，官场得意。明珠官居内阁13年，“掌仪天下之政”，独揽朝政，贪财纳贿，卖官鬻爵，打击异己。为了培植势力，使用各种手段，提拔和网罗党羽，形成了自己的一个官僚集团，时称“北党”。索额图是四辅政大臣之首索尼的第三个儿子，原是康熙帝的一等侍卫，因参与密谋收捕鳌拜，立下很大的功劳，得到康熙的重用，加封为太子太傅，成为一人之下、万人之上的首辅。索额图擅权专政，对于异己任意加以贬抑，在他周围聚结了大批满族贵族与汉族官僚。明珠与索额图的争权对康熙帝的专权形成不小的冲击。康熙帝对此心知肚明，为了牵制明珠与索额图的权力，他重用高士奇、徐乾学、王鸿绪等一批学问优长的汉族官员，这些人多是南方人，因地域的关系，加之与满族官员抗衡的需要，被称为“南党”。洪昇一向与南党关系密切，是徐乾学“碧山堂”的常客，又因与高士奇有同乡之交，和高士奇的关系也较亲密。属于北党的余国柱为了培植势力，对洪昇多加笼络，洪昇对此虽然心知肚明，但是他不愿自己树敌，对余国柱保持了一种不即不离的态度。在南、北党之间的两可态度虽暂时让洪昇有游刃有余之感，然而也为他自己埋下了隐患。

洪昇到达苏州后，余国柱对他非常热情慷慨，不仅为洪昇安排了盛筵，而且还一下子就赠送给洪昇1000两白银，这笔钱给洪昇带来了一次美妙的艳遇。在苏州的酒宴上，洪昇遇到了一个擅长昆腔的小戏儿邓雪儿。这个小戏儿只有18岁，正当妙龄，更让洪昇心动的是她有一副特别美妙的歌喉，因此洪昇不顾生活困苦，为这个小戏儿一掷千金，用余国柱所赠的千两白银把邓雪儿娶回了家。邓氏容貌艳丽，洪昇友人蒋景祁词云“倚云轩，翠屏十二晚峰前。索聘是，《长门》初赋酒垆钱。姿神称婉娈，依约遇神仙。薄寒天，恰吴宫，新柳未成烟。颇闻大妇，便瞥见，也生怜。春困罢，远山眉晕画谁先。霓裳刚按就，法曲好难传。早莺园。看良人，安坐且调弦”[①]。洪昇纳妾的豪举让同侪非常惊讶，友人方象瑛调侃他“明珠百琲真豪甚，再莫人前道客贫”[②]，称他为浅斟低唱不胜情的“狂措大”。洪昇遇到年轻美丽的邓雪儿，感觉愁苦不尽的生活有了新的希望、新的乐趣，他兴冲冲地把邓雪儿带回了北京。

洪昇纳妾这件事虽在他的朋友圈中传为美谈，但是却让洪昇的结发之妻黄蕙非常伤心。黄蕙自从嫁给洪昇后，聚少离多，穷困潦倒，但她无怨无悔，多年来与洪昇同甘共苦、相濡以沫，从来没有想到丈夫会另结新欢，多妻的婚姻制度让她无法反对丈夫的举动。邓雪儿的到来使黄蕙充满了内心难以明言的痛苦，因爱而生的嫉妒时时刻刻吞噬着她的心。洪昇非常钟爱自己的妻子，他非常能够理解黄蕙的心情，他知道妻子的嫉妒是因为对自己一往情深、忠贞不贰的一种自然反应。也许正因为他对妻子的心态知之甚深，才把杨玉环的嫉妒心理描摹得那么传神吧，也才能说出“情深妒亦真”的话，杨玉环的娇嗔与小性儿似乎有着黄蕙的影子。从理论上讲，洪昇追求真情不堕，但是他也不排斥多妻制度。因此，这种理论上的矛盾，洪昇无力解决，也无法明白其中的问题。对于洪昇来说，一面是相濡以沫的发妻，一面是姣小可人的爱妾，夹在黄蕙和邓雪儿之间，洪昇非常苦恼，感慨之下写了《织锦记》传奇，用苏蕙以织锦回文挽回丈夫感情之事檃括自己的婚姻生活。

前秦秦州刺史扶风窦滔之妻苏蕙，字若兰，仪容秀丽，与窦滔恩爱有加，后窦滔纳妾赵阳台置于外室。苏蕙大怒，率群婢把赵阳台劫持幽居别室，数加不堪。窦滔愤于苏蕙之妒，携赵阳台赴任。苏蕙被弃哀怨不已，织回文锦历数多年恩爱，窦滔被感动，夫妇重归于好。洪昇对苏蕙因爱而生妒颇不以为然，在序文中深责苏蕙“大乖妇道”，认为“妒而得弃，道之正也”，实际上是对黄蕙提出了或隐或明的批评。《织锦记》写成后是否登上舞台演出虽不得而知，但却实实在在地改变了黄蕙和邓雪儿的关系。黄蕙精通音律，雪儿歌喉曼妙，洪

① 〔清〕蒋景祁著：《罨画溪词 · 拂霓裳 · 洪昉思初纳吴姬》，载《四库全书存目丛书 · 集部 · 别集》第220册。

② 〔清〕方象瑛著：《健松斋集》卷一九《洪昉思纳姬四首》，载《四库全书存目丛书 · 集部 · 别集》第241册，第318页。

昇擅长剧作，洪家出现了“丈夫工顾曲，霓裳按图新。大妇和冰弦，小妇调朱唇”[①]这种其乐融融的家庭生活。对于洪昇的纳妾举动，今人多有微词，认为这与洪昇“情至”的观念不符，完全是一种封建士大夫的糟粕。在中国封建社会多妻制的婚姻模式中，妻妾成群是一种常态婚姻，纳妾之举并不需要指责，反而是天经地义的，若是据此怀疑洪昇的“情至”观念，则有着以今非古的误读。虽说洪昇对黄蕙那些由嫉妒引发的诸多不理性的言语和行动感到苦恼，但他能深深地理解黄蕙的嫉妒之情，这使他对女子的嫉妒有了重新的思考，这种生命体验使他在《长生殿》中说出“情深妒亦真”之语。

洪昇返京后不久，传来了郑克塽降清的消息，不管汉人愿不愿意，此次降清标志着朱明王朝已经成为过去时，天下归爱新觉罗氏了。康熙皇帝亲政后，积极调整满汉关系，通过软硬兼施的手法逐步巩固了清政府的统治。康熙宽文字之禁，开明史之馆，重用汉人，平定三藩，收回台湾，通过种种努力，逐渐巩固了清朝的政治地位，其统治也获得多数文人士大夫的认可，康熙二十三年（1684）十一月，康熙帝首次南巡成为新朝巩固的象征。康熙一路南下，首先亲至孔子家乡曲阜朝拜，向孔子牌位行三跪九叩之礼，称孔子“开万世之文明，树百王之仪范”，书“万世师表”匾额，悬挂于大成殿上，[②]康熙此举再次向汉人传达了崇儒重道的价值取向，让汉人非常感动，对清王朝充满了希望。

这次事件并没有激起洪昇已经沉寂的心，也没有改变他的人生历程，他仍在自己的人生轨道上运行着。康熙二十五年（1686），42岁的洪昇返乡省亲，他的亲友戴普成和朱溶帮其编定了《稗畦集》，并为之作序。洪昇从15岁起以诗名著称于钱塘，经过多年的历练，他的诗歌写得越发老到，正所谓“赋到沧桑句便工”。洪昇在近20年颠沛流离的漂泊生活中写下了千余首诗歌，得到了“诗是君家事，人穷诗更工”的评价。戴普成与洪昇“同为黄文僖公孙婿”，小洪昇15岁。洪昇此次返乡，温情之余，常下榻戴家，因而得与戴普成论诗。戴普成以后生晚辈的身份向洪昇请教，洪昇乐得以自己所作的五七言近体诗教之，

① 〔清〕孙鋐辑：《皇清诗选》卷五，蒋景祁《出都留别七章·洪布衣昉思》，载《四库全书存目丛书·集部·别集》第398册，第147—148页。

② 《清圣祖实录》卷一一七，载《清实录》（五），第233页。

戴普成深慕其诗“琢雕以为奇，而音节必和；洸洋以自适，而首尾必贯”[①]。华亭朱溶此时“客钱塘，与洪子润孙、戴子天如……辑《感应篇》《经史考》”[②]，洪昇因与之相识。洪昇“偶出近作”，朱溶一见大惊曰“子之诗乃至是，何相识之晚耶”，大有相见恨晚之意，对洪昇非常推崇。洪昇得遇知音，亦非常高兴，遂“倾箧相视”，朱溶称颂不已，自言“诵之三四，不自知首之俯于地也”。戴普成和朱溶对洪昇的诗歌嗟叹称道之余，他们极力主张将这些诗作汇集成册以传后世，于是这两位洪昇的崇拜者自然就成了洪昇诗集的编撰者。戴普成与朱溶为了使洪昇诗歌“传世行远”，对洪昇千余首诗歌“痛删削”，应景之作删去了，那些立意不高、词句不工之作删去了，当年初入国子监时所写的“颂圣”诗也被删去了，仅留下了300多首精品之作编选入诗集。朱溶在序中大赞洪昇的诗歌，认为天下诗人“与昉思匹敌者盖少”[③]，他认为洪昇的诗歌“近体宗少陵，然求少陵一言半辞于其集中不得也；其古诗则高、岑，然求高、岑一言半辞不得也。尽精肆力，心得其意，而变化无方。其发者泉流，突者峰峦，而幽者春兰也。其玑琲则灿烂也，其音节和平，金石宣而八音奏也。若构绳规矩，则斥候远而刁斗严也”[④]，对洪昇的诗歌给予了非常高的评价。洪昇的诗歌世无传本，仅有抄本《稗畦集》传世，抄本数量很少，至近代郑振铎先生所见的《稗畦集》已为“天壤间仅存之一本”。洪昇以诗名世，诗作数量非常多，但是今天我们只能从已痛删削的《稗畦集》领略其诗歌魅力了。

诗集编成之后不久，洪昇出游苏州，很快由苏州入江阴。洪昇的好友陆次云在江阴做知县，他和洪昇的关系一向较为亲密，且对洪昇的诗歌也赞赏有加，因此洪昇到来，陆次云非常高兴。洪昇在江阴得到了殷勤款待，“出有车乘食有鱼”，而且陆次云还为洪昇营造了一个文人生活的圈子。陆次云把洪昇引荐给当地的一些士绅名流，洪昇因而在江阴结交了很多志同道合的朋友，他们经常分韵赋诗，为文酒之会。洪昇的诗才得到了众人的交口称赞，将他与李白媲美，赞之为“风流直压李青莲”[⑤]。在陆次云的殷勤款待和当地诗友的推崇下，洪昇在

① 〔清〕戴普成撰：《稗畦集·序》，载《洪昇集》，第389页。
②③④ 〔清〕朱溶撰：《稗畦集·序》，载《洪昇集》，第388页。
⑤ 〔清〕朱廷鋐撰：《赠洪昉思》，载《江上诗抄》卷七一，清康熙刻本。

江阴呆了差不多半年的时间，欢快的时光让洪昇几乎“忘却天涯羁旅贫”[①]。

从康熙十七年（1678）洪昇再次返回北京到康熙二十八年因《长生殿》罹祸而离京前，洪昇一直寓居北京，过着“辛苦踏京尘”的艰辛生活。多年的旅食生活让洪昇尝尽“依人空老大，乞食愧英雄”[②]的悲凉，这种人生的感慨在他创作《长生殿》中借李龟年抒发出来，“不提防余年值乱离，逼拶得岐路遭穷败。受奔波风尘颜面黑，叹衰残霜雪鬓须白。今日个流落天涯，只留得琵琶在。揣羞脸上长街又过短街。那里是高渐离击筑悲歌，倒做了伍子胥吹箫也那乞丐”[③]。这种感受与其说是李龟年流落天涯的辛酸，还不如说是洪昇自己多年艰辛生涯的写照。

① 〔清〕洪昇著：《稗畦集·人日朱近庵招同诸公饯别》，载《洪昇集》，第302页。

② 〔清〕洪昇著：《稗畦集·后江行杂诗四首》其一，载《洪昇集》，第224页。

③ 〔清〕洪昇著：《长生殿·弹词》【南吕一枝花】，载《长生殿》，第196页。

第十二章　祸断功名

在多年的旅食生涯中，洪昇笔耕不辍，留下了千余首诗歌和多部传奇。他以诗才获誉和交友，其诗名与曲名均得到时人的赞赏。经过近十年的修改，至康熙二十七年（1688），洪昇最伟大的作品《长生殿》传奇定稿并搬上舞台。

《长生殿》是洪昇集一生的才华和心血而成的精品，它的创作和修改贯穿了洪昇多灾多难的青壮年十多年的时间。从康熙十二年（1673）创作《沉香亭》传奇开始，洪昇逐渐对之修改完善，形成《沉香亭》《舞霓裳》《长生殿》三部相关而不相同的传奇作品。这三部传奇虽说是彼此之间有着逐步完善的关系，但事实上，它们是完全不同的三部作品。《沉香亭》主要描写李白得遇明主的故事，作品中充满了洪昇对李白的艳羡，寄予着自己对功名的期望。《舞霓裳》则增加了肃宗中兴的内容，借唐明皇和杨玉环之间的爱情垂诫历史。经过多年的人生漂泊，洪昇对功名、政治和爱情都有了重新的认识。他重新审视历史上充满传奇色彩的李、杨爱情，对李隆基和杨贵妃的爱情故事进行了再次改编。历史上已经有了这么多同一题材的作品，单纯对李、杨之间的爱情进行颂扬，无异于老调重弹，这并没有什么价值，况且在《舞霓裳》中洪昇对李、杨之间的爱情已经进行过净化，再次修改，如何给李、杨的爱情进行定位，如何使作品具有更高的价值和意义，这些重新修改作品中所必须面对的问题让洪昇颇费思量。洪昇感觉不应只在爱情的定性上进行铺排，他决定用改朝换代的历史作为李、杨爱情悲剧的大背景，进而糅合历史和现实的双重感受，增加作品的深度。

对于安史之乱的解读，历来以白居易《长恨歌》中对唐明皇重色轻国的批评基调为代表，而《长生殿》虽也承认唐玄宗“占了情场，弛了朝纲”，但作者并未加以强化，反而极大地淡化了红颜误国、重色轻国的色彩，作品着力突出了李、杨之间的美好情缘，渲染了他们的甜蜜厮守。洪昇以同情的姿态歌颂了李杨之间“在天愿做比翼鸟，在地愿为连理枝”的生死爱情，在开篇就明确了一个“情”字：

今古情场，问谁个真心到底？但果有精诚不散，终成连理。万里何愁南共北，两心那论生和死。笑人间儿女怅缘悭，无情耳。

感金石，回天地。昭白日，垂青史。看臣忠子孝，总由情至。先圣不曾删《郑》《卫》，吾侪取义翻宫徵。借太真外传谱新词，情而已。[①]

这种铺垫是为了突出美好情缘被割断的痛苦，马嵬之变是李、杨幸福生活的转折点。李、杨美好的情缘从《小宴》中夫妇海誓山盟的高峰落跌到了《埋玉》中夫妇生离死别的深渊，帝王夫妇的恩爱被渔阳鼙鼓生生拆散。洪昇浓墨重彩地渲染了马嵬之变后唐玄宗的痛苦。李隆基一路上见云山重叠，孤雁哀鸣，触景生情。剑阁上雨打孤叶，风吹檐铃，使得他肝肠寸断，悲痛万分，“万里巡行，多少悲凉途路情。看云山重叠处，似我乱愁交并。无边落木响秋声，长空孤雁添悲哽”[②]。到了成都后，被相思所苦的李隆基选出技艺高超的木匠，用上等的香檀木雕刻成杨贵妃的像，迎进宫来，送入庙中，李隆基见到杨玉环的雕像时神情恍惚，泪如雨下，“好一似刀裁了肺腑，火烙了肝肠”[③]。自蜀回銮路过马嵬，他更是“号呼，叫声声魂在无？唏嘘，哭哀哀泪渐枯”，恸彻心底的追悔和刻骨铭心的相思使得他唯求速死，“早赴泉台，和伊地中将连理栽”[④]，这样的苦痛与哀伤致使雕像也流下眼泪，李、杨之间这种绵绵的情思使得全剧充满了强烈的悲剧气氛。美满情缘与残破人生的强大反差给观众巨大的心理冲击

① 〔清〕洪昇著：《长生殿・传概》【满江红】，载《长生殿》，第1页。
② 〔清〕洪昇著：《长生殿・闻铃》【双调近词・武陵花】，载《长生殿》，第154页。。
③ 〔清〕洪昇著：《长生殿・哭像》【四煞】，载《长生殿》，第169页。
④ 〔清〕洪昇著：《长生殿・见月》【摊破金字令】，载《长生殿》，第212页。

力量，让人们不禁反思造成这一悲剧的根源，这才是洪昇花费十年时间修改剧本的苦心之所在，作者洪昇以爱情悲剧引导着观众感受国破家亡的悲凉。《长生殿》把李、杨的爱情放在安史之乱的背景下演绎，爱情悲剧中有强烈的兴亡之感。这正是经历政权更迭、江山易主后文人士大夫心中反复咀嚼的悲苦，这种黍离之悲引发了时人的共鸣，形成了“家家‘收拾起’，户户‘不提防’”的局面。

洪昇改变《舞霓裳》中单纯言情的创作倾向，在《长生殿》中增加了强烈的现实感，实“非臆为之也”[①]。《长生殿》成书前后，清廷的统治地位已经稳定，全国各地的抗清斗争相继失败，反清大势已去，对旧朝割舍不断的情怀、对新朝既畏惧又痛恨的心态，使得文人们只能在心灵中反复咀嚼国破家亡的苦涩。这种无法明言的家国之思，使得文人们只能借助隐而不明的史事来寄寓心中的慨叹，这种心态导致清初剧坛出现了历史剧创作的高潮。如吴伟业的《秣陵春》、李玉的《千钟禄》、邱园的《党人碑》、朱九经的《崖山烈》都是感于明亡而作，尤其吴伟业的《秣陵春》和李玉的《千钟禄》更是代表作，冒襄在评价《秣陵春》时云“字字皆鲛人之珠，先生寄托遥深”[②]。在这样的时代氛围中，洪昇在自己的作品中也渗透了浓重的时代感。《自序》中洪昇自言“借天宝遗事，缀成此剧”，在《例言》中说，“多采天宝遗事杨妃全传”，在第一出《传概》称“借太真外传谱新词，情而已”，此“情”绝非单纯儿女情长之“情”，实有作者有意隐藏在“情”后的兴亡之感。在“避席畏闻文字狱”的社会形势下，洪昇巧妙地把李、杨之间的关系定位为夫妇关系，家国同构的社会模式使得李、杨爱情的悲剧具有国破家亡的双重意味。唐皇的失国是鼎革的象征，李、杨二人的家庭悲剧也就是千千万万的家庭悲剧的缩影。《长生殿》后半部分唐明皇内心绵绵不尽的痛苦就是这种失国失家痛苦的曲折反映，正如吴仪一所说“从来不能死忠义者，到命绝时，皆有此念”。李隆基对杨贵妃的哀怜与愧悔是入清文人失去至爱家国的恸彻心扉，在这一点上，吴仪一可谓是他的知音，他

① 〔清〕吴仪一撰：《长生殿・序》，载《长生殿》，第260页。
② 〔清〕冒襄著：《同人集》卷一〇，载《四库全书存目丛书・总集》第385册，第449页。

在批注《长生殿》时多处点明此意。如在《骂贼》出的眉批中，吴舒凫写道“此折大有关系，雷海青琵琶遂可与高渐离击筑并传。尝叹世间真忠义不易多有，惟优孟衣冠，妆演古人，凛然生气如在。若此折使人可兴可观，可以廉顽立懦。世有议是剧为劝淫者，正未识旁见侧出之意耳”[①]。吴仪一所谓的“旁见侧出之意”正是洪昇在《长生殿》中的“唱不尽兴亡梦幻，弹不尽悲伤感叹，大古里凄凉满眼对江山。我只待拨繁弦传幽怨，翻别调写愁烦，慢慢的把天宝当年遗事弹”[②]。对于吴仪一的这种评点，洪昇深有知音之感，他认为吴仪一“发予意所涵蕴者实多”[③]。对此寄托遥深之意，时人多深有所味，后李慈铭亦云“《长生殿》寄托尤深，未易一二言之”[④]。

关于洪昇创作《长生殿》的缘起，毛奇龄在《长生殿院本序》中称：“洪君昉思……相传应庄亲王世子之请，取唐人《长恨歌》事作《长生殿》院本，一时勾栏多演之。”[⑤]庄亲王博果铎是清太宗第五子硕塞的长子，是大清王朝的第一代庄亲王。这个说法在邓之诚《骨董三记》中亦有记载，“唯昉思《长生殿》出于庄邸之嘱，固可无疑”[⑥]。

洪昇创作《长生殿》时，特别注重剧本的布局。他依照一般传奇的通例，把《长生殿》分为上下两部，共50出。上部从李、杨定情起写到埋玉为止，主要写唐明皇和杨贵妃欢娱的宫廷生活。下半部从郭从谨献饭写到月宫的大团圆为止，铺写了李、杨生死别离后彼此的眷怀和愁苦。在上半部中，洪昇多采唐人丛谈、元明笔记小说、传说等素材加以组织，突出表现了李、杨之间真挚爱情的形成过程。在实际创作中，洪昇采用双线并行的方法，一方面渲染李、杨

---

① 〔清〕洪昇著：《吴仪一批评本〈长生殿〉》，〔清〕吴仪一批评，凤凰出版社2011年版，第103页。

② 〔清〕洪昇著：《长生殿·弹词》【转调货郎儿】，载《长生殿》，第197页。

③ 《长生殿·例言》，第2页。

④ 〔清〕李慈铭著：《越缦堂菊话》，载张次溪编纂：《清代燕都梨园史料》，中国戏剧出版社1988年版，第709页。

⑤ 〔清〕毛奇龄撰：《长生殿·序》，载《长生殿》，第264页。

⑥ 邓之诚著：《骨董琐记全编》“骨董三记”卷“长生殿”条，赵丕杰点校，北京出版社1999年版，第573—574页。

夫妇逐步走向爱情的顶峰，一方面用现实的变乱打破这份绝美。《埋玉》是全剧的高潮，恩爱夫妇的生离死别让人哀伤不已，从而强化了该剧的悲剧感。从这一点出发，洪昇没有把《长生殿》重心放在渲染李、杨沉醉情场的柔情蜜意上，而是突出描写了李、杨生离死别之后的无尽相思。《骂贼》《闻铃》《情悔》《哭像》《弹词》等折是洪昇竭力渲染的场面。

以李、杨的悲剧铺写人生感慨、历史兴亡，洪昇是经过精心选择的。在中国诗词的意象丛中，安史之乱有时被作为族群矛盾的意象，南宋末期的遗民词中多有此意象。如王清惠《满江红》："太液芙蓉，浑不似、旧时颜色。曾记得、春风雨露，玉楼金阙。名播兰馨妃后里，晕潮莲脸君王侧。忽一声、鼙鼓揭天来，繁华歇。　龙虎散，风云灭。千古恨，凭谁说。对山河百二，泪盈襟血。客馆夜惊尘土梦，宫车晓碾关山月。问姮娥、于我肯从容，同圆缺。"南宋末年，元军占领临安，宋帝和后妃等被掳北上，身为昭仪的词人在驿馆壁上题词，表达其亡国之痛和全节之念，"鼙鼓揭天繁华歇"即运用安史之乱的典故来抒发黍离之悲。又如汪元量《水龙吟》："鼓鞞惊破霓裳，海棠亭北多风雨。歌阑酒罢，玉啼金泣，此行良苦。驼背模糊，马头匼匝，朝朝暮暮。自都门燕别，龙艘锦缆，空载得、春归去。　目断东南半壁，怅长淮、已非吾土。受降城下，草如霜白，凄凉酸楚。粉阵红围，夜深人静，谁宾谁主。对渔灯一点，羁愁一搦，谱琴中语。"开篇就以"鼓鞞惊破霓裳"为背景写出了南宋既灭后国破家亡的惨烈。安史之乱后，"渔阳鼙鼓动地来，惊破霓裳羽衣曲"成为族群矛盾的一种象征，因此选择这样一种习见的抒情模式作为敷演《长生殿》的因由，洪昇其用心不可谓不深。《长生殿》继承这个传统，运用鼙鼓起渔阳来明写安史之乱，暗写清兵入侵给中原大地造成的痛苦。《长生殿》敷衍"一从鼙鼓起渔阳，宫禁俄看蔓草荒"的惨状：

【六转】恰正好呕呕哑哑《霓裳》歌舞，不提防扑扑突突渔阳战鼓。刬地里出出律律纷纷攘攘奏边书，急得个上上下下都无措。早则是喧喧嗾嗾、惊惊遽遽、仓仓卒卒、挨挨拶拶出延秋西路，銮舆后携着个娇娇滴滴贵妃同去。又只见密密匝匝的兵，恶恶狠狠的语，闹闹炒炒、轰轰剨剨四下喳呼，生逼散恩恩爱爱疼疼热热帝王夫妇，霎时间画就了这一幅惨惨凄凄绝代佳人绝命图。

“生逼散恩恩爱爱疼疼热热帝王夫妇，霎时间画就了这一幅惨惨凄凄绝代佳人绝命图”之句明确指出了李、杨爱情悲剧实际是由社会矛盾造成的，与白居易《长恨歌》尤物误国之论相比起来，《长生殿》的主题就深刻得多了。

现实中反清斗争屡战屡败、大势已去的局势带给人无限的绝望和无奈，也只能“留得白头遗老在，谱将残恨说兴亡”了。这样的社会现实使《长生殿》无法注重历史事实的精细描写，士兵横刀立马的嚣张和铁蹄飞沙的战斗场面被作者轻轻略去，如《长生殿·陷关》中的刀光剑影被作者略去，只剩下痛苦心灵的渺渺余音，“跃马挥戈，精兵百万多。靴尖略动，踏破山与河”[①]。作品着重抒发在乱离之际心灵的抑郁与苦闷，这样的情怀使得《长生殿》充满了浓烈的兴亡之感。

经过大兴文字狱的政治恐怖，经过紧张的军事斗争和文化斗争，洪昇对逆胡和降臣都心存反感，但是为了稻粱谋，在现实生活中，洪昇对此从不置一词，可是那种情绪在他创作的时候却不自觉地流露出来。《长生殿·骂贼》中雷海青义正词严地指责那些降官，“武将文官总旧僚，恨他反面事新朝”。“那满朝文武，平日里高官厚禄，荫子封妻，享荣华，受富贵，那一件不是朝廷恩典！如今却一个个贪生怕死，背义忘恩，争去投降不迭。只图安乐一时，那顾骂名千古。唉，岂不可羞，岂不可恨！”[②]这对那些在清朝博学鸿儒科应试入仕的官员来说不啻于刺耳之惊雷。洪昇通过雷海青鞭挞了贰臣之无耻，对逆胡的痛骂更是淋漓：

【元和令】恨子恨泼腥膻莽将龙座淹，癞虾蟆妄想天鹅啖，生克擦直逼的个官家下殿走天南。你道恁胡行堪不堪？纵将他寝皮食肉也恨难劖。

---

① 〔清〕洪昇著：《长生殿·陷关》【水底鱼】，载《长生殿》，第124页。

② 〔清〕洪昇著：《长生殿·骂贼》，载《长生殿》，第147页。

这几乎是“靖康耻，犹未雪；臣子恨，何时灭”的号哭，是“壮志饥餐胡虏肉，笑谈渴饮匈奴血”般的誓言。《长生殿》中那些无法压抑的壮怀激烈和无法摆脱的兴亡感伤使清朝统治者深为痛恨，最终以违禁演戏之由对洪昇本人进行了处罚。

关于《长生殿》的创作主旨，洪昇在《例言》中自述为“义取崇雅，情在写真”，在第一出《传概》里也一再声称，“今古情场，问谁个真心到底？但果有精诚不散，终成连理。万里何愁南共北，两心那论生和死。……借太真外传谱新词，情而已”，时人及后学均据此评判《长生殿》的创作主旨。徐麟深喜《长生殿》“尽删太真秽事”，“以写两人生死深情”，赞之“深得风人之旨”，[①]汪熷也感慨“今古情缘，非兹谁属”[②]。朱彝尊认为“钱塘洪子昉思，不得志于时，寄情词曲。所作《长生殿》传奇，三易稿而后付梨园演习，匪直曲律之精而已。其用意一洗太真之秽，俾观览者只信其神山仙子焉。方之元人，盖不啻胜三十筹也”[③]。透过《长生殿》的艳情，人们还读到了兴亡之念。洪昇的挚友吴仪一认为“是剧虽传情艳，而其间本之温厚，不忘劝惩”。但是，还有许多人认为《长生殿》是洪昇“佯狂玩世”之作，具有甚深的寄寓。朱襄曰：“昉思怀才，不得志于时，胸中郁结不可告语。偶托于乐府，遂极其笔墨之致以自见。”[④]这种说法尤其见于洪昇的门人中，吴作梅即持此论，他说：“昔陈子昂才名未高，于宣阳里中碎胡琴，文章遂达宫禁。先生诗文妙天下，负才不遇，布衣终老。此剧之作，其亦碎琴之微意欤？世之人争演之，徒以法曲相赏，且将因填词而掩其诗文之名。孰知先生有龃龉于时宜者，故托此以佯狂玩世，而自晦于玉箫檀板之间耶？”[⑤]无论是“佯狂玩世”还是“发愤著书”，洪昇因《长生殿》显名于世是个不争的事实。

① 〔清〕徐麟撰：《长生殿·序》，载《长生殿》，第259页。
② 〔清〕汪熷撰：《长生殿·序》，载《中国古典戏曲序跋汇编》（三），第1581页。
③ 〔清〕朱彝尊撰：《长生殿·序》，载《中国古典戏曲序跋汇编》（三），第1586页。
④ 〔清〕朱襄撰：《长生殿·跋》，载《中国古典戏曲序跋汇编》（三），第1587页。
⑤ 〔清〕吴作梅撰：《长生殿·跋》，载《中国古典戏曲序跋汇编》（三），第1594页。

在《长生殿》的创作中，为使曲调合律，洪昇特请苏州著名的戏曲家徐麟帮助审音订律，经过洪昇和徐麟精雕细琢的《长生殿》在曲律上获得了很高的成就，对此，洪昇颇为自许，他在《长生殿·例言》自称："予自惟文采不逮临川，而恪守韵调，罔敢稍有逾越。盖姑苏徐灵昭氏为今之周郎，尝论撰《九宫新谱》，予与之审音协律，无一字不慎。"[①]因此，全剧"平仄务头，无一不合律，集曲犯调，无一不合格"[②]，可以说《长生殿》真正做到了辞与律的完美融合，也因此而受到文人剧作家的推崇，"爱文者喜其词，知音者赏其律。以是传闻益远"[③]。叶堂《纳书楹曲谱》正集卷四目录后批云："按《长生殿》词极绮丽，宫谱亦谐。"徐麟对《长生殿》非常推崇，他认为《长生殿》"或用虚笔，或用反笔，或用侧笔、间笔，错落出之，以写两人生死深情，各极其致"，他把洪昇赞誉为"并驾仁甫，俯视赤水"。徐麟尤其对《长生殿》的曲律赞叹不已，"若夫措词协律，精严变化，有未易窥测者"[④]。徐麟的观点影响了时人对《长生殿》的评价，使得后世人多从声律的角度评价《长生殿》的成就和价值。洪昇的好友朱襄亦云："昉思是编，凡三易稿乃成。故其文字有意以立句，句有意以连章，章有意以成篇。篇而章、章而句、句而字，累累乎端如贯珠。故其音悠扬婉转，而出于歌者之喉，听者但知其妙，而不知其所以妙。夫不知所以妙者，何也？以其不知行文之妙也。余因反之复之，讽咏徘徊，见其后者先者、反者正者、曲者直者、缓者急者、伏者见者、呼者应者，莫不合于先民之矩矱。"[⑤]至晚清，著名的戏曲理论家梁廷楠更把《长生殿》誉为"千百年来曲中巨擘"，他认为"如《定情》《絮阁》《窥浴》《密誓》数折，俱能细针密线，触绪生情，然以细意熨贴为之，犹可勉强学步；读至《弹词》第六、七、八、九转，铁钹铜琶，悲凉慷慨，字字倾珠落玉而出，虽铁石人不能不为之断肠，为之下泪！笔墨之妙，其感人一至于此，真观止矣"[⑥]。

---

① 《长生殿·例言》，第1页。

② 吴梅撰：《长生殿·跋》，载王卫民编：《吴梅戏曲论文集》，中国戏剧出版社1983年版，第457页。

③〔清〕吴仪一撰：《长生殿·序》，载《长生殿》，第261页。

④〔清〕徐麟撰：《长生殿·序》，载《长生殿》，第259页。

⑤〔清〕朱襄撰：《长生殿·序》，载《中国古典戏曲序跋汇编》（三），第1587页。

⑥〔清〕梁廷楠著：《藤花亭曲话》，载《中国古典戏曲论著集成》（八），第269页。

《长生殿》高度的曲学成就和文学成就使之获誉极高，在舞台上也受到了极大的欢迎，举国上下吟唱叹赏，“一时朱门绮席、酒社歌楼，非此曲不奏，缠头为之增价”[①]，以至于皇宫内院也慕名特意诏请戏班入宫演出，“康熙丁卯、戊辰间，京师梨园子弟以内聚班为第一。时钱塘洪太学昉思昇著《长生殿》传奇初成，授内聚班演之。圣祖览之称善，赐优人白金二十两，且向诸亲王称之。于是诸亲王及内阁部大臣，凡有宴会，必演此剧。而缠头之赏，其数悉如御赐。先后所获殆不赀”[②]。《长生殿》不只在京师流传，它一直辗转流传到全国各地，“蓄家乐者攒笔竞写，转相教习。优伶能是，升价什佰。他友游西川，数见此演，北边、南越可知已”[③]。

舞台上盛演《长生殿》的时候，文人士大夫也纷纷给《长生殿》传奇题词。文人士大夫评《长生殿》多着眼于剧中所流露出的兴亡之感，杜首言“开元盛事过云烟，一部清商见俨然。绣口锦心新谱出，《弹词》藉手李龟年。回护当年用意深，风流天子感知音。传奇大雅存忠厚，观者须思作者心”；罗坤题曰“搔首天涯唤奈何，红牙象板手摩挲。多才何处消怀抱，且谱当年《长恨歌》”；许观光曰“海内争传绝妙词，红牙檀板按歌时，当年法曲来天上，此日新腔遍京师。删去烦言偷换铺，装成丽句助弹丝。玲珑有调吾能唱，谁似风流独尔可”；张奕光《书洪昉思长生殿传奇后》“长恨有歌悲国破，返魂无术少仙游。伤心罪失铃淋雨，读罢常呼大白浮”，阙名题词曰“霓裳曲自禁中传，转眼春风事播迁。独抱琵琶流落去，空教肠断李龟年”[④]。这些题词不约而同地捕捉到《长生殿》叹兴亡的情绪，均认为《长生殿》系有托而作，时人对洪昇知之甚多，且与洪昇同处同样的社会氛围，对洪昇“作者心”[⑤]的理解比之今人当更准确、更贴切。

舞台上的盛演、同人们的赞誉，让洪昇深深地陶醉，真可谓踌躇满志。然而乐极生悲，一场大祸正在悄悄地逼近。

---

① 〔清〕徐麟撰:《长生殿・序》，载《长生殿》，第259页。

② 《柳南随笔　续笔》卷六，第123页。

③ 〔清〕吴仪一撰:《长生殿・序》，载《长生殿》，第261页。

④ 以上题词均载《中国古典戏曲序跋汇编》（三），第1597页。

⑤ 〔清〕杜首言撰:《长生殿・题词》“传奇大雅存忠厚，观者须思作者心”，载《中国古典戏曲序跋汇编》（三），第1597页。

康熙二十八年（1689）中秋之际，内聚班感于洪昇创作《长生殿》而给自己戏班带来的好运，他们希望通过邀请洪昇朋友观看《长生殿》的方式来感谢洪昇，内聚班伶人曰“赖君新制，吾辈获赏赐多矣。请开筵为君寿，而即演是剧以侑觞。凡君所交游，当延之俱来”[①]，在自己的生日演出自己的得意之作真是再好不过了，还可借机回报友人多年来对自己的关照，洪昇欣然应允了内聚班这个提议，他连夜书简，遍邀京师好友。内聚班是当时京城中最著名的昆班，以演出《长生殿》而著名，虽时值不宜演戏之国忌日，但对于那些爱戏如命的人来说，这样的机会实在不容错过，况且还是为自己的好友做寿，于是一场戏曲史上的盛筵在洪昇家准时上演。

康熙二十八年（1689）八月二十四日[②]，京师名流于中秋之夜齐聚洪昇府上，观看内聚班演出《长生殿》，“观者如云”[③]。一方面感谢剧作者给班社带来的巨大财源，一方面还有这些名流在场，内聚班的演出非常卖力，演出效果非常好，唱念做打均至化境，让与会之人深感不虚此行。那天京师名士来的人非常多，能有幸参加的，深感荣幸；没接到邀请的，羡慕不已。传说有一陈姓文人，本要出城，听说《长生殿》演出的消息，连忙赶回，等他赶到时戏已经演完了，令他遗憾不已。这场《长生殿》盛宴引起了无数人的艳羡，却也引发了一场巨大的灾祸。

关于洪昇招演《长生殿》的时间，虽有金埴“康熙戊辰”、王应奎“康熙丁卯、戊辰间”，董潮“康熙戊辰”、阮葵生“康熙丁卯”等不同的说法，但是此案涉及的最重要的人物赵执信和查慎行所记载的“康熙二十八年”最为可信。赵执信《饴山诗集》卷四《亡室孙孺人行略》载“孺人生于康熙元年四月二十四日……二十八年从余放归”，查慎行《敬业堂集》卷一一《竿木集》原注“起于己巳十月，尽庚午二月”，此卷开首为《送赵秋谷宫坊归益都》四首，自注

---

① 《柳南随笔　续笔》卷六，第123页。

② 该案被弹劾的有赵执信、李澄中、翁世庸等人，李澄中《陈情自辩疏》有“忽有科臣黄六鸿，参臣以八月二十四日在监生洪昇家饮酒听戏”语，可知“《长生殿》案”发生的确切时间。载〔清〕李澄中著：《李澄中文集》，王宪明主编，候桂运、王宪明校点，中州古籍出版社2014年版，第814—815页。

③ 〔清〕赵执信著：《因园集》卷十二《怀旧诗十首人各一小传以相识之岁月为先后》“钱塘洪昇昉思”条，载文渊阁《四库全书》第1325册，商务印书馆1986年版，第399页。

“时秋谷与余同被吏议”。赵执信和查慎行均为此案的亲身经历者，所言绝非有误，因此，《长生殿》案当发于康熙二十八年（1689）。且《清史列传》卷七一《赵执信传》云“康熙二十八年在友人寓宴饮观剧，为给事中黄仪所劾，遂削籍”①，亦可证。

康熙二十八年（1689）七月初十，康熙帝皇后佟佳氏驾崩，至八月二十四日尚在服中，京师禁乐。然而洪昇却执意在这一天演戏，心中实际上是有盘算的。一方面，内聚班提供了这样一个机会，另一方面洪昇认为北党首领明珠和余国柱前一年已经被罢职了，南党正当权，更何况自己与北党也比较熟悉，所以有恃无恐，全然不顾禁戏之令，正是洪昇“非时演出”这一不检点的举动授人以柄，给了那些正伺机报复的北党成员一个机会。和赵执信有隙的黄六鸿借《长生殿》“非时演出”发难，弹劾赵执信等人于国忌日寻欢作乐，演出《长生殿》属于大不敬。康熙皇帝一怒之下，把参与聚演的人统统革去功名。这场事变让50余人失去了功名与官职，即使那位未及观演的陈某人，虽与洪昇一揖而已，也被夺去了功名。此案最初查慎行和陈奕培并没有被黄六鸿弹劾，查慎行是明珠儿子揆叙的塾师，理当被北党庇护，至于陈奕培之无参原因却不甚明白。此案在刑部会审的时候，因洪昇并不了解黄六鸿都弹劾了哪些人，因此一审之下据实以告，把本来没有被弹劾的查慎行和陈奕培也一起供了出来，结果使查慎行和陈奕培也一齐被革了国子监生籍，这样一来，洪昇有口说不清，成了一个出卖朋友的小人。等到洪昇得知其中原委，心中懊恼愤恨，他感觉自己陷在了一个阴谋中，被人陷害了。政治露出了可怕的一面，洪昇“始知楼护辈，喉舌有殊能”②。其实，在官场中，颠倒黑白、指鹿为马都是常态，更何况自己不检点授人以柄呢，洪昇自知有错，难以辩驳。平日里，洪昇与南北党人关系都不错，这些表面的现象迷惑了洪昇，因此他就有些有恃无恐，狂放不羁，但是事实上也不过是“守株终自误，缘木宁何凭”。洪昇供出查、陈二人之举虽纯属无辜，但是却遭到了众人的非议，人们认为他是一个贪生怕死的小人，为保全

① 《清史列传》卷七一《赵执信传》，第5796页。

② 〔清〕洪昇著：《稗畦续集·有感》，载《洪昇集》，第429页。

自己出卖朋友，洪昇得了一个卖友求荣的罪名，不了解内情的人对洪昇全都白眼相向，横加指责。不仅如此，洪昇不顾朝廷禁忌招演《长生殿》连累了众多友人，这也使得洪昇受到众人的普遍埋怨。受牵连的人责怪他疏狂误友，被供出的人怨恨他为自保卖友。这件事使洪昇一时间失去了很多朋友，他陷入了四面楚歌的尴尬局面中。

《长生殿》罹祸是清初政治和文化领域里的一件大事，对于这次事件，叶德均先生和章培恒先生以大量材料勾勒出其事的梗概。章培恒先生的考证非常细致，概而言之，大略为：康熙二十八年（1689）八月中秋，洪昇在自己的寓所召集同好进行《长生殿》试演，场面非常壮观，观者如云。此时正当康熙皇后佟佳氏驾崩之国忌日，虽丧服已除，但未出忌日。因此，国忌日的演出属犯忌之举，果然被所忌者弹劾为“遏密读曲，大不敬”，50余人受到牵连，最著名者赵执信、查慎行。赵执信因此“断送功名到白头”[①]，查慎行后来经过改名才得以入仕，洪昇则被取消了候选县丞[②]的资格。

在洪昇的一生中，有许多无法明言的经历，为后世留下了无数让人猜疑的谜团。他因“《长生殿》案”罹罪的具体原因尤其是谜中之谜，从洪昇时代开始就有了不同的说法。

关于“《长生殿》案”的起因，目前主要有黄六鸿挟嫌报复说、《长生殿》触怒康熙说、清初南北党争说等三种说法，其中黄六鸿挟嫌报复说是流传非常广的一种。从《康熙起居注》及戴璐、王培荀的记载来看，弹劾赵执信等人的确是黄六鸿。黄六鸿，字子正，号思湖，江西新昌人。顺治辛卯举人，康熙九年至十一年（1670—1672）任山东郯城县令，后丁忧回籍。康熙十四年至十六年，黄六鸿任直隶东光县令，由知县调行人，升礼科给事中。黄六鸿著有《福惠全书》，精研官场钻营之道。他与赵执信有宿怨，《乡园忆旧录》《藤荫杂记》均言黄六鸿以知县行取入都，以诗集、土物送赵执信，赵执信以“土物拜登，

---

① 〔清〕王培荀著：《乡园忆旧录》，蒲泽校点，严敬青审订，齐鲁书社1993年版，第22页。

② 《康熙起居注》“康熙二十八年十月初十日癸酉”记载：“吏部题复，给事中黄六鸿所参赞善赵执信、候补知府翁世庸等，值皇后之丧未满百日，即在候选县丞洪昇寓所，与书办同席观剧饮酒，大玷官箴，俱应革职。”中华书局1984年版，第1906页。

大稿璧谢”让黄六鸿受辱而衔恨，因此黄六鸿借机挟嫌报复的弹劾完全是泄私愤之举。这种说法把《长生殿》案的主角归于赵执信，但是根据章培恒先生言之凿凿的考证，赵执信在此次演出中只是作为应邀而至的看客，因此被革职只是受到牵连而已。此案的目标是洪昇身后的南党，洪昇才是此案中的主要目标，因此黄六鸿挟嫌报复说属猜测附会之论。梁绍壬《两般秋雨盦随笔》载："黄六鸿者，康熙中由知县行取给事中入京，以土物并诗稿遍送名士，至宫赞赵秋谷执信，答以柬云：'土物拜登，大稿璧谢。'黄遂衔之刺骨。乃未几而有国丧演剧一事，黄遂据实弹劾。仁庙取《长生殿院本》阅之，以为有心讽刺，大怒，遂罢赵职；而洪昇编管山西。"[①]现代学者多从此说，宋云彬认为《长生殿》以"安史之乱"为题材，"很容易引起人们对民族入侵的极大反感"，于是"一看到黄六鸿的奏章，真所谓'正合孤意'——正可以借端来向不心甘情愿做清统治者的奴隶的汉族来个镇压，就对赵执信等作了严厉的处分"，并以《桃花扇》为证，证"政治原因致祸说"。左明认为《长生殿》具有人民性，所谓"国丧演剧"不过是"欲加之罪何患无辞"而已。后虽有章培恒的"党争致祸说"，但是大多数学者还是认定是《长生殿》的主题触犯了清廷忌讳而导致罹祸。事实上，《长生殿》一剧，在康熙朝此案发生以后仍常演不衰，清朝重臣宋荦、张云翼和曹寅都曾张席设筵，大演此剧，艺林传为美谈，在社会上形成了很大的影响。若此剧果真"有心讽刺"，这些清廷重臣怎敢行此死罪之事？因此，触怒康熙说并不准确，但是《长生殿》在其后来的命运却渗透出微妙的政治色彩来。《长生殿》行世后，多不演全本戏，相传演全本班必散，此说载于焦循的《剧说》中。考后世戏文选本，我们看到所选的《长生殿》的折子戏多是围绕帝妃爱情的，如《密誓》《小宴》等出，盛演于舞台之上的剧目亦是如此，《长生殿》中具有强烈兴亡之感的回目基本上不再在舞台上演出，这种现象所传达出的意味是非常耐人寻味的。

章培恒先生认为，《长生殿》案源于清朝的南北党争，洪昇只是其中的一个

---

① 〔清〕梁绍壬撰：《两般秋雨盦随笔》卷四"长生殿"条，庄葳点校，上海古籍出版社2012年版，第171页。

牺牲品。康熙年间党争非常厉害，先有索额图和明珠之争，后有明珠与徐乾学之争，康熙帝善于利用党争平衡政局，先以明珠制衡索额图，又以徐乾学制衡明珠，对两方都扶持，又都不彻底打击。平定“三藩之乱”后，朝中南北党争愈演愈烈。以明珠、余国柱为首的北党和以徐乾学、高士奇为领袖的南党，植党营私，互相攻讦。南北党争并非忠奸之争，明珠、余国柱等北党魁首以贪污纳贿而臭名昭著，徐乾学、高士奇等南党领袖也有“五方宝物归东海，万国金珠贡澹人”的招摇纳贿之名。南、北党势力经过反复较量，此消彼长，牵连报复，终康熙一朝不断，最终两败俱伤。康熙二十七年（1688），北党之魁明珠、余国柱被南党弹劾，同时被革职，北党余翼遂伺机报复。洪昇与“南党”一向往来密切，尤其与高士奇因谊属同乡关系更近。在这种形势下，洪昇“非时演出”《长生殿》之举正好为北党攻击南党提供了一个口实，北党于是借机对南党肆意打击，洪昇被革了国子监资格，南党领袖徐乾学、高士奇也相继被罢任，洪昇成了党争中的替罪羊，[①]正如同查慎行所言“其掊击而去之者虽不在子美，而子美亦不免也”[②]。

依照笔者看来，洪昇罹祸的原因其实是多重原因交织在一起而造成的。一方面，《长生殿》强烈的兴亡之感触犯了当局的忌讳；另一方面，洪昇卷进了南北党争，树了敌人，当然，最重要的是他自己疏狂不知检点，授人以柄，成为别人攻击的靶子。

至于说康熙皇帝为何只是革除洪昇国子监资格却不禁止《长生殿》的演出，这似乎和《桃花扇》的命运有着异曲同工的意味。从康熙亲政以来，他一直致力于对人心的笼络和对治世的构建，在文化建设上一直摆出一副宽容的姿态，如孙奇逢著《甲申大难录》入狱后而能无罪释放，顾炎武因逆诗入狱却能被保释，施闰章应试博学鸿儒科，试卷中有“清彝”二字却仍能入选。在这样的形势下，以文化专制示人恐怕不是康熙皇帝的初衷，因此一方面打击洪昇，一方面又抬高《长生殿》恐怕就是有意为之的了。也许这种开放文化的表象也曾迷

① 《洪昇年谱》附录《演长生殿之祸考》，第381—392页。

② 《乡园忆旧录》，第107页。

惑了洪昇吧，因此，李天馥谆谆嘱咐“慎勿浪传”，洪昇还是传之，终致罹祸。不过，在此后的岁月里《长生殿》照演无误，看起来这种处罚完全是针对他的“非时演出”行为，和《长生殿》的思想倾向一点关系都没有，这恐怕就是康熙皇帝的高明之处了。

洪昇罹祸之事虽在意料之外，却又在情理之中。对于此事，即使了解形势的人也只能怪洪昇个人不知检点了，比如王泽弘云“贝锦谁为织？箝罗忽见侵。考功原有法，给谏本无心。一夕闻歌浅，诸贤获累深。当筵人散尽，谁是最知音”①，金张亦云“饮酒休言罪累轻，从来国法有常刑。卷中词唱《长生殿》，意外株连苏舜钦。红烛虽豪邀走马，青毡差稳坐谭经。长安寄语争名者，学问无他求放心”②“国服虽除未满丧，如何便入戏文场？自家原有三分错，莫把弹章怨老黄”③。洪昇是有苦说不出了。

洪昇遭此祸后，京师到处是白眼，他真是无路可走，早年出世的念头再一次强烈起来，他“决计深山独往”④排解烦闷。洪昇给老友盘山青沟禅院的智朴大师写信，“残腊与师期，高松看雪欹。杜鹃花欲尽，真悔入山迟”⑤，希望能与智朴和尚一聚。康熙二十九年（1690）初春，洪昇顾不上北京初春时节春寒料峭，骑着小毛驴赶往盘山青沟禅院拜访智朴大师。关于洪昇游盘山的时间，《盘山志》载有洪昇《驳名胜志》“庚午春，余由盘山”⑥之语。走在京郊的路上，洪昇陷入极其苦闷的情绪中。流连盘山期间，在智朴大师、德风和尚的陪伴下，洪昇游遍了盘山，在那里写下了30余首诗，诗歌中充满了人生的哀怨和悔意，“苦为尘情累，蹉跎逾半生。譬如蛛作网，吐丝自缠萦。家食不自给，误

---

①〔清〕王泽弘著：《鹤岭山人诗集》卷十一《己巳寄洪昉思》，载《四库全书存目丛书·补编》第53册，第407页。

②〔清〕金张著：《岕老编年诗抄》《己巳怀昉思夏重用进退格》，载《四库全书存目丛书·集部·别集》第254册，第651页。

③《乡园忆旧录》，第22页。梁绍壬《两般秋雨盦随笔》卷四亦载有“国服虽除未满丧，如何便入戏文场。自家原有些儿错，莫把弹章怨老黄”句，与上述记载略不同。

④〔清〕洪昇著：《集外集·山中杂题》，载《洪昇集》，第488页。

⑤〔清〕洪昇著：《集外集·将游盘山寄拙庵大师》二首，载《洪昇集》，第486页。

⑥《盘山志　西湖志纂》，第98页。

入长安城”①。洪昇“避尘嚣到幽境”②，在盘山盘桓了十来天时间，在智朴、德风大师的劝导下，心情渐渐平静下来，开始面对现实了。洪昇想起家中年幼的儿女，苦苦挣扎的妻子，虽然“清泉白石信可恋”，但是“妻儿待米难淹留”③的现实让洪昇无法再逃避为人夫为人父的责任。虽对盘山恋恋不舍，但他还是毅然决然地下山回到了尘世之中。

回到北京，洪昇的处境还是非常尴尬。“揶揄顿遭白眼斥”让洪昇十分难堪，朋友被自己牵累、自己功名被革除、长久等来的入仕机会被取消，这一现实让洪昇既无法面对朋友，更无法对自己有个交代。怎么办呢？何去何从的重大问题让洪昇彻夜难眠，他给自己的好友亦于己有知遇之恩的李天馥写了一封信，信中透露出对京师生活的依依不舍，也婉转表达了希望李天馥再一次给予援手的心思。然而这一次李天馥没有力挽洪昇，却敦促其早日返乡。洪昇并不情愿回故乡杭州去，想到家中说不清道不明的烦恼，洪昇就不寒而栗，压抑了很久的苦恼又涌上心头，他实在不愿意回去。了解洪昇的朋友们知道他的苦衷，纷纷写信给他，同情之、劝慰之、鼓励之、开导之，“佣笔为生拙，天涯口漫糊。有家归不敢，负罪子如无”④“亲恩终浩荡，但返莫踟蹰”⑤“莫厌山田薄，归耕正未迟”⑥。吴雯亦以诗开导他：“呜呼贤豪有困厄，牛衣肿目垂涕痕。吾子催颓好耐事，慎莫五内波涛翻。屈伸飞伏等闲在，总于吾道无亨屯。前有万年后万古，刹那何用争莺鲲？”⑦对于朋友的关心和劝慰，洪昇很感激，但他还是不想回乡。从洪昇这么不情愿返乡和朋友的劝慰之辞中看起来，洪昇不愿回乡除了家难还另有他因。王泽弘说洪昇“昔为声名误，今为妻子累”⑧，似乎

---

①〔清〕洪昇著：《集外集·清沟禅院》，载《洪昇集》，第484页。

②③〔清〕洪昇著：《集外集·留别拙公》，载《洪昇集》，第493页。

④⑤〔清〕陈玗著：《时用集·寄洪昉思都门四首》，载《四库全书存目丛书·集部·别集》第257册，第275页。

⑥〔清〕王泽弘著：《鹤岭山人诗集》卷一一《己巳寄洪昉思》，载《四库全书存目丛书·补编》第53册，第408页。

⑦〔清〕吴雯著：《莲洋诗抄》卷二《贻洪昉思》，载《四库全书存目丛书·补编》第5册，第421页。

⑧〔清〕王泽弘著：《鹤岭山人诗集》卷一二《辛未送洪昉思归武林》，载《四库全书存目丛书·补编》第53册，第412页。

透露出洪昇为妻儿计不愿回去的隐约之辞，因此有人猜测，洪昇当年的“天伦之变”或许和黄蕙有关。洪昇在北京又迁延了一年多，至康熙三十年（1691），也没有想出一个良策，走投无路的洪昇只好选择返回故乡这条路。从康熙十二年至康熙三十年，洪昇虽多次往返于京杭之间，但都是匆匆来匆匆去，并没有自己固定的寓所。现在要拖儿带女地全家返乡，洪昇不得不先返回家乡稍做安排。洪昇把妻儿老小先安置在京城，他一个人怀着沉重的心情踏上了归途。

返乡途中经过江阴，正逢曹禾在漫园大会宾客，洪昇应邀而往。酒席中，新知故旧询问起“《长生殿》案”的经过，洪昇虽不愿再提起，但面对好友的关切，他也只好简略地把事情的经过叙述了一遍。那件事就像一场噩梦，让洪昇心有余悸，那种痛楚非当事人不能体会，但正像朋友们说的“鸡肋浮名等闲事，人间赢得《舞霓裳》”[①]，让洪昇聊以自慰的是《长生殿》名声远扬，举国上下都知道有一个《长生殿》，这也是因祸得福的意外之喜了。在《长生殿》完成经典化的过程中，皇帝御赐、梨园盛演、师友赞誉都起到了推波助澜的作用，但是不可否认的是，“《长生殿》案”使得该剧名气更大，成为《长生殿》传播史上最重要的事件。

回到杭州之后，洪昇安排好居家事宜，即刻启程赴京接妻儿。回想意气少年离乡赴京时亲朋故旧师长在运河边上的勉励与祝福，回想这一生的坎坷、寥落和屈辱，想到不久就要离开京师潦倒西湖，洪昇心情十分复杂，他长歌系之，“非商非宦两无营，底事飘蓬又北征。妻冻儿饥相促迫，猿惊鹤怨负平生。羞从幕下裾还曳，浪说门前屣倒迎。聚铁六州难铸错，白头终夜哭纵横”[②]，对“经营斗粟”的前半生做了一个精辟的总结。康熙三十年（1691）秋天，47岁的洪昇带着朋友的忠告，带着一怀愁绪，携一家老小踏上南归的路途，结束了他20余年的客居、行役和漫游的生活。

---

①〔清〕陶孚尹著：《欣然堂集》卷一《曹颂嘉漫园大会宾客》，载《四库全书存目丛书·补编》第3册，第598页。

②〔清〕洪昇著：《稗畦集·北发有感》，载《洪昇集》，第348页。

第十三章　放浪西湖

洪昇自24岁离乡求学、漫游，度过了20余年的客游生涯，虽其间也几度往返京杭之间，但此番回乡却与往日有着不同的意味。在洪昇的一生中，就像有一个不可抗拒的命运在主宰一样，洪昇的一次次抗争换来了一次又一次的人生灾祸，把洪昇从刚刚爬上的山峰上一次次推向人生的谷底。在外客游20余年的洪昇，带着多年漂泊的沮丧和落魄，狼狈不堪地踏上故乡的土地。对于洪昇来说，这次回乡意味着逃离，逃离捉弄人的命运，逃离让人难堪的白眼，逃离让自己尴尬的伤心之所。经历了多年旅食的客游生活，洪昇已经两鬓斑白，浑身上下都透着潦倒和憔悴，虽还不到知天命之年，洪昇却比实际年龄显出老态。20余年寄人篱下的生活严重地伤害了洪昇的精神和肉体。

回到家乡，远离了政治旋涡，洪昇感觉稍微松了口气，这里不再有白眼，不再有没完没了的尔虞我诈，美丽的西湖，宁静的灵隐，亲密的家人和至交好友给了洪昇极大的安慰。在家乡山水的抚慰下，在与亲友的交游中，洪昇的情绪逐渐平静下来。洪昇开始理性地审视自己的生活方式。家乡有熟悉的山水，有熟悉的友人，对于心力交瘁的洪昇来说，这真是一个再理想不过的地方了。跳出朝中党争的交际圈，洪昇少了许多人事的烦恼，生活一下子变得简单起来，他在家乡开始了“放浪西湖”的晚年生活，洪昇的人生旅途至此进入了平静安逸的暮年阶段。

初回钱塘，洪昇对往事耿耿于怀，意绪难平。回想“多难复无成”[①]的前半生，洪昇百感交集。他哀叹自己穷愁无计，为了谋生不得不奔走权门显贵，但是“贫伤负米心”[②]使他非常后悔为谋生而旅食的生活，此时的诗歌中充斥着“真悔谋身误，尘劳汩此生”[③]“劳劳悔问津”[④]“老悔谋生策，秋伤旅病心”[⑤]等等满怀悔意的语句。无以解忧，唯有杜康，洪昇常常拿酒来麻醉自己，“醉眠吾事足，莫问楚臣哀”[⑥]“姓名如可混，甘在酒徒中”[⑦]，希望以此忘怀现实的烦恼，但是借酒消愁却愁上加愁，使他“牢骚醉后多”[⑧]，酒根本无法消除洪昇那强烈的痛苦。他伤感的情怀屡屡流露于诗词间：

【太平令】俯仰间皆为陈迹，不由人兴叹不已。况修短百年无几，随物化总归迁逝。古今来生兮，死兮，这根由大矣。呀，怎不教痛生悲唏。

【收江南】呀！须知道死生殊路不同归，彭殇异数岂能一？细寻思等观齐量总虚脾。试由今视昔，怕后来人亦将有感在斯集。[⑨]

酒既无法成为解忧之具，多年来访寺问僧的经历使洪昇把目光投向了宗教，他希望“一龛伴弥勒，从此学无生”[⑩]。在洪昇人生的最后十余年，他都过着礼佛诵经访僧问道的居士生活，并自比为“病维摩”。他游弘济寺[⑪]，访净慈寺[⑫]，

---

① 〔清〕洪昇著：《稗畦续集·幽居书感》，载《洪昇集》，第431页。
② 〔清〕洪昇著：《稗畦续集·宿巢湖》，载《洪昇集》，第435页。
③ 〔清〕洪昇著：《稗畦续集·初秋旅感》，载《洪昇集》，第430页。
④ 〔清〕洪昇著：《稗畦续集·游弘济寺晚归》，载《洪昇集》，第437页。
⑤ 〔清〕洪昇著：《稗畦续集·吴江答钱景舒》，载《洪昇集》，第441页。
⑥ 〔清〕洪昇著：《稗畦续集·午日王龠三惠酒》，载《洪昇集》，第439页。
⑦ 〔清〕洪昇著：《稗畦续集·同朱林修饮烟柳湖酒家》，载《洪昇集》，第468页。
⑧ 〔清〕洪昇著：《稗畦续集·讯吴生鹤邻病》，载《洪昇集》，第442页。
⑨ 〔清〕洪昇撰：《檃括兰亭序》，载《洪昇集》，第536页。
⑩ 〔清〕洪昇著：《稗畦续集·幽居书感》，载《洪昇集》，第431页。
⑪ 〔清〕洪昇著：《稗畦续集·游弘济寺晚归作》，载《洪昇集》，第440页。
⑫ 〔清〕洪昇著：《稗畦续集·游净慈寺追怀豁堂禅师》，载《洪昇集》，第440页。

谒法相寺[1]，宿净业[2]，入昭庆[3]，钱塘大大小小的寺庙都留下了洪昇的足迹。在向佛求道的过程中，洪昇看透了人生的荣枯、得失，心情慢慢平静下来，他闲看庭前花开花落，漫随天外云卷云舒，逐渐于安静的生活中体会到了“损益浮生理，希微太古心”[4]的道理。面对人生的荣与悴，洪昇能够“一笑且陶然”[5]，不再发出诸如“天地一穷人”[6]这类哀怨之叹。

在悟得人生至理后，洪昇恢复了纯粹文人式的生活方式。他朝泛西湖、暮踏青山，行到水穷处，坐看云起时。洪昇弦琴诗书、烹茶煮酒，度曲看戏、含饴弄孙，过得极是洒脱自在。他日日放浪于西湖的湖光山色之中，“始觉闲中乐，终朝闭小斋”[7]，钱塘的山山水水给洪昇提供了众多的漫游之所，抚平了他千疮百孔的心灵。也许真的是置之死地而后生吧，在巨大的人生打击下，洪昇反倒获得了人生愉悦，他的一生从来没有这么惬意舒坦过。锦上添花的是，已经48岁的洪昇老来得子，次子之益降生了，这让洪昇颇为得意也颇为感叹。洪昇二子二女，除了之益外都出生在他人生最穷困的时刻。那时日子过得紧巴巴的，几个孩子从来没有过衣食无忧的快活，他们早早就体会到了人生的艰辛，而且长女还因贫病交加死在了那段衣食难以为继的岁月，这段生活让洪昇刻骨铭心，也让他心有余悸。经历了这么多的人生灾难，洪昇把小儿子的降临看作上天对他多舛人生的补偿，因此将之视为掌上明珠。在长子之震的成长过程中，洪昇常年漫游四方，在家的时候非常少，之震也难得见到父亲，洪昇几乎不知道儿子是怎么长大的。当洪昇的人生境况大为好转的时候，小儿子适时而诞，给洪昇添了无尽的乐趣。有趣的是，不久之震也有了儿子，洪昇又当上了爷爷。子子孙孙的天伦之乐冲淡了洪昇在行役生活中受到的伤害，他的个性也不再那么敏感、激烈了，多了几分温和与大度。家居生活之余，教授弟子也成了洪昇

---

① 〔清〕洪昇著：《稗畦续集·同高巽亭游法相寺》，载《洪昇集》，第461页。
② 〔清〕洪昇著：《稗畦续集·同石林上人宿净业庵》，载《洪昇集》，第431页。
③ 〔清〕洪昇著：《稗畦续集·昭庆僧房访黄补庵不值》，载《洪昇集》，第460页。
④ 〔清〕洪昇著：《稗畦续集·春雨园居示汪次颜》，载《洪昇集》，第439页。
⑤ 〔清〕洪昇著：《稗畦续集·吴山晓望》，载《洪昇集》，第456页。
⑥ 〔清〕洪昇著：《稗畦续集·述感》，载《洪昇集》，第408页。
⑦ 〔清〕洪昇著：《稗畦续集·漫兴》，载《洪昇集》，第458页。

晚年生活中的重要内容。

多年的旅食生涯，没有让洪昇获得一官半职，却使他赢得了极高的才名。回到家乡后，因名声籍甚，邑中文士多慕名前来受业，一时之间从游之士、请业问难者甚多，洪昇过起了“抛掷微名似羽轻，只将宫徵教双成”[①]的授徒生活。古之学子从师受业与今日大不相同，古谓之从游，学习的方式非常灵活，并非固定的、机械的。在从师而游中，老师与学生的关系非常密切，师生之间的关系有如父子友朋。学生往往参与到老师的日常生活中，与老师一起游宴雅集、诗酒唱和，甚至参与到老师本人的学术活动与交游活动中，老师的人品才学性情在耳濡目染中就影响了弟子。与师从游的学习方式让弟子不仅学习到为学之道，更让弟子体会到业师的道德取向和人格魅力，而老师则能在弟子的身上汲取青年人的激情。与师从游是一种有效的学习方式，师生教学相长，知识与思想一起成长，比起现代教育来说，更具有人文色彩。洪昇与弟子门人的关系非常亲密，常常在一起酬唱宴饮。洪昇的门人见于诗文的有王锡、沈用济、伊洄、朱虞夏、毛宗熏、蔡守愚、汪熷、吴作梅、郑钱江、钱杲、王起东等11人，此诸人除王起东为遂安人外，皆为钱塘诸生。王锡，字百朋，善诗。其人深得毛奇龄和朱彝尊的赏识，朱彝尊赞其诗“天造地设，自然浑成”，评价甚高。王锡生平不喜交友，但与业师洪昇关系非常密切，洪昇常饮宴于王锡府上，对王锡多有教诲。沈用济，字方舟，“蕉园五子”之一柴静仪的儿子。沈用济儿时即工吟咏，其诗持格甚严，而饶有风致，与洪昇的诗风非常相似，因此深得洪昇赏识。毛宗亶，字山颂，其人豪迈不羁，其诗风发泉涌，随物赋形，若成构在胸，无枯心落髯之苦。汪熷，字次颜，受洪昇影响非常大。洪昇以词曲擅名，汪熷也好为移宫刻羽之学，对《长生殿》传奇推崇备至。他和洪昇一起整理《长生殿》，并为之作序，为《长生殿》的授梓做了很多工作。其他诸人，如郑钱江、钱杲、王起东、朱虞夏、伊洄、蔡守愚和吴作梅身世均无考，只略知其名姓。这么多的人来从师受业，不仅给了洪昇精神上极大的安慰，更重要的

①〔清〕高士奇著：《独旦集》卷四《题稗畦填词图》，载《四库全书未收书辑刊·集部》第26册，第757页。

是极大地缓解了他的经济危机，洪昇的生活境况逐渐好转起来，虽没有大富大贵，但是最起码可以衣食无忧了。

洪昇以词曲擅名，在教学过程中，他以自己杰出的词曲才华制作了一张填词图来教学生。这张填词图设计非常巧妙，诗格、词牌、曲律均使人一目了然。这张填词图在教授少年才子填词度曲上具有非常大的价值，洪昇很以此图为傲，他经常拿着此图向众人夸耀。此图获得了时人的激赏，在民间一直流传非常广，到道光年间还不断地被人题词、赞赏。汪远孙《清尊集》卷三收录了许多首为《稗畦填词图》所题之诗，其中姚伊宪曰“小鬟低按玉参差，自写中郎绝妙词。肠断婵娟花月里，风流诸老为题诗”[①]。孙同元亦云“闭户闲裁绝妙词，搓酥滴粉几番思。画师大有摩神笔，想象含豪点拍时”[②]。众人不约而同地对洪昇的填词图表示了赞赏。从少年起，洪昇就对词曲情有独钟，多年来与友人往来酬唱亦以词曲为具，词曲水平越来越纯熟，直至远超出诗作的水平。填词度曲是洪昇的长项，也是他的乐趣所在，因此在教授学生的过程中洪昇感受到了极大的快乐。

此时，洪昇已进入人生的暮年，虽说自己的功名之念已绝，但是他对自己后代的功名还是寄予了诸多的期望。长子之震已经长大成人，结婚生子，洪昇非常希望自己的儿子前程似锦，因此当之震应童试之时，洪昇给考官颜光敩写信，乞对之震给予照顾。颜光敩，字学山，曲阜人，颜回六十七世孙，康熙二十七年（1688）进士，选庶吉士。颜光敩与洪昇的季弟中令在京相交甚好，常与中令“论交共酒垆”。颜光敩来浙江典试之时，专程拜访了洪昇。感于颜光敩来访，洪昇从长兄为父的角度出发代父写诗对颜光敩致谢，盛赞颜光敩“虽居台阁层霄地，不改箪瓢陋巷心”[③]的安贫乐道情怀。有了这层关系，当之震刚好应试之时，洪昇给颜光敩写了一封求助之信，语意恳切，满怀犊爱之情。洪昇一生寄人篱下，多次乞人援之以手，看够了人家的脸色，尝尽了“依人何客不

---

①〔清〕姚伊宪撰：《题洪昉思填词图》之一，载〔清〕汪远孙辑：《清尊集》卷三，清道光十九年振绮堂刻本。

②〔清〕孙同元撰：《题洪昉思填词图》之二，载《清尊集》卷三。

③〔清〕洪昇著：《稗畦集·赠颜学山太史，代父作》，载《洪昇集》，第369页。

低头”的卑微，他不愿意再低声下气地求人，但是为了儿子却不得不再一次去求人说好话。虽不能确知颜光敩是否照顾了洪之震，但是之震随后即入泮，这其中或许就有着颜光敩的情谊成分。虽入泮并不等于走入仕途，但入泮却是走入仕途的唯一途径，这对洪昇是一个很大的安慰。

回到钱塘以后有两年左右的时间，洪昇没有远游，大多时间都用在了与友人诗酒酬唱、漫游钱塘山水上，虽说日子过得很充实，但是久囿于家乡，和过去的生活一刀两断，洪昇感觉自己似乎缺少了点什么。洪昇60年的生命中，精力最充沛的壮年时期都是在客游中度过的，漂泊异地的游子情怀始终是萦绕在洪昇心底的情结，即使归老湖山之后，累积了20多年的漂泊感还时时浮上心头。李天馥是洪昇人生中最重要的知己，他把洪昇引进“宣南士乡”，使洪昇的才名为人所知，他对洪昇所知甚深，可以说，李天馥是洪昇坎壈京师20年的见证人，因此，拜访李天馥成了洪昇追寻往事的行程。洪昇此行受到了热烈的欢迎，车辙所止，人咸礼遇之。经过时间的淘洗，非时上演《长生殿》所引起的是是非非都成了如烟往事，《长生殿》以其杰出的艺术魅力征服了众人。

返程时，洪昇途经苏州，江宁巡抚宋荦是他的旧相识，洪昇专程去拜访了他。宋荦带着洪昇探幽访胜，参观了苏州那些著名的景点，其中唐寅墓之行让洪昇感慨良多。唐寅，字伯虎，更字子畏，号桃花庵主、鲁国唐生、逃禅仙史，被誉为明朝中叶江南第一才子。他博学多能，吟诗作曲，能书善画，经历非常坎坷。唐寅出身于商人家庭，11岁扬名乡里，16岁中秀才，29岁参加南京应天乡试，获中第一名“解元”。次年赴京会考，“功名富贵”指日可待，与他同路赶考的江阴大地主徐经，暗中贿赂了主考官的家童，事先得到试题。事情败露，唐寅也受牵连下狱，遭受刑拷凌辱。才高自负的唐寅对官场的“逆道”产生了强烈的反感，性格行为流于放浪不羁。唐寅从此纵酒不视诸生业，以诗文书画终其一生。以卖画所得购章资的“桃花坞别墅”，取名“桃花庵”，在四周种桃树数亩，自号“桃花庵主”，极尽风流。桃花坞位于苏州阊门内北城下，自古以来便是苏州城里一个风景秀丽的去处，唐寅改建之后名气更大，唐寅颇为自得地写下“桃花坞里桃花庵，桃花庵里桃花仙；桃花仙人种桃树，又折花枝换酒钱。酒醒只在花前坐，酒醉还来花下眠；花前花后日复日，酒醉酒醒年复年。

但愿老死花酒间，不愿鞠躬车马前；车尘马足劳者趣，酒盏花枝贫者缘。若将富贵比贫者，一在平地一在天；若将贫贱比车马，他得驰驱我得闲。别人笑我忒风颠，我笑他人看不穿；记得五陵豪杰墓，无酒无花锄作田”诗句，羡煞时人。唐寅死后葬在桃花庵，每到春日，桃花庵桃花绚烂，灿若云霞，唐寅实现了他老死花酒间的愿望。

洪昇拜谒桃花庵的时候，宋荦刚刚组织人把桃花庵修葺一新，但是时值深冬，万木萧疏，桃花庵满眼看去还是一片凄清萧瑟。站在唐寅墓前，想着唐寅“天时不测多风雨，人事难量多龃龉”①的诗句，洪昇内心也感慨万千，他觉得自己“落拓浮名，虽不及六如万一，然先后境地，亦颇相似，不觉感慨系之”②，遂成诗四首，以写自心。人至垂暮之年，自伤自怜之情尤为强烈，以致想到身后之事，洪昇作诗云“颇学吴趋年少狂，逃禅垂老悔词场。不知他日西陵路，谁吊春风柳七郎”③，诗意颇凄恻哀婉也颇为自许。在诗词曲赋的造诣上，洪昇颇为自得，将自己与北宋词人柳永相比，而且柳永流连青楼、潦倒终生的境遇与洪昇致力于词曲的创作、流连歌舞戏台也有着诸多的相似之处。洪昇才华横溢，却无命无运，终身无成。在洪昇的一生中，他交友众多，但多数为酒席歌筵上的泛泛之交，虽然看起来洪昇的身边总是热热闹闹不乏朋友，但是实际却没有多少知心朋友，因此他常作孤独之哀叹。唐寅的桃花庵让洪昇羡慕不已，他决心效仿唐寅也为自己筑一处世外桃源。

离开苏州后，洪昇立即返回钱塘着手构建世外桃源之举。经过一番考察，洪昇选择了孤山建立草堂“为吟啸之地”④。孤山，又名孤屿，是西湖北山栖霞岭的支脉浮出水面形成的天然岛屿，因“四周碧波萦绕，一山孤峙湖中”而得名，后因白堤的勾连使得孤山与湖岸相通。孤山南临外湖，北濒里湖，东接白堤过断桥而至钱塘门，西跨西泠桥而与北山相连，有“孤山不孤”之说。孤山面对西湖，紧靠城市，湖水环绕，孤峰独耸，清幽而宁静，在那里结庐，进可入于红尘，退可隐于山水，非常适合作为隐居之地，自古就受到文人雅士的钟

① 〔明〕唐寅撰：《花下酌酒歌》，载《唐伯虎全集》，中国美术学院出版社2002年版，第25页。

②③ 〔清〕查为仁著：《莲坡诗话》卷下，载《清诗话》，第504页。

④ 〔清〕洪之则撰：《吴吴山三妇评牡丹亭还魂记》跋，载《中国古典戏曲序跋汇编》，第2252页。

爱，多以之为隐居之地，最著名的隐士当推北宋林逋。林逋在孤山北麓结庐隐居20年，足迹不及城市，平时除了作画吟诗外，特别喜欢种梅和养鹤，手植梅树300余株，有“以梅为妻，以鹤为子”之雅称。孤山梅花早在唐朝就已著名，白居易在他的一首诗中就有“三年闲闷在余杭，曾为梅花醉几场，伍相庙边繁似雪，孤山园里丽如妆”等句。因山中多梅花，孤山自古便为探梅胜地，故而又名“梅花屿”。洪昇选择孤山筑室不仅因其地势可进可退，更因孤山上那繁盛的梅花。在中国传统文化中，向以花品象征人品，梅、兰、竹、菊以品格高尚而为花中四君子，为人所赏。其中，梅花以冰肌玉骨、清高傲雪、孤芳自赏成为四君之首，是中国士大夫不染俗情之清高情怀的象征，这正符合洪昇此时的心态。从前唐寅有桃花庵，现在洪昇有了梅花屿。但和唐寅相比，洪昇心中还是有些自嘲。唐寅有解元之名，而洪昇一生功名未著，功业无成，和唐寅比起来，他觉得自己只是一根毫不起眼的枯草，因此把自己的草堂命名为“稗畦草堂”。

孤山景色清秀，“不雨山常润，无云水自阴”，是西湖眉眼之所在。从稗畦草堂的窗子望出去，西湖美景尽在眼底。波光潋滟的湖水，连绵起伏的群山、随风依依的杨柳都让洪昇赏心悦目。洪昇漂泊半生，人到暮年有了一个媲美唐寅桃花庵的别业，这让他深感欣慰。稗畦草堂建成后，洪昇常常流连于此，呼朋引伴，度曲填词，尽享暮年安闲之福。在稗畦草堂期间，洪昇完成了人生最后一部著作——《四婵娟》杂剧。

《四婵娟》仿徐渭的《四声猿》体制而成，全剧四折，每折各以历史上一个著名才女的逸事为题谱成，四折分别为谢道韫咏雪、卫茂漪簪花、李易安斗茗及管仲姬画竹。谢道韫本事见于《晋书·谢安传》、南朝刘义庆《世说新语·言语第二》以及唐代陆龟蒙《小名录》。卫茂漪事见于王羲之《题卫夫人〈笔阵图〉后》。李清照与赵明诚斗茗叙幽情典出李清照《金石录后序》，而管仲姬画竹留清韵本事则见于伊世珍《琅嬛记》、夏文彦《图绘宝鉴》、孔齐《至正直记·松雪遗事》等。前二则极力赞美古来才女们的才学，后二则由衷赞美了李清照和赵明诚、管仲姬与赵孟頫之间那种具有艺术气氛的家庭生活。洪昇根据自己对婚姻生活的理解，把古往今来的夫妻分为四种类型，即“美满夫妻”“恩爱夫妻”“生死夫妻”“离合夫妻”，李清照和赵明诚、管仲姬与赵孟頫之间的美满婚姻可看作是洪昇夫妇的写照。洪昇屡遭家难，流寓四方，回首人生，只有爱情不离不弃。黄蕙嫁于洪昇后，与洪昇伉俪情深，虽因洪昇多灾多难而尝尽人生辛酸，却无怨无悔地“安稳事黔娄”[①]。洪昇友吴雯对黄蕙很赞赏，把黄蕙比作元稹贤惠的妻子。元稹的妻子韦氏“自嫁黔娄百事乖”，但对元稹非常体贴，“顾我无衣搜荩箧，泥他沽酒拔金钗。野蔬充膳甘长藿，落叶添薪仰古槐”。贤妻深情让元稹非常难忘，写下了“曾经沧海难为水，除却巫山不是云”的千古名句。吴雯以“拔钗沽酒相慰劳”[②]写黄蕙之贤。黄蕙在“永日断炊”“深冬无褐”的时刻也未抱怨过，对洪昇仍是一往情深。吴雯用此典非常贴切，洪昇对黄蕙的确有“曾经沧海难为水，除却巫山不是云”之感，他曾言“看遍如云女，谁能动我思”[③]。美满的婚姻、娴淑的妻子是洪昇艰难的人生中最大的安慰，他感激黄蕙“空闺独立支婚姻”，又愧疚“辛苦多相累”。经过多年的漂泊，洪昇回首人生，在《四婵娟》里深情地描绘了自己的家庭生活，借剧中人物盛赞了自己多才多艺贤惠貌美的妻子和理想的婚姻生活。洪昇是一个重情的人，他在《长生殿》中赞美了真心到底的爱情，而在《四婵娟》中为自己理想的婚姻观做了一个总结。

关于《四婵娟》的写作时间，吴梅定为“少作”[④]，更多人定为“绝笔”。事实上，洪昇密友孙凤仪《牟山诗钞》有《和赠洪昉思原韵十首》，其九云“闻君已有《四婵娟》，何日清歌听未央？自有雪儿能按谱，更无人似赵春坊”，诗下原注有“新谱《四婵娟》已受梓矣”，孙凤仪此诗作于康熙四十二年（1703），因此《四婵娟》杂剧绝非“少作”，不知吴梅先生将《四婵娟》的创作时间定为“少作”所据者何也。

远离了京城的政治斗争，存身自保的目的是达到了，但是洪昇还是不时地感到寂寞，他时时关注着朝中的变化。也许命运一直在和洪昇开着玩笑，当年

---

① 〔清〕吴雯著：《莲洋诗抄》卷五《怀昉思》，载《四库全书存目丛书·补编》第5册，第452页。
② 〔清〕吴雯著：《莲洋诗抄》卷二《贻洪昉思》，载《四库全书存目丛书·补编》第5册，第421页。
③ 〔清〕洪昇著：《啸月楼集·征途见游女，寄内》，载《洪昇集》，第82页。
④ 〔清〕吴梅撰：《四婵娟》跋，载《洪昇集》，第781页。

洪昇置身京城时，党争十分激烈，洪昇也卷入了激烈的党争中。站在汉族文人的立场上他拥护南党，赞成南党所为，曾经为南党成员唱过赞歌，但因自己的疏狂不检授北党于把柄，终致罹祸。《长生殿》事件是党争时期最著名的案件，是南北党激烈交锋的靶子。康熙皇帝感愤于党争对朝政的影响，于洪昇离开的当年十一月下令严禁臣僚结党倾轧、报复不已，延续了多年的党争开始渐渐平息。三年之后，致仕回籍的高士奇被重新起用，入京修书，洪昇得知此讯，心中充满了宿命之感，感而写下《送高江村宫詹入都》一百韵，“沉郁顿挫，逼真少陵”①，“人竞传之”②。

随着名声的逐渐远播，慕名来找洪昇写书评的人也多起来，洪昇先后为岳端的《扬州梦传奇》、褚人获的《坚瓠补集》等书作序，而且广为他人品评诗文，如为门人王锡评其《啸竹堂集》，为郑景会评《柳烟词》，为张奕光评选《回文集》，为杨友敬校勘《天籁集》，为吕熊评《女仙外史》。这些著作既有时下流行的畅销之作，也有其人自赏自得之作，经洪昇品评，身价倍增。甚至，著名的江南织造曹寅也将自己的杂剧《太平乐事》送来，请洪昇作序，洪昇的名声比起在京师时更大了。

经过三年多的家乡生活，洪昇无论身体还是精神都得到了极大的恢复，好友吴仪一极力怂恿洪昇把自己的得意之作《长生殿》刻印出来，以期流传后世。在洪昇一生的戏曲创作中，吴仪一一直都是一个绝好的读者、观众和研究者，洪昇早年创作的传奇《闹高唐》和《孝节坊》，吴仪一曾为之一一评点。《长生殿》写成之后，吴仪一更是倾心不已，对《长生殿》赞赏不已，认为《长生殿》“为词场一新耳目”，把《长生殿》提到与曲中经典《西厢记》和《琵琶记》相媲美的高度，认为“其词之工，与《西厢》《琵琶》相掩映矣”③。《长生殿》上演之后，“伶人苦于繁长难演，竟为伧辈妄加节改，关目都废”④，面对这种情况，吴仪一甚至比洪昇还痛心，他“效《墨憨十四种》，更定二十八折，而以虢

---

① 《随园诗话》卷一，第28页。

② 〔清〕钱林撰，〔清〕王藻编：《文献征存录》卷一〇《洪昇传》，中文出版社1982年版，第1705页。

③ 〔清〕吴仪一撰：《长生殿·序》，载《长生殿》，第260页。

④ 《长生殿·例言》，第1页。

国、梅妃别为饶戏两剧”，对于这种改动，洪昇非常满意，认为“确当不易”，教导梨园若“取简便，当觅吴本教习”。《吴吴山三妇合评牡丹亭还魂记》于康熙三十三年（1694）刚刚刻竣，吴仪一就开始谋划着刻印《长生殿》。古代人出版著作和今人大致相同，大约有官印和私刻两种。那时官府出资付印多为史志之类，而自行刻印的书一类是诗文集。自刻文集的目的，一方面以图自赏，另一方面也有传播自己文名之意。另一类是影响较大的学术名著，如顾炎武的《音学五书》《日知录》，黄宗羲的《明儒学案》等，这些著作对当世影响大，求教的人多。自行刻印的书籍一般由个人出资或亲友弟子出资。中国古代人非常重视助人刻书，认为此举是“赛积德”的善行，更有“刻书者传先哲之精蕴，启后学之困蒙，亦利济之先务，积善之雅谈也”[①]之谓。因此，刻书这件事往往由一些热衷文化或者附庸风雅的富有仕宦或商人帮助出资刻印，比如曹寅即曾帮助多人刻书。清初，刻书还是一项耗费巨大的事儿，印数往往不多，即便如此，一般人还是无力承担这项巨款的。此时，洪昇的经济情况虽已大大改善，但尚不足以负担这笔不菲的费用。吴仪一非常了解老友的经济状况，他为了让这部“近代曲中第一”的杰作能够流传久远，实现自己作为文化人对文化薪火相传的关怀这一心愿，他多方筹措，《长生殿》终于在康熙三十四年得以受梓。

《长生殿》受梓是洪昇人生中最隆重的一件事，洪昇这一生除了旅食、漫游就没有什么得意之事，只有《长生殿》是他最大的安慰，因此，他非常感激老友的鼎力支持。对于《长生殿》的价值，洪昇非常自信，为了配合《长生殿》的付刻，洪昇遍请名人为之作序，毛奇龄、尤侗、朱彝尊等著名人士应邀为序。《长生殿》受梓在士林中也引起了极大的反响，文人士子闻风而动，有索《长生殿》传奇一观者，有主动为之作序者，有请戏班搬演者，一时间围绕着《长生殿》的刻印形成了搬演《长生殿》的高潮。《长生殿》在京师获誉以来，梨园盛演，但是江南几次大型的会演则把《长生殿》的演出推向了最高潮。

---

① 〔清〕张之洞著：《书目答问 · 劝刻书说》，朝华出版社2017年版，第187页。

洪昇回到家乡后，“吴越好事者闻而慕之，重合伶伦，醵钱请观焉”[①]。康熙三十六年（1697），江宁巡抚宋荦邀请洪昇至苏州，命梨园在虎丘搬演《长生殿》，“水陆观者如蚁”[②]。虎丘号称吴中第一名胜，苏州人于中秋之夜游虎丘赏月听歌的习俗由来已久，《苏州府志・风俗》即载有苏州人中秋“倾城士女出游虎丘，笙歌彻夜”的民俗，明清时期昆曲的流行使得虎丘曲会专唱昆曲。

昆曲这一文人红氍毹上的艺术，以雅集的方式在文人间传播、流行，喜爱昆曲的文人结社习曲，彼此酬唱，逐渐形成了一种相对固定的聚会模式，这就是曲会、曲社。曲会、曲社超越案头剧本、舞台演出，成为文人度曲的专门场所。在曲会、曲社中，曲友们交流心得、切磋技艺、酝酿创作，有时还进行一些理论研究，曲会、曲社成为昆曲传播的重要形式，当昆曲从舞台上逐渐退出的时候，曲会、曲社更是成为昆曲承续绵延的重要场所。在各地的曲会中，以苏州虎丘曲会最为著名，虎丘每年举办曲会，数百年绵延不绝。

明清两朝，每逢中秋佳节，各地曲家文人以及姑苏平民百姓云集虎丘，在清风朗月中浅吟低唱，昆曲演唱，此起彼伏。明人张岱在《陶庵梦忆・虎丘中秋夜》一文中记载，中秋来临之时，无论是士大夫还是少妇游女、清客帮闲、三教九流，均于月夜“鳞集虎丘”。从生公石、鹤涧剑池下至试剑石，皆铺毡席坐，登高望之如“雁落平沙，霞铺江山”。当时，“天暝月上，鼓吹十百处，大吹大擂，十番铙钹，渔阳掺挝，动地翻天，雷轰鼎沸，呼叫不闻”，其场面十分壮观。曲会开始时鼓乐齐鸣，闹场之后唱同场大曲，然后单用管箫伴奏，人们纷纷在千人石上献曲，轮流清唱，一直要延续到三更以后。能在千人石上一显身手，这是曲家和一般昆曲爱好者都引以为荣的事。经过几轮角逐，名家高手开始登场，最后及至深夜“月影横斜，荇藻凌乱，则箫板亦不复用，一夫登场，四座屏息，音细若发，响彻云际，每度一字，几尽一刻，飞鸟为之徘徊，壮士听而下泪矣”。昆曲演唱技艺到了出神入化的境地，正是“虎丘三五月华夜，按拍吴儿结队行。一曲凉州才入破，千人石上夜无声”。明万历年间著名文学家袁

---

①〔清〕尤侗撰：《长生殿・序》，载《中国古典戏曲序跋汇编》（三），第1584页。

②〔清〕王锡撰：《啸竹堂集・闻吴门演长生殿传奇，一时称盛，不能往游与观有作，并小序》，载《清代诗文集汇编》第206册，第346页。

宏道在游记《虎丘记》中也记述了中秋虎丘曲会的盛况："每至是日，倾城阖户，连臂而至。……唱者千百，声若聚蚊，……竞以歌喉相斗。雅俗既陈，妍媸自别。"《虎丘山志》也载有"林间度曲鸟栖急，石上传杯兔影凉"诗句。月影婆娑，置身于林间石上演唱昆曲，使得虎丘曲会呈现出了一种至雅至美的氛围。洪昇《长生殿》在虎丘的上演再次掀起了虎丘曲会的高潮，士女"倾城依画楼"，河上"画船灯万点，争看《舞霓裳》"[①]。万人争看《长生殿》的盛况让洪昇分外激动，他"狂态复发，解衣箕踞，纵饮如故"[②]，成了一个癫狂的少年。自此之后，吴山、松江等地相继演出《长生殿》，把洪昇的名望推向了高峰。

康熙四十二年（1703），洪昇的好友孙凤仪在吴山顶上的东岳庙招伶人上演《长生殿》，洪昇到吴山逛庙会偶遇之，他看到戏台前人头攒动，演出依然盛况空前。中国戏曲起源于原始社会歌舞娱神酬神的传统，"古代之巫，实以歌舞为职，以乐神人者也"[③]，"葛天氏之乐，三人操牛尾，投足以歌八阕"和"予击石拊石，百兽率舞"的载歌载舞即为戏曲的萌芽。佛教诞生后，和尚法师逐渐承担了娱神酬神的工作，因此寺庙多建立"乐楼"，用以演戏酬神，寺庙中的戏台往往称为庙台。吴山在春秋时代曾为吴国的南界，山上林木葱郁，怪石嶙峋，洞泉遍布，地形地貌曲折起伏，尤以庙宇集中而著称，其中建于北宋大观元年（1107）的东岳庙戏台是钱塘重要的演戏之所。东岳庙的演出吸引了前来逛庙会的人的目光，人们聚集在东岳庙，为《长生殿》的悲欢离合唏嘘感叹。此时洪昇已经59岁，发白齿落，"短发萧疏"，垂垂老矣，但是《长生殿》在江南受到普遍推崇的情势激励了他，使他产生凤凰涅槃般的再生之感，他感觉自己似乎获得了新的生命，心底充盈着使不完的力量。

到了第二年春末，也就是康熙四十三年（1704），江南提督张云翼也向洪昇发出邀请，希望他能往游松江观赏《长生殿》的演出，洪昇应邀而往。张云翼

---

① 〔清〕王锡撰：《啸竹堂集·闻吴门演长生殿传奇，一时称盛，不能往游与观，有作，并小序》，载《清代诗文集汇编》第206册，第345页。

② 〔清〕尤侗撰：《长生殿·序》，载《中国古典戏曲序跋汇编》（三），第1584页。

③ 王国维撰：《宋元戏曲考》，上海古籍出版社1998年版，第2页。

延之为上客，开长筵，盛集宾客，“选吴优数十人，搬演《长生殿》。军士执殳者，亦许列观堂下”[①]，场面十分壮观。张云翼选吴优搬演洪昇之作，那是非常隆重的礼遇。昆曲具有强烈的女性色彩，声腔柔媚，女声之柔媚清丽与昆曲流丽婉曲的特点颇为一致，而宛转绮靡又恰是吴语的鲜明特色，三吴之地软语绸缪的语音特点特别适合演唱昆曲，更难得的是姑苏女子在技艺表演方面的柔媚多情使其更突出地表现出昆曲“绮罗香泽之态，绸缪宛转之度”的风格，因此，苏州“一郡之内，衣食于此者不知几千人矣”，形成了“四方歌者皆宗吴门”和“曲之擅于吴，莫与竞矣”的奇特现象，吴地戏班占尽歌台舞场，“吴门梨园，众皆称美”[②]。为了完美地传达《长生殿》的意蕴，张云翼特别挑选吴优来演出，演出效果非常好，一时间艺林传为美谈。

江宁织造曹寅听说这件风流雅事非常艳羡，亦迎洪昇至江宁。曹寅，字子清，号荔轩，是《红楼梦》作者曹雪芹的祖父，康熙二十九年（1690）六月由内务府广储司郎中出任苏州织造，康熙三十一年十一月调任江宁织造。苏州织造不仅担负着向“南府”选送优伶的任务，而且还要为康熙皇帝南巡提供演出，为此曹寅在苏州任织造期间蓄有家班。曹寅调任南京时，家班亦随之来到南京。曹寅首开苏州织造府自蓄昆腔小班之先河，其后苏州织造历任都蓄女乐。曹寅家班当时非常出名，是一个全国闻名的家班，其家班的演出在文士心中享有盛名。明清时期，文人士大夫多痴迷昆曲，并且形成了蓄养优伶、组建家班的时尚，以昆曲自娱或者娱人，家班演戏是明清时昆曲演出的主要形式。著名的家班有苏州申时行家班与吴县范长白家班，太仓王锡爵家班，常熟钱岱女班，无锡徐锡允家班，长洲甫里许自昌家班，吴江沈璟家班、顾大典家班，嘉兴屠隆家班、冯梦桢家班、吴昌时家班，杭州包涵所家班、汪汝谦家班，余姚叶宪祖家班，绍兴祁彪佳家班、张岱家班，等等。明朝人陈龙正批评当时官僚士大夫之家供养家班的风气，说“每见士大夫居家无乐事，搜买儿童，教习讴歌，称

---

①《不下带编　巾箱说》，第136页。

②〔明〕潘允端著：《玉华堂日记》，手稿本。

为‘家乐’。酝酿淫乱，十室而九。……延优至家，已万不可，况蓄之也”[①]，这也从侧面反映出当时家班之盛，以至于引起了保守派的攻击。这些家班常常排演新出的戏剧，而且还常常自己度曲宴请宾客，在长期的艺术实践中，逐渐形成了一套适合厅堂和园林演出的艺术表演体系，成为当时昆曲艺术演出的一种重要形式。曹寅工诗词，善曲赋，具有极高的艺术造诣，到南京后连续创作《续琵琶》《太平乐事》《虎口余生》等剧本。

《长生殿》的流行让洪昇名声日隆，曹寅钦羡洪昇的才气，将自己的《太平乐事》请洪昇评点，而且他还让自己的家班排演《长生殿》。张云翼云间盛会时值曹寅家班《长生殿》排演成功，因此曹寅力邀洪昇赴江宁观看自己家班演出的《长生殿》。康熙四十三年（1704）五月二十八日，洪昇携带行卷诗而往，行卷之举盛行于唐代，天下举子、太学生为了赚取声名，把他们诗、赋作品制成卷轴，向社会贤达人士投递，恭请他们评点提携、制造舆论并向主考官进行推荐。至清代，这种风气已经不再流行，但是文人之间以自己得意的诗文作为会友的方式却一直流行不辍。曹寅读洪昇行卷感而赋诗，“称心岁月荒唐过，垂老文章恐惧成。礼法谁尝轻阮籍，穷愁天亦厚虞卿”[②]。洪昇带去的行卷诗今不存，其诗集以及曹寅的诗集中均未提及，因而“垂老文章恐惧成”一句给后人留下了极大的想象空间。为了这次聚会，曹寅遍请南北名流，席间洪昇居于上座，“每优人演出一折，洪昇与曹寅雠对其本以合节奏，凡三昼夜始阕”[③]，长安传为盛事，士林荣之。

不知道是巧合还是有意的安排，宋荦、张云翼和曹寅都是清廷的重臣，深受康熙皇帝的器重，当洪昇因非时上演《长生殿》罹祸而离开京城后，他们不仅没有因惧祸而疏离洪昇，反而先后隆重地搬演洪昇的《长生殿》。若是因《长生殿》的主题招致康熙皇帝疑忌，这些朝廷重臣何以敢不顾身家性命以身涉险？

---

① 〔明〕陈正龙著：《几亭全集》卷二十二《政书》，载沈乃文主编：《明别集丛刊》第5辑第43册，黄山书社2016年版，第635页。

② 〔清〕曹寅撰：《楝亭诗钞》卷四《读洪昉思稗畦行卷感赠一首，兼寄赵秋谷赞善》，上海古籍出版社1978年版，第185页。

③ 《不下带编　巾箱说》，第136页。

事实上，康熙皇帝是非常喜欢《长生殿》的，他赏赐聚合班的银两成为文武大臣观演《长生殿》赏银的定例。洪昇离开北京后，《长生殿》一直没有被禁演，到处都在演出。因此，从这个角度来判断，洪昇因演《长生殿》而罹祸的确如金张所说“从来国法有常刑”，洪昇不顾国法授人以柄，被弹劾、被斥革实在是作茧自缚自讨苦吃。洪昇在江宁受到了这么高的礼遇，心情非常激动，每日里美酒佳人相伴，赞美之声绕耳不绝，着实是大大地风光了一回，然而这也成为洪昇一生中最后的荣耀。

经过三天的演出，洪昇载誉而归。洪昇这一生没有什么值得炫耀的事情，他孜孜以求的功名从来没有光顾过他，而作为寄聪明之剩技的度曲却给他带来无上的荣耀，真是无心插柳柳成荫。洪昇带着无限的感慨，乘舟而归，然而天有不测风云，当船行经乌镇（今属浙江桐乡市）时发生了意外。洪昇从南京返乡，途经乌镇，其地友人闻听洪昇路经此地，遂置酒相招。洪昇应约而往拜访老友，老友相逢喜不自胜，痛饮了一番，宾主都非常尽兴。洪昇起身告辞的时候，已经是醉意很深，他喝得醉醺醺的，心里虽十分清醒，脚下却步履不稳。登船的时候，洪昇脚下一滑，掉到了水里，“风发烛灭，遂不可救”[①]，洪昇就这样无声无息地被水淹没了。没水之处，风平浪静，与往日的宁静并没有什么不同。洪昇猝然而卒，他根本来不及安排后事就带着说不完的心事慢慢地沉入水底。归老湖山后，洪昇虽然常常有老之将至之感，但却没有料到死神来临得这么快，更没有料到的是自己居然以这样轻如鸿毛、毫无意义的方式告别人世。洪昇一生坎坷，灾祸频频，一次又一次的打击都没有让洪昇殒命，反而在人生中最惬意的暮年遭遇此劫，命运弄人用在洪昇的身上真是再贴切不过了。洪昇多灾多难的人生就此画上了句号，厄运再也无法困扰洪昇了，康熙四十三年（1704）六月初一[②]，洪昇走完了他60年的人生历程。

关于洪昇落水的地点，在同代或稍后的史料笔记中，多记载为乌镇，如金

① 《不下带编　巾箱说》卷一，第10页。

② 〔清〕王蓍撰《挽洪昉思》下有小注“杨妃以六月朔日生，明皇于是日命梨园小部奏《荔枝香》新曲于长生殿上。今昉思适以六月朔日死，故及之”，故可知洪昇死亡的确切时间，载〔清〕阮元，〔清〕杨秉初辑：《两浙輶轩录》卷四，夏勇等整理，浙江古籍出版社2012年版，第320页。

埴《巾箱说》："追归至乌镇，昉思酒后登舟，而意为汨罗之投矣。"阮元《两浙輶轩录》卷四引王蓍《挽洪昉思》序："甲申（1704）夏，泊舟乌镇，因友人招饮，醉归失足，竟坠水死。"[①]汪鹤孙《延芬堂集》卷下《颜山赠赵秋蜜太史》之二原注"昉思自苕霅间归，堕水死"[②]。郑景会《悼洪昉思》亦云"故国魂招乌成月"[③]，此诸人或为杭人，或流寓杭州，与洪昇关系均较为密切，因此所言当不诬。但是，关于洪昇之死也有不同的传闻，李孚青称"昉思与客饮湖上，中夜大醉，堕水死"，谓其卒于西湖。袁枚则为洪昇之死赋予了一层英雄主义色彩，称洪昇"晚年渡江，老仆堕水，先生醉矣，提灯救之，遂与俱死"，谓其为了救老仆而落水与之俱卒。李孚青虽与洪昇关系密切，但是因其远在他乡，对于老友之死只是听闻而已，其所言当有许多不实之处。袁枚出生的时候，洪昇早沉水底十几年了，传闻已远，以讹传讹，所据就更不可靠了，因此，我们认为洪昇落水的地点当在乌镇。

洪昇落水而亡的消息传到京杭两地后，同道师友纷纷写诗以志哀悼。戴熙同情洪昇一生多难，"名士生多厄，才人死亦奇。烟波空浩渺，魂魄竟何之。太白骑鲸日，三闾赋诗时。茫茫天地间，万古使人悲"。景星杓叹惜洪昇不幸，"宋室忠宣后，于今尤一人。地灵钟此杰，天宝写残春。美色恒招妒，奇才竟误身。堪将流俗恨，洒泪诉波臣"。郑景会哀挽洪昇寥落无偶，"潦倒名场四十年，归途竟作水中仙。尊前顾曲无公瑾，邺下论交少仲宣。故国魂招乌成月，新秋梦断白蘋烟。临流欲洒山阳泪，怅望西风倍黯然"[④]。洪昇的好友王蓍的挽诗对洪昇的一生进行了概括："世传艳曲调清新，我爱高吟意朴淳。怨艾自伤真孝子，性情不愧古风人。家从破后常为客，名到成时转累身。归老湖山思闭户，何期七尺付沉沦。"[⑤]洪昇的死讯让他的老师王士禛倍感哀伤，王士禛非常器重洪昇，稗畦乐府那是王士禛"无日不相思"的。王士禛闻弟子堕水而卒，写下

①⑤〔清〕王蓍撰：《挽洪昉思·序》，载《两浙輶轩录》卷四，第320页。
②〔清〕汪鹤孙著：《延芬堂集·颜山赠赵秋蜜太史》，载《清代诗文集汇编》第162册，第25页。
③④〔清〕郑景会撰：《悼洪昉思》，载《国朝杭郡诗辑》卷三一，第509页。

“菟裘终未卜，鱼腹恨如何？采隐怀苕霅，招魂吊汨罗”[①]的悼亡之词。洪昇落水溺死虽让人伤感不尽，但因其与李白的死亡方式比较相似，时人将洪昇之死赋予了一层诗意，“时有捉月之比”[②]。洪昇一生交游甚广，其众多友人闻讯纷纷作诔文挽诗哀悼之，一时形成了文坛上的重要事件，以至于出现了品评诔文挽诗孰优孰劣的现象，金埴“陆海潘江，落文星于水府；风魂雪魄，赴曲宴于晶宫”的诔文成为其中的佼佼者，颇得时人赏颂。为了纪念这位不幸的才子，全国各地纷纷上演《长生殿》，把《长生殿》的演出再一次推向高潮。

洪昇堕水而卒，时值六月初一，距离他60岁的生日还有一个月的时间。60年是一个花甲，是一个具有非常意味的时间。古人用天干和地支相配来纪年，天干地支顺次组合为60个纪序年号，称为六十甲子，每60年就是一个循环，人就在这个循环中，生生不已，无尽循环。60岁就是一个完整的周期，洪昇没能等到画完人生周期的最后一笔，就倏然而落。真是“阎王叫人三更走，谁也不能停留到五更”，人的一生永远走不出的困境就是生死大限，任谁都无法选择也无法逃避。洪昇的一生恰恰像一个不圆满的轮回，还意犹未尽却也万劫不复了。洪昇的一生又如同一出关目曲折的大戏，在他生命的巅峰时刻戛然而止，给人留下无尽的想象，也留下不尽的怀念。

---

①〔清〕王士禛著：《蚕尾续诗集·挽洪昉思》，载《王士禛全集》第2册，袁士硕主编，齐鲁书社2007年版，第1361页。

②〔清〕景星杓著：《拗堂诗集》卷五《哭洪昉思三首》序，载《四库未收书辑刊》第8辑第29册，第48页。

第十四章　曲中第一

《长生殿》传奇是中国戏曲史上的一个奇迹，自从问世以来，一直流行于剧坛，盛演不衰。《长生殿》初成时，“一时梨园子弟，传相搬演。关目既巧，装饰复新，观者堵墙，莫不俯仰称善”[①]。《长生殿》精于声律、娴于辞令的特色一直为人称道，“为千百年来曲中巨擘，以绝好题目，作绝大文章，学士才人，一齐俯首。自有此曲，毋论《惊鸿》《彩毫》空惭形秽。即白仁甫《秋夜梧桐雨》亦不能稳占元人词坛一席矣”[②]，《长生殿》被戏曲界奉为巅峰之作，享誉300年，传遍全世界。乾、嘉以后当昆曲逐渐走向衰微的时候，《长生殿》依然是戏班中的保留节目，关于《长生殿》演出的记载在各种笔记史料中不绝如缕：

(曹雪芹的舅祖李煦的公子)性奢华，好串戏，延名师以教习梨园，演《长生殿》传奇，衣装费至数万。[③]

康熙中，《长生殿》传奇新出，命家伶演出，一切器用费镪四十余万两[④]。

甲寅冬（雍正十二年）十一月十六，夜饮小玲珑山馆主人许，歌酒间

① 〔清〕尤侗撰：《长生殿·序》，载《中国古典戏曲序跋汇编》（三），第1584页。

② 〔清〕梁廷楠著：《藤花亭曲话》，载《中国古典戏曲论著集成》（八），第269页。

③ 《丹午笔记　吴城日记　五石脂》，第179页。

④ 〔清〕王友亮著：《双佩斋集》，转引自龚和德著：《舞台美术研究》，中国戏剧出版社1987年版，第341页。

游狐旦色项生者，意态融洽，婉婉似好女子。曲能唱情，殆杨环一流。坐间皆为之回肠荡气，不复知其为三十许人。主人因告予为言："项生故吴产也，十余年前曾肄江淮大吏某家班乐部，大吏昵之，令习《长生殿》新声，为杨玉环。项生素慧黠，不数日，尽其妙……"[①]

《长生殿》的盛演造就了很多擅演该剧的名伶，写于乾隆五十年（1785）的《燕兰小谱》收录有京城优伶64人，其中最著名的伶人均为饰演《长生殿》者。如，双喜官"隶属保和部，旦角，长洲（今苏州）人，尝演《玉环醉酒》，多作折腰步，非为取媚，实为藏拙，其心良苦也"；王翠官，"庆春部，旦角，尝演《絮阁搜状》，恰玉环娇态"。成书于乾隆六十年的《消寒新咏》亦有关于演出《长生殿》伶人的记载，"范二官，庆宁部，吴人，比梅花、白鹤，《弹词》；王百寿官，万和部，小生，吴人，比玉茗、青鸾，《惊变》《埋玉》；李玉龄，乐善部，小旦，比虞美人、秦吉了，《絮阁》"。众香主人的《众香国》里对擅演《长生殿》的演员的记载更多，其中"艳香部"记载："鲁寿林，字意兰，现在春台部。余著《众香国》小部，始以孙影怜为弁首。既见意兰，清声妍弄，远出影怜之上。而姿首明慧，几于施朱太赤，着粉太白。演《絮阁》《后诱》诸出，神致艳佚。盖体物浏亮，与之俱化矣。允宜桃花人面，独出其冠。"[②]而《日下看花记》记载，春台班除鲁寿林之外，尚有吴福寿，擅演《惊变》《埋玉》。四庆部则有旦角董如意，擅演《醉酒》。三庆部的鲁龙官，擅演《絮阁》。[③]《众香国》"幽香部"记载：王桂林，"字浣香，现在三庆部。貌不异人，而能倾倒王公贵客。盖远而望之，似有不可狎者。近即之，则吹气如兰，芬香可袭也。演《跪池》《剔目》《埋玉》诸出，声情刻露，顿挫悠扬。又善琵琶小曲，往往低唱浅斟，一弹再鼓，玉指珠喉，荡人魂魄"[④]。

舞台上昆曲演出的衰微使得昆曲中只剩下几出折子戏还能与花部同台演出，

---

① 〔清〕厉鹗著：《樊榭山房集 · 书项生事》，载《清代燕都梨园史料》（下），第904页。

② 〔清〕众香主人著：《众香国》，载《清代燕都梨园史料》（下），第1019页。

③ 〔清〕小铁笛道人著：《日下看花记》，载《清代燕都梨园史料》（下），第60页。

④ 〔清〕众香主人著：《众香国》，载《清代燕都梨园史料》（下），第1026页。

其中《长生殿》中的折子戏演出最为常见，《醉酒》《絮阁》《弹词》《惊变》《埋玉》都是场场演出的折子戏。谢绥之《燐血丛钞》载，苏州忠王府李秀成之子李静轩，慕吴中女伶，“令忠府典采张老全教习梨园一部，选童男女一百二十人以习之，已亦学度昆曲。五月初五日，居然至忠府开台。静轩扮《絮阁》《惊变》中唐玄宗，颇为忠王许可”[①]。成书于光绪年间的《菊台集秀录》记载：绮春主人时小福[②]曾演《小宴》中的杨贵妃，丽华主人[③]曾扮演《鹊桥》《密誓》中的杨玉环。罗瘿公的《鞠部丛谈》载：沈芷秋[④]擅《鹊桥》《密誓》。《新刊菊台集秀录》载：韶秀主人迟章久[⑤]掌福寿部，曾演《酒楼》《弹词》两出；王丽奎[⑥]演《鹊桥》，景善少主人宝芳[⑦]曾演《长生殿》。时至今日，《长生殿》仍唱响舞台。《长生殿》之所以能在舞台上长期流传，完全在于其杰出的艺术价值。

中国戏曲起源于原始歌舞，从娱神的载歌载舞到娱人的唱念做打，戏曲逐步成熟，成为一种独特的艺术形式。在中国戏曲发展的历程中，在汉王朝大一统的豪情笼罩下，戏曲领域完成了歌舞由娱神向娱人的转变。其后，中国戏曲开始逐渐走向成熟。从汉代的“角抵戏”、南北朝的“歌舞戏”到唐代的“参军戏”，其娱乐成分中表演的因素越来越浓厚。宋代，随着城市商品经济的长足发展，市民娱乐场所（“瓦舍”和“勾栏”）越来越多，民间歌舞、说唱、滑稽戏也有了综合的趋势，出现了“宋杂剧”。在宋杂剧的基础上，金代时北方出现了“金院本”，南方出现了“南戏”。南戏是中国戏曲最早成熟的表现形式，它形成于南北宋之交的浙江温州（古称永嘉）一带的民间，是在宋杂剧的基础上，融合南方民间小曲、说唱等艺术因素形成的。南戏以体制庞大、曲词通俗质朴为其特点，已粗具戏曲的基本艺术特征。元代是中国戏曲史的一个重要时期，以元曲闻名于世，亦称元杂剧。中国古典戏曲活动，经过宋、元的发展，至元

① 苏州博物馆藏手抄本。

② 《菊台集秀录》，载《清代燕都梨园史料》（下），第629页。

③ 同上，第631页。

④ 《鞠部丛谈》，载《清代燕都梨园史料》（下），第796页。

⑤ 《新刊菊台集秀录》，载《清代燕都梨园史料》（下），第649页。

⑥ 同上，第650页。

⑦ 同上，第652页。

明之际出现了传奇。传奇源于宋元南戏，是南戏成熟化与规范化的结果。明中叶以后，传奇代替杂剧成为戏曲舞台上的主角，其剧本曲词典雅，体制庞大，名篇佳作不胜枚举，为戏曲文学绝盛之时。在表演上日趋成熟，多用昆曲演唱，康、乾时期，昆曲演出已经达到极盛。昆曲艺术经过100多年的实践，到洪昇的时代，无论是剧本创作、舞台表演，还是理论批评、曲谱曲选，都取得了极其丰富的成果和经验，这使得《长生殿》能出前人之上成为中国古典戏曲的集大成之作。

在中国戏曲史和中国文学史上，和洪昇《长生殿》并称的是孔尚任的《桃花扇》，一般称之为“南洪北孔”。提起中国戏曲，无不推崇“南洪北孔”，他们似诗之李杜、文之韩柳、词之苏辛。“南洪北孔”之称是洪昇朋友们的美誉，金埴诗云“两家乐府盛康熙，进御均叨天子知。纵使元人多院本，勾栏争唱孔洪词”[①]，到了晚清，杨恩寿明确概括出“南洪北孔”的提法，“康熙时，《桃花扇》《长生殿》先后脱稿，时有‘南洪北孔’之称。其词气味深厚，浑含包孕处蕴藉风流，绝无纤亵轻佻之病”[②]。后世研究者提起有清一代戏曲，但提“南洪北孔”，而不及其他。虽然人人尊“南洪北孔”，但对于“南洪北孔”之间的评价还是略有高下，一般说来，论文者崇孔，言律者尊洪。对于音律的精审，洪昇自言“予自惟文采不逮于临川，而恪守韵调，罔敢稍有逾越。盖姑苏徐灵昭氏为今之周郎，尝论撰《九宫新谱》，予与之审音协律，无一字不慎也”[③]，言语间是颇为自负的。洪昇“无一字不慎”的努力使得《长生殿》的音律“精严变化，有未易窥测者”[④]。《长生殿》精于声律的艺术价值一直为人所称道，它的韵调不仅体现在协律之上，重要的是其曲均本色当行。近代曲学大师吴梅在论南北戏曲时云：“《长生殿》集古今耐唱耐做之曲于一传中，不独生旦诸曲出出可听，即净丑过脉各小曲，亦丝丝入扣，恰如分际。”[⑤]戏曲毕竟都是要在舞

---

① 〔清〕金埴撰：《题阙里孔稼部尚任东塘〈桃花扇〉传奇卷后》，载《不下带编　巾箱说》，第135页。

② 〔清〕杨恩寿著：《词余丛话》卷二，载《中国古典戏曲论著集成》（九），第251页。

③ 《长生殿·例言》，第1页。

④ 〔清〕徐麟撰：《长生殿·序》，载《长生殿》，第259页。

⑤ 《中国戏曲概论》，第187页。

台上搬演的，能够曲曲尽肖才是佳作。《桃花扇》有佳词无佳调，可读不可听，全无戏曲特征，当《长生殿》百余年流播如新时，《桃花扇》已少有演出。因此，从戏曲史的角度来说，言者均认为《长生殿》胜过《桃花扇》。吴梅先生云“南洪北孔，名震一时，而律以词范，则稗畦能集大成，非东塘所及也”[①]，这种观点代表了学者和艺人的普遍观点，《长生殿》以其精深的曲学成就成为明清传奇的压卷之作。

事实上，《长生殿》不只讲究声律，它的成就是全面的，“余谓古今传奇，词采、结构、排场并胜，而又宫调合律、宾白工整，众美悉具，一无可议者，莫过于《长生殿》”[②]。从文辞上讲，《长生殿》文辞之美既不逊临川，亦不让东塘，洪昇自谓《长生殿》“惟文采不逮临川”，实是过谦之言。叶堂认为“《长生殿》辞极绮丽，宫调亦谐”，“辞极绮丽”正是《长生殿》的价值。在曲的创作中，非常讲究本色当行，即生旦有生旦之体，净丑有净丑之腔，《长生殿》是一出宫廷大戏，戏中人物李、杨二人为帝妃身份，“绮丽”正是其特点，而高力士和安禄山亦有一定的身份，也不应当流于诙谐俚俗，这种安排恰恰是《长生殿》本色之处。杨恩寿曾云：“古今填词家，动谓美人才子，所谓美者，姿色在其次，第一在风致也。风致，非姿色可比，可意会不可言传；虽以实甫之才，仅能写双文之姿，不能写双文之致。观其‘嫋嫋婷婷’差有致矣！又加以‘齐齐整整’。夫以齐整赞美人，不过虎丘泥美人耳，尚何致之有！余谓善写美人之致者，惟《长生殿》耳。惊变一出，醉杨妃以酒，以观其致，明皇真是风流欲绝。至曲之一语一呼，声情宛转，宛然一幅‘醉杨妃图’也。”[③]关于这一点，冯沅君的《中国文学史》说得更具体，“但就其文辞论，则顽艳凄厉，语语精粹。如《春睡》《疑谶》《夜怨》《惊变》《埋玉》《尸解》《弹词》等，都可以远追玉茗，近抗东塘”。实际上，《长生殿》的文辞不只是“远追玉茗，近抗东塘”，他本色当行的曲文也是堪称“完美”二字的。曲文和曲律做到如此完美统一的，古今传奇惟洪昇唯一人而已，可谓前无古人后无来者。汤显祖的《牡

① 《中国戏曲概论》卷下《清总论》，第176页。
② 《螾庐曲谈》卷二，第96页。
③ 〔清〕杨恩寿著：《续词余丛话》，载《中国古典戏曲论著集成》（九），第320页。

丹亭》问世后，因《牡丹亭》不谐音律、不便演唱引起了沈璟等人的论争，史称“汤沈之争”。经过这场长时间的论争，在戏曲的创作上，汤词沈律合则双美离则两伤成为大家的共识。洪昇在《长生殿》的创作中既效法沈璟严守格律，又遵循汤显祖的意趣神色，真正做到了“以临川之笔，协吴江之律”[①]，使《长生殿》成为案头和场上双美之作。

从结构和排场讲，《长生殿》传奇结构谨严、排场妥帖，亦堪称明清传奇史上的典范，向为人所称道，被誉为“无懈可击”。王季烈《螾庐曲谈》云：“《长生殿》全本五十折，其选择宫调、分配角色、布置剧情，务使离合悲欢，错综参伍；搬演者无劳逸不均之感，观听者觉层出不穷之妙。自来传奇排场之胜，无过于此。”[②]这样完美的曲律、曲文和排场使《长生殿》“百余年来，歌场舞榭，流播如新。每当酒阑灯灿之时，观者如至帝王所，听奏《钧天》法曲，在玉树金蝉之外……”[③]。

《长生殿》传奇在案头和场上的广泛流行使其出现了很多的抄本和刊本，其中嘉庆年间的文瑞楼抄本和民国时期《暖红室汇刻传奇》刻本是比较著名的本子。文瑞楼是桐乡金檀的藏书楼，桐乡地处浙北杭嘉湖平原，素称“文物之邦”。在这块土地上，历代科名蝉联，名家辈出，其中有不少人，读书藏书，多方罗致典籍，筑楼以贮之，成为一地颇有影响的藏书家。金檀，字星轺，自幼好学，及长，经史子集，无所不读。由喜读书而好聚书，平时遇善本，不论价之贵贱，必设法购之。一时未能买到手的，则千方百计从别人手里借得，亲自抄录，不漏一字。积数十年搜罗之富，其庋藏已十分可观，遂筑文瑞楼，分门别类，专贮典籍。金檀亲自校勘，整理成《文瑞楼书目》12卷。《长生殿》的文瑞楼抄本抄写精美，字体工整精致，校勘精细审严，一向为后人所重。暖红室汇刻本是由近代大出版家刘世衍搜罗编辑刻印而成，雕版雠校俱精，艺林称为善本。《暖红室汇刻传奇》是一部戏曲剧作集，汇传奇、杂剧于一刻之中，所取皆以稀见之原刻本、珍本、善本为底本，陆续刊于1900年至1919年间，共

---

① 《中国戏曲概论》，第162页。

② 《螾庐曲谈》卷二，第152页。

③ 〔清〕梁廷楠著：《藤花亭曲话》，载《中国古典戏曲论著集成》（八），第270页。

51种，现在通行的《长生殿》版本即以暖红室汇刻本为底本。

时至清朝，中国书籍的出版已经历了数千年漫长的历史过程，从原始社会晚期的陶器刻画符号到商代的甲骨文，从商周时期的金文到秦汉的竹简，从魏晋时期的抄录图书到雕版印刷术和活字印刷术的发明普及，先后出现陶器、甲骨、青铜器、雕石、简策、缣帛、纸等文字载体，记录知识的方法也经过了写刻、手抄、拓印、雕版印刷和活字印刷等若干阶段。我国最早的正式书籍，刻在竹片或者木片上，一根竹片叫作"简"，把多根简编连在一起叫作"简策"，东汉以前最为盛行，东汉以后逐渐为纸写本所代替。春秋战国以后，还出现了帛书，帛书亦称缣书，是写在缣帛（丝织品）上的书，有"书之竹帛，镂之金石，琢之盘盂"的记载。三国以后，纸书逐渐通行，帛书随之渐少。早期的图书，都依赖于抄写流传，雕版印刷术普及之后，仍有不少读书人以抄写古籍为课业，所以传世古籍中有相当数量是抄写本。所谓雕版印刷就是把文字刻在木板上，然后用来印书的印刷工艺。先在木板上刻出阳文反字，再在板上涂墨，蒙上纸张刷印出书页，古人称用这种方法印出的书叫刻本或者刊本，现代人把它称为木刻本。《长生殿》的原刻本为稗畦草堂刻本，当时因资金关系，刻本很少，在当时已经很难得见到，喜爱《长生殿》者只有辗转相抄，出现了很多的抄本。《长生殿》稗畦草堂刻本和诸多抄本今已不可见。

《长生殿》搬上舞台后还出现了很多演出本，这种演出本主要是供职业戏班演出之用，和《长生殿》传奇的原刻本有较大差距。昆曲本流行于文人士大夫的厅堂、园林和红氍毹之上，具有独特的文化品位，讲究流丽婉折的声腔、委婉雅致的抒情，这种审美趣味无法获得平民的认同。职业戏班为了最大限度地争取观众，在演出中往往会改变昆曲演出的规定性，更多地迎合平民的审美口味。在这种普遍对剧本进行修改的情势下，《长生殿》也难免此遇。洪昇在《长生殿》例言中就对此情形深恶痛绝，他说"伶人苦于繁长难演，竟为伧辈妄加节改关目都废"，增加了"虢国承宠、杨妃忿争"等关目，这正是洪昇在创作中极力避免的涉秽之处。《长生殿》传奇舞台表演上的改动更大，有"既失蕴藉，尤不耐看"的三家村妇丑态，有《哭像》而着红衣等"俱属荒唐"之举。针对这种情况，洪昇让人以吴仪一所节选的28折相教习。折子戏是指从全本戏中选出一些精彩的段落加以充实、丰富，使之成为可以独立演出的短剧，这样就加强了剧目的情节性，更能吸引观众。折子戏以其生动的内容、细致的表演、多样的艺术风格弥补了观众与剧本疏离的缺陷，一度给昆曲演出带来新的局面，一些著名的折子戏成为观众百看不厌的精品。但是《长生殿》行世后不久就以折子戏的形式进行演出似乎还另有原因，“班中演《长生殿》，每忌全演，相传全演班必散。乾隆三十几年，长白伊公按鹾两淮，故令春台班演全部《长生殿》以试制，乃是秋春台班以他故散”①。也许，《长生殿》中所抒发的某些情感一直是体制所难以容忍的吧。如今无论是吴本还是其他节选本均已不传，我们只能从叶堂《纳书楹曲谱》看到其所收的30出折子戏。

《长生殿》传奇的舞台形式裹挟在历史的潮流中或沉或浮，但其案头形式却积淀成为文学史的永恒。乾、嘉以后，昆曲演出逐渐走向了衰落，曾经让中国上流社会为之“举国如狂”的一种艺术形式逐步退出了历史舞台，吴梅在《中国戏曲概论》中概括为“乾隆以上，有戏有曲；嘉道之际，有曲无戏；咸同以后，实无戏无曲矣”，《长生殿》传奇在舞台上的辉煌也在这个历史潮流中风流云散，几乎只剩下了它的案头形态。2001年5月18日，中国昆曲被联合国教科文组织宣布为“人类口述和非物质遗产代表作”后，《长生殿》传奇的舞台形式在这个历史时刻又浮出水面，不仅展示了它自身的完美，也展示了中国昆曲的艺术韵味。目前，对于昆曲这一传统艺术形式的保护与继承正成为一个新的课题，立足于改革者有之，立足于严守传统者有之，《长生殿》传奇的舞台命运何去何从将在这个新的历史时刻找到答案，我们拭目以待。

---

①〔清〕焦循著：《剧说》卷四，载《中国古典戏曲论著集成》（八），第211页。

第十五章　千古流芳

《长生殿》于清朝康熙二十七年（1688）问世后，虽然吴仪一曰“爱文者喜其词，知音者赏其律”，但大多数学者对《长生殿》的研究还是主要集中在对其曲律的探讨上。蔡毅所编《中国古典戏曲序跋汇编》中收录了《长生殿》序跋、题词各16家，这些序跋、题词几乎都是围绕着《长生殿》曲律而论的。《长生殿》行世后，对《长生殿》的论及仅限于学人的杂著和笔记当中，少有专门的著作，这种状况一直持续到20世纪40年代。民国时期，对《长生殿》进行研究的学者和作品较少，其研究仍基本承袭传统的方法，以《长生殿》的曲学成就为主要研究对象。殷溎深订谱的《长生殿曲谱》、王季烈的《螾庐曲谈》和吴梅的《〈长生殿〉跋》《〈长生殿〉传奇斠律》是20世纪上半叶《长生殿》声律研究的重要成果。殷溎深、王季烈和吴梅等人非常推崇《长生殿》，王季烈先生特别推崇《长生殿》的“排场”，他认为《长生殿》传奇精美谨严的排场在明清传奇中罕有匹敌，堪称“无懈可击”。吴梅先生看重《长生殿》的曲律成就，他结合自身度曲之体验和前代曲家之论，逐篇探讨了《长生殿》中南北曲律“持律之严”和“守法之细”，其论多精妙之处。在对《长生殿》一片赞美之声外，日本学者青木正儿有着不同的看法，他认为《长生殿》“叶堂评之为‘性灵远逊临川’者，确当不易之论也。其不及汤显祖也无论矣！即于才气一端，亦当逊孔尚任之《桃花扇》一席”“所乏者生动之趣致与泼辣之才气耳”[①]。此正“爱

① ［日］青木正儿著：《中国近世戏曲史》，王古鲁译，作家出版社1958年版，第380页。

文者喜其词”之语，也是不谙戏曲、不谙音律者语。《牡丹亭》“虽以性灵取胜，但其关目冗杂、宫调不谐，已经失去了之所以为戏曲的意义”[①]。“戏曲原本不是‘文学’，它是艺术，是立体的综合的表演艺术，是不能离开舞台的时空艺术。所以严格地说，戏曲只有当它在舞台上演出的时候才是戏曲。戏曲讲求的是‘此时’和‘此地’，是‘声’和‘容’的立体呈现，‘声’在‘容’在则戏曲在。否则，戏曲只能是剧本。”[②]从这个意义上讲，即使凝固的剧本是戏曲的重要组成部分，也不应该成为衡量其价值的唯一标准。

1949年以后，随着对古典文学遗产的重新整理和研究工作的展开，《长生殿》作为中国古典戏曲的代表作也成为研究的重心。但是，随着唯物史观和辩证法的指导地位逐步在各个学科领域内得到确立，文化社会学思路与传统的“知人论世”理念相结合成为一种主流的研究方法，文学批评提出了主题先行的观念。受这种观念的影响，对《长生殿》的研究从戏曲研究领域转向了文学研究领域，少有探讨《长生殿》曲律、排场等与戏曲相关的问题，更多地把研究重心放在对《长生殿》主题思想的探讨上。因《长生殿》主题的复杂性，对其文学性的研究一开始就引起极大的争论，众说纷纭，歧义迭出，《长生殿》研究成为古典文学研究中争论较多的课题之一。1954年，为纪念洪昇逝世250周年，山东大学召开了《长生殿》研讨会，学术界掀起了《长生殿》的讨论热潮。关德栋的《洪昇与〈长生殿〉》[③]是新中国成立后第一篇评介《长生殿》的文章，也是新中国成立后第一次提出李隆基和杨玉环的爱情描写问题的文章。文章认为，洪昇把李、杨爱情“表现得异常诚笃，写出了杨玉环的痴情和李隆基的钟情，对他们的性格作了真实的描写”，该文引起了关于《长生殿》的主题思想和怎样评价李、杨爱情的争论，并在很长的一段时期内成为争论的焦点，报刊上也展开了关于《长生殿》主题思想的讨论。“爱情主题说”由关德栋发轫，而后又有周来祥、徐文斗《〈长生殿〉的主题思想究竟是什么?》[④]一文对李、杨爱

---

① 曾永义:《〈长生殿〉研究》，台湾商务印书馆1969年版，第71页。

② 王宁、任孝温著:《昆曲与明清乐伎・引言》，春风文艺出版社2005年版，第1页。

③ 关德栋:《洪昇与〈长生殿〉》,《青岛日报》1954年3月23日。

④ 周来祥、徐文斗:《〈长生殿〉的主题思想究竟是什么?》,《文史哲》1957年第2期。

情的发展过程做了详细的分析，认为洪昇在总的倾向上肯定了李、杨爱情，歌颂了李、杨的真挚爱情，并提出《长生殿》虽也表现了深刻的爱国感情和高度的民主思想，但不能把这些内容提到主题思想地位上来。“爱情主题说”一发表，即遭到批判，持否定意见者占了上风，并形成一边倒的局面，《长生殿》的文学研究转向主题研究上来。丁冬在《〈长生殿〉的主题思想到底是什么》[①]论文中提出《长生殿》是一出痛苦和残酷的爱情悲剧，其悲剧是由统治阶级的客观地位和生活方式决定的，该文以阶级论研究艺术作品的方法具有鲜明的时代特征。在阶级论的影响下，学术界把研究的眼界皆转向了阶级评判。在阶级论的舆论覆盖下，“爱情主题说”受到了相当严厉的批判。持阶级论者批判资产阶级恋爱至上的观点，并且否认帝妃之间存在爱情，“把这种好色和卖淫看作是真挚爱情的表现，这是与马克思列宁主义在爱情问题上的无产阶级观点完全背离的”[②]。这些学者在批判“爱情主题说”的同时提出了“政治主题”说的基本观点，论者大多以《弹词》《骂贼》中强烈的兴亡之叹、民族意识来挖掘《长生殿》的政治主题。袁世硕《试论洪昇剧作〈长生殿〉的主题思想》[③]认为，《长生殿》写情，是“作者思想中的一个重要侧面”，在作者的思想中，民族意识与唯心的“情”的观念凝结在一起，使《长生殿》呈现出一副复杂的面孔，但作者的动机“主要是借以抒写抑郁在胸中的亡国之痛”。左明《〈长生殿〉的人民性》[④]也提出“洪昇远取唐代安史之乱的史实，借生旦恋爱排场敷演一番，隐约其事，以寄家国兴亡之感”。

面对《长生殿》主题的复杂性以及两种针锋相对的观点，讨论似乎很难继续下去。但是学术界诸人持论，《长生殿》的主题必须获得一个圆满解说，否则关于《长生殿》的文学价值以及内容和形式的诸多问题，也是无法深入探讨的。这时期，有不少学者折中了《长生殿》主题，提出了所谓“双重主题”说，即“爱情说”和“政治说”的双重统一。

① 丁冬：《长生殿的主题思想到底是什么》，《光明日报》1957年4月7日。

② 周琪：《评〈长生殿〉研究中的“真挚爱情”说》，《光明日报》1964年12月27日。

③ 袁世硕：《试论洪昇剧作〈长生殿〉的主题思想》，《文史哲》1954年第9期。

④ 左明：《〈长生殿〉的人民性》，《新民报晚刊》1954年7月2日、4日。

在“双重主题”说中，影响较大的有徐朔方、游国恩、陈友琴、程千帆等学者的阐述。徐朔方在《长生殿·前言》中认为，《长生殿》不仅把李、杨的爱情故事发展到前所未有的高度，同时也把李、杨故事的背景写成真实的历史剧的规模，在爱情传说和历史主题上都有杰出的成就，然而在内容上是彼此矛盾的。在徐朔方先生看来，这个矛盾是可以统一的，因为洪昇在《长生殿》中寄寓着较深的故国之思，在洪昇之前，很少有人将安禄山事变当作族群问题看待，而洪昇则在许多地方特别强调这一点。游国恩等人主编的《中国文学史》也认为《长生殿》的思想内容相当复杂，既批判了李、杨爱情生活所带来的政治后果，又歌颂他们的爱情生活，同情他们的爱情悲剧，这就给作品的主题思想带来混乱。游著《中国文学史》认为洪昇在描写李、杨爱情的同时有一定的民主思想因素，《长生殿》联系李、杨爱情所揭露的阶级矛盾、统治阶级内部矛盾和族群矛盾，在封建社会更有它的普遍意义。因此，作者虽无法解决主题思想上的矛盾，但是《长生殿》依然表现了进步的思想倾向。陈友琴在《读〈长生殿〉传奇》[①]中指出，所谓“钗盒情缘”，爱情的确是《长生殿》的主题，否则就不成其为《长生殿》了，“不过问题不是那么单纯的”。《长生殿》不只是写男女恋情的，围绕这个恋情而产生的一切矛盾和斗争关系到千千万万的人民生活，这才是本书的主题。程千帆《论〈长生殿〉的思想性——对目前有关〈长生殿〉评论的商榷》[②]一文也承认《长生殿》的爱情主题，“说它不是一个以恋爱为主题的戏曲，是与事实不符的，而如果认为它的主题限于描写恋爱，同样不对”，因此程千帆提出探索李、杨恋爱纠葛，李唐统治对人民的压迫剥削、安禄山对李唐的背叛这三对矛盾及其各自的两个矛盾面彼此之间的发展变化，是理解剧作的关键。他认为作者对李、杨爱情的谴责和同情这两种似乎是矛盾的感情在爱国主义思想和民主思想的基础上获得了统一，在一定程度上代表了人民对于这一历史事件的看法。

以上诸家中，徐朔方、游国恩二位先生认为洪昇没有解决《长生殿》中爱

---

① 陈友琴：《读〈长生殿〉传奇》，《光明日报》1954年9月21日。

② 程千帆：《论〈长生殿〉的思想性——对目前有关〈长生殿〉评论的商榷》，《文艺月报》1955年4月、5月号。

情与政治主题之间的矛盾；陈友琴先生认为所谓《长生殿》主题的二重性是有所侧重的，主要是侧重于政治矛盾和斗争的描写；程千帆先生则认为主题上的矛盾性在爱国主义思想和民主思想的基础上获得了统一。这样的讨论，引出了作者的民主思想与主题倾向的关系问题，将学术研究引向研究洪昇的生平思想和剧本艺术描写的思想倾向上来。

在这一时期内，《长生殿》的主题研究以及和主题相关问题的研究仍然是学者们研究的兴奋点。如洪昇对李、杨题材文学作品的基本态度，洪昇在《长生殿》中对杨贵妃秽史、安禄山事件的处理，赵执信事件对洪昇的影响，以及《稗畦集》《稗畦续集》的研究和胡晨的《洪昇考略》，都在一定程度上开拓了研究者的视野，加深了《长生殿》学术研究的深度。正当《长生殿》研究将充分展开时，“文化大革命”的发动使学术界陷于思想混乱之中，《长生殿》的研究随之中断。

“文化大革命”以后，随着学术研究的重新展开，《长生殿》研究在20世纪70年代末又一度兴起，在前期研究的基础上，《长生殿》的研究又有了新的发展。主题研究虽然还备受关注，但已加强了对《长生殿》的艺术分析和作者的生平思想的研究，尤其是1979年上海古籍出版社出版了章培恒先生的《洪昇年谱》，对《长生殿》作者洪昇的研究取得了重要的突破。章培恒先生的《洪昇年谱》收集了大量翔实的资料，以年代为序，对洪昇的生平、交游、诗文、剧作等问题皆进行细致的考证和分析。在该书的《前言》中，作者比较详细地分析了洪昇的生活道路以及思想发展的历程对他创作《长生殿》的影响，进而论述了《长生殿》的思想意义和艺术价值。《洪昇年谱》虽仍以阶级立场为主要标准衡量洪昇其人其书，具有明显的时代局限性，但是，这部著作资料丰富，考证缜密，对洪昇的生平给予了细致的描述，填补了洪昇研究的空白，同时也为《长生殿》的文本研究提供了较为详尽的第一手资料。在《洪昇年谱》的影响下，对洪昇生平和思想形成了一次较大规模的研究。《洪昇年谱》的出现极大地推动了对洪昇本人的研究，孟繁树的《洪昇及〈长生殿〉研究》、王永健的《洪昇和〈长生殿〉》陆续出版，但是研究成果基本上是在章培恒先生的《洪昇年谱》中概括提炼出来的，虽有简洁之功，却难出新见。

《洪昇年谱》之前，对洪昇本人的研究较少，大多是借助《长生殿》而展开，或者根本就是研究《长生殿》的。总体而言，由于缺乏新文献资料的发掘，有关洪昇的基础研究成果相对较少，更多的研究者将目光集中在作为文学文本的《长生殿》，挖掘其内涵，阐述其意义。对洪昇的生平和思想的研究从1949年后就有了些成果，基本上确定了洪昇的生卒年，但对《长生殿》的写作时间、洪昇家难、《长生殿》致祸、洪昇的政治思想等问题均未有定论。江兴祐《〈长生殿〉“三易稿”创作时间考》[①]结合洪昇的生平和史料，对《沉香亭》《舞霓裳》的创作时间进行考辨，指出《沉香亭》成稿于康熙十二年（1673）或康熙十六年，《舞霓裳》成稿于康熙十八年的观点难以成立，进而认为《沉香亭》的创作时间应当为康熙十四年，《舞霓裳》的创作时间至迟不会超过康熙十五年。这些商榷和考证虽似乎言之成理，但是还缺乏比较强的说服力。

伴随着文学史和戏曲史等研究工作的进行，对《长生殿》的基本评价问题成了研究中的关键。章培恒、骆玉明主编的《中国文学史》，张庚、郭汉城主编的《中国戏曲通史》，胡忌、刘致中的《昆剧发展史》等都对《长生殿》给予了评说。这些著作在不同程度上低调评价《长生殿》的爱情主题，而充分肯定其所包容的广阔的社会内容和政治含义。章培恒、骆玉明主编的《中国文学史》提出“《长生殿》是一部以写‘情’为主、兼寓政治教训与历史伤感的作品，但这和反清意识没有什么关系”的观点代表了这个时期内对《长生殿》的基本态度。

20世纪80年代中期，上海昆剧团首演了唐葆祥、李晓改编的《长生殿》，随之中山大学中文系主持召开了为期五天的《长生殿》专题讨论会，全国各地的专家云集，对《长生殿》的诸问题进行了深入的研讨，会后出版了《〈长生殿〉讨论集》。中山大学《长生殿》专题讨论会，可以说是80年代《长生殿》研究的各家观点的争辩会，会期长，讨论充分且很深入，尽管不可能取得统一的意见，但是在主题思想的研究和艺术描写的研究上都能基于《长生殿》复杂的思想内容而作出比较客观冷静的分析，倡导了良好的学术风气。讨论中有社

---

① 江兴祐：《〈长生殿〉“三易稿”创作时间考》，《浙江社会科学》2002年第4期。

会–历史的分析，也有哲学的、美学的思考，有“模糊”性的思辨，也有接受美学的阐述，都在力求对《长生殿》思想内容的复杂性用多种研究方法进行解读。王起在会上最后发言，他认为《长生殿》是“借兴亡之感写儿女之情”，具有双重主题，这种观点可以说是大半个世纪以来《长生殿》研究的总结。

以上多种关于《长生殿》的学术活动，在全国范围内形成了颇具规模的《长生殿》研究的第二次热潮，由于学术民主和研究深入，研究水平提升到了较高的阶段。

关于《长生殿》的主题研究，学者们更多地关注“情”与思想倾向的讨论，这是在思想内容领域的较深层次上来探讨主题。人们已不再回避探讨《长生殿》中帝妃之间的爱情问题，侧重于分析“情”的观点显著地多了起来，而且能较为客观地肯定《长生殿》对“情”的描写。黄天骥《论洪昇的〈长生殿〉》[①]在论述中用“情缘”二字来替换“情”，他认为李、杨情缘不是《长生殿》描绘的唯一主题，但在戏中的确占有特殊的位置，而且让人从情缘的纠葛中看到封建宫廷是扼杀一切生机的罪恶渊薮。李晓《从形象到主题——探讨〈长生殿〉的主题思想》[②]则从形象分析入手，提出作者是通过爱情悲剧与国家悲剧的内部联系，揭示“乐极哀来”的历史教训，并且爱情主题内蕴藏着作者进步的政治思想。孟繁树《洪昇及〈长生殿〉研究》认为，《长生殿》揭示了李、杨爱情与天宝政治之间的内在联系，李、杨爱情成熟之日即明皇政治崩溃之时，政治的破产又导致了爱情的毁灭。洪昇就是这样来解决否定与肯定、批判与歌颂的关系，实现表达爱情理想与总结历史教训的统一。熊笃《〈长生殿〉新论》在分析“情钟”与“遥侈心而穷人欲”没有必然联系之后，提出《长生殿》对李、杨爱情的同情歌颂和对社会矛盾的暴露批判，二者并不矛盾，可以并行不悖。刘辉《洪昇与〈长生殿〉》[③]则在肯定作者所描写的生生死死求索执着的爱情的同时，指出这是那个时代的进步理想，体现李、杨爱情的美学价值。赵山林《为〈长

① 黄天骥：《论洪昇的〈长生殿〉》，《文学评论》1982年第2期。

② 李晓：《从形象到主题——探讨〈长生殿〉的主题思想》，《江苏戏剧》1984年第5期。

③ 刘辉：《洪昇与〈长生殿〉》，《百科知识》1981年第3期。

生殿〉中的“情”一辩》[①]认为，《长生殿》中的“情”与《牡丹亭》中的“情”，在包含民主因素这一点上，是完全一致的，虽然人物形象不同，表现形式有别，描写的都是艺术中的爱情。以上的观点可以反映《长生殿》研究的一个“群体”意见，而王永健《洪昇和〈长生殿〉》则将《长生殿》的爱情理想降为副主题，认为中心主题是作者所要表现的民族意识，以激发人们的兴亡之感和故国之思，即“借离合之情，写兴亡之感”。

与探讨《长生殿》主题相关，学者更多地关注对《长生殿》中的人物形象分析。研究者也大多是通过分析李、杨形象的塑造，来阐明洪昇旨在歌颂忠诚专一的爱情理想的创作意图。

20世纪的后半期对《长生殿》的研究开拓出许多新视角，新时期比较文学的兴起直接影响到了《长生殿》的研究。进入90年代，许多研究者从各种角度将《长生殿》与国内外剧作进行对比，形成了一股比较研究的热潮，比较范围涉及中国戏曲史范围之内的比较和世界戏剧文学范围的比较。在中国戏曲史内的比较主要集中在《长生殿》与《梧桐雨》《牡丹亭》《桃花扇》等剧作的比较上，具有代表性的研究成果主要有江兴祐的《论〈长生殿〉对〈牡丹亭〉的借鉴》和徐人忠的《形非似　神更异：〈牡丹亭〉〈长生殿〉爱情描写之比较》[②]等。在《长生殿》与《牡丹亭》的比较研究中，多数学者从“情至”的角度阐述两部剧作的相似性，江文则从艺术手法的角度，探讨了《长生殿》在爱情描写方面对《牡丹亭》的借鉴和创造。该文对大量的材料进行考证，从作品的剧情结构、爱情主题、通变手法、细节描写等方面，分析了《牡丹亭》对《长生殿》的影响，最后指出，洪昇对《牡丹亭》的借鉴是一种创新，而不是简单的模仿和抄袭。徐人忠的《形非似　神更异》则从相异性方面判定《长生殿》与《牡丹亭》毫无共同之处，他认为“这两部剧作所描写的男女主人公的‘情’，不仅表达形式不同，而且‘情’的思想倾向和审美价值更有本质的差异”，该文充分肯定了《牡丹亭》“从肯定人欲出发来批判和否定封建理学”的战斗精神，“肯

① 赵山林：《为〈长生殿〉中的“情”一辩》，《华东师范大学学报》1980年第1期。

② 徐人忠：《形非似　神更异：〈牡丹亭〉〈长生殿〉爱情描写之比较》，《东岳论丛》1995年第5期。

定了作为人的本性的男女之情产生的合理性和必然性”。但是对《长生殿》中李、杨之间的爱情，徐人忠先生认为那只是“一个权力至高无上、从来不受任何束缚、大半辈子已经玩弄过无数嫔妃的封建帝王，为了达到寄情声色、享乐纵欲的目的，从‘寰区万里’选取了一个供他淫乐的‘尤物’。他对杨玉环根本没有什么真挚的爱”。杜丽娘是“寻梦不得，情伤致病，写真留记，痴情而死”，唐明皇却是“本性难改，滥情迭起，马嵬之变，终违夙誓”，落得个荒淫误国、爱妃惨死、孤独终老的凄凉下场。对于结尾，作者也认为两剧性质迥异：“经过坚持不懈的斗争，杜丽娘起死回生，在现世中实现了理想的爱情；杨玉环死未复生，所谓月宫团圆，不过是‘败而能悔’‘谪限已满’的蓬莱仙子、孔升真人回归虚无缥缈的天界罢了。”徐人忠以历史真实评价艺术真实完全违背了艺术创作的规律，也从根本上违背了洪昇创作《长生殿》的初衷，其论不足取。

在世界戏剧文学范围内，刘安武将《长生殿》与印度梵剧《沙恭达罗》进行了比较，段春旭将《长生殿》与莎士比亚的《安东尼与克里奥佩特拉》进行了比较。《〈沙恭达罗〉与〈长生殿〉——兼论历史题材的作品》[①]将两部剧作定位为历史剧，从创作方法入手比较了作品的异同，对从中反映出来的不同地域文化传统土壤上所生成的相异的民族特性和文学特性进行了分析，并进而对历史剧的创作提出了一些看法。文章认为，《沙恭达罗》和《长生殿》在题材选择、创作目的、对帝王的态度等方面，均体现出一定的相似性，反映了作家相似的民族心理。段春旭的《两种文化熏陶下的爱情故事——〈长生殿〉与〈安东尼与克里奥佩特拉〉之比较》[②]将两部剧作置于东西方不同的文化背景之下，对剧作的题材背景和剧中的人物形象进行了分析和比较。他认为，“在安东尼身上闪耀着人性的光辉，即英雄应当首先是一个有着七情六欲的人，也表现了深藏于西方传统文化中的对‘美’的崇拜和骑士精神。而唐明皇的形象则反映了以男性为中心的中国传统文化和千年的封建专制统治影响”。对于女主人公，作

① 刘安武：《〈沙恭达罗〉与〈长生殿〉——兼论历史题材的作品》，《湖南社会科学》2001年第4期。

② 段春旭：《两种文化熏陶下的爱情故事：〈长生殿〉与〈安东尼与克里奥佩特拉〉之比较》，《福建论坛（文史哲版）》1999年第4期。

者认为，克里奥佩特拉具有美丽女性和野心政治家的双重身份，内心性格比较复杂，“任性、乖张、狂媚而又热情似火是对她形象的最好概括”，而杨贵妃的形象是“作家进步妇女观的体现”，“是洪昇对传统文化的一次叛逆”。两部剧作之间“在思想内容上的差别反映了人文主义思想在东西方发展的不平衡，也反映了东西方文化差异中的一个方面”。其实，这种生硬的笔附误导了人们对《长生殿》的理解，使《长生殿》研究误入歧途。

随着现代西方哲学、美学思潮的冲击，《长生殿》的研究也渗透出西方文艺理论的色彩。张哲俊的《论〈梧桐雨〉和〈长生殿〉——两种悲剧形式》[①]运用西方悲剧理论和美学思想，分别考察《梧桐雨》和《长生殿》的悲剧美学特征，对“大团圆结局形式之中能否产生真正的悲剧”这一问题进行了探讨。文章认为，《梧桐雨》第四折中的梦中团圆，“表面上看来成了团圆的一种标志，实际上梦之团圆反而增添了冲突的意义”。“梦中团圆之后，冲突不是消解了，而是冲突更加强化了。”因此，“这是一部一悲到底、冲突到底的悲剧”。而《长生殿》不仅将杨贵妃塑造成一个真正的悲剧人物，而且将梧桐一梦的情节敷衍为天上仙界的再结连理，以团圆的结局展示出理想的超现实世界。但是，“现实世界的悲剧与超现实世界的喜剧却构成了不可解决的对立”，“构筑了两个世界之间的对立”。“可以说这两个世界的对立是对抗性的，以天上的喜剧来对抗人间的悲剧。以对抗的形式来化解现实世界不可解决的冲突，然而这又形成了新的不可解决的冲突。”这就造成了情节的团圆与结构的冲突的不一致性。这种不一致性也造成了悲剧体验的复杂性，使《长生殿》具有了悲喜剧和悲剧的双重审美品格。总的看来，该文既不以西方悲剧学说为理论依据，武断地认为“中国没有真正的悲剧”；也不偏执地以民族情感代替学术研究，而是从审美体验出发，冷静地评述两部剧作所具有的悲剧美，体现出作者客观严谨的学术态度。冯文楼的《对话与整合——〈长生殿〉多声话语的辨析》[②]运用复调理论，以巴赫金的对话理论为支撑，对《长生殿》中所蕴含的“三套话语——爱情话语、

---

① 张哲俊：《论〈梧桐雨〉和〈长生殿〉——两种悲剧形式》，《文学遗产》1997年第2期。

② 冯文楼：《对话与整合——〈长生殿〉多声话语的辨析》，《陕西师范大学学报（哲学社会科学版）》2001年第2期。

政治话语、宗教话语逐一分析”，认为“该剧对李、杨故事的解读就是通过这三套话语互为主体，以平等对话的方式展示出来的”，同时将《长生殿》的结构定位为“多声部的复调式结构”。

这种引入西方文艺理论的研究方法，开拓了《长生殿》研究的视角，使人们从不同的角度审视了这部古典戏曲名著。但是，新时期西方理论主导我们的研究方法的趋势，又使传统的古典文学研究一度面临“失语”的困境。

在“爱情说”与“讽喻说”观点之外，从宗教学眼光入手，分析情与理的惊涛骇浪背后所隐藏的深层的宗教意味，是新时期以来《长生殿》研究的一种别具新意的方法。具有代表性的是钟东的《道教文化与〈长生殿〉》[①]。文章从《长生殿》的情节结构、史剧体例以及宗教意蕴的深化三个方面论述了道教文化在剧作中的体现及其作用。作者认为，“《长生殿》从一开始便将整个故事定在从天界到人世，又从人世到鬼域，再从鬼域到天界的循环过程之中”，“情节结构，有着明显的道教文化痕迹”。而且，这些道教文化因素与《长生殿》的历史剧情节结构是相互融合、并行不悖的，“历史与仙话寄寓了作者的主体精神。洪昇在《长生殿》中所构筑的悲剧故事，与其自身的精神生命、悲剧情感是交融合一的”。最后，文章将《长生殿》的后半部分与《长恨歌》《长恨歌传》进行对比，分析宗教意蕴对剧作主题的深化：“整个故事利用了道教文化的因素，以传情之永恒、写恨之永久。洪昇在表达这理想的同时也表现了理想的另一面，也即是这种神仙归属艺术处理的背后所隐含的不切实际的幻想。这种非现实性，使我们在《长生殿》的作品中，同时感觉到作者表达出来的双层意蕴，即理想与理想的幻灭感。”并得出结论：“剧作的后半部是全剧有机的、成功的组成部分。”运用宗教学方法，分析作品的深层内涵，在新时期以来的《长生殿》研究中并不多见，其中多有着牵强附会之处。

值得关注的是，韩鑫的《清前期戏曲家的遗民情结与〈长生殿〉创作主旨》[②]抛开爱情理想和兴亡之感的思维模式，从作家心态角度进行分析，认为洪

① 钟东：《道教文化与〈长生殿〉》，《中山大学学报（社会科学版）》2001年第4期。

② 韩鑫：《清前期戏曲家的遗民情结与〈长生殿〉创作主旨》，《学海》1999年第2期。

昇“纯洁了、提升了李杨爱情，强调皇帝与妃子的真诚之爱可以感金石、回天地。但他不得不写出这种美的破灭、崇高的破灭，而且这种破灭是那样的不可逆转”，“他强有力地刻画这种必然性的破灭，发出的是贯通更长历史阶段的哲理性感受：对现实世界的失望，对封建政治理想的动摇，对国家民族急剧下沉趋势的无可奈何的叹息”。这种研究丰富了《长生殿》研究的思路。

20世纪《长生殿》研究，在广度和深度上都取得了重大进展，研究者已经基本摆脱了新中国成立初期的阶级分析方法，转而以社会学和考据学方法相结合的方式对作品进行关照，将作者和作品置于特定时代的文学文化思潮的大背景下，分析剧作所蕴含的意义和价值，具有代表性的观点主要有“颂情说”“政治主题说”“双重主题说”“遗民心态说”。在观念更新、方法更新的世纪之交，《长生殿》研究必然会在已经取得成果的基础上递进到一个新的阶段。作为戏曲文学的《长生殿》，有关其传播研究、影响接受研究、体现舞台规律的形式研究等角度并没有受到重视，值得引起研究者关注。

从2002年以来，网上陆续出现了署名土默热的研究《红楼梦》的系列文章，至2006年结集成书，由吉林人民出版社出版发行。土默热先生在其文章中提出了一个石破天惊的观点，他把红学中一直争论不休的有关作者问题的观点一一加以驳斥，提出洪昇是《红楼梦》原作者的观点。传统红学研究一直认为《红楼梦》的作者是曹雪芹，《红楼梦》是以曹家任江宁织造时期的繁华生活为原型而创作的。《红楼梦》一直是一个谜，众说纷纭，即有一千个读者，就有一千种《红楼梦》的说法也不为过，但大多论者还是围绕着曹家而论证，因此《红楼梦》“洪昇说”的观点一经提出就引起了轩然大波。土默热先生从创作时间、地点和人物原型入手考证，他认为《红楼梦》的时代背景是顺、康时代，创作原型地不是“曹家”所在的南京，而是“花柳繁华”的杭州，作品中的人物原型是“百年望族”洪家及“蕉园姐妹”。土默热先生认为，《红楼梦》描写的地点、人物，完全是按照明末清初杭州西溪所发生的真实故事创作的，从而推断出《红楼梦》作者是洪昇。土默热在文章中提出：洪昇出生于清兵下江南时的兵荒马乱之中，其前半生生活优裕，肥马轻裘，中年以后，连续遭逢了三次“家难”，带着心灵上的伤痛返回故乡后12年的时间中，满怀国仇家恨，创作了不朽的名著《红楼梦》。土默热先生说洪昇创作此书的目的就是要告诉世人自己在“百年望族”“落了片白茫茫大地真干净”后的愧悔心情。土默热先生还认为，洪昇到曹寅家里所带的“行卷”即是《红楼梦》的手稿，洪昇此行是想请曹寅资助出版，后因洪昇归途堕水而亡，“行卷”从此落在曹寅家，曹寅晚年，因债务山积未能出版其书稿。直到乾隆中期，曹雪芹翻出了这些手稿，引发心理共鸣，于是开始10年的“披阅增删”。从以上论述中，土默热推断出洪昇是《红楼梦》的原作者这一结论。《土默热红学》提出《长生殿》所写的正是洪昇心中的国仇家恨，创作此书时“愧则有余悔又无益之大无可奈何”的心情，正是洪昇回到故乡时心情的真实写照；自比顽石，慨叹“无材补天”，也正是洪昇经历了亡国、破家、毁身之后所发出的扼腕长叹；洪昇交代创作此书的目的就是把自己之罪“编述一记”，以“普告天下人”，所要告诉世人的就是洪昇自己“百年望族”“落了片白茫茫大地真干净”后的愧悔之心情。此论一出，天下哗然，一片反对之声，谁是谁非，尚难定论，因此，学者也只有把《红楼梦》“洪昇说”当作一说了。也许是《长生殿》太完美了，完美到足以与《红楼梦》媲美。姑且不论洪昇是否是《红楼梦》的作者，只一部《长生殿》就足以让洪昇青史留名了。

在清代众多的曲家中，洪昇的一生扑朔迷离，他的《长生殿》历久而弥新，300余年来，一代代的学者相续不断地进行叹赏、探讨。伴随着2001年中国昆曲被评为“人类口述和非物质遗产代表作”，作为昆剧代表作的《长生殿》日益受到人们的关注。伴随着“百戏之祖”昆曲的复兴、《长生殿》的热演，对《长生殿》的重新研究和对作者的关注又成为一个热点话题。

2007年以来，关于洪昇及其相关的研究有了很多新的成果。专著方面新出版了《洪昇及其〈长生殿〉》（曾永义，2009）、《西溪洪氏家族史料类编》（屠冬冬，2009）、《洪昇研究》（王丽梅，2013）、《洪昇及其诗歌研究》（游路湘，2014）、《千秋一曲舞霓裳——洪昇与〈长生殿〉》（杨波，2015）、《西溪洪氏》（王丽梅，2016）、《如戏人生——洪昇传》（陈启文，2020）等七部，论文方面新刊发了40余篇，主要研究仍然集中在《长生殿》研究上。有对《长生殿》思想内容的研究，如感伤基调、人物形象；有对其艺术成就的探讨，如《长生殿》

的双线叙事、排场、死亡书写、唱腔的音乐特征等；也有关于《长生殿》演出的总结。在近380年的历史过程中，《长生殿》依然活跃在舞台上，活跃在学者的研究中，成为永恒的经典。

大事年表

1645年（顺治二年）　1岁

七月初一出生于杭州西溪荆山费姓农妇之家，弥月始返。

祖上“累叶清华”，赐第葛岭。其家迁至钱塘，已历二十二世。

1647年（顺治四年）　3岁

外祖父黄机举进士，选庶吉士。

1653年（顺治十年）　9岁

家中表亲甚多，幼年常与弟妹表亲嬉戏。

1654年（顺治十一年）　10岁

从陆繁弨受业，读书甚勤奋。母黄氏抚育甚周至。

1657年（顺治十四年）　13岁

与表妹黄蕙青梅竹马，感情日深。黄蕙随父入燕，北望沈愁，俟其旋辙。

1658年（顺治十五年）　14岁

表丈钱开宗以科场案处死，家产妻子籍没。师执丁澎以科场案流放宁古塔。

1659年（顺治十六年） 15岁

能诗，列作者之林，以诗闻名钱塘，多与邑中人游处。

从毛先舒、朱之京受业。毛先舒为明遗民，于昉思不妄赞一语，四方客有欲谒昉思者，亦辄止之。诫以究心经籍，勿务虚名，勿为“风云月露”之词，又谓治学需秉“温雅钟爱”之心以求古人，盖多本于儒家思想。昉思于先舒敬爱甚之。

与师执柴绍炳、徐继恩、张丹、沈谦、张竞光游处，与沈谦尤密。此诸人皆心怀明室，或至遁迹方外。昉思受繁弨、先舒及此诸人之熏陶，其少作已有隐含兴亡之感者。

1662年（康熙元年） 18岁

夏，与陆次云泛舟西湖，遇雨，宿于湖心亭。

吴仪一赴北京国子监肄业，昉思赠以狐裘，有《吴瑹符北征，赋此赠别》。

胡大潆来纳交，时昉思文名甚著于邑中。

与仲弟昌读书于僧舍，陆寅亦读书其中，日与论文。

胡大潆来访，有《访洪昉思、殷仲读书南屏》诗。

秋，在南屏做《秋日南屏怀王丹麓》套曲，此昉思散曲有年代可考最早者。

1663年（康熙二年） 19岁

与汪鹤孙游，甚洽。鹤孙赠昉思词，至推为骚坛领袖，赞美甚至。

丁澎自戍所还，昉思后尝从之游处。

师陆繁弨及友人陆寅，于正月以“庄史案”被捕，于五月始获释，对其影响甚大。

1664年（康熙三年） 20岁

七月，与表妹黄蕙成婚。适值初度，友人为赋《同生曲》。陆繁弨为之序，柴绍炳亦有贺诗，同生情缘传为美谈。七月初七日，宴于黄彦博宅，作《宴外舅黄泰征宅》诗，时彦博已举进士，选庶吉士。柴绍炳谓诗中有“庭外长竿悬犊鼻”语不妥，与之讨论。

《诗骚韵注》成书，毛先舒为之序，获誉甚多。

1665 年（康熙四年）　21 岁

三月，陆繁弨母陈氏五十初度，有《为陆太师母五旬作二首》，抒写陈氏伤悼亡夫，眷念明室之痛，意颇感怆。

岳父黄彦博卒。

1666 年（康熙五年）　22 岁

填词《念奴娇》贺仲弟昌初度兼怀季弟中令在燕。又有《念奴娇·秋暮怀弟》词。

1667 年（康熙六年）　23 岁

父母四十初度，倩张竞光为作寿诗。时父已入仕，以故返杭。

友人正嵒以“朱光辅案”于上年被逮，至本年冬始获释。

亲友累遭清廷之祸，对清廷既恨且惧。

1668 年（康熙七年）　24 岁

赴国子监肄业，踌躇满志，在京师寥落无为，心情抑郁。

1669 年（康熙八年）　25 岁

康熙帝至国子监释奠孔子，作《恭逢皇上视学，敬赋四十韵》。

随国子祭酒进宫谢表，作《太和门早朝四首》《午门颁御赐恭纪三首》。

在京不遇而返里。

1670 年（康熙九年）　26 岁

与邑中同好游处。

往游天雄。

大女儿出生。

1671年（康熙十年） 27岁

遭“天伦之变”，离家别居，经济窘迫，心情抑郁。

为谋生计，一年四行役，自天雄返，复游严州、越中、开封、当涂，均无所获，越发失意。

1672年（康熙十一年） 28岁

从芜湖赴大梁，亦沦落不偶。

1673年（康熙十二年） 29岁

自遭家难后，与父母别居，贫甚，时至断炊。

与严曾坐皋园，谈及开元天宝间事，感李白之遇，作《沉香亭》传奇。

仲冬，离乡赴燕，久而不遇复遭家难，心情悲苦。

次女之则生。

1674年（康熙十三年） 30岁

初春抵京，凄惶无依靠，以诗投李天馥，备受赏识，遂馆于李天馥家。李天馥待之甚殷勤。因性格疏狂不容于时俗，李天馥多周护之。

1675年（康熙十四年） 31岁

暮春离京返杭，编《啸月楼集》成，黄机为之作序。

秋，自杭赴京。在李天馥的引荐下，从王士禛受业，加入宣南士游，多结交名宦显要。

洪昇父亲因事获罪，自远道至京，寓居萧寺。洪昇与其弟往谒之，骨肉相聚，共度除夕。

1676年（康熙十五年）　32岁

经多方周旋，历一年之久，洪父始获释。其弟仲昌侍父返杭，洪昇送至河浒，悲不自胜，作《送父》六首。

1677年（康熙十六年）　33岁

在京广交海内名士，与之多结文酒之会，与南党领袖徐乾学、高士奇交好。

大女儿夭折，哀伤恸哭，数岁犹悲悼不已。屡遭家难复怀才不遇，心绪哀怨悲苦，决心归隐，取道大梁南返。

1678年（康熙十七年）　34岁

春，与弟仲昌及妻女共寓武康，生活安闲，尽享天伦之乐。居近县学，与当地文士多有交游。于闲中修改《沉香亭》传奇。

博学鸿儒科征诏令下，洪昇入仕之念复起，夏，举家北上入京，希图被荐。自入京后，复游于宣南士乡。以卖文为生，贫甚。

长子之震生。

1679年（康熙十八年）　35岁

三月，廷试博学鸿儒，取中彭孙遹等50人。

洪昇未膺荐举，其友人毛际可、吴雯、李因笃、罗坤等人应博学鸿儒科报罢，先后离京，洪昇以诗见赠，语多凄怆。

赵执信登进士第，选庶吉士，洪昇与之订交。

《舞霓裳》传奇定稿，交付优伶习演，直至《长生殿》取代《舞霓裳》，《舞霓裳》在舞台上流行了大约10年。

冬，洪昇父母以事遣戍宁古塔，洪昇徒跣号泣，求告于显贵，未果。以旬日余奔归杭州，侍其亲北上，洪昇奔走焦苦，面目黧黑，骨瘦如柴。

腊月初三，太和殿火灾被毁，清廷震惊，大赦天下，洪昇父母亦因之得免。

1680年（康熙丨九年） 36岁

元日不久，大赦令至，洪昇侍奉父母返杭，旋即赴京。

秋，吴仪一自奉天来京，寓洪昇处，二人论《牡丹亭》，洪昇盛赞至情至性。

1681年（康熙二十年） 37岁

与王泽弘送孝诚仁皇后、孝昭仁皇后灵柩至昌瑞山陵，中途与王泽弘往游盘山，与智朴和尚订交。

冬，返杭省亲。

1682年（康熙二十一年） 38岁

初春往游开封，寻返京。

其弟仲昌卒。

在京师交接文士，迎来送往。

1683年（康熙二十二年） 39岁

往游苏州，拜谒江苏巡抚余国柱，余国柱馈赠白银千两，以之娶妾邓氏，邓氏善歌。余国柱依附明珠，属北党。洪昇与南党往来密切。

冬，往游开封。旋返京。

1684年（康熙二十三年） 40岁

在京师与友人月举一会。

1685年（康熙二十四年） 41岁

盘山智朴和尚寄赠黄精，作诗谢之。时已有白发。

《织锦记》传奇写成。

《天涯泪》杂剧写成。

1686年（康熙二十五年）　42岁

归里省亲，途经济南、维扬，访旧交，宴饮甚欢。

抵杭州后与戴普成、朱溶相识。

夏，游嘉兴，寻返杭。秋，客游衢州，约于冬日返杭。返杭后，以所作诗示朱溶，溶大惊服。因乞溶删定其诗，亦时时与戴普成商榷。

1687年（康熙二十六年）　43岁

正月，朱溶、戴普成编定《稗畦集》，并为之序。《啸月楼集》中的“颂圣”诗悉数删去。

寻赴苏州，会晤友人。

夏，自吴赴江阴。抵江阴后，寓知县陆次云署，陆次云甚优礼之。广结当地名流，宴饮交游，相交甚欢，其诗才得到众人叹服。

1688年（康熙二十七年）　44岁

正月，会友人荐举，自江阴赴京待诏。途中过武进，与孙凤仪、吴雯共游宴。逢恽格，互诉遭逢，百感交集。经江宁、扬州、高邮均拜访旧交，以诗会友。

《长生殿》传奇脱稿，“挟之以游都”，搬之舞台，传唱甚盛。其时，《闹高唐》《孝节坊》均已撰成。

1689年（康熙二十八年）　45岁

入京后，穷愁无计，屡以诗投徐乾学、高士奇等人，乞以援手。

八月二十四日，招伶人于宅中演《长生殿》，都下名士多醵分往观，观者如云，与会者均以为荣。时值孝懿仁皇后佟佳氏忌日，演剧事件遭北党黄六鸿借事生风，参为“遏密读曲，大不敬”，与会者系于刑部。已而狱决，洪昇革去国子监生资格，取消候选县丞资格，与会者多遭牵连，最著者朱典、赵执信、翁世庸革职。因洪昇不了解黄六鸿奏章内容，故而把未受弹劾的查慎行、陈奕培二人一并供出，二人亦被革籍，洪昇由此受众人非议，遭人白眼。演戏罹祸、牵连友人，洪昇悲愤抑郁、苦不堪言，绝望之下向佛教寻求解脱。

1690年（康熙二十九年） 46岁

入盘山，晤智朴和尚希图化解痛苦和烦恼。在盘山得诗甚多，情绪非常消极，有出尘之想，然而，家庭的拖累使之重返红尘。

1691年（康熙三十年） 47岁

自演《长生殿》而遭斥革后，虽友人屡劝其归杭，然因"家难"未释，恐不见容，一再迁延不归。但京城人对其白眼相向，洪昇百口莫辩，京城已非居留之地，决计归南。春，自京南归做先期安排，家属仍暂留京师。道经江阴，与旧友相会，其故交多安慰之同情之。夏日，往游处州。秋，赴京接眷属而返。

归里后，与友人金埴游处甚密，定忘年之交。以《长生殿》稿本与之共赏，醉则共歌之。

1692年（康熙三十一年） 48岁

因名声籍甚，归家后，邑中众多文士慕名前来受业，一时至有12人之多，做填词图授徒。情绪逐渐平复，与友人漫游烹茶煮酒。

次子之益生，子益乃邓氏所生。

1693年（康熙三十二年） 49岁

长子之震结婚。赵执信以诗见寄，重新揭开伤疤，心绪怆然。

1694年（康熙三十三年） 50岁

为长子之震致函颜光敩，乞予照顾，之震遂得以入泮。

秋冬之间往游合肥，拜访李天馥。车辙所至，人咸礼遇之。归程经过苏州，访唐寅墓，以己之落拓比唐寅的潦倒，感慨系之，以柳永自比，诗意凄恻。

返杭后，于孤山筑稗畦草堂为吟啸之地。

1695年（康熙三十四年）　51岁

《长生殿》受梓，时人纷纷为之作序。

为郑景会评《柳烟词》。

1696年（康熙三十五年）　52岁

春天经武进往游江宁，与友人会晤，相得甚欢。陈玉瑾以诗题《长生殿》传奇。为杨友敬校勘《天籁集》，以所作《櫽括兰亭序》散套，命门人书扇以赠。寻返杭。

赵执信往游粤东，道经钱塘，与之相聚，情好如故。

1697年（康熙三十六年）　53岁

赵执信自粤还，复经钱塘，洪昇与之及吴仪一遍游西湖诸胜。

秋，江宁巡抚宋荦邀请洪昇至苏州，命梨园上演《长生殿》，水陆观者如蚁，极一时之盛。倩尤侗为之作序。

1698年（康熙三十七年）　54岁

自回乡后，洪昇多为友人诗酒酬唱，漫游钱塘山水，生活优裕。

1699年（康熙三十八年）　55岁

以次子之益过继给弟弟仲昌，并代嗣子子益营葬弟及弟妇。其时，父母、仲弟及双妹均已卒。事竣，以诗述哀，其词极悲痛。

为门人王锡评《啸竹堂集》，为褚人获《坚瓠补集》作序。

1700年（康熙三十九年）　56岁

为岳端《扬州梦》作序。

朱襄为《长生殿》作序。

1701年（康熙四十年）　57岁

与友人做四时之宴游，有送春雅集、寒食雅集等韵事。

为张奕光评选《回文集》，张奕光以诗题《长生殿》传奇。

应王泽弘之邀，往游江宁，交友王蓍，其兄王概以诗题《长生殿》传奇。冬末自江宁返，并于苏州度岁。

1702年（康熙四十一年）　58岁

自吴返，倩朱彝尊为《长生殿》作序，朱彝尊并作《题洪上舍传奇》诗，批评《长生殿》曲谱难终读。

1703年（康熙四十二年）　59岁

遇孙凤仪招伶人于吴山上演《长生殿》，孙凤仪以诗10首相赠，以周郎相赞。

杂剧《四婵娟》受梓，惠润为之序。

为曹寅杂剧《太平乐事》作序。

为吕熊评《女仙外史》。

1704年（康熙四十三年）　60岁

春末，应江南提督张云翼之聘，往游松江。张云翼延之为上客，开长筵，盛集宾客，为演《长生殿》。

江南织造曹寅闻之，亦迎致洪昇于江宁。曹寅集南北名流为盛会，独让洪昇居上座，以演《长生殿》剧。每优人演出一折，洪昇与曹寅雠对其本以合节奏，凡三昼夜始毕，一时传为盛事。曹寅读洪昇行卷感而赋诗。

自江宁返，行经乌镇，酒后登舟，堕水而卒。时为六月初一，《长生殿》刊印甫成。友人多哀婉之作，凭吊洪昇。

家庭关系简表

关系	名	字	生卒年	其他
父亲	洪起鲛	武卫	1627—?	国子生
嫡母	钱氏	不详	不详	
生母	黄氏	不详	不详	黄机之女
仲弟	洪昌	不详	1647—1682	
季弟	洪中令	不详	1650—?	
大妹	不详	不详	不详	
二妹	不详	不详	不详	
妻子	黄蕙	兰次	1645—?	表妹；黄机孙女
妾室	邓雪儿	不详	不详	苏州所购歌女
长子	洪之震	洊修	1678—?	诸生
次子	洪之益	不详	1692—?	过继给洪昌
长女	不详	不详	1670—1677	早夭
次女	洪之则	止安	1673—?	《手斠长生殿》《吴吴山三妇合评牡丹亭还魂记》跋
长孙	洪鹤书	希声	1694—?	诸生，著有《花村小稿》
外祖父	黄机	次辰	1612—1686	光禄大夫、文华殿大学士兼吏部尚书
岳父	黄彦博	公路	？—1665	庶吉士

行迹年表

时间	年纪	地点	备注
顺治二年至康熙七年	1—24岁	杭州	居庆春门
康熙七年春	24岁	杭州—北京	赴国子监
康熙八年秋	25岁	北京—杭州	
康熙九年	26岁	杭州—天雄—杭州	
康熙十年	27岁	杭州—严州、越中—杭州	
康熙十一年	28岁	杭州—芜湖、大梁—杭州	
康熙十二年	29岁	杭州	仲冬赴京
康熙十三年	30岁	北京	初春抵京
康熙十四年	31岁	杭州	暮春离京；自杭赴京
康熙十四年秋至康熙十六年	31—33岁	北京	
康熙十七年春	34岁	北京—武康	与弟仲昌及妻女一起
康熙十七年秋	34岁	武康—北京	举家入京；居宣南
康熙十八年冬	35岁	北京—杭州—北京	侍亲北上
康熙十九年元月	36岁	北京—杭州—北京	侍亲返杭
康熙二十年冬	37岁	北京—杭州	返杭省亲

续表

时间	年纪	地点	备注
康熙二十一年春	38岁	杭州—开封—北京	
康熙二十二年	39岁	苏州—北京	
康熙二十三年至康熙二十五年	40—42岁	北京	
康熙二十五年	42岁	北京—济南—维扬—杭州—嘉兴—杭州	
康熙二十六年	43岁	杭州—苏州—江阴	
康熙二十七年正月	43岁	江阴—扬州—京口—武进—济南—北京	
康熙二十八年至康熙二十九年	44—46岁	北京	候补县丞待诏
康熙三十年	47岁	北京—杭州	举家返杭
康熙三十年至康熙三十二年	47—49岁	杭州	
康熙三十三年	50岁	杭州—合肥—苏州—杭州	访友
康熙三十五年春	52岁	杭州—武进—江宁—杭州	访友
康熙三十六年	53岁	杭州—苏州—杭州	观演《长生殿》
康熙四十年	57岁	杭州—江宁—苏州	访友
康熙四十一年	58岁	苏州—杭州	
康熙四十三年	60岁	杭州—松江—杭州；杭州—江宁—乌镇	观演《长生殿》

社会关系简表

亲友	业师	师友	乡友	弟子	佛友	京友	曲友	歌伎	武康	路友
黄恕涵	陆繁弨	陆圻	李式瑚	王锡	句元禅师	王清	袁于令	陈希三	韩逢庥	徐石霞
黄敬涵	毛先舒	柴绍炳	聂鼎元	沈用济	俍亭大师	沈亮臣	徐灵昭	李枝	韦六象	吴兴祚
江谕封	王士祯	沈谦	汪鹤孙	伊泂	具德上人	汤西崖	毛奇龄	徐姬	陈兴公	盛靖侯
钱肇修	施闰章	陈廷会	柴震	朱虞夏	半闲上人	顾九恒	宋荦	朱素月	潘汝奇	朱近庵
沈宏度		毛先舒	沈士薰	毛宗禀	息心上人	汪寓昭	曹寅		郑在宜	陈挹苍
李美含		孙治	张云锦	蔡守愚	十方上人	张齐仲	吕熊			蔡龙文
沈书培		张纲孙	沈丰垣	汪熷	豁堂禅师	胡会恩				崖莲生
翁嵩年		丁澎	毛玉斯	吴作梅	石林上人	吴树臣				邓倚夏
戴天如		虞黄昊	俞珮	郑钱江	智朴禅师	翁孟白				饶复亭
顾鹤侪		吴百朋	吴仪一	钱杲	借山和尚	邵瑗				陈元白
洪景融		吴允哲	潘云赤	王起东		吴雯				曹武歌
林以宁		张竞光	沈圣清	金子		王泽宏				柯翰周

续表

亲友	业师	师友	乡友	弟子	佛友	京友	曲友	歌伎	武康	路友
		朱人远	沈圣昭			孙于京				
		顾立庵	王东升			王元弼				
		张鹿床	洪云来			顾岱				
		诸虎男	陈调士			周灿				
		诸骏男	张景龙			吴位三				
		沈子嘉	张砥中			孙豹人				
		王丹麓	汪雯远			徐嘉炎				
		严颢亭	赵瑾叔			冯溥				
		顾骏臣	沈汉嘉			朱彝尊				
		吴岱观	陈奕禧			徐乾学				
		沈亮臣	吴棠桢			高士奇				
		李天馥	凌宗翰			李天馥				
		毛际可	周暾山			李孚青				
		胡渭	陆寅			赵执信				
			恽正叔			梁清标				
			李东琪			钱钰				
			方象瑛			乔莱				
			杨玉符			汪揖				
			钱右玉			余国柱				
			陆士云			陈挹苍				
			翁贡若			陈维崧				
			方象璜			姜宸英				
			朱溶			吴绮				
			寿尔康			王材任				
			张奕光			颜光敩				

续表

亲友	业师	师友	乡友	弟子	佛友	京友	曲友	歌伎	武康	路友
			宋劬庵			梅耦长				
			金埴			罗坤				
			高舆							
			朱林修							

参考文献

一、洪昇著作

1. 《稗畦集　稗畦续集》，洪昇著，上海古典文学出版社1957年版。
2. 《长生殿》，〔清〕洪昇著，徐朔方校注，人民文学出版社1958年版。
3. 《洪昇集》，刘辉校笺，浙江古籍出版社1992年版。
4. 《四婵娟》，〔清〕洪昇著，华夏出版社2000年版。

二、史志著作

1. 《武林藏书录》，丁申著，上海古典文学出版社1957年版。
2. 《明史》，〔清〕张廷玉等撰，中华书局1974年版。
3. 《清史稿》，〔清〕赵尔巽等撰，中华书局1975年版。
4. 《宋史》，〔元〕脱脱等撰，中华书局1977年版。
5. 《明清史论著集刊》（上下），孟森著，中华书局1984年版。
6. 《康熙起居注》，中华书局1984年版。
7. 《清实录》，中华书局1985年版。
8. 《清史列传》，王钟翰点校，中华书局1987年版。
9. 《台湾文献史料丛刊》，台湾大通书局1987年版。
10. 《武林坊巷志》，〔清〕丁丙著，浙江人民出版社1990年版。
11. 《江西史稿》，许怀林著，江西高校出版社1998年版。
12. 《清代野史丛书》，北京古籍出版社1999年版。
13. 《中国野史集粹》，陈力主编，巴蜀书社2000年版。

14. 《清雍正朝浙江通志》，中华书局2001年版。

15. 《南明史》，顾诚著，中国青年出版社2003年版。

16. 《明清史料丛书》，于浩辑，北京图书馆出版社2005年版。

17. 《中国地方志集成·浙江府县志辑》，上海书店出版社2011年版。

18. 《西溪梵隐志》，〔清〕吴本泰撰，赵一新主编，杭州出版社2006年版。

19. 《武林往哲遗著》，浙江古籍出版社2019年版。

三、洪昇研究著作

1. 《洪昇研究》，陈万鼐著，台湾学生书局1970年版。

2. 《洪稗畦先生年谱》，陈万鼐著，文史哲出版社1976年版。

3. 《洪昇年谱》，章培恒著，上海古籍出版社1979年版。

4. 《〈长生殿〉研究》，曾永义著，台湾商务印书馆1980年版。

5. 《洪昇传记资料》，台湾天一出版社1981年版。

6. 《清洪昉思先生昇年谱》，曾永义著，台湾商务印书馆1981年版。

7. 《洪昇和〈长生殿〉》，王永健著，上海古籍出版社1982年版。

8. 《洪氏宗谱》，陈周棠校补，浙江人民出版社1982年版。

9. 《洪昇及〈长生殿〉研究》，孟繁树著，中国戏剧出版社1985年版。

10. 《洪昇研究》，刘荫柏著，花山文艺出版社1991年版。

11. 《长生殿笺注》，〔清〕洪昇原著，［日］竹村则行、康保成笺注，中州古籍出版社1999年版。

12. 《洪昇与西湖》，吴晶著，杭州出版社2006年版。

13. 《西溪洪氏家族史料类编》，屠冬冬主编，杭州出版社2009年版。

14. 《〈长生殿〉演出与研究》，叶长海主编，上海文艺出版社2009年版。

15. 《吴仪一批评本〈长生殿〉》，〔清〕洪昇著，〔清〕吴仪一批评，凤凰出版社2011年版。

16. 《洪昇研究》，王丽梅著，中国戏剧出版社2013年版。

17. 《洪昇及其诗歌研究》，游路湘著，浙江大学出版社2014年版。

18. 《千秋一曲舞霓裳——洪昇与〈长生殿〉》，杨波著，海燕出版社2015年版。

19.《西溪洪氏》，王丽梅著，浙江人民出版社2016年版。

20.《如戏人生——洪昇传》，陈启文著，作家出版社2020年版。

四、相关著作

1.《中国近世戏曲史》，［日］青木正儿著，王古鲁译，作家出版社1958年版。

2.《中国古典戏曲论著集成》，中国戏剧出版社1959年版。

3.《中国戏剧史长编》，周贻白著，人民文学出版社1960年版。

4.《啸亭杂录》，〔清〕昭梿撰，何英芳点校，中华书局1980年版。

5.《阅世编》，〔清〕叶梦珠撰，来新夏点校，上海古籍出版社1981年版。

6.《谈龙录　石洲诗话》，〔清〕赵执信，〔清〕翁方纲著，陈迩东校点，人民文学出版社1981年版。

7.《不下带编　巾箱说》，〔清〕金埴撰，中华书局1982年版。

8.《随园诗话》，〔清〕袁枚著，顾学颉校点，人民文学出版社1982年版。

9.《明末清初的学风》，谢国桢著，人民出版社1982年版。

10.《明清之际党社运动考》，谢国桢著，中华书局1982年版。

11.《汤显祖诗文集》，〔明〕汤显祖著，徐朔方笺校，上海古籍出版社1982年版。

12.《柳南随笔　续笔》，〔清〕王应奎撰，王彬、严英俊点校，中华书局1983年版。

13.《玉轮轩曲论新编》，王季思著，中国戏剧出版社1983年版。

14.《清代七百名人传》，蔡冠洛编著，中国书店1984年版。

15.《历代妇女著作考》，胡文楷编著，上海古籍出版社1985年版。

16.《罪惟录》，〔清〕查继佐著，浙江古籍出版社1986年版。

17.《旧京遗事　旧京琐记　燕京杂记》，〔清〕史玄，〔清〕夏仁虎，〔清〕阙名，北京古籍出版社1986年版。

18.《方志著录明清曲家传略》，赵景深、张增元编，中华书局1987年版。

19.《吴越文化新探》，董楚平著，浙江人民出版社1988年版。

20.《清代燕都梨园史料》，张次溪编纂，中国戏剧出版社1988年版。

21. 《中国古典戏曲序跋汇编》，蔡毅编著，齐鲁书社1989年版。

22. 《中国戏曲通史》，张庚、郭汉城主编，中国戏剧出版社1992年版。

23. 《吴越民俗》，浙江省民间文艺家协会编，复旦大学出版社1992年版。

24. 《王阳明全集》，〔明〕王守仁撰，吴光等编校，上海古籍出版社1992年版。

25. 《明清戏曲家考略》，邓长风著，上海古籍出版社1994年版。

26. 《笔记小说大观》，江苏广陵古籍出版社1995年版。

27. 《云自在龛随笔》，〔清〕缪荃孙著，孙安邦点校，山西古籍出版社1996年版。

28. 《中国藏书史话》，焦树安著，商务印书馆1997年版。

29. 《四库全书存目丛书》，齐鲁书社1997年影印本。

30. 《越国文化》，方杰主编，上海社科院出版社1998年版。

31. 《宋元戏曲考》，王国维著，上海古籍出版社1998年版。

32. 《明清之际士大夫研究》，赵园著，北京大学出版社1999年版。

33. 《丹午笔记　吴城日记　五石脂》，〔清〕顾公燮撰，甘兰经等校点，江苏古籍出版社1999年版。

34. 《中国古代藏书楼研究》，黄建国、高跃新主编，中华书局1999年版。

35. 《顾曲麈谈　中国戏曲概论》，吴梅撰，上海古籍出版社2000年版。

36. 《三冈识略》，〔清〕董含撰，致之校点，辽宁教育出版社2000年版。

37. 《四库未收书辑刊》，北京出版社2000年版。

38. 《明清传奇史》，郭英德著，江苏古籍出版社2001年版。

39. 《陶庵梦忆 · 西湖梦寻》，〔明〕张岱著，夏咸淳、程维荣校注，上海古籍出版社2001年版。

40. 《国朝诗人徵略》，〔清〕张维屏编撰，陈永正点校，苏展鸿审定，中山大学出版社2004年版。

41. 《心史丛刊》，孟森著，中华书局2006年版。

42. 《历代名人谥号谥法文献辑刊》，张爱芳、贾贵荣编，北京图书馆出版社2004年版。

43. 《国朝耆献类征》，〔清〕李桓，广陵书社2007年版。

44. 《武林掌故丛编》，〔清〕丁丙，〔清〕丁申辑，广陵书社2008年版。

45. 《清代诗文集汇编》，上海古籍出版社2010年版。

46. 《两浙輶轩录》，〔清〕阮元，〔清〕杨秉初辑，夏勇等整理，浙江古籍出版社2012年版。

47. 《清诗话》，〔明〕王夫之等撰，丁福保辑，上海古籍出版社2015年版。

48. 《西溪文献集成》，王国平主编，杭州出版社2016年版。

49. 《瑯嬛文集》，〔明〕张岱著，路伟、马涛点校，浙江古籍出版社2016年版。

50. 《明别集丛刊》，沈乃文主编，黄山出版社2016年版。

51. 《全浙诗话》，〔清〕陶元藻编，俞志慧点校，浙江古籍出版社2017年版。

52. 《清诗话全编》，张寅彭编纂，杨焄点校，上海古籍出版社2018年版。

53. 《国朝杭郡诗辑》，〔清〕吴颢辑，〔清〕吴振棫重编，杭州图书馆整理，国家图书馆出版社2020年版。

54. 《明清戏曲序跋纂笺》，郭英德、李志远纂笺，人民文学出版社2021年版。

五、报纸和论文

1. 《〈长生殿传奇〉考》，钱静方，《小说丛考》，商务印书馆，1916年。

2. 《〈长生殿〉本事发微》，觉盦，《津逮学刊》1931年第1期。

3. 《演〈长生殿〉之祸》，叶德均，《戏曲论丛》，日新出版社1947年第6期。

4. 《洪昇和〈长生殿〉》，关德栋，《青岛日报》1954年3月23日。

5. 《洪昇的〈长生殿〉——纪念洪昇逝世二百五十周年》，邓绍基，《复旦校刊》1954年6月3日。

6. 《山东大学中文系讨论洪昇与〈长生殿〉》，《光明日报》1954年6月3日。

7. 《略谈〈长生殿〉作者洪昇的生平》，陈友琴，《光明日报》1954年6月

21日。

8. 《关于山东大学中文系对〈长生殿〉的讨论》，方征，《青岛日报》1954年6月30日。

9. 《〈长生殿〉的人民性》，左明，《新民报晚刊》1954年7月2日、4日。

10. 《洪昇和他的作品〈长生殿〉》，宋云彬，《解放日报》1954年7月4日。

11. 《〈长生殿〉的作者怎样向在他以前的几种戏曲学习》，徐朔方，《光明日报》1954年8月15日。

12. 《关于洪昇和他的戏曲〈长生殿〉——纪念大戏曲家洪昇逝世二百五十周年》，钱东甫，《文艺月报》1954年8月15日。

13. 《读〈长生殿〉传奇》，陈友琴，《光明日报》1954年9月21日。

14. 《试论洪昇剧作〈长生殿〉的主题思想》，袁世硕，《文史哲》1954年第9期。

15. 《关于洪昇生年确证的补充》，陈友琴，《光明日报》1954年10月24日。

16. 《谈〈长生殿〉中的“进果”》，戴不凡，《新民报晚刊》1954年11月29日。

17. 《论〈长生殿〉的思想性——对目前有关〈长生殿〉评论的商榷》，程千帆，《文艺月报》1955年4月、5月号。

18. 《谈洪昇〈长生殿〉处理史实故事的态度及其他》，李鼎芳，《文学遗产增刊》第1辑。

19. 《〈长生殿〉新探》，《长生殿》专题研究小组集体讨论，《文学研究与批判集刊》第1册。

20. 《谈国风苏昆剧团演出的昆曲〈长生殿〉及其他》，宋词，《新华日报》1955年4月21日。

21. 《洪昇生年确证的材料及其他》，陈光汉，《光明日报》1955年5月1日。

22. 《洪昇生平及其作品》，熊德基，《福建师院学报（哲学社会科学版）》

1956年第1期。

23.《洪昇和他的〈长生殿〉》，徐朔方，《戏曲杂记》1956年。

24.《谈昆剧〈十五贯〉和〈长生殿〉的演出》，欧阳予倩，《人民日报》1956年4月16日。

25.《谈昆剧〈长生殿〉的演出》，白云生，《光明日报》1956年4月28日。

26.《〈长生殿〉的主题思想究竟是什么?》，周来祥、徐文斗，《文史哲》1957年第2期。

27.《〈长生殿〉的主题思想到底是什么?》，丁冬，《光明日报》1957年4月1日。

28.《如何论定〈长生殿〉的民主倾向——与李长之先生商榷》，方堃，《谷风》1957年第5期。

29.《论〈长生殿〉的人物、主题和创作方法——兼评〈《长生殿》的主题思想究竟是什么?〉》，王士博，《文史哲》1957年第7期。

30.《怎样正确评价唐明皇与杨贵妃的"爱情"——批判周来祥、徐文斗两先生的〈《长生殿》的主题思想到底是什么?〉的修正主义观点》，叶秀山，《文史哲》1958年第12期。

31.《略论洪昇的〈长生殿〉》，徐实曾，《南京大学学报》1959年第1期。

32.《试论〈长生殿〉中的李、杨爱情》，李桂珍等，《开封师范学院学报》1960年第1期。

33.《论洪昇与〈长生殿〉》，黄天骥，《中山大学学报（社会科学）》1960年第4期。

34.《批判〈《长生殿的主题思想究竟是什么》〉一文中的人性论观点》，刘天成等，《山东文学》1960年10月号。

35.《中文系文学史教研室讨论〈长生殿〉》，赵齐平，《北京大学学报（人文科学）》1961年第2期。

36.《论〈长生殿〉的主题思想》，赵齐平，中国文学史教研室，《北京大学学报（人文科学）》1961年第4期。

37.《跋洪昇〈枫江渔父图题词〉》，游国恩，《文学评论》1962年第1期。

38. 《赵执信和〈长生殿〉案件》，人骥，《山东文学》1962年2月号。

39. 《论〈长生殿〉》，许可，《文学评论》1962年第2期。

40. 《洪昇的〈扬州梦传奇序〉》，吴新雷，《文汇报》1962年10月20日。

41. 《谈〈长生殿〉中杨玉环形象的塑造》，郭晋稀，《甘肃师大学报（社会科学版）》1963年第1期。

42. 《洪昇考略》，胡晨，《文学遗产》增刊第12辑，1963年2月。

43. 《关于〈长生殿〉写作时间问题》，王卫民，《文学遗产》1963年第12期。

44. 《〈长生殿〉的演出意义》，赵景深，《复旦校刊》1964年6月3日。

45. 《〈长生殿〉是否具有"爱国思想"和"民族感情"》，章培恒，《光明日报》1964年10月31日。

46. 《评〈长生殿〉研究中的"真挚爱情"说》，周琪，《光明日报》1964年12月27日。

47. 《也论〈长生殿〉》，吴庚舜、孙辛禹，《文学评论》1965年第2期。

48. 《洪昇"家难"质疑》，陈万鼐，《图书馆学报》1968年第9期。

49. 《记洪昇佚曲一套》，枚坤，《中华文史论丛》1979年第1辑。

50. 《为〈长生殿〉中的"情"一辩》，赵山林，《华东师大学报》1980年第1期。

51. 《关于洪昇生平的几个问题——读〈洪昇研究〉》，章培恒，《复旦学报（社会科学版）》1980年第3期。

52. 《试论洪昇的民族意识——兼评章培恒同志〈洪昇年谱〉的一个观点》，熊笃，《求是学刊》1980年第1期。

53. 《洪昇与〈长生殿〉》，刘辉，《百科知识》1981年第3期。

54. 《"弛了朝纲，占了情场"——读〈长生殿〉札记》，陈玉璞，《天津师院学报》1981年第3期。

55. 《论洪昇的〈长生殿〉》，黄天骥，《文学评论》1982年第2期。

56. 《试论〈长生殿〉的爱情主题》，曹学伟，《四川师大学报（哲学社会科学版）》1982年第3期。

57.《〈长生殿·自序〉非〈舞霓裳〉旧序——同章培恒同志商榷》，周明，《文学评论》1982年第4期。

58.《才女和爱情的赞歌——略谈洪昇的〈四婵娟〉杂剧》，王永健，《苏州大学学报》1983年第2期。

59.《〈长生殿〉的艺术结构》，徐金榜，《山东师大学报（哲学社会科学版）》1983年第3期。

60.《情缘总归虚幻——重新认识〈长生殿〉的主题思想》，周明，《文学评论》1983年第3期。

61.《从形象到主题——探讨〈长生殿〉的主题思想》，李晓，《江苏戏剧》1984年第5期。

62.《浅谈洪昇、孔尚任剧作中潜含的民族意识》，尚达翔，《南都学坛》1984年第1期。

63.《"事与曩符，意随义异"——论洪昇对李杨爱情故事的认识和改造》，载《中国古代戏曲论集》，中国展望出版社1986年版。

64.《爱情和时代的悲剧》，刘辉，《艺术百家》1987年第1期。

65.《漫唱心曲谱婵娟——洪昇杂剧〈四婵娟〉评介》，浦汉明，《青海社会科学》1988年第5期。

66.《洪昇散佚剧目钩沉》，刘荫柏，《文献》1989年第4期。

67.《〈长生殿〉写作时间考辨》，王长友，《社会科学辑刊》1989年第5期。

68.《〈长生殿〉与〈长恨歌〉主题之比较》，吴国钦，《中山大学学报（哲学社会科学版）》1989年第2期。

69.《生死梦幻的奇情异彩——汤显祖与洪昇剧作比较论》，邹自振，《文艺理论家》1990年第2期。

70.《〈沙恭达罗〉与〈长生殿〉创作方法之比较》，唐皑，《国外文学》1990年第2期。

71.《大戏剧家洪昇的诗歌成就》，李秀民，《社会科学辑刊》1990年第2期。

72.《洪昇〈长生殿〉的情感美学思想》，黄南珊，《学术季刊》1991年第2期。

73.《貌似而神离，形近而实远：〈牡丹亭〉与〈长生殿〉爱情描写的比较》，刘孝严，《东北师大学报》1991年第5期。

74.《生命的悲歌——论〈长生殿〉的深层情感内涵》，石育良，《文史哲》1992年第2期。

75.《〈梧桐雨〉与〈长生殿〉创作心理同构初探》，孙京荣，《西北师大学报（社会科学版）》1992年第2期。

76.《洪昇〈长生殿〉的情感美学思想》，黄南珊，《上海社会科学院学术季刊》1991年第2期。

77.《从〈沉香亭〉〈舞霓裳〉到〈长生殿〉——论〈长生殿〉创作的心理历程》，孙京荣，《西北师大学报（社会科学版）》1994年第1期。

78.《关于洪昇生平思想的两大问题》，徐子方，《东南文化》1994年4月。

79.《洪昇的七夕诗与〈长生殿〉》，［日］竹村则行著，清风译，《杭州师范学院学报》1994年第4期。

80.《失落的同构：洪昇命运与〈长生殿〉主题》，刘彦君，《艺术百家》1995年第1期。

81.《感伤时代的感伤文学：〈长生殿〉〈桃花扇〉感伤主义浅论》，赵成林，《社会科学家》1995年第3期。

82.《洪昇对情爱的探寻》，涂元济，《西北师大学报（社会科学版）》1995年第3期。

83.《形非似　神更异：〈牡丹亭〉〈长生殿〉爱情描写之比较》，徐人忠，《东岳论丛》1995年第5期。

84.《论〈梧桐雨〉和〈长生殿〉——两种悲剧形式》，张哲俊，《文学遗产》1997年第2期。

85.《重评〈长生殿〉的主题》，俞为民，中山大学《古代戏曲论丛》第2辑。

86.《谈〈长生殿〉的三个问题》，中流，《文科月刊》1998年第5期。

87.《杨贵妃的被误解与杨贵妃形象的被理解》，康保成，《文学遗产》1998年第4期。

88.《论〈长生殿〉中杨玉环形象的塑造》，钟东，《中山大学学报（社会科学版）》1998年第5期。

89.《洪适金石学考》，李玉奇，《北方论丛》1998年第5期。

90.《历史的艺术反思：中国古典悲剧自觉意识到的历史内容》，焦文彬，《陕西师范大学学报（哲学社会科学版）》1998年第9期。

91.《补恨与悟道：谈〈长生殿〉的宗教意味》，刘继保，《天中学刊》1998年第6期。

92.《洪皓曾祖洪士良始居鄱阳滃港考——兼对洪皓籍贯辨析》，蔡晓凤，《南方文物》1999年第2期。

93.《清前期戏曲家的遗民情结与〈长生殿〉创作主旨》，韩鑫，《学海》1999年第2期。

94.《洪皓气节昭千古》，蔡晓凤，《南方文物》1999年第4期。

95.《洪遵〈泉志〉历史作用简论》，刘未，《辽宁大学学报（哲学社会科学版）》1999年第4期。

96.《两种文化熏陶下的爱情故事：〈长生殿〉与〈安东尼与克里奥佩特拉〉之比较》，段春旭，《福建论坛（文史哲版）》1999年第4期。

97.《谈洪昇笔下的杨玉环的“慷慨捐生”》，朱体仁，《名作欣赏》1999年第5期。

98.《关于洪遵的著作和著述》，杨渭生，《中国钱币》2000年第3期。

99.《洪遵二三事》，刘森，《甘肃金融》2000年第2期。

100.《重读〈跋洪昇《枫江渔父图题词》〉》，程毅中，《文教资料》2000年第3期。

101.《二十世纪的〈长生殿〉研究》，李晓，《戏曲艺术》2000年第2期。

102.《洪皓〈鄱阳集〉及其版本浅探》，宋建昃，《中国典籍与文化》2001年第4期。

103.《论洪昇的〈长生殿〉》，邹自振，《福建师专学报》2000年第2期。

104.《吊古怀今 思深寄远——洪昇〈诗钱塘秋感〉赏析》，苏永莉，《古典文学知识》2001年第1期。

105.《世纪回眸：洪昇与〈长生殿〉的研究》，李舜华，《北京社会科学》2001年第2期。

106.《论〈长生殿〉的讽谏主题》，范道济，《黄冈师范学院学报》2001年第6期。

107.《对话与整合——〈长生殿〉》，冯文楼，《陕西师范大学学报（哲学社会科学版）》2001年第2期。

108.《道教文化与〈长生殿〉》，钟东，《中山大学学报（社会科学版）》2001年第4期。

109.《虚实相通　蕴意无穷——洪昇〈长生殿·密誓〉叙事风采谈》，吴微，《名作欣赏》2001年第4期。

110.《〈沙恭达罗〉与〈长生殿〉——兼论历史题材的作品》，刘安武，《湖南社会科学》2001年第4期。

111.《南洪北孔：清代剧坛的双子星座》，邹自振，《南通师院学报（哲学社会科学版）》2002年第3期。

112.《论〈长生殿〉中李隆基形象的人性化》，叶树发，《江西财经大学学报》2002年第4期。

113.《谈赵执信与洪昇的交往》，李永祥，《济南教育学院学报》2002年第4期。

114.《〈长生殿〉“三易稿”创作时间考》，江兴祐，《浙江社会科学》2002年第4期。

115.《论〈汉宫秋〉与〈长生殿〉的相似主题》，石艳梅，《艺术百家》2003年第3期。

116.《论〈长生殿〉对〈牡丹亭〉的借鉴》，江兴祐，《浙江社会科学》2003年第4期。

117.《〈长生殿〉与洪昇晚年心态发微》，孙京荣，《中国古代小说戏剧研究丛刊》2003年。

118.《“南洪北孔”遭难的深层原因》，曾中辉，《东莞理工学院学报》2004年第1期。

119.《略论洪昇〈长生殿〉的创作方法》，曹树钧，《戏文》2006年第1期。

120.《洪昇诗词七首辑佚》，刘枚，《文献》2006年第3期。

121.《长生殿的主题及其他》，徐子方，《艺术百家》2006年第5期。

122.《毛先舒对洪昇的教诲及对其创作的影响》，冷桂军，《苏州大学学报》2006年第6期。

123.《激越的浪漫 凄美的感伤——〈牡丹亭〉和〈长生殿〉“情至”理想比较》，郑尚宪、黄云，《东南大学学报（哲学社会科学版）》2007年第5期。

124.《序品洪昇〈长生殿〉》，钱建华，《当代戏剧》2008年第1期。

125.《冀长生而铸长恨 寄长恨而谱长生——“看”〈长生殿〉》，洛地，《浙江艺术职业学院学报》2008年第3期。

126.《洪昇的疏狂与〈长生殿〉的审美意韵》，张福海，《戏剧艺术》2008年第3期。

127.《论〈长生殿〉的表层叙事与深层悲剧意蕴》，黄芸珠，《西北大学学报（哲学社会科学版）》2008年第6期。

128.《“〈长生殿〉案件”新论》，张宇声，《管子学刊》2009年第2期。

129.《洪昇“家难”问题探析》，宋希芝、陈冬晖，《中华女子学院山东分院学报》2009年第4期。

130.《朱彝尊手抄本〈长生殿〉》，冷桂军，《苏州教育学院学报》2009年第4期。

131.《相依不觉蹉跎久，欲别翻忧聚会难——洪昇与陆次云的交往》，冷桂军，《泰安教育学院学报岱宗学刊》2010年第4期。

132.《试论洪昇〈长生殿〉爱情观的女性色彩》，周艳波，《宿州学院学报》2010年第4期。

133.《追忆·困扰·突围——从〈四婵娟〉看明末清初文人的婚姻理想》，傅湘龙，《华南理工大学学报（社会科学版）》2010年第5期。

134.《称心而出，如题所止——从〈四婵娟〉看洪昇的女性意识及其晚年的创作心理》，高益荣，《陕西师范大学学报（哲学社会科学版）》2012年第5期。

135.《清代案狱与查慎行的心路历程》，张兵、张毓洲，《西北师大学报（社会科学版）》2012年第6期。

136.《江南与京师：由洪昇旅食文学交游看清初文坛生态》，游路湘，《浙江学刊》2013年第3期。

137.《垂戒“逞侈心而穷人欲”的悲歌——洪昇〈长生殿〉探微》，徐振贵，《艺术百家》2014年第3期。

138.《唐人小说〈长恨歌传〉与洪昇〈长生殿〉中杨玉环比较研究》，蒋亚男，《沈阳工程学院学报（社会科学版）》2014年第2期。

139.《从“钗盒情缘”看洪昇的至情观》，王诗瑶，《景德镇高专学报》2014年第5期。

140.《绝代佳人的颂歌——论洪昇〈长生殿〉中的杨玉环》，胡世厚，《河南社会科学》2012年第4期。

141.《1961—1965：调整时期的〈长生殿〉研究》，陈宛希，《重庆师范大学学报（哲学社会科学版）》2014年第4期。

142.《清代洪昇研究发微》，汪龙麟，《云南艺术学院学报》2015年第2期。

143.《查慎行与〈长生殿〉案》，李圣华，《兰州学刊》2015年第5期。

144.《洪昇的诗词创作对〈长生殿〉的影响》，吴允，《新闻研究导刊》2015年第6期。

145.《论洪昇〈四婵娟〉中的女性形象》，任月瑞，《名作欣赏》2015年第9期。

146.《从〈长生殿〉看洪昇的现代爱情观》，万鸣，《黑龙江教育（理论与实践）》2016年第Z2期。

147.《马嵬坡事件改编与〈长生殿〉的经典生成》，柏红秀，《求索》2016年第8期。

148.《蘧然梦觉矣——论洪昇〈长生殿〉之感伤情调》，姚瑶，《惠州学院学报》2017年第5期。

149.《洪昇亲情诗研究》，伏涛，《楚雄师范学院学报》2017年第5期。

150.《昆曲〈长生殿〉串演全本戏之探考》，吴新雷，《南京艺术学院学报（音乐与表演）》2018年第1期。

151.《洪昇〈长生殿〉的微言：董小宛入清宫与顺治出家———参证李天馥、查慎行、赵执信、李孚青诗》，邓小军，《安徽师范大学学报（人文社会科学版）》2018年第2期。

152.《从李澄中〈陈情自辩疏〉看“〈长生殿〉案”———兼谈赵执信与李澄中的交往》，陈汝洁，《泰山学院学报》2018年第4期。

153.《〈长生殿〉“排场”之评点》，张勇敢，《戏剧》2018年第4期。

154.《富连成藏〈长生殿〉（时剧）初探》，康保成，《文化遗产》2019年第2期。

155.《论评点对〈长生殿〉经典化的塑造》，朱光明，《新国学》2019年第2期。

156.《论〈长生殿〉的双线索叙事方法》，刘嘉慧，《戏剧之家》2020年第14期。

157.《滇剧对〈长生殿〉传奇的移植改编——以〈游御园〉〈九华宫〉为例》，张莘嘉，《福建艺术》2021年第8期。

158.《有人情味的神仙——〈长生殿〉中神仙形象分析》，张羽峤，《新纪实》2021年第29期。

159.《晚清民国报刊所见〈长生殿〉文献研究》，王嘉怡、赵书妍，《名作欣赏》2022年第15期。

160.《清初至民国〈长生殿〉传播与接受路径的嬗递》，饶莹，《江苏海洋大学学报（人文社会科学版）》2022年第3期。

161.《〈长生殿〉经典化的历史轨迹——以清代〈长生殿〉序跋题词为考察中心》，张建雄，《安庆师范大学学报（社会科学版）》2022年第2期。

162.《试论洪昇〈长生殿〉的死亡书写》，张云逸，《散文百家理论》2022年第4期。

163.《论〈长生殿〉植物意象的叙事功能》，项乙聿，《湖北文理学院学报》

2022年第10期。

164.《〈四婵娟〉故事戏中女子图鉴及深层文化意蕴探究》，崔洁，《戏剧之家》2022年第17期。

165.《基于〈长生殿〉分析昆曲唱腔的音乐特征》，翁佳鸣，《艺术评鉴》2022年第22期。

后 记

当历经两年的辛苦，《曲中巨擘：洪昇传》终于杀青的时候，我不禁长长舒了一口气。从接受这项课题的研究开始，这两年来，我被这个课题压得喘不过气来，每每食不甘味。回想当初因为热爱昆曲、钟情《长生殿》，我对洪昇有了较多的了解，当浙江省社会科学院推出“浙江文化名人传记丛书”项目时，看到《洪昇传》选题后，我不禁眼前一亮。通过撰写《洪昇传》的方式来亲近《长生殿》，我深有得其所哉的欣喜，因此毫不犹豫地接下了这个课题。

在为洪昇作传的过程中，我深深地感受到写作传记的艰难。传记的写作不同于我以往所从事的理论研究，理论研究只需要把一个问题有理有据地论述清楚即可，而写作传记需要在对传主全面了解的情况下，把他还原到他所生活的那个时代中，感受他的情感、性情和追求，从而描绘出他的人生历程。在表达上既要注重史料的真实性和准确性，还要讲究可读性和生动性，这对于从未写作过传记的我来说无疑是一项非常具有挑战性的艰难工作。在搜集与洪昇相关史料的过程中，面对浩如烟海的典籍，我常常有大海捞针、无处下手之感。写作的过程中我更是步履维艰，易代问题、文化传承问题、遗民问题等背景方面的解读，洪昇个人的交游问题、家难问题、创作问题都让我费了很多心思去考证。虽然我已经竭尽全力，但是因学识关系，本书还存有诸多不尽如人意的地方，只能待来日时间充裕、学力长进后再进一步完善了。

如今，《曲中巨擘：洪昇传》一书即将付梓，回首看看，辛苦与惶惑、欣喜与不安都留在了写作的过程中，只有对那些曾给予我无私帮助和热情鼓励的师友的感激之情充盈于心。初稿始成之时，许多挚友给了我最无私的帮助和最热切的鼓励，让我每每于灰心失望之际重新寻找到自信。可以说，这本书是在大家的合力帮助下才得以完成的。

首先感谢本丛书编委会推荐的匿名审稿专家给予本书的巨大帮助。本书稿初成，编委会即请先生为我的稿子进行审阅。经过近一个月的时间，当我拿到审阅后的稿子后，我被深深地感动了。看到书稿上留下的字字句句，我一方面惭愧于书稿的漏洞百出，另一方面又被先生极高的学术水平和严谨的治学态度所深深地震撼。从章节的命名到行文中的遣词造句，从史料的运用到知识性的问题，从全书的结构到具体问题的分析，甚至标点符号的使用，先生均进行了非常细致的修改，先生所提供的意见使本书最大限度地避免了瑕疵与疏漏。书稿中那些我自己无力论述清楚而企图含糊略过的问题，也没有逃过先生的火眼金睛，先生全都一一指出，这真是让我又怕又喜。怕的是自己再不能偷懒，喜的是有了问学之所。若来日有缘一见，定当从师而学。先生与我素昧平生，无缘当面致谢，只好借此书出版之际向他表达我深深的谢意。

感谢我的博士后合作教授厦门大学马良怀教授，良怀先生帮我成功从文学转向史学，使我能够从史学的层面构建此书。感谢浙江工商大学徐斌教授，从课题的申请、资料的运用到全书的布局，徐教授给予了我非常全面的指导，他的《论衡之人：王充传》是我写作中时时翻看参照的课本。感谢我的畏友、诤友和挚友王重迁、张迪夫妇，感谢他们细致地帮我审阅本书初稿，提出了很多中肯的意见。他们虽不属于任何一个学术机构，但是他们作为民间知识分子对真理和学术的执着时时激励我更上一层楼。感谢远在美国的唐镇凯先生的帮助和支持，唐先生中西文俱佳，与之订交，我受益良多。本书初成之际得到了唐先生热情的鼓励，他对本书“亦古亦今，亦雅亦俗”等评语，虽属于朋友间的溢美之词，但真真切切地让我感受到了唐先生奖掖后学的苦心，有友如此，何其幸也！洪氏后人大根先生为本书提供了相当多的洪氏家族史料，许多史料都是我苦心搜求而不得的，大根先生秉洪氏家族遗风，慷慨助我，让我深为感动！借此书出版之际，向这些真诚帮助过我的师友、我的家人表达我最衷心的感谢，感谢他们为本书顺利完成付出的辛苦！

王丽梅

2007年1月于半丁堂

再版后记

《曲中巨擘：洪昇传》于2007年出版以来，时间已经过去了十多年。在这十多年中，关于洪昇的研究有了很多新的成果。专著方面，新出版了《洪昇与〈长生殿〉》（曾永义，2009）、《西溪洪氏家族史料类编》（屠冬冬，2009）、《洪昇研究》（王丽梅，2013）、《洪昇及其诗歌研究》（游路湘，2014）、《千秋一曲舞霓裳——洪昇与〈长生殿〉》（杨波，2015）、《西溪洪氏》（王丽梅，2016）、《如戏人生——洪昇传》（陈启文，2020）等七部。这些专著所使用的史料基本未超越《曲中巨擘：洪昇传》，但是有些新的观点和思路为本书再版提供了借鉴。

在写作《洪昇研究》中的“洪昇妻妾子息考”时，我曾仔细梳理了洪昇的社会关系。此次《曲中巨擘：洪昇传》再版，我对洪昇的家庭关系、社会关系进行了进一步的梳理，制作了“洪昇家庭关系简表”“洪昇社会关系简表”“洪昇行迹年表”附录于书后。通过“洪昇行迹年表”可以清晰地看到洪昇在京杭两地的行色匆匆。通过“洪昇社会关系简表”可以清晰地看出洪昇的社交圈主要集中在杭州与北京两地。杭州社交圈主要以家族姻亲关系和师友关系为核心，他的很多学友或是同门或是师执之子，同门诗酒唱和，洪昇与之保持了终生的友谊；北京社交圈以李天馥和王士禛为核心，这个圈子的人多是高官显宦，很多人都是酒宴诗会的过客，洪昇与他们应酬赠答，关系较为松散。

这些年来，关于洪昇的研究论文新刊发了40余篇，主要集中在《长生殿》

研究上，与洪昇生平直接相关的仅有5篇，其中陈汝洁《从李澄中〈陈情自辩疏〉看“〈长生殿〉案”——兼论赵执信与李澄中的交往》（《泰山学院学报》2018年第4期）提供了《康熙起居注》中所载的李澄中《陈情自辩疏》，这是此前未见过的新史料，为“《长生殿》案”的发生时间和地点提供了非常具体而确切的证据，也确认了洪昇曾经受到举荐的事实。本书修订时采用了该史料，将“《长生殿》案”的时间细化为八月二十四日。在近20年来，新史料的发现、大型文献工具的出版，为本书的修订提供了非常多的便利。

非常感谢卢敦基老师争取的再版机会，使得我有机会对于初版中的粗疏和错漏进行修订。《曲中巨擘：洪昇传》出版之后，看到书稿中的错误，深感不安和遗憾。《曲中巨擘：洪昇传》中存在的问题，有的是笔误之处，如“弟”写成了“第”等；有的名字有错漏，如“郑钱江”写成了“郑江”、“髫年竹马忆同嬉，握手今朝乐不支”出自《送翁康贻表弟擢第南归》，初版作《送翁康贻表弟南归》；有的是写错字，如“钱杲”写成“钱眎”等，还有引文与出处不一致的地方，此次一并改正。本次修订，不仅将所使用的文献尽量标注原始出处，而且在文献版本方面也尽量采用容易检索的版本。有新版单行本的，不再使用四库系列典籍或者港台版本，如《孝经》《礼记》采用了中华书局本，不再使用十三经本；《螾庐曲谈》采用了山西人民出版社2018年版的单行本，不再使用台湾学艺出版的《集成曲谱》本；《武林坊巷志》采用了浙江人民出版社1990年版的单行本，不再使用光绪刊本等，这都有利于读者检索与参考。同时，重新整理了参考文献，将参考文献分为洪昇著作、史志著作、洪昇研究著作、相关著作、期刊论文五类，并按照出版时间进行了排列。此次修订使得本书在学术严谨性上有了一次较大的提升。

本次修订，不仅补充了2007年以来新出版相关著作7部，论文40余篇，而且将2007年之前未收录的相关研究成果也纳入参考文献。现在看来，修订后的参考文献基本囊括了洪昇研究的全部成果，可以视为洪昇研究的一个文献索引，当可为后学研究提供按图索骥的线索。

因撰写《曲中巨擘：洪昇传》《洪昇研究》《西溪洪氏》等书，我结识了洪氏的后人，参与了西溪湿地洪昇纪念馆的建设，接受了中纪委“洪氏家风”视频制作组的采访，我与洪氏家族的联系似乎一直没有中断过，不过，这些年来我的研究重心却逐渐转移到了昆曲的传播与流变上。通过此次修订，我发现洪昇是一个宝藏，尚有许多值得再深入探讨的研究空间，比如洪昇的交游问题研究迄今尚未有专门的成果。洪昇一生交游十分广泛，其交游具有较强的地域性，也涉及不同层次的人群。对洪昇的交游进行研究，基本上可以窥测康熙前中期北京、杭州等地官场生态、遗民境况、文人际遇以及洪昇的个人心态，这是值得深入挖掘的领域。再比如，洪昇研究资料的收集与整理问题目前也缺乏学者关注。洪昇是明清传奇的重要作家，《长生殿》是中国戏曲史上的压卷之作，从清代以来，关于洪昇与《长生殿》的研究成果十分丰富，但尚未出版类似于《洪昇研究资料索引》这样的工具书。当然，这项工作内容琐碎，需要投入大量的时间和精力，且无法纳入目前的考核体系内，所以很少有人愿意去做。可喜的是，郑州大学王亚楠老师于2023年出版了《〈长生殿〉资料汇编考释》一书，全书分为本事编、版本编、演唱编、评点编、评论编、影响编六大部分，基本上将新中国成立前有关《长生殿》的资料都进行了收集，该书为后人研究《长生殿》提供了可资参考的便捷工具，其功大矣。随着古籍电子化、数字化的快速发展，现在收集资料的难度已经大大下降，《洪昇研究资料汇编》的面世未来可期，希望未来我也能将更多的时间投入洪昇的研究中。

2023年4月5日于御潮府寓所